冰点火炬

窦椋 著

重庆出版社

图书在版编目（CIP）数据
冰点火炬 / 窦椋著. -- 重庆 : 重庆出版社, 2025.
10. -- ISBN 978-7-229-19300-3
Ⅰ. I247.5
中国国家版本馆CIP数据核字第20258CM251号

冰点火炬
BINGDIAN HUOJU
窦椋　著

出　　品：华章同人
出版监制：徐宪江　连　果
策划编辑：张铁成
责任编辑：王昌凤
特约编辑：张锡鹏
营销编辑：刘晓艳
责任校对：彭圆琦
责任印制：梁善池
封面设计：末末美书

重庆出版社　出版
（重庆市南岸区南滨路162号1幢）
北京毅峰迅捷印刷有限公司　印刷
重庆出版社有限责任公司　发行
邮购电话：010-85869375
全国新华书店经销

开本：710mm × 1000mm　1/16　印张：24.5　字数：330千
2025年10月第1版　　2025年10月第1次印刷

定价：69.80元

如有印装质量问题，请致电023-61520678

目录

第一章

如果我出门没回来，不要去找我。没有我，狂风暴雨也会消失不见的。你看那天边的彩霞，就像蓬勃生长的野花，转眼铺满了山坡。直言危行，定能看见那火炬勾勒出的轮廓，描摹着那原本与你若即若离的家国。

一九六〇年三月的一天，迫近黄昏的时候，晚霞辉映着大地以及行色匆匆的人群，那些人或许依旧难以温饱，但眼神中却透溢着坚定的色彩。此时，两鬓花白、老态龙钟的巩天民蹒跚而行在沈阳喧嚣的大街上，不知不觉已是泪流满面。他刚从北京回来，要与老友刘仲明久别重逢了，这是一场充满期待与感动的重逢，虽已年老体衰，可精神还算矍铄，因为他们还有一个小小的梦想。

只有极少数人知道，当年他们共同做过一件惊天动地的大事，揭穿了一个弥天大谎，见证了一场国际闹剧，事后本该扬名立万，但他们的身份未解密，必须守口如瓶，隐姓埋名，所以那个震撼人心的故事尘封至今。如今，条件已然成熟，总算等来了大幕拉开的机会，那些曾赴汤蹈火之后流离半生的弟兄们可以欣慰了；黯然离世的邵信普、刘仲宜可以瞑目了，想必会在他们的世界里不再孤独，也无遗憾，更不会惶恐；那些为了民族大义而奋不顾身，甚至连名字都未留下就成仁取义的小人物们能够有幸福的来生；那些曾被迫勇敢的女人以及孩子们，能够铭记耻辱，正视苦难，被生活温柔以待。

刘仲明住在盛京医院家属区的老房子里，和当年一样，不管何时见他，都戴着黑色圆框眼镜，身着笔挺的西装，扎着颜色醒目的领带，即便在家里也未卸下束缚。好像多年来，他就等着这一天，随时准备面见曾患难与共、生死相依的老兄弟，尽管时光在他的脸上刻了地图般的皱纹，但依然不曾改变峥嵘岁月之时的初心。他和巩天民都温文尔雅，慈眉善目，眼中并无惊涛骇浪，然而就是他们曾于无声处鸣响惊雷，在暗夜中擎起火炬。

刘仲明是医学博士，此刻操持一部手摇咖啡机，像使用手术刀般沉稳又娴熟。他从布袋掏出一把油光发亮的咖啡豆，细细研磨成粉，滚烫开水冲下去，浓郁香气扑鼻而来。赴英留学期间，他喜欢上这种味道，这味道和那份凝结着智慧血汗，包蕴着山河大地、国恨家仇的资料一样都带着深刻的印记，在往后的岁月中，每每冲击着味蕾、刺激着神经。

巩天民倒像年轻了十岁，并无品尝咖啡的雅兴，曾屡破风浪、凡事皆已看淡的他，很多年没有如此激动了，话音发着颤。他问刘仲明，各省在收集中国民众抗日活动的历史资料，我们当年交给国际联盟调查团的那份揭穿日本侵略东北及炮制满洲国的资料，还有没有存稿了？已知这份资料原件现存于国际联盟欧洲总部所在地日内瓦，没有条件复刻，如有备份提交给政府，披露真实身份，这把年纪了，我们也算圆梦了。这番话，说者低沉铿锵，听者悲壮不已。

他们都还心有余悸，当年那份资料过于敏感、过于沉重，能不能被国际联盟理事会、行政院以及调查团认可暂且不提，第一步就是要在资料上签写真实姓名，如此才具备被翻阅的资格。这正如匿名举报会被忽略，而实名举报更易被采信一样，但实名的同时也会将自身置于危险境地，一旦签上了大名，就相当于在日本人和伪政府的黑名单上也留下了名字，等同于半只脚踏入了死牢，毕竟日本也是国际联盟的成员国之一，如果各环节衔接有问题，导致资料泄露，或调查团的裁决对日本侵略者不起作用，那么巩天民等人一个也逃不过日本人的迫害。

所以保险起见，当年他们仅仅做了一个副本用以留存，由“九君子”之一的沈阳医学院教授张查理保管。张查理把资料埋在老宅内的丁香树下，就再也没敢动过。现在有足够理由启封它，让它重见阳光。两人辗转找到张查理，张查理带领二人来到老宅，用一把生锈的钥匙打开印花大锁，推了推木门，竟纹丝未动。三个人合力推了一把，那扇门竟轰然倒下，掀起一片陈年尘土。片刻之后，他们像是从硝烟里爬出来，却没有灰头土脸，因为嗅到的不是腐朽，而是袭人的浓香，热烈而奔放。刘仲明摘下了被浮尘糊住的眼镜，巩天民嘴角轻微抽动。那棵树好像始终无人修剪，自由生长，已苍劲成另一副模样，花团多年盛开又反复凋落，这个时节刚落完新的一茬儿，像是给青砖铺上了花毯，遮盖住他们梦想的栖息地，守着那段惊心动魄的岁月和光阴。

张查理扔掉手里的龙头拐，和二人步履一致、姿态神似地靠近它，像是邂逅了日思夜想的故人。阵风再次掠过树梢，和一群飞翔的白鸽共同让那座院落完成了时代的跨界。三人搓着手，你看我我看你，像在举行一场庄严仪式。然后，他们比挖一棵千年人参还要小心，拒绝用工具，徒手刨抠着，半晌过后，总算触及到一个油纸裹着的布袋。他们小心翼翼将资料摊开，心瞬间凉透了。日久天长，致水渗入，资料腐烂不堪，再无还原可能，只有布袋上绣着的“TRUTH（真相）”字样，红彤彤的像鲜血渗出来，刺激着他们浑浊的眼睛。

三人围着沤成泥土的资料抱头痛哭。大半辈子为此义无反顾、寝食难安，到头来却什么都没剩下。这堆资料，不单是一份珍贵史料，影响了国际舆论，还像拳拳报国心，永动机般怦怦跳动，而它现在却腐朽了，他们的心也快要腐朽了。

张查理呕心抽肠、声泪俱下：“欲吞天下，必先吞中国，欲吞中国，必先吞满蒙。是这份资料让日本人的野心昭然若揭，让我们获得世人的同情与支持。当年把它送呈国际联盟调查团，百般磨难，今天只待它重见天日，它却灰飞烟灭了。我没有保存好它，天大的罪过啊……”当年，日本人关押拷打他的时候，他也没像现在这样痛苦。

巩天民和刘仲明安慰他切莫自责，其实他们同样百感交集。没有了资料，意味着缺少佐证，他们共产党员的身份就无法公之于众并令人信服，他们为之骄傲了一辈子的隐秘事业仍需继续控制在特定范围内，不可告人，包括生活了一辈子的爱人以及子孙后代，也统统无从知晓。他们也想过，去日内瓦联合国总部图书馆调阅原件，但路途遥远，手续繁琐，且不符合他们的行为准则，所有的路，眼看着都堵死了。

潜伏已成为一种习惯，但这一生，理所当然也要为荣耀而活一次。他们为国际联盟调查团提供真相，为沈阳人民保留真相，然而关于他们自身的真相却无从谈起，老泪纵横之余，思绪已然回到了那国破家亡的尘烟中。

九一八事变前几天，志诚银行老板巩天民刚把妻子呼泽生和四个孩子接到沈阳。想象中的好日子没过上，呼泽生已意识到搬来这里，似乎是个错误的决定，丈夫不是原来的丈夫，大城市沈阳也不如想象中那般美好。

九月十八日当天，晚饭时分，厨房里的鼓风机把大黑铁锅下的煤块烧得通红，这比在乡下烧柴火要干净很多，起码不会满屋子烟雾缭绕。可揭开锅盖，里面的东西却和在乡下时无甚差别，相当稀松平常。呼泽生把一笊篱蒸土豆，一簸箩蘸酱菜端出来，桌子全是清汤寡水，没有半点儿荤腥。

她看看巩天民说：“孩子们正长身体，就这伙食，还不如在老家临榆（今秦皇岛）……”

巩天民说：“我明天就去买些鸡蛋和白糖回来，但也不能常去，兵荒马乱的，花钱也是一种错。”

呼泽生没再说话，专心伺候孩子吃饭。巩天民知道她心里委屈，本是来享福的，生活条件却没多大改善，自己还经常说走就走，什么时候出去，什么时候回来，从来不和她打招呼，这不是正常夫妻间该有的交流方式。巩天民自知理亏，不知道该怎么回答呼泽生，低头扒饭之余疼惜地看看孩子们。这时窗外有个黑影晃了一下，随之不见了。巩天民业余跟着张学良麾下的武术教习胡奉三习武，反应较为灵敏，这个细节他是觉察到了的，却不动声色，继续把碗碟扒拉得叮当作响。趁呼泽生去收拾厨房，他取下挂在门边的黑色礼帽戴在头上，准备出门。最小的孩子巩国路从凳子上跳下来，黏着他不让走。他只好进了里屋，从立柜里取来一个新挎包，这个挎包是银行定制给大主顾的，现在被他当成礼物哄孩子。他把包挎在国路窄窄的肩膀上，“嘘”了一下，国路心领神会，蹑手蹑脚地坐回了座位上，看着他自顾自地走出去。

巩天民身材精瘦，并不能撑起那身藏青色长袍，九月的沈阳之夜已然寒潮四起，他缩着脖子沿小巷走了几十米，经过一棵大槐树时，沈阳同仁医院的院长刘仲宜叫住了他。他们以基督青年会为据点，经常一同学习新潮进步思想，参加秘密活动，是同志，也是兄弟，此次刘仲宜是带着上级指示来的。他们每次暗地里接头都是在月黑风高的夜晚，专挑没人的角落，有时候递纸条，有时候靠手势，能多说两句话的时候极少，但今天，在说明来意之前，刘仲宜不得不提醒巩天民：“你是银行家，一家人生活条件还这么艰苦？戏别演过了，符合身份为好。”

巩天民叹口气：“无奈之举。这乱世，像我们这样的人不敢保证明天是什么样，这么做是为了防备有朝一日我照顾不了他们了，他们也能像平时一样好好活着。比起万万个仍饥寒交迫的同胞，他们也应该知足。国难当头，你我都要把钱省下来，存进卫生会的户头，为地下工作人员多买些药品。”刘仲宜当然清楚卫生会是干什么的，那是他们几人牵头筹建的组织，平时并没有具体业务，无非是定期自掏腰包注入资金，维持革命同仁的医疗开支，可以说是一个无底洞，钱扔进去看不见一丁点儿水花，但这件事他们做了好多年了。刘仲宜感同身受，顿时失语，红了眼眶。

刘仲宜带来的消息是：“最近日本关东军袭扰频繁，与东北军时有近距离摩擦，尽管东北军保有足够克制，但难免擦枪走火。沈阳局势紧张，须密切关注市面动向，有情况及时报告。另，要尤其保护好卫生会里的文件资料，那都是要命的机密，万一有遗失，被别有用心之徒发现，不管流落到哪一方手里，都是灭顶之灾……”

巩天民说：“我现在就去卫生会！”

刘仲宜消失在夜色里，巩天民抬腿要走，隐隐觉察到身后有一只眼睛在盯着这里，他猛一回头，发现呼泽生站在五米开外的槐树下，默默地注视着他。她面无表情，手上还拎着一块抹布，腰里系着围裙。她已是四个孩子的母亲，生活给了她太多洗礼，面容沾染了风霜，棉布褂子里原本玲珑有致的身材走了样。

巩天民很是尴尬，想要解释为天气好出来赏月，可仰了仰头，天阴沉得厉害，他摊摊手说：“天冷，赶快进屋吧。”

呼泽生说：“结婚十年，早就像一个人了。你总是这样，我不能装作不知道。”

巩天民说：“外面不太平，我不放心，要时常走动走动。”

呼泽生说：“这也不放心，那也不放心，对老婆孩子倒是挺放心。”

巩天民缓步走近她，想要把她垂下来的头发撩到耳朵后面，呼泽生后仰躲过了，他的手停在那里，他们陌生起来。对于丈夫心不在焉上的种种举动，她想到了很多种可能。如果他破产了，她能陪他吃糠咽菜，如果他被贼人惦记，她愿意与他共患劫难。哪怕这些天他是去寻花问柳、抽大烟或者推牌九，她也愿意原谅。兵荒马乱的年月，说不定哪天就遭遇了意外，人还在，她就当不了寡妇，孩子就还有爹，这就是她的底线。更重要的，这是一个女人毫无话语权的时代，尤其是像她这样的女人，在拥有社会地位的巩天民面前并无昂扬的资本，不是大家闺秀，也非社交名媛，出身普通的商人之家，她认为她应该更严谨地理解三从四德。

巩天民真想告诉她，钱庄的安危来自时局的影响，他更担心的是整个沈阳，抑或者东北，乃至全中国。大势犹稳，民族金融业才能无恙。可他什么都说不出口。起风了，落叶哗哗地从他们脚下翻滚过去，身上的棉布衣裳掀起了角，寒意顺势钻进骨头里，沈阳的初秋堪比严冬。

巩天民嗫喏地说："如果我没回来，不要去找我，带着孩子回老家。"说完转过身往大街上走，呼泽生想叫住他，但她知道那只会加剧他们的疏离，他的目光不容置疑。

儿子巩国路不知什么时候来到她的身后，抱着她的腿，露出半边脸，眼睛亮晶晶的，他看着离开的父亲，不哭不闹，不喊不叫，和这萧瑟的暗夜一样，沉默是主旋律。

等巩天民走远了，国路小声问："这么晚了，没有灯，爹会不会迷路？"

呼泽生抚摸着他的小脑袋说："你是不是觉得这沈阳城比临榆大多了，那是因为你还小，等你像你爹那么高大了，你就会觉得去哪儿都没那么远了。"

巩国路继续问："你说带我来见爹，可我很少能见到他，他到底什么时候才能不那么忙,好好陪我玩？"呼泽生回答不了这个问题，拉着他往家走。国路把步子迈得很大很大，佯装自己的腿很长很长，为了不让父亲送给他的挎包垂在地上，他紧紧地抱在怀里，上床睡觉也不从身上拿下来。

巩天民绕过他平常学习开会的青年会，从小西城门下穿过去，他看见高高的城楼上有穿着粗布衣裳的人在四处张望，他想，这明显是此地无银三百两，大冷天的，普通人哪有闲情逸致在此“赏景”。不过，他并不过多端详，免得引起注意，继续往前走，看似闲庭信步，其实在暗中观察。他走过了电话局、电报局、警察局，还特意去了东北边防司令长官公署、辽宁省政府、东北政务委员会驻地，越看越觉蹊跷，这些地方都是要害部位，是沈阳城的中枢神经，但眼下这些地方的外围聚拢起来一些看似合情合理实则莫名其妙的人，有来来回回的情侣、有扎堆的车夫、卖水果小吃的商贩，还有报童、裁缝和修鞋修伞匠。重要场所附近历来禁止摆摊设点，他们的距离分寸拿捏得十分好，正处在目之所及的边缘地带，执勤的人没有理由驱赶他们。偌大的沈阳城，哪里都比这些地方有烟火气，可他们偏偏选择在这里做生意，这本身就不同寻常。巩天民有不祥预感，他几次意图把自己的怀疑和公务人员做个交流，但一双双眼睛异常毒辣，考虑到自己的身份，他没有贸然行动。

无法深究细查，必须即刻离开，巩天民兜兜转转来到了金融街，天已经完全黑下来了，但金融街灯火通明，处处金碧辉煌，犹如进入了万国博览会，外国人摩肩接踵，他们构建起了一个天壤之别的世界。巩天民每天都要从此处经过，频频目睹这样的场景，都像被重拳击中，一口恶气堵在胸口。这条街上林立着英国的汇丰银行、美国的花旗银行、日本的正金银行，还有日本盗用朝鲜名义开办的朝鲜银行，这些带有掠夺性质的银行，一座挨着一座，充斥巩天民的眼球。此时的金融街热闹如昨，巩天民没有发现异常，除了有些银行增派了值守人员，没有形迹可疑的人出现，这让他放心不少。他想，也许金融街不在日本人觊觎的范围。站在喧嚣浮华之间，在没有一座中国银行的大道上，走出去一二里地，于黑灯瞎火的转角里，他终于看见了沈阳官银号和自己任行长的志诚银行，他曾无数次孤零零地如此般站立，想不通也在绞尽脑汁地想，为何在中国的地盘上，民族金融机构竟然被排挤到几乎无立锥之地。民族富商巨贾宁肯被外国人剥削压榨，也不愿意把钱放在自己的银行，甚至连政府、军阀的钱也另觅他处，这是何等的讽刺。今天最让他愤懑的不止于此，官银号和志诚银行周围，那些不明来路的人，再次出现了。短暂的慌乱之后，巩天民意识到这种现象在危机四伏的沈阳是家常便饭，但今天的规模前所未有，这绝非只是针对某个群体的监控和侦察，也许涉及全沈阳的灾难正在酝酿之中，一切都还隐匿在黑暗之中，没有任何的光亮供他判别方向，他也不知道该向谁诉说些什么，在这个千疮百孔的城市，更多的人关心的哪怕只是浮于表面、流于形式的安宁，或者卑躬屈膝、自我麻痹换来的祥和。巨大的不安持续笼罩着巩天民，他不知道爆点在何时，也许还很远，也许就在今夜。

第二章

即使马上就要分别了，但那时关东大地仍在融化冰雪，长白山脉也会芳草云天，辽河水中依然倒映云朵。我流传下来的模样，当如芒寒色正的星，渗透尘世的每一个角落，当如傲立风中的流苏树，任由这人间阴晴圆缺、变生不测。

巩天民目不斜视，缓步进入志诚银行，一个叫林三武的小伙计当班，巩天民叮嘱他加强戒备，留意外面那些不怀好意的人。林三武隔着门缝看了看外面，再回看一贯沉稳的行长竟面露忧虑，不禁慌乱起来。

巩天民安抚他说："是日本人派来的。沈阳永远是中国的沈阳，没有王法，也有天理，小人得志，长不了！"

他这番话中又是"王法"又是"天理"，都是大词，适得其反，让林三武心里更没底了，浑身哆嗦个不停。

巩天民拍了拍他说："我处理完事情就回来，关东军一时半会儿不会拿我们怎么样。如果他们强行闯进来，不要跟他们正面冲突，你还年轻，要好好活着！"巩天民是一行之长，活跃在沈阳金融界，在工商界也有一席之地，他相信凭借自己的影响力多少能撑一会儿。

林三武头点得像鸡啄米，把眼泪甩了出来。送巩天民出门后，他把一杆长枪抱在怀里，说道，您越是对我好，我越不能占着茅坑不拉屎，要想进银行，先从我身上踩过去。他很小就当了童工，伺候过很多老板，多给口饭吃已算得上恩赐，如此把员工当兄弟的行长他见得不多。感动缓释了惊恐，他鼓起勇气盯着外面的人。

巩天民找来一辆自行车，计划先去青年会和大学教授刘仲明、医学家刘仲宜等人汇合，商讨如何把沈阳的情况传递出去，让党组织尽快掌握，然后经过师父胡奉三家，让他多加小心，再立马赶回银行和员工一起值守，等天一亮就回家收拾行李，尽快把刚来沈阳的老婆孩子送回关内。计划很周密，可第一步还没执行，意外就发生了。

巩天民骑车疾行至小河沿时，城东突然传来巨响，他感觉车子晃了三晃，像是突来一股气浪，把礼帽都顶翻掉在了地上，胸腔都要爆炸了。他连忙用脚刹住车子，抬头望去，柳条湖方向的天空亮如白昼，有浓雾升起来，那一看就是爆炸后积聚的烟云。房子内的人纷纷涌上街头，不一会儿就挤满了街道，声音嘈杂起来，有男人的咒骂、女人的尖叫和小孩的号哭。

巩天民听到一个尖嘴猴腮的男人扯着嗓子嚷嚷："放炮也不分个时候，扰了老子的好梦。"

一位长者疾首蹙额地道："快当亡国奴了，你心咋这么大哩？"

那人回道："这亡国奴不好说也不好听，但跟娘们儿嫁汉子有啥不一样？跟谁不是过日子！天塌下来，当被子盖，万一还能重来一回，说不准谁好谁赖呢！"他摇头晃脑、打着哈欠回了屋。听他这番言论，本就茫然无措的人们，像被大水漫卷的蝼蚁，街上片刻间少了一多半的人，刚还四敞大开的房门又都闭合了，现场传出好一阵"砰砰砰"关大门、上门板的声音。灯熄灭了，街道黯淡下来，只剩下东方残存的光亮，好像刚才那不是一起有可能触发战争的爆炸，而是过年的礼花。

巩天民看了一下表，时针指向十点。他猛蹬洋车子，呼啸的风聒噪了耳膜，不一会儿，青年会驻地快要到了，那时北大营方向再次爆炸，紧接着是密集的枪炮声，火光照亮半边城。这印证了巩天民的猜测，街面上突然出现的那些人，是日本人提前编织的猎网，今晚这一仗如若打赢了，他们第一时间就能轻而易举对城内的重要部位实施管控。

远远地，巩天民看见刘仲明等人站在青年会门口，他们面对突如其来的战火，一时也如惊弓之鸟，他们早知道会有一场恶仗，可个人的所有心理预期，在这至暗时光真正来临时，都抵不过曾反复萦绕心头的一丝侥幸，这种侥幸，让所有的准备都苍白无力。

见巩天民来了，刘仲明说："消息确凿，关东军岛本大队以中国军队炸毁南满铁路柳条湖段为借口，协同日军独立守备队进攻了北大营，这是一起有预谋的侵略行为，真正的侵略开始了。"

大家七嘴八舌商量对策，最终的结论是先隐蔽，保存实力，等候指令，这是没有办法的办法。他们是社会精英，其中刘仲明、毕天民、张查理、刘仲宜和张韵泠有留学英国经历，另外巩天民、邵信普、李宝实、于光元四人也非池中之物，在日寇铁蹄下尚且如此，更别提手无寸铁的百姓，只能寄希望于东北军，祈祷他们能抵挡得住如此迅猛的火力，使百姓少遭殃祸。

大家的希望还未点燃，顷刻又雪上加霜。正欲分散开来，去安顿各自的事情，只听枪声稀疏下来，北大营燃起熊熊大火，火苗直冲苍穹，谁也想不到第一道防线还未来得及形成就崩溃了。

紧接着，有成群结队的人，或乘车或徒步拎着包袱、拖着家眷从远处跑来，他们经过青年会门口，巩天民在其中看到了几张熟悉的面孔，其中还有志诚银行的一名老员工，他的家就在北大营附近。

巩天民拉住他："战斗还未分胜负，你跑什么？"

老员工甩开巩天民的手，头也不回地说："分什么胜负！七旅官兵死伤众多，剩下的人已撤出营垣，他们撤得比我还快，你也快躲躲吧……"

老员工前脚刚走，有成群结队穿戴整齐的东北军，就进入躲在暗处的巩天民等人的视线中，他们看似根本没和关东军打上照面，或者没放几枪，甚至根本没摸到枪就撤出了战位。巩天民刚要朝他们啐痰，日本军呜哩哇啦地追来了，伴随着枪声，有落在后面的中国士兵应声倒地，日本军从他们身上踩踏而过，还不忘猛戳数刀。那些士兵手无寸铁，也无还击意识，若不是那身此刻看起来像个笑话的军装，没人敢确认他们的身份。随之，日军坦克、装甲车、运兵车横冲直撞地开过来，从他们的遗体上碾过，毫不波澜，甚至看不到有颠簸，于是他们更加不规则地排列，一滩滩黄泥般糊在马路上。那些车里还不断有手榴弹或类似手榴弹的东西扔出来，路旁的民居被引燃了，火借风势，大片房屋陷入火海。

巩天民抱住一棵树，嗷嗷吐出满肠胃的酸液。不远处，又一个落单的娃娃兵被三个日本兵追上。他一脸稚嫩，日本兵们并不急于杀死他，用刺刀挑逗着，像在调戏侮辱一个“花姑娘”，那个孩子身体筛糠，尿了裤子。巩天民一把没摁住，刘仲明从背阴处钻了出去，试图用他仅会的几句日语说服鬼子，放过他，他还是个孩子。

日本兵听从了刘仲明的建议，松开了娃娃兵的衣领，却朝刘仲明走来，转而将他团团围住。刘仲明的西装干净整洁，眼镜在路灯下闪着光。他站得笔直，面部轮廓鲜明，长相实属英俊，留学英国回国还不到一年，已是沈阳城里有名的肺结核病领域奠基人，凭借高超医术拯救过很多人的命，未婚配，更无子嗣，肉眼可见地有着无限光明的前程。但鬼子可不管这些，他们不在乎谁影响了人类的进步，他们只在乎谁阻挡了他们的脚步，所以巩天民认为刘仲明可能要殒命于此了。所有人都悲痛地这么想，连鬼子也这么想。巩天民抽出了腰里的匕首，做好了搏命的准备，但被刘仲宜和银行经理邵信普死死拉住。

邵信普说：“切勿以卵击石，你出去，只会多死一个！”

巩天民说：“正因为都这么想，鬼子才有恃无恐，如入无人之境！”

日本兵此时根本不在乎眼前这个中国人有多体面，他们的乐趣就是破坏中国人的体面。所以刘仲明被他们每人一枪托砸倒在地，当刺刀的寒光映在他的脑门上，死亡近在咫尺时，一辆运兵车恰好经过，车上一个日本军官呜哩哇啦的叫着什么，眼下的几个人瞬间放下刘仲明，追着运兵车跑了过去，纷纷爬上了车，看他们的神态，应该是要去下一个目的地集结了，巩天民看到那几个恶魔在车尾的篷布里露出不甘的神情。万幸的是，刘仲明捡回了一条命。

刘仲明的西装崩掉了整排扣子，头顶上开了一个口子，血汩汩地冒。白衬衣被鲜血染成了红色，黏在身上。他努力瞪着眼睛，看见刚才被他救下的娃娃兵还没走，站在一边抽噎。他虚弱地笑了一下，挥挥手让他离开，娃娃兵给他磕了个响头后连滚带爬地消失在角落中。刘仲明看着飞奔而来的巩天民等人，重新栽倒在地上，躺在路边，全然没有了往日神采，看起来不再是一个精致的人，但那份儒雅在血腥中得到升格。

巩天民把他背回房间，幸好在场的好几个人都是名医，刘仲明很快苏醒过来，第一句话竟是让大家快走，不要在此浪费时间，和那些冤魂相比，他这点儿伤算不得什么。待他体征平稳，所有人才离开，他们确实要到那些更加需要救助的人身边去了。

巩天民到家时已是子夜。电力系统被破坏了，漆黑一片，他们居住的房子里有煤油灯的微光透出来。他隔着窗户，看见四个孩子被呼泽生搂在怀里，外面每一下响动，都令他们瑟瑟发抖。巩国路把头埋在母亲的腿弯里，新挎包还挂在他身上，双手紧紧攥着肩带，像攥着一根救命稻草，巩天民心里一阵酸涩，但看见他们至少没有受到伤害，稍感欣慰。伤害分两种，一种是身体上的，一种是精神上的，在这个遍地流血殒命的境地中，活着已经是最大的幸运。他没有推门进去，怕这一进去，再想出来就要鼓起十足的勇气了。他从口袋里掏出一支钢笔，把卷烟拆封，在烟盒纸上写下一段话："泽生吾妻，沈阳内忧外患，危在旦夕，夫虽非军政人士，但不可坐视不顾，须力所能及尽绵薄之力。东北军无意无力抵抗，然舍死之人不可或缺，此乃民族精神。告知孩子们，我身未陪伴左右，赤子之心应为后代之榜样！辛苦你，望坚强。待归来，报恩情！"

巩天民把字条从门缝里塞进去，转身就走，去兑现与林三武的承诺，共同守护银行财产，那都是信任他们的人托付给他们的血汗钱，这个时期的东北，还有人愿意把钱放在私人银行里，是对他这个人最大的肯定。作为沈阳民族金融界有头有脸的人物，那里积累着他多年来的基业和德行。

其实字条塞进来时，呼泽生就看到了，也想到了。她稳坐如山，估摸着巩天民走远了，才追到门边目睹他狠心离开。她捧着字条在心里咒骂了他好多遍，心说，你不负任何人，唯独负了我。巩天民的影子也看不见时，她收起埋怨，把单薄的字条揣进怀里，用袖口拭去眼泪，转过头来，笑吟吟地看着孩子们说："爹刚才回来过，他惦记着我们呢！"孩子们笑逐颜开，尽管当枪炮声又响起来，他们恐惧的哭声还是会随之而来。

巩天民没敢走大道，边赶路边要躲避随处可见的关东军，他们不断鸣枪示威，不仅屠戮身穿军警制服的人，也随机射杀无辜平民，这个时间还没回家的人，皆为生计所累，都是些劳苦大众，最先遭殃的就是他们。此时的鬼子像黄鼠狼进了鸡窝，逮住一个算一个。沈阳城内血流成河，哀鸿遍野。

巩天民穿越小西城门，看见城楼上站岗的已是日军哨兵，他们头顶上挂的是日本国旗。这些年城楼旗杆上的旗帜总是在变，他脑海中闪过了一面面黄龙旗、帝国旗、五色旗、青天白日旗，易帜频繁，他内心本已无触动，可今天看见异族国旗在此高高飘扬，一刹那，心如刀绞。他还看到之前去过的政府、电话局、电报局、官银号等地，统统被日军占领，他认为志诚银行也要在劫难逃了。如果真到了那个地步，他去了也不可逆转，但从事金融业这些年，他和日本人没少打交道，和他们沟通斡旋，也许还有一线希望。

路过胡奉三开设的武馆，巩天民担心师父的安危，知道他虽有拳脚功夫，也少不了徒弟保护，但与枪炮抗衡，这些长处完全可以忽略不计。胡奉三是奉军武术教习，张学良的座上宾，日本人迟早要找上门来，但他性格执拗刚硬，想必此刻也毫无闪躲之意，当巩天民推门进了武馆，果不其然，院子里亮亮堂堂，胡奉三正坐在厅门中央的太师椅上，身边站着他的徒子徒孙，个个手持冷兵器，大气凛然地盯着门口，大有一股兵来将挡水来土掩的气势。

如此血性表现，在巩天民的意料之中，但有一件事却在巩天民的意料之外，赖氏武馆馆主赖士利竟然也来了。赖家尽管和胡家是世交，却许久不曾来往。师父告诉过他原因，赖家和胡家门派有别、理念不同，这是其次。赖家老馆主作古后，赖士利执掌武馆，其人精明圆滑，贪财好色，不务正业，整天混迹于官场商界，交往甚杂，在沈阳武术界口碑极差，这些情况巩天民也确有耳闻。胡奉三对赖士利的所作所为嘴上不提，但心存芥蒂，减少与之共事的机会，两家隔膜越来越深，尤其是胡奉三当了大帅府武术教习后，地位扶摇直上，稳坐沈阳武术圈头把交椅，也许是赖士利心生嫉妒，加剧疏离，从未登门，还到处散播胡奉三的谣言。这些胡奉三心中有数，但碍于情面并不计较。

巩天民想，赖士利今天能来，也许是危难当头，主动摒弃前嫌，放下成见，要和师父绑在一起，同仇敌忾，心里还好一阵暗叹，不得不高看他一眼。赖士利和胡奉三同辈，巩天民喊了声师父，毕恭毕敬地向他行礼："久违了，危难之处显真情，关键时刻还是一家人！"

赖士利满脸堆笑地回礼："巩大行长来得正好，但这话说得有失偏颇，我们一直是一家的。作为习武之人，惩恶扬善，天经地义。眼下关东军气焰嚣张，北大营官兵溃逃，沈阳城群龙无首，而我们也迫切需要一个领头雁，思来想去，胡兄堪当重任，所以我主动向胡兄靠拢，希望结为攻守同盟，舍生忘死，保卫家园。"此言一出，壮怀激烈，赖士利意犹未尽，又攥紧拳头，挥舞了两下手臂，眼圈看起来也有些发红了。赖士利有如此觉悟，在场的人热血沸腾，胡奉三也感动地回头和他握了握手。

当时，唯独巩天民保持冷静，他不认为赖士利这段煽情的讲话具备实操性。相反，透过赖士利骨碌碌乱转的眼睛，他对此人的突然造访有不祥的预感。

第三章

我在满目疮痍的焦土上，听见勇者的呐喊盖过城市的悲歌，他们孤独着，孤独却也是一道屏障，他们并无铠甲，布衣抵挡着战火。他们背对着颠沛流离的人群，对手的目光存有多少偏狭，他们的思维疆域就有多么辽阔。所以我仍在北大营熊熊的烈焰前方看见地空一色，看见一侧如炼狱一侧有星河。

巩天民正思考着如何劝解胡奉三暂避日寇锋芒，突然一发流弹击中了胡奉三身边的石柱，飞溅的石子割破他的眼眶，血流如注，可他连眼睛也没眨一下。巩天民上前查看他的伤势，被一把推开了。巩天民再去说服大师弟于伯谦从长计议，不可逞匹夫之勇，于伯谦欲言又止，不敢表态。

胡奉三说："让小日本放马过来，我誓死不渝，一身坦荡，岂能临阵退逃，苟且偷生！我没有武器，不能救助同胞，可谁胆敢进我的地盘，我豁出去这条老命。"

巩天民说："沈阳如果沦陷，这里也不是您的地盘了。勿作无谓损耗，战争不是一朝一夕之事，我知道您光明磊落，咽不下这口气，可留得青山在，我们多的是机会卷土重来。"

胡奉三怒目圆瞪，指示于伯谦将巩天民轰走，他说："你竟然也是如此，和北大营官兵有什么两样儿？我没有你们这样的窝囊徒弟，你们不抵抗，我来抵抗！”

巩天民说：“都是有血有肉的人，行伍出身，生来为战斗，哪一个东北军愿意丢盔弃甲，甘当残兵败将，背负欺世骂名。这不是某一个人或者一个群体能决定的，东北易帜后，奉军也要听从南京国民政府的部署调遣，这您比我还清楚才对。”

胡奉三说：“说破天，别人都骑到头上拉屎了，还管他娘的谁部署调遣！”

巩天民说：“他们的布局，着实令人费解，但无论是何因由，此时与日本人正面硬杠，绝非明智之举，我要对您的安全负责。”

胡奉三说：“强词夺理，我终究是错看了你，这里不欢迎贪生怕死之徒，滚出去！”

巩天民并不气馁，还想说下去，胡奉三摆摆手，打断他，看看身后的于伯谦等人说：“你们要走的，现在跟他一块滚，不要扰乱我的心绪！”

赖士利见缝插针地说：“我才不跟他一样！”

其他人未有动作，胡奉三回看巩天民，充满厌恶。

墙外鬼哭狼嚎，院里鸦雀无声，众人目光聚焦在巩天民身上，其中最令他反胃的就是赖士利，此刻他变回往日刻薄嘴脸，眼神飘忽不定，颇具戏谑意味。他悄声对胡奉三说：“谁是墙头草，生死攸关的时刻一看便知。”胡奉三对他的话不置可否，但看得出，颇有几分认同。

巩天民委屈至极，他曾和胡奉三朝夕相处，自己放下身段，谦虚好学，为人忠厚，深受胡奉三赏识，对自己的教导毫无保留。而自己也掏心掏肺，将师父视为近亲，在这个关口，师父怎会辨别不清大是大非。此刻虽伤心欲绝，但也不愿轻易离开，留下师父独自应对危难。

正僵持不下，门外一片嘈杂，有枪械零件碰撞发出的清脆声响，巩天民意识到大祸临头，日本人来得太快。果然，一队日军包围了大院，他们不急于涌进来，并不是忌惮胡奉三的功夫或者威名，这在他们眼里根本算不得阻碍，只是作为“中国通”的日本关东军特务机关长土肥原贤二少将，打入过张家内部，但和张学良还没有熟络到一定的份上，与胡奉三相比，差了一大截，他十分清楚胡奉三在大帅府的地位，胡奉三有自由出入帅府的权利，和奉军高层打得火热，自然掌握着奉军更多内幕，价值不可估量，如果能为己所用，就像天上掉馅饼，求而不得的情报便能顺手得来。他派坂垣征介大佐前来，主要任务是收买，而不是灭口。当然，如果胡奉三“冥顽不灵”，他不仅要动武，还必然赶尽杀绝。

坂垣征介踹开门走了进来，环视四周，瞄到赖士利的时候，赖士利不由自主轻微哈了一下腰，脸上的肉皮动了动，这个细节尽收巩天民眼底。此时，赖士利站在胡奉三的身后，伸手就能触及胡奉三，巩天民不敢确定自己的判断，但保险起见，趁所有人的注意力都在坂垣身上，隐蔽地往俩人旁边挪了挪。

坂垣并不凶神恶煞，反而异常谦逊，先摊摊手，证明自己没带武器，然后向胡奉三深鞠一躬：“我受人之托，邀请胡桑前往关东军总部一叙，望赏光为盼。”说完，又是一番客套。

巩天民与很多日本人打过交道，非常了解他们这套绵里藏针的伎俩，他们的风格一如坂垣腰间的那把军刀，刀鞘刀柄的工艺愈是登峰造极，刀刃上，越是沾着更多的中国人的鲜血。

胡奉三不吃他这一套，说：“这是我家，怎么进来的，怎么给我出去！”

坂垣说：“从现在起，沈阳已更名奉天，这片土地上的一切，都由日本关东军接管。你对关东军的态度，能决定这里还是不是你家。谁都想要自由，自由是个圈，跳出这个圈，不仅得不到自由，还会坠入苦海。”

胡奉三说：“休想越俎代庖。你如果能带走我，带走的也是一具尸体！”

坂垣说："胡桑，要审时度势。一百多年来，和大日本皇军过不去的，哪个有好下场？！"

胡奉三从太师椅上站起来，捋了捋袖子，接过徒弟递过来的大刀，一步步走近坂垣："你也要知道几千年来，中国人从来就没有认过输。就算近一百年，你们也从未达成所愿。不知天高地厚的东西，我不管你们想要得到什么，至少你征服不了我。拔枪还是拔刀，请自便吧！"

坂垣说："非常欣赏爽快之人，既然非要兵戎相见，我就不客气了。"

胡奉三冷哼道："沈阳都是您的了，您可别客气！"

坂垣不相信眼前这个老朽木还能保有十成功力，正值壮年的他才是关东军的最佳武士。他潇洒地解下武装带和手枪套，扔到了门外，以示破釜沉舟。"咻"的一声，军刀抽出来的声音令人毛骨悚然。巩天民为师父捏了一把汗，他接受过师父的指点，却从没见过他实战，这第一次见，就面临生死。

两人的刀，形态迥异，但都闪着刺眼的光。坂垣虎背熊腰，比胡奉三大好几个量级，他居高临下地望着眼前并不起眼的老头，好像一张嘴，就能像饿狼般将他吞没。院子外面仍是惨绝人寰的地狱，同胞的每一下呼喊，都好像在为坂垣加油助威，却让胡奉三的气势矮下去几分。

坂垣轻蔑地笑，不是在笑功夫孰高孰低，也不笑战局已定，他是在笑，谁是胜者一目了然，作为殖民地里的奴隶，一切"捍卫"尊严的努力，不过是自欺欺人罢了，就像一只会跳舞的跳蚤，终究是一只跳蚤。坂垣真想告诉胡奉三，你像一条试图撕咬主人的疯狗，永远也挣脱不开那条铁链，即使挣开了，得逞了，也难逃被宰。这话他没说，不代表在场的人感受不到，未开打，胡奉三已屡遭严重心理暴击，他在一片死寂中积攒着怒火，这怒火可以摧毁他，也可以给他无穷的力量。他自知大势已去，可他曾是受人景仰的老师，巩天民读得懂他，这时，他一定在想，一生传道授业解惑，而最后教给徒弟的，却不是功夫，而是宁为玉碎不为瓦全的民族精神，这精神才是他沉浮一世，写就的最高级的武功秘籍。

对视良久，他们同时出手。胡奉三身轻如燕，贴近坂垣，身体舞出了飓风。坂垣势大力沉，胸腔里迸发着呼呼的声音。两片好钢叮叮当当地碰撞在一起。巩天民看不清那眼花缭乱的动作，只见每一次撞击都火花飞溅，像铁匠挥舞大锤，抡进了铁汤里。

胡奉三果然名不虚传，巩天民大开眼界，表现得比之想象的更出神入化。而坂垣也非等闲之辈，刀法直来直去、大开大合，与胡奉三的“刀”走龙蛇、出其不意，相生相克。坂垣更注重力道凶猛，胡奉三讲究借力、卸力，他扬长避短，打斗中显露着中国武术家的智慧。几十个照面打下来，坂垣竟伤不到胡奉三的分毫，体能有所下降。而胡奉三才热身完毕，刚刚进入状态，他的战术目的正是耗光对手的锐气，再直逼坂垣要害。坂垣看懂了胡奉三的意图，但没法再及时做出调整，只能被动招架。军刀被胡奉三的大刀砍成两截，让坂垣雪上加霜，从紧蹙眉头，看得出他已焦躁不已。双方喘息间隙，他几次把注意力从胡奉三身上移开，看向巩天民等人所在的门厅。

巩天民知道，这场仗打赢与否，日本人都不会善罢甘休，未来还会有千百个这样的讨命鬼。他不知道能不能等到带走师父的机会，如果别无选择，他做好了一切准备。

几分钟后，趁坂垣体力不支，有所松懈，胡奉三耍出一套漂亮的刀花，坂垣见所未见，稍一愣神，一刀砍中他的手腕，军刀应声落地。失去兵器的坂垣像丢了魂，慌忙往门口跑。这要是让他跑出去叫来外援，这场打斗就丧失了意义。临死能拉个大佐垫背，这买卖不亏，胡奉三这么想着，脚步一点，腾空而起，刀刃就要劈中坂垣的脖子。

“嘭”的一声枪响，一颗子弹射出来，准确击中了还在空中的胡奉三，他随即像断了线的风筝，坠跌在地。日本士兵无人进入，没有条件开枪，枪声从门厅里传出来，是身边人的“杰作”，就在巩天民的耳畔，震得脑腔鸣响。他第一反应就是赖士利，转头看，赖士利还保持着射击的姿势，手持一把日本军官标配的“王八壳子”。枪管还冒着烟，和赖士利竖起来的毛发一样扎眼。

赖士利还要射出第二发子弹，门厅里一阵骚乱，巩天民上前夺枪，和赖士利打成一团。赖士利的同党与于伯谦等人展开混战，坂垣坐山观虎斗，笑容可掬，好像一个慈祥的家长在看顽童嬉戏。于伯谦牵制住赖士利，让巩天民得以脱身，他把胡奉三扛在肩上，钻进了武馆大堂后的地道。坂垣捡回自己的枪追了进来，一时间没发现入口。

地道里，胡奉三还不肯走，巩天民说：“您撤，兄弟们还有一线希望，将来能杀更多鬼子，不然一个也别想活，全得交待在这里。”

胡奉三便没再挣扎，他们从两里地外的地道出口钻出来。巩天民把胡奉三藏进了银行后院自建的防空洞里，那是去年巩天民为保护银行财产特意修建的，乱世当头，他不知道何时派上用场，不承想，这么快就物尽其用了。

巩天民安顿好师父，脱掉沾满血的长袍，不顾外面危机四伏，来到银行正门。正看见林三武被绑在门前的柱子上，身上一丝不挂，皮开肉绽，两块眼皮肿起来，将眼睛包裹住了。他还是个大孩子，骨瘦如柴，绑在那里像绑了一只褪毛的鸡，白花花的。听见巩天民在叫他，好一阵子才反应过来，哭一会儿笑一会儿。

巩天民自责不已，他说过有事他来扛，却食言了。等林三武的情绪稳定一些，巩天民才注意到银行大门洞开，里面空无一人，除了前台凌乱，金库没有被打开，算是不幸中的万幸。

巩天民问：“日本人呢？”

林三武说：“他们看我手里有枪，往死里打我，好在我扛揍，他们打累了，奉命去接管官银号，没腾出人手来霸占这里，可能我们银行太小了，他们没放在眼里。”日本人对私人银行“网开一面”，不是发了善心或者有所顾虑，巩天民分析，有可能是为了笼络民心、控制舆论，给侵略注入“温情”，他隐隐觉得这绝对不是好事，这是阴谋的一部分。

巩天民里里面面查看了一遍，问：“我们其他人呢？”

林三武说：“你前脚走，他们后脚就跑光了，都是为了混口饭，没想丢命啊，我拉不住。”

巩天民说：“跑就跑了吧，安全就好。你为什么不跑？”

林三武说：“你说过你会回来，我不想你回来的时候一个人也看不到。”

巩天民一阵心酸，赶紧找了辆车，把林三武送到青年会，让他和刘仲明一起治伤，自己回到银行值守。

坂垣带人来搜查过，没找到胡奉三，气急败坏，要抓巩天民回去拷问，危急关头，基督青年会的总干事张韵泠及时赶到，他向坂垣出示了一张伪造的英国护照，唬住了坂垣，替巩天民解了围。坂垣还不敢在西方列强面前造次，悻悻而归。

巩天民暂告安全，他难以高兴，仰天长叹：“在中国的土地上，却要假借外国人的身份才能侥幸逃过一劫，天理何在？”

巩天民在银行大堂正中央摆了一张孤零零的椅子，正襟危坐。他内心波涛汹涌，所以一夜奔波也丝毫感觉不到疲累。他不知道天亮后一切会不会好起来，他只知道黑暗散去，就会离阳光到来近一些。然而，天幕拉开，东北军撤离沈阳，太阳难觅其踪，太阳旗倒是随处飘荡，还有数不清的陌生人涌上街头，他们虽同为东方面孔，却是有着天壤之别的侵略者嘴脸。

第四章

夜幕迟早会过去，而我必然投身这深秋的漩涡，从这里被淹没以后，那归来的季节应该还是在沈阳之春。

“新奉天”瞪着血红双眼审视着人类暴行，所有人一夜未眠。九月十九日清晨，屠城一夜的日军集中了遇难者遗体，像处理垃圾般对遗体进行了焚烧，薄雾中弥漫着焦糊的味道，空气里飘荡着黑色的粉尘，那是遇难者永远无法落定的灵魂，他们以灰烬的方式重回家园。日军清洗了街道，在主干道和重要街区张灯结彩，燃放鞭炮，那鞭炮声声，对于刚刚被子弹洗礼仍心有余悸的人们，是赤裸裸的羞辱，他们用中国人的风俗习惯来庆祝中国人的毁灭。

日本军官有的坐在汽车里，有的骑着高头大马，士兵携带精良的武器，盛气凌人地穿行于街头，还有一个更庞大的群体让人叹为观止，那些换上了日军臂章的伪军警一夜之间如雨后春笋般冒了出来，人数比日军还多，他们组织群众、学生、工商户，手持太阳旗，高呼“王道乐土、满洲独立”口号，营造出一派繁荣的盛景。

此刻这座城市像个任人打扮的姑娘，早已忘记昨夜的惨痛，转眼就焕发了新颜。一部分学生，早已过了稚嫩的年纪，但竟然看不出具备辨别是非的能力，他们倒是受了多年的教育，学了一堆书本上的知识，以能开拓创新、有自我意识为荣，以嘲笑先人故步自封、封建迂腐为乐，他们拥有咬文嚼字、吟诗作对、谈天论地的本领，却没有学习一门看似最理所应当、最浅显易懂的课程，那就是当一名中国人，此刻他们扯着脖子喊得最卖力；有些衣衫褴褛的失意者，被塞了两块银元后戏精附体，愿意扮演任何角色，他们一如花钱雇来的拥趸，号叫着扑向连名字都叫不出来的偶像，三拜九叩，五体投地，犹如见到了再生爹娘；还有些油头粉面的家伙，他们并不因生活所迫，相反还有优于别人的条件，可他们也加入了跪舔的行列，一点也不顾忌刚刚失去亲人的同胞满腔的仇恨，他们乐此不疲，可能只有一种解释，他们见过了更高端的生活，欲望日益膨胀，做梦都想获取更多资源，但苦于能力有限，无法通过自身实现跨越，只好把飞黄腾达的愿景，寄希望于改朝换代，极度认同世道越乱越有空子钻的道理，哪怕是被日寇殖民，一个没有操守的中国人，在不以中国传统道德人伦为基础的大环境里，不用担心良心上的谴责，只会如鱼得水。精致的利己主义者，善于伪装，如果生活毫无波澜，也许一辈子都不会露馅，可现在，他们刹那间高潮了，他们认为改头换面的最佳契机就是现在了。

而被朝拜的日本人，也忘却了这是蓄谋已久的剧情而已，被深深感染，好像自己正是普度众生的救世主，是来为东北民众增添福祉的，瞬间更加明确了人生走向，颔首致意之余还流下悲天悯人的眼泪。记者及时抓拍下了这些画面，巩天民知道，很快这些影像将在中国以外的国家传播，到那时，除了中国人不知道沈阳已沦陷，全世界都会慢慢接受这个事实，这确实是一个滑天下之大稽的局面。巩天民被挤在人群中，如鲠在喉，心急如焚。他一边往人群外面钻，一边哭得稀里哗啦，他在哭这些人的麻木，也在哭自己的无能为力。哭干眼泪，他知道这不是恨其不争哀其不幸的时候，正因为现实中从不缺乏麻木不仁的人，所以才凸显出了少数人的地位，他要重新当回那个受人信赖的银行家，竭尽所能发出微芒。

巩天民看见大街上贴满了日军贴出来的布告，大意是东北人民自愿摆脱国民政府以及奉军控制，渴望独立，不日将成立满洲政权，日军是来帮助当地政府维持秩序的。悲愤之余，巩天民意识到如果日军继续添油加醋在国际上传播歪理邪说，沈阳就会在不明不白中从中国的版图中被分割出去，满洲政权一旦成立，一切都晚了。巩天民赶紧把亲眼所见的日军罪行整理成文字，准备投发到影响力最大的天津《大公报》，让更多的人知道沈阳人民的处境。可城市戒严，怎么把消息送出去成了问题。他专门去了一趟电报局，才知道这条路子更行不通，日军占领了电报、电台，所有的电报和长途电话系统均被破坏，沈阳彻底沦为孤岛，完全与外界失去了联系。

巩天民和刘仲明碰头，商量行动方案，了解到东北大学学生领袖张希尧将要化妆离开沈阳，前往北平开展抗日救亡运动，现已到达了皇姑屯火车站。巩天民当即雇了辆大马车，装满粮食，假扮成了慰问日伪军警的郊区农民，顺利进入车站。可候车厅里遍布警戒人员，防守如铁桶一般。他看见候车厅里有很多勤杂工来回穿梭，灵机一动，混进了职工休息室，弄来一套勤杂工制服穿上，大摇大摆走了进去。他不知道谁是张希尧，又不能挨个问询，只得根据刘仲明提供的体貌特征，暗中核对符合条件的年轻人。他边卖力拖地，边四下打量，终于发现一个小伙子和刘仲明描述的外貌神似，便慢悠悠向其靠拢。那人确实是张希尧，他也发现了巩天民，两人四目一对，巩天民左右手食指交叉，作出一个手势，张希尧立刻把头扭向一边，这动作说明他已接收到了巩天民的信号。巩天民快贴近张希尧时，佯装摔倒，趴在了地上，顺势把文稿塞进了张希尧的裤腿里。原以为神不知鬼不觉，快要离开候车厅时，还是被一个眼尖的伪警盘查，一把薅住巩天民，发现是张陌生面孔，再一看认出他是刚才送货的人，他本应在后勤处，现在却出现在了候车厅，必定有猫腻。伪警叫嚷着，大批警员冲了过来。千钧一发之际，张希尧一个助跑，飞脚把巩天民踹翻在地，还不罢休，又是接连的拳打脚踢，力道劲猛，好像确有仇怨，疼得巩天民龇牙咧嘴。伪警等张希尧打累了，这才喝止。他们没注意，张希尧动手时，把钱包交给了巩天民，现在他又从巩天民身上翻出来，并说道：“官爷，这个臭要饭的偷东西偷到我头上了！”一手“嫁祸栽赃、避重就轻”的本事被他俩演绎的行云流水，这出戏缓释了伪警的暴躁情绪。巩天民身体疼痛，内心不禁叫好。

巩天民被扭送到了站前警察室，被好一顿搜身，他们没从他的破衣烂衫中有任何发现，他露出一脸穷相，供述称：“能坐得起火车的人都是有钱人，就想混进去讨点儿钱花，家里四个孩子嗷嗷待哺，快揭不开锅了。”看他一脸可怜，不像撒谎，作践了他一通，关进看守室。一天后，呼泽生得到通知，准备了不少钱来赎，他才被放出去。

张希尧将文稿带出了沈阳，但能不能登报，有没有影响力，不得而知。巩天民日坐愁城，等待着外界传来关于张学良打回东北的消息，可等来等去，没有等到令人振奋的只言片语，相反，日军占领东北势如破竹、攻城略地的消息不断涌来。日军的宣传刚开始还遮遮掩掩，现在越来越露骨，声称东北人民渴望独立，拥护新政权，满洲国建国大会将择吉日举办。沈阳人民从哗然到默然，生活再苦难也还要继续，生意人不得不开门营业了；被日军接管实控的政府机关在大换血后，隆重“开张”；大量日伪军警走上街头，打扫卫生、分发救济品、看望慰问老人儿童，拙劣演技，竟也颇具迷惑性。

东北军全员撤离沈阳后，民间抗日义士层出不穷，给关东军和日伪军警制造了不少麻烦，但此时的他们以扶持傀儡政权为第一要务，不愿在建国大会前夕制造血腥事件，未再组织较大规模的扫荡和屠杀，日子似乎又恢复了平静。仇恨越积越浓，但沈阳的天空还是那片湛蓝如洗的天空，沈阳人民还是那些乐观豁达的人民，街上人流如织，沉浸其间，巩天民有一种错觉，如果闭上眼不去想来龙去脉，这也是和平盛世。正像他在街头听到的一种声音：“只要能安稳过日子，谁是统治者，又有多重要呢？有奶便是娘，听起来是贬义，话说回来，底层老百姓连饭都吃不饱，还能要求他们怎么样？这是绝望之后的无奈之举。”

坂垣没有再来志诚银行，银行周围仍少不了被监视。巩天民暗中调查，发现这些人不是日本人，而是赖士利派来的。赖士利像狗皮膏药黏上了巩天民，他放出话来："趁早把胡奉三交出来，中国人更了解中国人，我要发起坏来，比日本人更会对症下药。"

巩天民对他这话深信不疑，如果不是他这些汉奸，即便日军打得下沈阳，也没有能力治理沈阳。正是这种吃里爬外的东西太多，平时蝇营狗苟，战时祸国殃民，加速了沈阳披上了日本的皮。虽然巩天民对赖士利深恶痛绝，但他认为赖士利早一天晚一天会受到正义裁决，可以先行搁置，当务之急是奔走呼吁，以引起蒋介石和张学良的重视，能够打进来。巩天民让赖士利多蹦跶几天，可赖士利偏不买账，作为坂垣钦点的汉奸头子，他陷害忠良、欺男霸女，愈发猖狂，让巩天民不得不把精力放在他身上，直至分出个你死我活。不曾想，摆平赖士利，竟歪打正着，震慑了其他汉奸，也让巩天民以及其他同志坚定了誓死抗日的决心。

胡奉三的腿伤很重，巩天民找来了沈阳医学院张查理和盛京医科大学于光元两位弟兄，他们是享誉东三省的外科医生，为胡奉三做了手术，保住了腿。傍晚，巩天民搀胡奉三走出防空洞，到院子里活动，胡奉三说出了想回武馆的想法，他惦记于伯谦等人。巩天民坚决不同意，因为他事发当天就从地道悄悄潜回过武馆，看到武馆已被查封，师兄弟全军覆没，没见一个活口。他站在铺满院子的遗体中间，不能失声痛哭，只能暗自饮泣，那极度压抑的滋味他一生都不想经历第二次，可后来的很长一段时间里，他都真切地感受到，这种滋味对于亡国奴来说是家常便饭，毫不稀奇。

金黄的梧桐叶飘落下来，一层层遮盖在师兄弟们的身体上，让他们之间更沉默地永别。门外是日军战靴翻来覆去急促敲击地面的声音，就像他此刻的心跳，毫无章法又清晰入耳。他随时可能暴露，所以他甚至没有条件让师兄弟们入土为安，只能逐个把他们拖进门厅，整齐地摆放在祖师爷的牌位前，用一坛老酒和一炷香祭奠了他们。从武馆回来后，巩天民尽可能地让自己显得轻松一些。他想，万万不能让师父知道，不然这倔老头必定也要搭上命。

巩天民正努力打消师父出门的想法，这时，从墙头上咔嚓掉下来一团东西，把两人吓了一跳。走近一看，竟然是于伯谦，此时他伤痕累累，一看就是遭了大罪。胡奉三倒是不在意伤情，看到活人就值得高兴，他追问于伯谦其他人的下落。巩天民确信这不是于伯谦的鬼魂，知道纸包不住火了。于伯谦一五一十地说了，他们逃走后，兄弟们抵挡住赖士利，牵制住坂垣，十几人当场中弹殒命，剩下的三个兄弟受了重伤，被坂垣带走，生死未卜，他也中弹晕厥，看起来像没命了，幸运的是子弹擦破了头皮，冲击波导致晕厥，没有被日本人发现。当他醒来，不知何去何从。街上到处都是敌人，他在院子里观望了两天，趁敌人今天的部署松懈了，才得以脱身，第一件事是来看望师父。

巩天民观察胡奉三的表情，生怕他现在就冲出去找坂垣和赖士利拼命，然而这时的胡奉三肉眼可见地老去，之前还黑白相间的头发眨眼间银光一片，脸上的皱纹挤在一起，像冻烂的苹果，迅速失掉水分，枯萎了表皮，他喃喃地说："早知如此，我当时就该跟坂垣走一趟！"

巩天民说："他们把你抓去了，即使你什么都不说，以你的威望，也会重挫大家的信心！"

胡奉三坐在台阶上，许久之后说道："我连累了他们，不配当师父。"

巩天民从内心希望胡奉三离开沈阳，回哈尔滨老家，他说："我知道您老壮志未酬，未尽事宜交给我，我定全力以赴。"

胡奉三说："日军战斗素养确在东北军之上，和日军抗争，没那么容易，我老了，又上了他们的黑名单，帮不了忙，还是个累赘，我应该离开沈阳，但走之前，我有一个心愿，就是和赖士利做个了断。"

摸清汉奸赖士利的行踪，比接近坂垣要轻松太多，可他们的仇也没那么容易报。赖士利是坂垣的爪牙，正如日中天，从早到晚，不管是出行还是居家，身边总有一群人前呼后拥，虽然几个人身上有功夫，强攻也能将其置于死地，但想全身而退几乎不可能。已经失去那么多人，他承受不起伤亡了。

巩天民派人跟踪赖士利，发现这个人的最大特点还不是奸诈，而是好色，对小河沿上一座叫芳雅阁的青楼异常狂热，这芳雅阁挂羊头卖狗肉，主要业务是“卖人肉”。赖士利是芳雅阁的贵宾，每天雷打不动地前去打卡。只有这个时候，他的随从不敢近身。掌握了这个规律，巩天民心里有了底，想到与赖士利的斗争，很大程度上也出于私人恩怨，而国家危难应该摆在首位，这个时候更应该操心的是怎么把沈阳城内的情况传递出去，争取到外界的支援，而不能一门心思放在一个小小的赖士利身上，他要一边继续想方设法投稿登报，一边再完善一下计划，保证万无一失之后动手。没想到，赖士利赶着死，一天也不愿意多活。

第五章

我知道你暂时的出走其实是为了永远地回家，漆黑一片你仍脚步不停，所以那干瘪的理想应该美得过绚烂的飞花。我就在这里等你，等勇敢的你从暮夜中走出来。爱本应该轰轰烈烈，可我却只能引而不发。

那个角落里小小的家，风雨飘摇，但和落寞的沈阳城一样，上空依然高远，熟悉的气息仍旧浓烈。清晨的鸟鸣、挑夫沿街叫卖的声音以及拂过青瓦红墙的云影不曾改变，未被枪炮波及的建筑默然挺立，纷纷诉说着往日的繁华。

呼泽生和孩子们足不出户好几天了，尽管阳光正烈，有斑斓的色彩从明亮的窗子里透进来，可他们看不到这些，因为心头笼罩着黑暗。他们不知何时停靠港湾，他们的家像一艘随时倾覆的船舶。

家里断粮了，孩子们饿得面色发青，尤其是巩国路，发了高烧，满嘴胡话，隐约能听出来，他还在背诵前几天先生教给他的《满江红》。呼泽生翻箱倒柜没找到一粒药片，用家里仅剩的一点酒精给他擦身体，才降了些温度。擦身体要脱衣服，那时需要取下他身上的挎包，可即便意识模糊，他仍死死抓住挎包，不许人碰，他好像抱住的不是包，是抱住了爹，抱住了他的守护神。看着可怜的孩子们，指望不上巩天民，呼泽生不能坐以待毙，她要出去弄些大米和药品回来。她攀着梯子爬上墙头，看到街上有一队队的伪军警骑着“偏三轮”经过，并有很多不明身份的人来回晃悠，她还听到了好多不同音调的惊呼和哀求，辨不清来自哪个方向，这实属正常，相同的惨剧正在不同地方上演。连国籍都被剥夺的人们，人格更难以立足，没有道德约束的人们，不如猪狗，光天化日下满目充斥丑陋，下三烂的事也成了理所当然，所以她发现没有女人敢在街头出没、逗留。她也是女人，还是年轻漂亮的女人，可她不得不上街了。

呼泽生认真打扮了一番，这个打扮不是为了漂亮，而是扮丑。她穿上了粗布衣裳，摘下首饰，从锅底蹭了一手灰抹在脸上，好一阵思想挣扎后，壮着胆子出门了。刚走到小巷口就被人拦下，赖士利的人从角角落落冒出来，限制了她的自由，为的是让巩天民现身并任其摆布。呼泽生不知道巩天民在外面做了什么事，招惹了这群凶神恶煞的人，但她心里清楚，面对恶人，哪怕没有能力抗争，在被制服之前能亮明态度，就不会给巩天民丢脸。她佯装调头回去，又突然往外冲，可这种小计谋只会把这群男人挑逗的更兴奋。现场，他们和呼泽生玩起了老鹰捉小鸡的游戏，是一只小鸡和一群老鹰的故事，这显然没什么挑战性，当他们失去兴趣之后，很轻松就把她摔在地上，她的头磕在墙角里，满眼冒金星，半天爬不起来。

听说呼泽生一家人扛不住了，赖士利笑逐颜开。他要在坂垣那里邀功请赏，又忌惮巩天民在沈阳的影响力，为避免落下把柄，被沈阳民间团体群起而攻之，他不敢贸然进入巩家，采取了围而不打的方式，等待巩天民主动就范。呼泽生有强烈的外出需求，预示着他发动的冷战取得阶段性胜利。

呼泽生好不容易从冰凉的地面上披头散发地站起来，赖士利的阴影将其覆盖，他圆滚滚的大脑瓜子后面是好几层赘肉，叠在一起，让人有用熨斗给他熨平的冲动。他挺着大肚子，上身披一件东北显贵们标志性的貂皮大衣，脖子里挂着珍珠玛瑙，下身套着伪警的裤子和皮靴，这不伦不类的装束，没有让他看起来像个上流阶层人士，反而充分印证着他不在编但在列的“二鬼子”属性。

赖士利说："小娘子，好好劝劝巩天民，让他把胡奉三交出来，那个老不死的可是土肥原将军的心头肉。我说服不了他，只能叨扰你了。"

呼泽生说："我和巩天民不是夫妻关系了！"这句话不是空穴来风，这几天呼泽生写了一封又一封的离婚协议，可写完一封，想想又撕掉了，到最后什么也没留下，她也不知道为什么要反复劝说自己必须原谅，按照封建礼数，嫁鸡随鸡嫁狗随狗，何况她嫁的是众人眼中的精英，她要无条件服从，但她认为她的坚持和这些皆无关系；她是自立的女性，和依赖与不甘无关，而是想起丈夫的时候，还能感到温暖，即使他神龙见首不见尾，相处的时光十分短暂，即使现在他把一家人也置于危险之中，可她不甚了解自己的丈夫到底是什么样的人，她也了解那些侵入家园的混账是什么揍性。她从未见过胡奉三，但这个名字被汉奸咬牙切齿地说出来，那么这位老者，一定是个值得敬重的人。女流之辈，连维护自己都难，她却油然生出了责任感。

赖士利听呼泽生这么说，更开心了，他认为弱者能认清自己，并在第一时间服输，也是自信的一种表现。现在她通过和巩天民划清界限来向自己示好，算是折射母性光辉的别样壮举了。

赖士利捏了捏呼泽生的脸蛋说："漂亮，长得漂亮，干得更漂亮！你们没关系了，咱俩的关系这不就处上了嘛！"

呼泽生并没有即时反抗，还主动抓住了赖士利的手，让赖士利心神荡漾，麻酥不已，他嗅到了呼泽生手上那香气与烟火气交织的味道，这味道比芳雅阁里那些胭脂俗粉更让他欲罢不能。他敬佩呼泽生，欣赏她的坦荡，尤其是这出其不意的"荡"。他把呼泽生的"妥协"当作社会名流的夫人对自己的青睐，这是他在残花败柳身上从未有过的体验。然而，意乱情迷之际，一股钻心的疼痛从指尖传来。他号称武林中人，却久未研习武功，一门心思钻营，受不得皮肉之苦，此时痛感来袭，他鬼哭狼嚎不止。他看见刚还柔弱无骨的呼泽生，像一头寻得猎物的母兽，撕咬起来没完没了，他的手鲜血淋漓，他听到了骨头与牙齿碰撞在一起的“咯嘣”声，他感觉手指只剩下一层皮粘连在一起了。赖士利猛击呼泽生，呼泽生的脸被打成了爆米花，始终未松口。手下蜂拥而上，要把呼泽生拖开，场面像在进行一场拔河比赛。

他们终于把赖士利从呼泽生的“虎口”中拽了出来，因为用力过猛统统摔在地上，呈现了一幅乌合之众该有的画风。一阵沉寂之后，他们看见呼泽生嘴里衔着半截手指，朝转着圈跺脚的赖士利咧嘴笑，像谯猪的屠夫好不容易阉割完一头猪后，一脸满足。她龇着血红的牙齿说：“老娘刚刚话还没说完，我和巩天民已不是夫妻关系那么简单，如果他是上阵杀敌的勇士，我愿意当他的战车宝驹，如果他是拯救苍生的真佛，我愿意成为他的坐垫蒲团！”

赖士利掏出了枪，子弹上了膛，随时可以扣动扳机，呼泽生将要倒在血泊中，可他突然强迫自己保有理智，切不可因小失大。大多数人定义汉奸只是坏，却没想过汉奸在没当汉奸之前，绝大多数也是场面人，想红想黑，都需要足够的曝光率，这些人脑子比普通人转得更快，脾气也可以忽烈忽软，为人可以时而媚上时而欺下，同时他们区分“上下”的原则，也并不是单纯的论权势大小，而是论利用价值的多寡，在他们的概念中，将人的层次与作用分门别类，并置于手拿把掐的位置，就像一本无字宝典酝酿已久，这种宝典永远不可能问世，只存在于他们心中，随时运用自如，他们在对这些要素的把握中，随机切换，游刃有余，所以聪明或者能洞察人性并不是一成不变的褒义词。赖士利还对巩天民和胡奉三抱有幻想，如果此时彻底惹恼他们，他将颗粒无收，他急切地想在新主子那里站稳脚跟，还指望着抓活的献上去。刚还怒火中烧的赖士利却又十分自然地把枪放回了腰间枪套。连呼泽生都认为自己必死无疑，赖士利却引而不发了。

赖士利心说，我可以不把事做绝，但半截手指不能白丢，也要让她受点儿皮肉之苦，算是给巩天民留下压力也留有余地。赖士利抽出了匕首，正欲往呼泽生的脸上划，这时候小巷口传来稚嫩响亮的童声："住手！"

呼泽生一听就知道是国路的声音，抬头一看，孩子背着挎包，手里握着一块砖头，因为用力，一边肩膀耷拉下去，仍然不影响他雄赳赳地站在道路中央，这时，他的身影不是更高大了，而是更渺小，她的眼泪唰一下掉了下来。原来呼泽生刚开始和赖士利手下发生冲突时，他就在一片混乱中偷偷溜出小巷，谁也没注意到这个小不点。他一路奔跑，气喘吁吁地来到志诚银行，搬来了救兵。巩天民带着刚招录的银行工作人员抄家伙来到现场，距离不远的基督青年会里的同志也得到了消息，两路人马一汇合，赖士利一方发现人数不占优势，而且巩天民一方不乏沈阳城里颇有威望的知识分子，不敢恋战。

落荒而逃之前，赖士利还威胁说："识抬举的，让胡奉三赶快来找我，我带他到关东军总部报到。"

在医院处理伤口时，赖士利又疼得死去活来，这让他的杀气愈演愈烈，他不敢动巩天民等人，连便宜也没占到，那么就要借刀杀人。他面见坂垣，给他煽风点火："不能再等了，我有办法让胡奉三现身，你只要把牢里那三个胡奉三的徒弟收拾了，依照他的性格，绝对会露头。到时我加派人手，瓮中捉鳖，这老小子插翅难逃。"

那三人对坂垣来说毫无用处，正准备送去做实验，听了赖士利的建议，大手一挥把人提出来了，比拔三颗白菜还随意。他的处置手法更随意，把人押到小西门城楼上，每人一个绳套，直接吊死示众。这比什么广告都有效，不出一个时辰，满城皆知。

消息传到巩天民耳朵里，他痛不欲生。冷静下来一分析，半天时间不到，他们就有所行动了，这不是偶然，一定是赖士利引蛇出洞的计谋，坂垣反倒被他利用了一回，成了他的马前卒。

巩天民知道事情终究瞒不过师父，他要再受刺激的话，要么当场暴毙，要么会豁出命为弟子收尸，鸡飞蛋打。巩天民认为，猎杀赖士利的计划，不成熟也必须得实施了，这件事还非得胡奉三参与，能亲手报仇雪恨，他的心里会好受一切。他见到胡奉三，先说明行动方案，再告知噩耗。程序对了，效果很好，胡奉三报仇心切，来不及悲伤。

当天晚上，巩天民、胡奉三、于伯谦、林三武、刘仲宜、邵信普换上了伪警服装，兜里揣着巩天民加班加点赶制的假证件，乘坐一辆轿车，行至芳雅阁附近，找了一处隐蔽角落停靠下来。按惯例，下刀子也无法影响赖士利的春宵时刻，就连九一八当晚，他听到枪炮声也是从芳雅阁里的床上滚下来的。巩天民却担心他今天受了伤，太影响心情，并且他还有任务，会在小西门城楼底下设伏，很大概率不会出现。不出现也不算白来，算作踩点预演了。巩天民想着。

又过了半个时辰，临近子夜，街上没有人了，灯火通明的芳雅阁陆续在灭灯，很多房间的人都睡了，他们正准备回去。这时，街口走来一群人，个个身着奇装异服，搭配辣眼，算得上那时的非主流。他们走路颠三倒四，摇头尾巴晃，由内而外散发着流氓气质。等走近些，巩天民一眼认出打头的正是赖士利，他手上裹着厚厚的纱布，伤势不轻，却不妨碍他脚底下的皮靴哐哐作响，看架势不是来嫖娼的，像是来打猎的。殊不知他已成为别人眼中的猎物，即将堕入万劫不复的陷阱。

林三武年纪小，控制不住情绪，忍不住感叹：“名不虚传，这货性能力堪比畜生。”

大家精神高度紧张，因林三武的言论短暂破防。赖士利似乎发现了这里停着一辆汽车，他长期在此活动，不止对芳雅阁内的风尘女子如数家珍，对周边的环境也了如指掌，稍有变化都能觉察。他举起手，做了一个手势，手下都停了下来，他缓步走向汽车，把眼睛贴在玻璃上往里看，几乎与巩天民脸贴着脸了。车内的人屏住呼吸，这要是被赖士利发现了，再找围捕的机会，怕是难上加难了。赖士利从前窗绕到后窗，再绕回来，拉了几下副驾驶的门把手，这个动作让人冷汗狂飙，原因是车门没锁，全凭巩天民双手扯住，使出了吃奶的劲，车门才得以纹丝未动。同时，巩天民示意林三武举枪，如果赖士利锲而不舍，不达目的誓不罢休，车门肯定会被他拉开，毕竟在车内很难持续发力，而赖士利从外面开就轻松很多。幸好，赖士利努力了几下后放弃了操作，对着汽车啧啧有声。

赖士利问手下：“藏在这里，以为我就看不见了？这是谁的车？”手下连连摇头，车内氛围降至冰点。

没人能回答他的问题，赖士利胸有成竹地分析道：“时局变了，轮到奉天城里的新大佬坐庄，叫不上名字的人太多了，何况汽车。我相中这铁家伙不是一天两天了，下步高低弄一辆，那才符合咱的身份！”

听他只是对车感兴趣，巩天民等人长舒一口气。随即，赖士利转身进了芳雅阁，有几个人跟了进去，占据一楼大堂，剩下的在外围巡逻警戒。大冷天的，他们却只能看着主子钻热被窝、抱大美女，颇有微词，本就是一群投机取巧之人，哪里会尽心尽力，不一会儿就各自钻空子消磨时间去了。有的打牌，有的喝酒，有的深得赖士利真传，无福消受芳雅阁的女子，跑到不远处低不少档次的野馆子寻花问柳。巩天民意识到时机成熟，果断发出指令，林三武、刘仲宜和邵信普下了车，大摇大摆进了芳雅阁。大堂里的赖士利手下们已醉眼惺忪，但再不济，也还认得刘仲宜等人身上的警服，他们做梦都想从便衣换上这身真皮，眼睛放着光，晃晃悠悠站了起来，有的提着酒瓶子，酒嗝不断，有的满嘴油光地嚼着烧鸡。作为赖士利的堂弟，只有堂弟赖士凯是赖士利真正的心腹，赖士凯不管来者何人，都谨记堂哥嘱托，转身欲上楼通风报信。刘仲宜眼观六路，识破了他的意图，率先挡在了楼梯前，掏出证件在众人面前虚晃了一下，麻利地装回口袋，说道：“奉警务处长之命，面见皇姑便衣队队长赖士利，有要事相商，无关人员回避，泄露了机密，格杀勿论！”刘仲宜言之凿凿、气势逼人，再无人敢蠢蠢欲动了。

作戏就要做足，在众人的注视下，三人颇有大将之风，慢条斯理地上楼，皮鞋踩在木楼梯上，发出“咚咚咚”的声音，节奏平稳。其实刘仲宜害怕极了，这些人手里都有枪，万一露馅，满盘皆输。三个人都没经历过这样的场面，邵信普的身份和巩天民差不多，只是个小银行的行长；林三武自不必多说，身上的伤还没痊愈，心里的阴影还没消散；而自己是医院院长，看得了别人的病，却看不了自己的病，他现在满脑子都是被打成马蜂窝的样子，那个样子不是医生力所能及的。

只剩下最后一级台阶时，刘仲宜发觉坏菜了，他只记得巩天民告诉他赖士利的包房在二楼右边第一间，但现在问题是通向二楼的有左右两个楼梯，到底以哪个楼梯为基准，大脑一阵短路，再回去找巩天民问一下显然不现实，现在开口问赖士利的手下，也是极不专业的行为，正思考着解决办法，大厅里却突然传出一个令人胆战心惊的声音：“且慢！”

刘仲宜一只脚正抬在空中，他不知道应该落在走廊上，还是落回刚才起步的地方。他有足够的理由相信自己被人认出来了，毕竟每天有无数个病人从他面前晃来晃去，他的注意力在人的病情上，病人的注意力却在医生身上。医生的名声、态度和长相直接影响病人对病情的认知。有人生病了，始终搞不明白到底应该叫“看医生”还是“看病”，刘仲宜现在得出了结论，“看病”是医生的事，“看医生”才是病人的事。只要这其中有人看过刘仲宜这个医生，那么这一声“慢着”，都将是一系列连锁反应的开端。他们僵持在那里。

第六章

那时候最大的恶意，莫过于奉天顷刻取代沈阳；最大的悲剧，莫过于送别与永别，仅隔着一道看不见的边界。

等待的人比正经历着的人更心焦。穿过深夜的雾霭，全神贯注的巩天民能听到自己心房里的回响，他远远瞄到了大堂里的情况，以为三人出师未捷，计划即将化为泡影，立即安排大家做好拼杀准备，他们一个个蓄势待发。

楼梯上，三人的手同时按在了腰间，牛皮枪套上的姊妹扣已被掀开，他们甚至还不敢保证会不会把玩那支巩天民临时搞到的手枪，除了林三武耍弄过一根比烧火棍强不了多少的铁杆杆，医生刘仲宜和银行家邵信普这辈子也没摸过枪。枪不仅不能让他们心安，还让他们再无退路，就像事变中的东北军，不仅保护不了老百姓，还把他们残存的民族自信狠狠摔在地上反复摩擦。

他们回过头来，看见是赖士凯正仰着头、挥舞着胳膊，向他们说话。

刘仲宜壮着胆说：“混账东西，你想干什么？”

赖士凯说：“上楼右转第一间，千万别走错了，这层楼里都是硬茬子！”此言非虚，能到芳雅阁里来的都是有权有势的人，老赖到了这里，自然成了小赖。

刘仲宜内心感激，表面不屑，瞥了一眼赖士凯，说道：“再硬还能硬过我们？别忘了我们身后是谁，你们都要认清自己的身份，不要看低了自己，可以无限看高自己，这样在大日本皇军那里才有出头之日。”赖士利手下纷纷点头称是，并为刘仲宜将他们称呼为“我们”而感到骄傲。同为汉奸，也分三六九等，被大汉奸看中的小汉奸，就像被加冕册封了一样，必然喜悦。

三人来到赖士利的房间外，敲了几下门，屋里哼哼唧唧的声音戛然而止，随后赖士利骂骂咧咧起来，拖拖拉拉的脚步声后，一个香肩半露的风尘女子脸蛋潮红地打开了门，看到伪警，当即捂着脸蹲在了墙根处，这个动作古已有之，全国统一。三人毫无阻碍地进入房间，走到了床边，按照计划，他们要把赖士利带离芳雅阁再下手，在这里动静太大，一定会节外生枝。赖士利正趴在被窝里，外人只能看到一个沾满口红印的光头，他仍气喘如牛，听到脚步声，背对着三人说：“我跟你们几个小崽子说过了，除了坂垣大佐，谁也别放进来骚扰我，怎么就……”话没说完，他感觉后脑勺凉风嗖嗖的，翻身一看，魂飞魄散，结结巴巴地说：“爷，别大水冲了龙王庙，都是自己人。”

刘仲宜说：“不要惊慌，我们警务处长知道你在这一片的声望，邀请你一同筹划过段时间建国大会的治安维持事宜，这可是打着灯笼难找的事，干得好，你就一炮而红了。”

赖士利激动地蹦下床，三两下穿好了衣服，随口问刘仲宜：“哪个警务处长？”

这下把刘仲宜问住了，他对伪警系统不熟悉，可赖士利熟悉，要是说错了，就白忙活了。

刘仲宜急中生智，“啪”就是一嘴巴，反呛道：“你话太密了，老子提醒你，我们处长最忌讳别人口风不严，以后和他共事，少说多做！”赖士利对刘仲宜这个恶劣态度相当满意，如果刘仲宜客客气气地问一句答一句，他反倒会起疑心，这种土匪气质才符合他对上级的定位，暗想，这位官爷脾气挺暴躁，和坂垣不相上下，不过，这正说明人家有资本、敢蛮横。乱世当头，贼人当道，没点儿脾气，能干什么大事。赖士利疼在脸上，美在心中。

赖士利拿出烟卷毕恭毕敬地分发，被刘仲宜和邵信普拒绝，发到林三武时，脸色“唰”地一下变了。他发现这张脸越看越熟悉，好像刚见过不久，到底在哪里见过呢？赖士利脑子转得飞快，不一会儿他恍然大悟，九一八事变当夜，他的手下协助日本人在金融街片区活动，作为巡视，他路过志诚银行，看见门前柱子上绑着一个人，而这个人就是眼前的林三武，他一边庆幸拥有过目不忘的本领，一边做好了逃跑准备。林三武也发现了他动作上的迟疑，但他确信赖士利没见过他，不然巩天民派他上来之前，他一定会如实交代。

狡猾的赖士利不动声色，佯装往外走，刚打开门，就一个助跑，企图甩开三人，但他低估了林三武，刚才对视时，林三武也从他的眼神中读出了一些东西，故意走在后面，防止他狗急跳墙。现在猜测得到验证，所以在第一时间勒住了赖士利的脖子，重新将他拖回房间，刘仲宜锁紧了门。蹲在墙角的女人嘴大如盆，运气尖叫，被邵信普一拳打晕。可赖士利就没那么好对付了，他好歹练过几招三脚猫的功夫，对付普通人不在话下，他很快挣脱开三人，跑到床边，从枕头下摸出手枪，朝最近的刘仲宜扣动扳机。枪响好几声，连灯都被打灭了，芳雅阁里顿时大乱。楼下的人涌上二楼，冲撞房门，等撞开了，屋里只剩下那位刚苏醒过来的风尘女子。她看着眼前的人，一头雾水。

赖士凯问她：“人呢？”女子一问三不知，她眼前只有一片星星。赖士凯一气之下又给了她一拳，刚醒过来又不得不再次进入梦乡，去往更大的星河遨游。

赖士凯看见地上有一摊血，而房间后窗大开着，他跑过去一看，没看见有人的影子，只有一辆汽车呼啸着钻进夜色里。而那辆汽车正是赖士利进芳雅阁前反复观赏的铁疙瘩。谁都知道，他实现了他的夙愿，他最终坐上了那辆他向往的汽车。他用他聪慧的脑瓜子未卜先知，如此之快地实现了坐上大汽车的梦想，唯一可惜的是，感知汽车舒适与否的，不是他的身体，而是他的脑浆和在生命最后时光才姗姗来迟的灵魂。芳雅阁里那些所谓的大佬都在今夜受到惊吓，他们选择集体失声，大气也不敢喘。那是芳雅阁自建成开业以来最引人深思的一夜，里面所有人都在思考人生，他们想要明白自己和"同道中人"赖士利是否一样荒唐，如果不是，为什么一躺下也能看见恐怖的死亡之眼。

赖士利开枪打刘仲宜，刘仲宜是怎么逃脱的，又怎么把赖士利带走的，那摊血是谁的呢？原来刚才赖士利的扳机扣到一半，还没击发出去，却有一颗子弹从他后脑瓜上的口红印中间穿了进去。这一枪是巩天民打的。他早知道赖士利诡计多端，怕三个人难以应付，绕到芳雅阁楼后，刚攀上二楼，透过窗缝往里看就发现赖士利狗急跳墙了，他当即隔着窗子来了几发盲打，该着赖士利灭亡，被毫无射击经验的巩天民送去了西天。连巩天民都好奇，那子弹像长了眼睛，对赖士利尤其偏爱。

巩天民等人把赖士利的尸体拉到了小东门城楼附近，由胡奉三亲手将他吊起来，和小西门城楼上弟子们的尸体遥遥相望。坂垣知道后勃然大怒，不是因为损失了赖士利，死再多的赖士利之流，也无法引起他内心的波澜，发怒的原因是帝国皇军的权威受到了挑衅。他发出悬赏公告，全城征集芳雅阁案件线索。可这个线索找起来太麻烦了，沈阳百姓拍手称快还来不及，哪里还会帮助他们残害忠良；汉奸们倒是想立功，可一想到连赖士利这么个厉害角色都被暗杀了，跳梁小丑最大的特点是心虚，没人不怕；甚至有好几个和伪军伪警打得火热的汉奸，惶惶不可终日，很少再露面了。有人说，他们逃离了沈阳，有人说他们消极怠工，被日本人秘密处决了。

此事之后，大家尝到了胜利的滋味，巩天民原以为能解胡奉三心头之恨，使他重回往日状态，至少不再郁郁寡欢、终日愁苦不已，没想到事情刚一了结，他却大病一场，久治不愈。为了不连累巩天民，他决定尽快离开沈阳。

那是一个天空昏暗、大地惨白的清晨，风中飘着雪粒，打在脸上生疼，巩天民送别胡奉三。胡奉三手上攥着一本巩天民为他办的良民证，他看到“良民”这两个字，凄凉瞬间淹没了他，响当当的一代武术家，向弟子传授了一辈子的仁义道德，口口声声说着“民族危亡、匹夫有责”，老了却反其道而行之，做了日本人的良民。他苦笑着摇头，把单薄的行囊甩在身后，蹒跚着走向日军严防死守的城门。他在迈向关东军的检查站前，回头看这座熟悉又陌生的城市，这里曾承载着他的骄傲与荣光，可如今只有一片萧瑟，他看见那些扎眼的旗帜定格在灰白的屋檐下，像敌人的血盆大口，向他发出一阵阵恼人的嘲笑。他看见赖士凯的人就在周边活动，并没有注意他这个病恹恹的老头，连正眼看他一下的欲望也不存在，他不会因此感到庆幸，而是剩下无尽空虚。好战爱斗，面对真正的强敌，却只能落荒而逃，他多年营造的内心城池，一瞬间垮塌得连渣也不剩。他最后一次劝说巩天民和自己一起走，哈尔滨有他的弟子组建的民间抗日武装力量，他们到那里相对更安全。

胡奉三说：“你在这里有产业，可也因此更易树大招风，日寇不会跟亡国奴们谈礼义廉耻，等到他们需要的时候，什么你的我的，都是他们的，不如现在就走，隐姓埋名，也可以悄悄为抗日贡献力量。”

巩天民看出了师父的悲怆，他说：“您大可以坦然，走，并不是溃逃，而是让坂垣的愿望落空，这也是一种斗争，斗争并不只是动武，只要我们精神不熄，就能薪火相传。而我，什么都还没做，沈阳各界同仁都看着我呢，我可以利用我目前的身份地位奔走呼号，如果走了，是资源浪费，那和卖国求荣的人也没什么区别了！”

这番话，胡奉三听进去了，他突然朝巩天民深深行礼，多年来都是巩天民对他三拜九叩，今天反过来了，这在礼数森严的门派之中不可想象。巩天民连呼“使不得”，可胡奉三规规矩矩的样子，像极了当年第一次登门时求知若渴的巩天民，十几年过去了，在即将分别的时刻，一个银发老人满怀忏悔地向徒弟致敬，谁也难以揣测当时胡奉三的心情到底多么复杂，两人久久拥抱，泪流满面。

胡奉三说：“我曾以为闻鸡起舞、勤学苦练，打遍沈阳无敌手，就能够保卫家园，获得地位和尊重。现在看来，在强大的敌人面前，这拳脚功夫不值一提，靠几个人拳打脚踢，也是杯水车薪。人们会因为我拳头硬而高看一眼，也可以因为我难当重任而嗤之以鼻。国家落后、意识淡漠，一介武夫和普通百姓又有什么区别，还不是任人欺凌宰割。和日寇较量，需要凝聚力，需要国家机器，需要精英阶层的引领。漆黑天地，空有一身蛮力，搞不好就会用错了地方，人们真正需要的是照亮方向的火光和穿透心灵的呐喊。时代需要你这样的知识分子，等待着你们的发声。保重吧，做沈阳的吹哨人，做东北人民的擎旗者。”城门快要关了，鬼子在呜哩哇啦地催喊，伪军的枪托不时砸在行人的身上，像在敲打灶膛里的燃烧不畅快的烂柴火。胡奉三深吸一口气，走向城门。

巩天民说：“此生如若不再见，来生还做师徒。”胡奉三向他笑了笑，枯黄的脸和远处并无温度的残阳遥相呼应，他踉踉跄跄地往外走，已全然没有了武术家的风采，他只是个干瘪的老头，像冬日中城墙夹缝里的枯枝，不仅仅预示着自己的衰败凋落。巩天民知道这几乎就是最后一次见面了，但师父那一下回眸让他难以悲伤，难以遗憾，至少他们还能面对面的祝福。他想，在这样一个叫天天不应的境地中，有些分离，连告别都来不及，那些暴死在敌人残害下的同胞，连一句话也没有留下过。此刻的相送，何尝不是幸运的。

送别后，日子如同翻书，一个篇章结束，又是新的一页，巩天民他们和敌人的斗争才刚刚开始，他们发现战胜敌人也不是想象的那么难，但同时他们也明白，虽然赖士利十恶不赦，但并不是罪魁祸首，如果没有侵略者，他们也只是贪图富贵的小人而已。所以下步行动，他们必须有更精确的目标和更多的底气。

巩天民通过各种途径带出去的信和稿件都如泥牛入海，没有激起一丝涟漪。东北军撤进了关内，日本关东军在东北大地上的侵略之势犹如风卷残云，锦州及辽宁各省失守，吉林、黑龙江沦陷，连热河承德、内蒙古东部也相继告急，短短两个月，日本关东军占领了东北全境，势力范围覆盖了惊人的一百多万平方公里，相当于三个日本本土的面积。

快过年了，沈阳一年之中最严寒的时节来临了，大雪隔三岔五就下一场，好像要疯狂地掩盖什么。雪花覆住车辙，覆住房屋的界限，却覆不住沈阳人民的仇恨。插遍街头巷尾的日本太阳旗冻成了冰疙瘩，让那抹恼人的红色直勾勾地渲染着惨白的大街，街上没有行人，马路上的积冰压实了一层，又重新凝结上一层，周而复始，人们无法出行，春天的讯息愈来愈远，就像沿街两边，那些躲过了鬼子袭扰、躲过了临时政府的苛捐杂税、却也躲不过伪军伪警盘剥的工商户，他们每天一睁眼都在心中一遍遍积攒开门的勇气，如果生意不做下去，很快会饿死，而做下去，累死累活，最终收益等同于全打了水漂。

巩天民闲不住，他一天要走上街头好几次，他要感受到那彻骨的疼痛。他看见很多工商户在寒风呼啸、漫天暴雪中怨天尤人时，有无家可归的流民冻死在屋檐底下，他也了解到，很多工商户老家的父老乡亲捎来了断粮断暖的口信，他目睹了工商户们环顾还带点儿热乎气的栖身之所，勉强挺直腰板，卸下门板，继而露出灿烂的微笑，去迎接民众，也去迎接络绎不绝的不速之客，乃至衣冠禽兽。

早在半年前，在工商界、金融界拥有丰富人脉的巩天民就被选为沈阳商会执行委员，还没来得及开展什么工作，没办什么实事，沈阳就变成了奉天。此时的他迟迟等不来东北军回心转意或者中央军紧急驰援的消息，他越来越意识到靠那些人几乎是痴心妄想了。要想团结起来，在阴霾下得到一定空间，让大家的日子好过一些，那么他就要主动出击、有所作为，比如收起那可怜的倔强，不再故步自封，主动去和日本人交涉，争取到相应的权益。想法很好，可未等执行，日本人先来一步。

第七章

我是出关，为什么一不小心出了国？

时代不乏忠勇之士，而投机分子更是层出不穷、如影随形。赖士凯接管了赖士利的摊子，这个家伙身上有其堂哥的特征，且青出于蓝，更有心机，凭着惊人的记忆，找人给刘仲宜、邵信普和林三武画了像，四处张贴，并秘密调查，最终将目标锁定了刘仲宜等人经常出没的地点，在日本人的眼皮子底下办事，赖士凯不敢越权，他的高明之处在于要通过日本人的手，报自己的仇，虽然他还不能亮出刘仲宜等人杀堂哥的证据，但掌握了他们参与反日活动、发表“反动”言论的信息，这一条甚至比堂哥被杀更能引起日本人的兴趣，便决定从这方面入手，刘仲宜等人经常光顾的基督青年会自然被他盯上了，他们在巩天民的提醒下，意识了危险，便很少再去了，去也会化妆，一旦有可疑人等出现，他们的话题马上能从日本侵华阴谋、东北民间抗日力量的形成等国家大事，变成学术和业务交流，几次都能瞒天过海，有惊无险。

为摆脱赖士凯的跟踪、侦察，由巩天民、刘仲明、刘仲宜、邵信普、李宝实、于光元、张韵泠、张查理、毕天民“九君子”组成的抗日爱国小组把聚会地点搬到了沈阳商会。商会门口，没有摆烟酒糖茶，而是摆了一盆黏糊糊的液体，臭不可闻，盆边上放着一只杯子，他们依次走来，舀上满满一杯，一口气喝下去，从痛苦的表情来看，那滋味一言难尽。这是刘仲明用医疗配方特意配制的苦水，每次聚首，他们都要喝上一杯，以砺卧薪尝胆之志，以示待机报国之诚。

今天巩天民等人又来了，他们准备组织一次工商户罢工，维护基本的权益，此次是召集各行各业的代表商讨实施计划，虽对来者都进行了身份确认，但非常时期，谁也不敢保证这中间会不会有特务。罢工不是一个小圈子就能成行，既要控制范围，又得扩大影响，这种矛盾下，九君子作为组织者须保持十足警惕，要拥有火眼金睛，准确识别自己人还是别有用心之徒，这会开得人心力交瘁。

巩天民在慷慨陈词，担负警戒任务的刘仲宜突然从门外进来，召唤巩天民下台。巩天民以为有情况，赶紧跑过去。刘仲宜对他耳语一番，他生气地道："谁让她来的，胡闹！"

刘仲宜说："不仅她来了，还带来了我老婆杜亚芳、邵信普的老婆高慧，现在她们正在门口唱诗呢，吸引了一大群人围观。"

巩天民骂道："丢人现眼！"他快步来到商会门口，果然看见呼泽生被几个女人围着，正手舞足蹈、声情并茂地唱诗，看那架势，比刚才卖力演讲的自己还能烘托气氛、调动情绪。

巩天民看见呼泽生穿着一件压箱底的大红袄，在一片银装素裹中鲜艳夺目。她剪短了头发，脸庞被映红了，有热气从她的口鼻中一团团喷出来。她从未如此活跃，刻意演出来的热情，不如天性如此的人游刃有余，但更接地气，仍能让现场不再是单调的颜色，冰冷的商会门口有暖流涌动。她唱得很好，人群中不时有喝彩声，连一些鬼鬼祟祟的人也在角落里注视着他，似乎被这惊艳的情景感染了。巩天民从不知道，在他印象中大部分时间围着灶台转的妻子，竟然还会这等才艺，本应惊喜才对，可此时他却觉得这声音异常刺耳，有哗众取宠的嫌疑，她是在用这种方式表示对他未行丈夫之实的抗议。巩天民气急败坏地从人堆里挤进去，一把抢过呼泽生手里的诗书，扔在地上使劲踩了几脚，说道："别的女人躲在家里还不安心，你反倒跑出来招摇过市，活腻歪了？”

巩天民的语言极其生硬，众人都跟着尴尬，可呼泽生不以为然，她蹲下来捡起书，抚掉页面上的脚印和雪渣，抱在怀里说：“全东北都沦陷了，哪里还是家，哪里还有安全地带？男人当了亡国奴，女人就能幸免了吗？”

巩天民吓了一跳，他一百个想不到她语出惊人，连忙捂住她的嘴，可呼泽生并不屈服，扒开他的手说：“你从来不告诉我你在做什么，有什么资格苛责我的行为，我没有踏进你的商会半步，不妨碍你的事业就是了！”

巩天民说：“这还叫不妨碍我？不进商会你就有理了？这里也不是你该来的地方！”

呼泽生说：“说到该不该来，沈阳我就该来吗？我以为来到沈阳，苦日子就算到头了，也跻身于大城市了，摇身一变成了令人艳羡的银行家贵太太，和孩子们有享不尽的荣华富贵。可天知道，这接二连三发生的事荒谬至极，二人转都不敢这么唱。还幻想着来当大城市的主人，却一不小心连中国人的身份都弄丢了。谁能告诉我，我只想出关，为什么却成了出国？可这事让我摊上了，在这绝境里，就得思考以什么样的面目示人！别以为我是个妇道人家，就必须心甘情愿、听之任之，东北没守住，说明这一套老旧的封建思想大错特错，该摒弃了。我擅自行动，不能说明我在违背你的意志，反而更证明我和你是夫妻，永远的一条心。你是个堂堂正正的中国人，做的也是光明磊落的事，你勇敢站出来，我也不能得过且过，我要看见你、守着你，如果还能力所能及地帮到你，那就是我呼泽生上辈子修来的福分，是我的造化了！”

巩天民对呼泽生的话一时消化不了，愣在原地，他觉得心在隐隐作痛，但不知因何而痛。多年来，他是个说一不二的人，大庭广众之下可以勉强接受妻子的道理，但接受不了她咄咄逼人的态度。妻子从来没跟他红过脸，结婚多年，连个“不”字不说，现在怎么能被她说服。我是演讲台上的新宠，我要用振聋发聩的真理获得千万个民众的支持，唤醒他们的抗战热情，连贱内都收拾不了，还有什么理由一呼百应？巩天民想。

呼泽生见巩天民没有表态，重新回到原来的位置，继续字正腔圆地唱诗。

巩天民认为这是挑衅，脸上青一块紫一块，脱口骂道："马上给我滚回去！"可他忽略了一个问题，妻子不和他红脸，并不是不敢，而是不想。今天她是刚刚成立的"妇女小组"成员，她也必须要这个面子。

呼泽生仰着脸，不看巩天民，骄傲而坚定。

巩天民说："你走不走？"

呼泽生说："有本事让日本人走！有精力有能耐全用在恰当的地方吧。"

这句话触及筋骨，揭穿了每一个还存有责任感的男人内心深处的悲哀。"啪"的一声，巩天民抬手一耳光。这一巴掌太重，把呼泽生打转了一圈，像一团飞舞的火焰，从台阶上燃烧到了地面。她头发上沾满了煞白的雪，嘴角流着鲜红的血。巩天民没意识到这一巴掌如此丧心病狂，他忘记了从未跟呼泽生动过手，她只是个柔弱的女子，昨天还扛不动那袋米，抱不动日益长大的他的孩子们，她在假装坚强，她不得不做一家之主该做的事。不知不觉间，他把她当成了真正的壮劳力，早已忘了她当姑娘的模样。呼泽生闷哼了两声，挣扎了几下没有爬起来，好不容易成功了，地上太滑，又摔了个四仰八叉。人群中有窃笑，不少人很愿意看这种跨度极大的剧情，对体面人的"倒台"、对完美人设的崩塌拥有深深的执念。刚还美不胜收的人儿，转眼间狼狈不堪，这多少会让人冲动。

杜亚芳和高慧以为只是两口子吵架，外人介入必然愈演愈烈，冷处理才是好法子，这是已婚人士的默契。可她们没想到巩天民真动手，冲上来拉开巩天民。巩天民当时就后悔了，想去搀呼泽生，高慧没给他这个机会。

杜亚芳揪着巩天民的衣领忿忿地说：“她真的愿意抛头露面？谁不想在家过安逸的日子！坏消息铺天盖地，你肯定有所耳闻。城北又有一队义勇军中了日本人的埋伏，全军覆没，没留下一块完整尸骨。小西门城楼上又有爱国分子被吊起来示众，已冻成了冰雕，他们的亲人一定看到了，但却不能去救，我想知道他们的心情；太原街又有几口子工商户失踪了，多年积累的家业全部被霸占，他们的家眷流离失所，惨不忍睹。遍地都是特务、汉奸，四处打砸抢掠，天天在抓捕地下党，屠杀抗日民众。我们担心你们啊，说句不爱听的，我们不想你们突然就消失不见，不想连你们的临终遗言都听不见。那些饱含血泪的诗歌是动听还是残酷呢？里三层外三层的人们，都是苦难中还乐观坚强的兄弟姐妹吗？我们在给你们站岗放哨，呼泽生已经帮你拖住了好几个特务，你不感谢也就算了，还下这等狠手！”

巩天民看见呼泽生慢慢朝他走过来，她的脸肿起来老高，五指印清晰可见，可她的眼睛里没有绝望的成分，只有因外力挤压才不得已流下来的眼泪，即便如此，她仿佛还硬挤出了笑容。

高慧也讨伐巩天民道：“赖士凯屡次去你家里搜查，翻得底朝天，砸得稀巴烂，这个时候她还能笑得出来，得努力多少回才能找到这个感觉？这些你都不知道吧？”

巩天民心疼如针扎，恨不能磕几个响头来赎罪，他一步一步地走向妻子，抚摸着她的脸，并说着所有男人都会对女人说的，丝毫没有创意的话：“对不起，错怪了你，我做什么都可以，只要你原谅我。”

呼泽生说：“我只要你好好活着！”

呼泽生与巩天民对视着，这是她来沈阳以后，头一次能好好彼此端详。他们都很瘦弱，扔在人堆里并不出众，可此刻他们和街心的地标一样铆在那里，高大又伟岸。巩天民没再说一句话，可他们的手贴在一起，如同一股电流，早已传递了海量的情感密码。这是患难之中的交流，这是令人感动的短暂厮守，他们包括他们身边的人，都不知道这样的厮守终于何时，且何时还会有。

呼泽生的脸无比炙热，把巩天民的手烙得滚烫，他感到心被越来越旺的火苗烘烤。他没少出席各类会议，参加各种酒局，有太多精致时髦的女人愿意和他这样的人接触，镁光灯下、觥筹交错间，他也时常恍惚，被迷香吸引，为暧昧沉醉，可这时，他却发现眼前这个被生活拖累，已失去了光泽的糟糠之妻，不必千娇百媚，无需婀娜多姿，更不用穿金戴银、描眉画眼，却惊为天人、魅力四射，那些虚幻的繁华，原来远不及这刻骨铭心的真实。他久久无法自拔的时候，呼泽生仍保持警惕，她那因为终日惊吓而衰弱了的神经，感知四面八方的危险，她的余光第一时间察觉到巩天民身后有异样，不远处有汽车驶来，日本人的旗帜晃着她的眼睛，她知道日本人的残暴，他们所到之处，难以安宁，可不得不像个见惯了风雨的女中豪杰，镇定地对巩天民说："别回头看，什么都不要再说了，现在进去疏散里面的代表们，事不宜迟！"

巩天民一下子就明白了，此刻，她越是机敏，越是善解人意，他越是羞愧难当。

巩天民说："一切都会过去，那时，我每天都回家陪你们，再也不会说走就走。"

巩天民进了会场，没来得及疏散众位代表，坂垣的兵就包围了会场，人群一片骚动。有个代表惊恐地指责巩天民："你说这个活动会得到各国商会的支持，日本人不敢造次，信了你的鬼话，我才来的。现在日本人要弄我们了，你怎么解释？！"此人一煽动，在场的人慌了，都认为罢工的事走漏了风声，关东军不管三七二十一，获得了上级默许或者不在乎什么国际压力，擅自行动，要把他们一锅端了。他们可以炸自己的铁路诬陷东北军，两国协定都可以撕毁，还有什么他们不敢干的事情，还有什么压力他们顶不住？

那位代表继续数落巩天民："九一八当晚，连官银号都被查封了，你的志诚银行却安然无恙，你本人也毫发未损，本就蹊跷，你是不是和日本人串通一气，如此这般将我们一网打尽，确实省力不少，你是隐藏在我们身边的汉奸吧！”上次张韵泠伪造证件替他解围，很多人并不知道内情，这让巩天民百口莫辩。坂垣还没对他怎么样，先窝里斗上了，这是很多国人的通病，巩天民没工夫和他争论，满脑子都在想对策。

坂垣踹门的习惯与往日如出一辙，力道、角度、连表情都控制得分毫不差。“咣当”，两扇木门同时撞在墙上，一道白光直射讲台，犹如追光打在巩天民身上。代表们不敢看坂垣，不少人头快钻到了裤裆里，坂垣也不屑于看代表们，他们的目光全聚焦在巩天民身上。室内的温度很低，巩天民的汗珠子顺着头发淌进脖子里，他此刻不是怕死，而是担心台下上百个如同待宰羔羊的行业代表，如果坂垣真的不在乎舆论，彻底和他们翻脸，他这个商会执行委员不仅没起好作用，还将成为惨案的间接促成者，会被钉在耻辱架上……当然，从外表看不出巩天民有这个复杂的心理过程，他腿肚子打着哆嗦，因为穿的是长袍的缘故，得到一定程度的掩饰。但此刻的他没有因为日本人的突然造访和代表的质问而乱了阵脚，坂垣进来的时候，他瞬间恢复到演讲的状态，所以坂垣看见他时，他演讲的内容早就发生了改变。此时巩天民好像已发言了半天，面红耳赤、唾沫横飞，他受到了呼泽生的启发，学着她的样子，化身成一名满怀感情的唱诗人。

坂垣看见巩天民手上捧着一本封皮残破的诗书，他没有话筒，声音却在挤满人的会场里回荡着，他会因为急剧的高潮而破音，也会因为语速过快而拿捏不好脱稿与看稿的节奏，导致些许的卡壳，但这些都不影响他的澎湃。坂垣并无打搅之意，拄着军刀，微微颔首，逆光中他的脸好似很平和。他津津有味的样子，像个认真听讲的学生或者虔诚的信徒。巩天民的临场发挥，竟然暂时让他遗失了戾气。

第八章

当失去可以说话，失去并不可怕。当灾难即将来临，是坐以待毙还是奋力挣扎？

巩天民不时甩一下因动作幅度太大，而从肩头滑落的围巾，他每次抬头都目光如炬地和坂垣进行一次荡气回肠的对视。他虽被后人传颂文武双全，其实可以完全忽略他并不出众的功夫，说他是一个懂生意经的书生更为贴切，但此刻他敢于像一个横刀立马的将帅，大气磅礴地立于两军阵前，单挑杀人不眨眼的日军大佐，而陪伴他冲锋陷阵的武器却是一首小众的诗歌。

巩天民如此声情并茂：至暗时刻，眼里也常存光明，那光明来自发出犀利声响的刀，迸发于寒风拂过的界碑，汇聚成冰花雕刻的中国广厦；当那里尽染白色恐怖，那抹虚弱的残阳，也会成为荒芜中的华彩，何况还有人们勇敢描绘的缤纷颜色。倾听一首关于沉沦岁月的诗，每一句都与同胞有关，那是镌刻在民族骨血中的文字，呐喊给天空听，吟诵给子子孙孙，当然也传递给先我们而去的亡灵，他们铺垫起脚下的炮坑，化作永恒的叠嶂。在这里不仅和你们相遇，也和大地共勉，等待那迟早开辟出的阳光普照的河山，等待那重新筑就的风调雨顺的家园。每一段颠沛流离都会接近尾声，那时人们能看到开花的丁香树、复活的大叶杨，它们都风尘仆仆地站立着，和那里的人们一同站成卫道者。在孤独的时光中，暗自庆幸，路途迷失，却打破过沉默，泯然众人的声音，都是象征奋起的宣言。

巩天民的声音戛然而止，最后的动作，像一曲终了时音乐指挥家那气吞山河的收势，他握紧的拳头，久久停滞不动，人们也和接到指令的演奏者似的，倏然定格，随之现场一片死寂。

场外，呼泽生担心丈夫的安危，想要挣脱开鬼子的阻拦，却被鬼子一只手掐住脖子轻松地提到空中，她双脚飘来荡去，像被施以绞刑的人，可她仍然努力把头转向巩天民，透过鬼子用刺刀交叉编织起来的屏障往里看，眼泪簌簌地掉下来。代表们饮泣着，那几个质疑他的人，也红着眼眶低下了头。坂垣啪啪鼓掌，没人应和他，他仍自娱自乐，他一边拍着巴掌，一边踱着方步往讲台上走。那颇具韵律、缓慢绵长的脚步，像午夜的座钟在报时，冲击着众代表的心扉。

坂垣来到巩天民身边，巩天民没有让路的意思，和坂垣比肩站立。对于巩天民这个“逆天”举动，坂垣非但不生气，还更笑容可掬了，原因是他以为巩天民与他身边那些卑躬屈膝的中国人没什么两样，对他依依不舍，正期待着被他拍肩膀表扬，于是饶有兴致地说：“非常精彩，虽然听不太懂什么意思，但竟然不知不觉让我想起了我的家乡。只有热爱生活的人，才会有这么深的感悟吧。”

巩天民板着脸，一言不发，目不斜视，坂垣拿热脸贴了他的冷屁股，再不聪明的人，也看得出巩天民的敌意。这时，虽然坂垣脸上仍然笑眯眯的，但在心里已经将巩天民千刀万剐了。尴尬至一定程度后，坂垣转头看了一下侧台，从幕布后面冲上来两个鬼子，生拉硬拽把巩天民拖到台下，摁在了椅子上。

坂垣没有动手，所以他认为自己仍然保有足够的风度，拉拉白手套，正正帽子，清清嗓子，说道：“我喧宾夺主了，巩桑不要介意。”

坂垣朝台下深鞠一躬，这也是他的习惯动作之一，他对这个动作的钟爱完全可以媲美他踹门的动作，这两个动作贯穿于他的日常，时常无缝对接，一个尽显礼貌，一个却相当没有教养，显示出他人格的分裂。不过，面对侵略者，谁又在乎他的人性和素质，代表们更关心他所做的下一个决定，能不那么令人难以承受。然而，他们的愿望落空了，这次坂垣的“提议”更如五雷轰顶。

坂垣说：“很高兴看到奉天工商界的各位同仁。正逢乱世，东北军统治下的满洲千疮百孔，民不聊生，各行各业都一蹶不振，我们刚解救奉天不久，本以为大家还需要一段时间才能恢复，没想到，你们没让我失望，在皇军的感召下，不日即焕发生机活力，也多亏了巩桑的召集，你们克服困难，悉数到场，隆重集会，可谓难能可贵，且极其凑巧的是，你们不来，我也正要派人去请你们来，难道这不是天意吗？！尽管我有一事不明，如此重要的场合，为何不邀请我呢，我可是你们的主心骨，但都可以理解，毕竟大东亚共荣圈的建立和巩固，还需时日，你们和关东军的深厚感情，还需磨合，我们要满怀信心，踏浪而行！”

坂垣干笑了几声，发现单口相声确实不太好说，但临场不乱、冷静救场是一位指挥者的必备技能，他硬着头皮继续自说自话：“不卖关子了，奉天目前的发展现在，你们很清楚，自从关东军接管以来，民众秩序井然、安居乐业，奉天进入太平盛世，这里即是王道乐土，有无数青年才俊屡屡到关东军总部、日本领事馆请愿，强烈要求满洲正式独立、东北实现自治，我们本不想干涉他国内政，一度压力很大。但今天我给大家带来了好消息，三天后的三月九日，满洲国真正的领导人溥仪将飞抵新京，举行登基大典，满洲政权正式成立，东北迎来新生，这是顺应民意、普天同庆的大事，关东军全力支持配合，届时，我们会在奉天举行建国大会。今天来，有个小小的请求，你们都要行动起来，继续大张旗鼓地去请愿，要走上街头，举行‘促进建国大示威’，有钱的出钱，没钱的出力，为建国大会的成功添柴淬火，展现你们对满洲政权以及溥仪拥护爱戴的时刻到了。对于在行动中表现积极的人，关东军不会亏待你们，满洲国定然重用你们！”

坂垣结束了这轮丧心病狂的宣传鼓动，一脸兴奋地走下讲台，像盛京大剧院里一曲唱罢的戏剧名角，谢幕后迫不及待地与前排观众握手致意。他刚才发言时，瞥见巩天民、刘仲明、刘仲宜等人怒目而视、浑身带刺，他可不想让他们破坏了刚刚营造的火热氛围，现在他越过他们，径直把手伸向那些软柿子，其中就包括刚才质疑巩天民的那位代表，他之前的身份还是罢工委员会代表，摇身一变成了建国大会拥趸，转化之快，令人咋舌。这位代表听说了坂垣描绘的宏伟蓝图，结合当前再难翻盘的局势，略加思量，选择了“弃暗投明”，隔着老远从座位上弹起来向坂垣示好，和刚才对巩天民时的样子判若两人，他伸长了双手，像穿破迷雾，重新找到了人生定位，想要抓住稍纵即逝的机会似的，将墙头草的形象演绎得活灵活现。坂垣入场以来，第一次有了被敬仰的体验，他很感激这位雪中送炭的代表，当场封给他一个建国大会示威团团长的职务，让这位代表立即找到了组织，有了家般的温暖，流下了感恩的眼泪，恨不能连裤衩上都写满标语，当场就来一轮声势浩大的游行。

刘仲明低声问刘仲宜：“这杂碎是怎么混进来的？”

刘仲宜回道：“打着爱国的幌子，去达成个人目的，来参加活动就是为了自己的利益不受损失，现在他不罢工，利益同样能得到保障，而且似乎还能有更好的路子，有什么理由再跟着我们生死与共，犯不上了。”

刘仲明说：“他迟早会自尝苦果。”

刘仲宜说：“迟早！但‘迟早’这个词听起来真的好久好久啊。不要跟鼠目寸光的人谈未来了，他们更在乎眼前的得失。”

两人越聊越气愤，而坂垣在台下享受了一会儿众星捧月的美好时光。临走时，让摄影师拍下了现场的照片，煞白的闪光灯中，一张张形形色色的脸被清晰记录了下来。他指着照相机，声东击西地说：“留个纪念而已，不要紧张，皇军是大度宽容的，你们中间如果有不配合的人，我一定不会通过这张照片，找你们的后账！”这招“此地无银三百两”，扼住了所有代表的喉咙。

坂垣带人离开商会，刚才那些着急跪舔的人担心被群殴，早早逃离现场，剩下的代表瘫在座位上，巩天民等人陷入痛苦中。坂垣带来的消息，等同于对大家亡国奴的身份进行了“官宣”。盘踞东北多年的关东军，瓜分蚕食东北已不能满足他们的胃口，一个傀儡政权的成立即将成为现实。

巩天民肘尖贴着腿，撑住沉重的脑袋，手指插进杂乱的头发里，他眼神空洞，紧盯地面，甚至忘记了差点儿被鬼子掐死的呼泽生。还是呼泽生自己缓过来的，跌跌撞撞地走向他，摩挲着他的肩膀说：“你是执行委员，连你都撑不住了，让他们怎么办呢？打起精神来，就算他们把生米做成了熟饭，只要我们还有一口气在，也要硌掉他们的牙，崩烂他们的嘴。我们不认，东北就不叫满洲国，沈阳永远是中国的沈阳！”

呼泽生说这话的时候还是有气无力，巩天民却听出了摧枯拉朽的劲力，而他却像大病一场，没从刚才的打击中走出来。他把胳膊环过呼泽生的腰，头贴在她肚子上。她怀孕时，他也这么抱过她，那时他听到了胎动，现在还听到了排山倒海而来的感动。一个只上过几年私塾的妇人尚且如此，为什么有些吃到了教育红利，自诩学富五车的七尺男儿，不能利用所学的知识，凝思祖国命运，替苦难的同胞伸张正义，却在捕捉了敏感信息，率先预判了危险之后，一个个争先恐后当了孬种？作为知识分子，他的脸似在灼烧。

事情已成定局，足以令人万念俱灰。只剩下三天做中国人的时间了，三天后，不仅丢掉了当中国人的资格，还要替日寇加油助威，恭喜他们成为自己新的主人。牲口还认家门，而人在此时却什么都不需要了，可以极尽数典忘宗，大逆不道之能事。他们哭红了眼睛，巩天民想劝他们再坐下来，再听听他的意见，这不是末日来临，还有回旋余地。可是他的疾呼声再大，也大不过人们心中的哀叹，他被汹涌如潮的绝望淹没，他们陆续从他面前黯然离去了。

巩天民站在出口处，对每一个从他身边匆匆经过的人喊道：“振作起来，我们的军队只是暂时撤退了，一定还会杀回来的，这是他们的老家，这里有他们的根。日本人不占理，站不住脚，国际社会不会承认，世界人民不会坐视不管，斗争才刚刚开始，我们要团结起来，对他们进行口诛笔伐，我们要挺直腰杆，不能长他人志气，灭自己威风！”

没有人理会他，一律哭丧着脸往外走，大厅里回荡着他从嘹亮到沙哑的嗓音，有人不忍看他再做这样的无用功，也担心他被杀个回马枪的日本人或者无处不在的特务抓住把柄，激将他道：“占理？这是讲道理的时代吗？！你有这个力气，还是用在建国大会上，到时喊得也像现在这么起劲，说不定能给你个一官半职的。”

巩天民越说越激动，没有停下来的意思，他涨红了脸，既是说给别人听，也是说给自己听，他不知道自己能以这种状态坚持多久，也不知道会不会激起一星半点的水花，他更不知道明天的第一缕阳光照射在他的脸上，他会以怎样的状态示人，他什么都不知道，他就要一直喊，用尽全力的时候才最心无旁骛。

巩天民还在挥舞手臂：“把脑袋别在裤腰上，和鬼子斗争到底，和鬼子斗争到底……”

商会里空空荡荡，刘仲明等人在旁边看着他，被他的情绪感染，跟着喊了起来，一边喊一边哭，声音由小到大，在大厅里回响。

坂垣“言而有信”，三天后的三月九日，“建国大会”如期举行了，溥仪在“新京”登基，“满洲国”各大城市陷入“狂欢”，沈阳当然不能例外，人们悉数被迫走上街头，哪怕是老弱病残。

日本记者记录下了这场经过周密策划的“盛况”，用他们的话说，街上汇聚成一片热闹的海洋，伟大的满洲人民，终于摆脱了奉系军阀政治集团十余年的残暴统治，逃出了腐败的张氏父子的阴影，从水深火热中被解救出来，开始拥抱美好生活了。看，他们载歌载舞，他们万分激动，甚至有人几度晕厥，相信那是幸福到窒息的感觉；看，他们高举五色旗、高唱“满洲国国歌”、高呼“五族协和、王道乐土”，这是东北人民的幸运，这更是东亚人民共同的幸运。

满身花花绿绿、叮叮当当的日本男女倾巢出动，穿着他们的节日盛装，跳着他们的传统舞蹈，打着写满他们文字的条幅，出尽风头。他们的女人和孩子在发自肺腑地欢笑，他们没想到，有朝一日能反客为主，当初像被拉壮丁一样背井离乡，来到东北，本以为是来受苦的，没想到还来对了，眼下的东北，土地肥沃、广袤无垠，作为上等人，受到了足够多的礼遇优待，比在多灾多难的弹丸本土活得还要滋润，现在更是如此，一不小心当了这片土地上的主人，做梦都能乐醒。

日本小孩穿着西装，扎着鲜红的蝴蝶结，打扮得溜光水滑，与衣衫褴褛、灰头土脸的中国小孩并肩站在一起，或者隔着一条马路对望。他们从骨子里散发着优越自信，虽然个子不高，但养成了居高临下看人看物的习惯，哪怕是眼皮上翻，也要翻出好几种花样来。

巩国路和哥哥姐姐也在人群中，他看见旁边一个比他矮半头的日本小孩冲他眉飞色舞、龇牙咧嘴，赤裸裸地挑衅。孩子们虽小，却早有了领地意识，巩国路很清楚这小子为何敢在他面前耀武扬威，他忍不了，凑近了，一个大别子，把日本小孩结结实实摔在地上，还补了两拳。这还得了，日本小孩的家长，现场一片混乱，人太多，不一会儿，巩国路和哥哥姐姐就被挤散了。巩国路像只灵巧的猴子，在日本人的刺刀底下来回穿梭，原位置是不能返回了，他只得去另一条街找爸爸。巩国路躲过了日本人的追捕，却差点儿死在一个伪警手里，眼看快到了爸爸的位置，他的手里被伪警塞了一面太阳旗和一沓传单，伪警干这事的时候，还以为会得到巩国路的夸赞，却没料到，巩国路接过来就扔到了地上，还啐了好几口唾沫，把伪警鼻子气歪了。

出门时，呼泽生好生交代过他："今天出门，不管看到什么碍眼的，无论听到什么刺耳的，都不要惹是生非，保护好自己，才是对我们最大的支持。"

巩国路不置可否，现在看来，他根本没把这话听进去。那个伪警发现巩国路身边连个大人也没有，欺软怕硬的本性被发挥得淋漓尽致。他的队长对现场秩序不满意，安排他必要时找个反面典型，杀鸡儆猴。他看谁都不好惹，正挠头，看到巩国路的表现，突然觉得机会来了，一个落单的孩子，收拾起来毫无风险。于是，他骂骂咧咧地朝巩国路下手了，小国路很机灵，在人群中三两下钻没了影。但这个伪警颇有股子黏性，不抓到人不罢休。当巩国路以为躲过了危险，又钻出小脑袋时，被此人逮了个正着，眼看一场胖揍在所难免，这时，一位浑身脏兮兮，戴着一顶破毡帽的精壮小伙抓住了伪警，此人功夫高强、力大无穷，一手抓着伪警的皮带，一手抓着他的手腕，顺势一带，好一招借力打力，只见伪警鬼哭狼嚎着，被飞摔至路中央。这个地段正是观礼台所在之处，关东军司令本庄繁、林铣十郎等高级将领正端坐台上。伪警摔来时，关东军的阿波舞舞队正好途经此处，领头的恰是坂垣。坂垣是中层军官，也多才多艺，尤其是舞艺超群，茶余饭后经常研究这么肢体的艺术，此时正搔首弄姿，风情万种，却被飞来的伪警砸了个正着，人仰马翻，领头的翻车了，队形瞬间也乱了。阿波舞是整场庆典中传统舞种的其中一个，也是坂垣展现其文艺细胞的载体，与其他舞队属于暗中竞争关系。坂垣为了表达自己誓死效忠天皇的决心比任何人都决绝，细枝末节也不马虎，专门为此排练了数天，没想到，他跳了一路，已是气喘吁吁，憋着一口气，在关键时刻释放，却在最该出彩的地带被搅了局，彻底功亏一篑。还看见死对头小井一郎和河本末守雄带领的两支舞队，快笑掉了大牙，恼羞成怒，一时半会找不到始作俑者，只得拿那个伪警出气，一使眼色，那人马上被拖进角落里处决了，属于偷鸡不成蚀把米的典范代表。

巩国路得救了，他要感谢那位陌生的叔叔，可叔叔手心的余温还在他的小手上发酵，一扭头那人却已蒸发不见，让巩国路倾慕不已，他心里那颗行侠仗义的种子愈发萌动。其实那位高人不是碰巧帮助了巩国路，他是张希尧派来的情报员，专程来沈阳找巩天民，他先找到了呼泽生，又跟踪了巩国路，才遇上了上述事件。

第九章

我在宽阔的大街上迷失了自己，就像在拥挤的人群里再也找不到你。

巩国路和那位情报员在找到巩天民之前，巩天民正在人山人海的大街上踽踽独行。此时九君子分散在不同路段，却有着相同的孤独。三月的沈阳，不是春寒料峭而是冰冷刺骨，尤其是当他看到那些叫嚷得最欢腾的不是日本人，竟然是同胞，内心的潮涌一次次凝结成冰。他体谅每一个人的苦处，所以肩膀上才愈发沉重。当他经过那些被日本人折磨得如同行尸走肉的百姓身边，他难以怜悯他们，也难以痛恨他们，尤其是那些底层的百姓，他们掌控不了自己，更掌控不了别人，更别提左右命运。他们只想干干净净、踏踏实实吃口饱饭，现实却连这个权利也给他们剥夺了，还何谈梦想与家国。而有些人则不然，他们可以选择妥协，但大可不必放下碗就骂娘，对生养他的土地不感恩，也不应该肆意糟践。

赖士凯组织起了很大的游行队伍，他们绑着日本武士的专属布条，手持日本长刀，扯着“武运长久”的大旗，以期博得关东军的青睐，能更深地融入人家的群体，虽然那简直像痴人说梦，家畜再好，最终都是要摆上餐桌的，无非是谁乖一些，平时会得到更多饲料罢了。这是一群无良流氓、无脑武夫，尚可理解，可巩天民还看见几个颇为眼熟的人坐在日本人的观礼台上，有学者、有商人、有政客，在沈阳城里算得上有名气，他们威风八面，比比画画，好像眼前景象的形成，很大部分是由他们促成的，他们推翻了旧的政权，翻身当了主人，这是他们新的江山。那些人，巩天民都能叫得上来名字来，最早他们要么是同窗、同事，要么是同好、同僚，再不济，也是同胞，后来，他们却走上了不同的路，坏得各有千秋。

风呼呼地刮起来，巩天民眼睛里似乎进了沙子，他撩起长袍一角，擦拭了一下，越擦，眼泪越止不住。想到昔日还能热情地打个招呼，想到他和其中几个人还在一个屋檐下共商民族金融大业，那些青春时的理想一个也没实现，走着走着都走散了，现在站到了两方阵营。

观礼台上有个戴金丝眼镜的人姓霍，是巩天民在沈阳高级英文学校读书时的同窗，毕业后也从事了一段时间的借贷业务，和巩天民有过交集，此人能力不强，但很会见风使舵，没多久，跳槽去了正金银行，巩天民便与其疏离了，没想到今天在这里见到了他，他面前的桌签上印着“正金银行总经理”，表明他已不是当年的小角色，巩天民一边惊讶于日本人的大方，连这个不学无术的家伙也能委以重任，同时也感叹，只要放下脸面和准则，身上没有责任的重量，不管是人是鬼，都能在风口起飞。

霍经理也发现了巩天民，招呼他上去，巩天民鄙夷地看着他，摇头叹息。霍经理春风得意，眼中看不到这些小细节，不知趣地下来，拽住巩天民说：“你要是肯低低头，成就不在我之下。”

巩天民忍不住骂了出来：“你这他娘的也叫成就？真会给自己脸上贴金！”

霍经理说：“不管你怎么说，时间会证明一切。”

巩天民说：“眼前的光彩不一定是光彩，有可能是镜花水月。时间会封存真理，氧化败类。”

霍经理说：“我没和你探讨哲理，看在以前你待我不薄的份上，我关心你的走向。识时务者为俊杰，现在咂么过味儿来，为时不晚，我引荐你认识关东军上层人物，到时肯定能给你分配一个光鲜的职位，有要求你尽管提。哪条路好走，你应该看得明白。”

巩天民说：“用不着，不管走哪条路，人们都能一眼认出谁是狗汉奸！要走那条路，老子早走了，还用得着你引荐？！”

霍经理说：“我知道你连坂垣都不怕，非常有性格，可我是真心为你好，我不是满嘴跑火车，我是审时度势的人，念及我们的旧情，我还拿你当朋友。你家大业大，和那些穷光蛋不一样，到时候惹恼了日本人，鸡飞蛋打，别忘了你损失的可是老百姓的钱，这些手头还有些余粮的老百姓，与满洲国的关系最为微妙，或许也有所不满，但不会轻易造反，你不能逆向而行。我接受满洲国的委任，不伤害老百姓就是了，你坚守原则，却守不住他们的钱，那可是他们的命根子，到时你还不如我这个狗汉奸招人待见，遭人唾弃。你想想是不是这个理？”

巩天民说：“我明天就关门停业。”

霍经理说：“从九一八那天开始，你说了还算吗？！以前铁定属于你的东西，现在也许还属于你，但那是他们公务繁忙，无暇注意你，还让你暂时保管他们的财产罢了。现在，他们要求所有工商户必须营业、保持正常运转，以供国际社会的舆论监督，你就得照办，有一天，他们发现你闹得慌，随时可以找到合适的人取代你。你不关，他们赶你走，你说关，他们偏不让，你骨头再硬，有用吗？”

巩天民说：“假的真不了，我所受的家庭教育和社会教育不允许我。”霍经理说得头头是道，听起来确实诱人，一般人也许会有所动摇，可巩天民从小到大所受的教育使他依然坚定，祖国只有一个。

霍经理不依不饶：“当年明朝的遗老遗少们也是这么想的，可他们的朝代再也不会光复了。变天了，你不能装看不见。”

巩天民说：“即便是那样，也与故土沦为殖民地、人民当奴隶不一样。”

霍经理恨铁不成钢：“相反，我这不是鼠目寸光，东北作为日俄战争的战利品，被他们觊觎、霸占、瓜分利益，不是一年，也不是两年，是二十多年了。北洋政府和各大军阀都无能为力，你还指望谁？”

巩天民也想不明白还能指望谁，但他环顾四周，看到学着喊日本语口号的中国孩子们，眼里再次投射出愤恨的光，他在一阵阵突起的冷风中，挣扎着，从无尽的失落中爬出来，像是在爬出罪恶的泥沼。

巩天民思来想去，也许眼下能够指望的只有自己，指望多年以来血液里流淌着的民族自觉，指望共产主义带给他的无限愿景。他看看观礼台上众位道貌岸然的策划者，又看看下面虚假的繁荣，在四面八方涌来的嘈杂中，掷地有声地说：“你也配当我的同僚？你也配戴着眼镜四处散播关于你多有文化知识的谣言？你占用了再多的教育资源，学到了再多的书本知识、理解了再多的字面意思，却没学会当好一个人。”

霍经理说：“我敢肯定地讲，知识没有赋予人们未卜先知的能力。四大文明古国都灭亡三个了，还差一个中国吗？还有什么不会改变？我们生来则无法左右社会大潮，从历史的角度来说，妥协，才是长久的真谛。你真应该多看看关于物种起源与灭亡等方面的书，历史的进程中，什么都是微不足道的。你不能太狭隘了。”

巩天民说：“人是情感动物，不是机器，连花草树木都不能随遇而安，何况有血有肉的人。不管是何种信仰，每一个人都有信仰，才配提及文明。无数个坚强的个体凝聚起来，推进时代的正向发展。也许我这一生，都看不到东北被收复的那一天，就算你是对的，可我和你不一样，我不想让我的儿子将来哭着告诉我，他已不会母语，也看不懂汉字，更没有中国名字，他就像一棵小树苗，被斩断了根，嫁接到别的枝干上，彻底失掉原本的模样！”

霍经理哑口无言了，他也有儿子，他的儿子在沈阳最好的小学上学，前两天学校正式开展了日语教学。儿子能和日本孩子一起上学，迈出了国际化的第一步，他还以此为荣。然而，儿子每次回到家茶不思饭不想，偷偷抹眼泪。他只以为儿子是上进心强，担心一时半会儿听不懂、看不懂，落下功课，他还没有想到，孩子心里难受却说不出来，也会是这样的“症状”。

霍经理略有所思，不过很快就说服了自己：“长大，本来就要面对痛苦，只要生活过得好，心里有没有归宿，谁又看得见呢！”巩天民不会答复他这样的论调，自顾自地走了，他始终没敢再抬头看巩天民一眼，步履维艰地回到座位上，看到日本长官鼓掌，也有一搭没一搭地拍手，等巩天民走远了，他才盯着他离开的方向，好似在人群中搜寻他的背影。他明知道再也搜寻不到，就像他可以断定，往后的日子，如果巩天民还在沈阳，也会像此刻的自己，极度难熬。

巩天民找了个僻静点儿的巷子，一屁股坐下来，巷口的人影络绎不绝地闪过去，关于满洲国万岁的喊叫不绝于耳，他想过滤掉这些图像和声音，却发现跟它们的距离更加密不透风。摆在他面前的，有无数条路，关内、哈尔滨、河北老家，都比这里安全，可是他哪里也不能去，此刻，他不是为无路可走而哭泣，而是为束手无策而悲哀。

这时候，有人将他再次拉回现实，让他像拉满了弓的箭，从对世界的防备升级为攻击力。因为他看见巩国路站在巷口，他还背着那个挎包，里面鼓鼓囊囊的，不知塞了什么东西，巩天民当时以为是炸药，加之又看见一个小伙打扮得像流浪汉，但眼神机敏灵动，不像等闲之辈。小伙就站在儿子身后，摁着儿子的肩膀，面无表情，巩天民打了一个激灵，更确信此人来者不善，倏地站了起来，他以为儿子被特务劫持了。

他朝小伙喊：“你想干什么？放开他！”

小伙说：“如果我真想劫持他，让你向日本人投降，日本人会想不到这一点？你是沈阳城知名人士，你还没有威胁到他们，他们也有所顾忌，还不会这么做。”

巩国路奶声奶气地说：“这个叔叔是好人，刚才救了我。”说着，从挎包里掏出几张报纸，递给巩天民。

报头赫然写着《大公报》三个字，翻开来，巩天民看到头版头条刊登着他之前让张希尧带出去的那篇文章，继续翻，不止他这一篇，这些报纸用大量的篇幅报道了沈阳的局势，深入揭露日本人扶持傀儡政权，违背人民意志，炮制伪满洲国的文章。文字的力量无穷无尽，虽然当下并未取得多少实际效果，但这无疑是希望之火在熊熊燃烧了。

巩天民连叫三声“好”，喜极而泣。这是连日处在阴霾之中的他，感受到的第一缕阳光，让百般愁苦的他为之一振，如有一股电流通遍全身，汗毛“噌”地竖了起来，刹那间，他感觉有人将他抛向空中，在赞颂他的举动，他不再无依无靠，有千千万万个勇士驰骋而来，而他也挥舞着鞭子，策马奔腾，冲在最前面，他的勇气骤然积聚，浩浩荡荡。

巩天民抓着情报员的手，嘴唇哆哆嗦嗦地说：“可把你盼来了！”他这句话包罗万千，不只是把情报员盼来了，不只是把稿件登报的消息盼来了，还盼来了关内人员心系沈阳的事实，盼来了关内外人民骨肉相连的真情。

情报员说：“张希尧先生身在北平，奔走疾呼，全力筹建义勇军，像他一样的仁人志士络绎不绝，一些民间武装也如雨后春笋加入抗日行列，还有不少的匪帮、杂团之中，也不乏侠肝义胆的铁血儿郎，全都在积极活动。老蒋不抵抗，不代表别人不抵抗，请巩先生不要气馁，形势虽然严峻，但希望一直都在。”

巩天民问：“你们在北平能不能见到张少帅，他到底是什么态度？老蒋让他撤，他撤了，那是为了不引起更大的战争，现在连老窝都被掀了，他能甘心吗？东北大地倾注了他们父子俩多年心血，这里还留有他们家的巨额财产，不会说不要就不要了的。”作为银行家，巩天民自然知道张家还有海量现金和汇票分放在沈阳不同的银行宝库。

情报员抱歉地说：“据我所知，这几年，在沈阳基督青年会，您和他多有交集，想必对他这个人有自己的判断。我们还接触不到他这个层面，掌握不了有价值的信息，恕难提供参考。但张学良比任何人都想杀回老家来，已不仅仅是多方推测和鄙人愚见，然而，他却按兵不动，定有难言之隐啊。”

巩天民和情报员聊了许久，情报员带来的消息像清新扑鼻的春风，激活了一潭死水，他的心情久久不能平静。情报员还有别的任务，不得不走了，巩天民不知该如何感激他，从身上掏出一个荷包，里面装满了票子，一股脑塞给了情报员。情报员百般推辞，可他不收，巩天民坚决不肯放他走。

他们拉扯着，巩国路懵懂的眼睛乌溜溜转着，他还不了解，这个世界，身边的人总在来来去去，上一秒也许还在谈天说地，下一秒就有可能阴阳两隔。

巩天民经历了太多分别，所以对于情报员的离开，他非常清楚意味着什么，心里有说不出的苦涩，他说：“这世道，此一别，可能再也不会相见了。你就收下吧，权当是对我的安慰，对你的祝愿。”

情报员哑然失笑，他勉强接过来，说：“看我穿得寒酸，以为我还没解决温饱吧？实不相瞒，任务所限，这身行头方便行动。其实我老家有底子，算得上当地一大富户，从小到大我都是名副其实的公子哥。干这一行，我可不是为了钱，既然你非要给，我也不能再驳你的面子。你肯定好奇，我为什么衣食无忧，还要铤而走险，我想，我们应该是一类人吧，没有钱的时候，拼命想得到钱，当拥有了钱，钱反而没那么令人容易满足了，什么人才配当富人呢？不是物质上的富有，而是行动上的坦然与坚决，如果终日蝇营狗苟、趋炎附势，即便有了钱，那也会为人所不耻的吧。尤其是国难当头，手里的钱多了，承担的责任也相应得要多起来，如果每个有钱人，都能尽到这份心，我相信东北就没这么惨。我要走了，去干一件给有钱人脸上增光的事！”情报员把钱亮了亮，塞进口袋里，朝巩天民作了个揖，又拍拍巩国路的小脑袋说：“孩子，将来也要做一个行得端坐得直的有钱人啊！”巩国路点了点头，似乎是听懂了。

情报员的话，让巩天民汗颜，他还想再说些告别的话，情报员掀了一下裤脚，巩天民看见了他那只四处开裂的高腰牛皮鞋，鞋窠里插着一把手枪。他拍了拍手枪，“咵咵”两声脆响，像是牧马人拍了两下马屁股，破毡帽下那张年轻却一直阴沉着的脸，突然泛起了油光，看不出一星半点的寒酸相，而是无与伦比的朝气，激迸而来。他朝巩天民打了一个清亮的响指，莞尔一笑，仿佛在说，我要去冲锋陷阵了，那是一次伟大的壮举，枪响的时候，那时的我，就是现在的我，胜利与否，都涌动着满眼的欢快。

第十章

你一定有个幸福的故事，可你从未说起；你一定有个响亮的名字，可你永远不会再提及。

情报员飞奔而去，瞬间消失在人潮，像来无影去无踪的侠客。巩国路受够了父亲总是不辞而别，却对情报员的洒脱流连忘返。他被巩天民拉着走，异常失落地去寻找母亲呼泽生和哥哥姐姐，刚走出去十几米，观礼台的方向传来两声枪响，随即是一片密集的枪声。顿时，人群像被龙卷风囤积一隅的物品，相互缠绕，难分彼此。眼花缭乱之后，巩天民看见地面上散落着各式各样的鞋子、帽子、围巾，花花绿绿的传单在空中飞舞，蔫头耷脑的彩旗东倒西歪，无人认领的孩子在地上来回翻滚，发出野猫叫春般瘆人的哭声。成群结队的日军、伪军护送着一众要员和显贵从观礼台上撤离，霍经理也在其中。最前面的是四个士兵，他们抬着一个肩扛少将军衔的人匆忙跑过，血染红了担架，担架上那个家伙已面如死灰，还在骂着“八格牙路”。

霍经理发现了傻站着的巩天民和他的孩子，对于这个轴人，他突生怜悯，热心地告诉他，快跑吧，有特务来杀人了，保命要紧啊。说完这句话，发现巩天民无动于衷，才意识到自己的敌人正是巩天民的朋友，他这番劝导，还是纯属多余。

霍经理提醒与否，巩天民都没准备跑，他和儿子像是这片区域中唯一的异类，不怕流弹，不怕日本人，专心做冷静的看客，不消一会儿，他们眼前空空如也了，这里离枪响的地方最近，现在成了罕无人烟的地方。

巩天民和儿子缓缓地走向事发地，他感受到心脏在剧烈收缩，又急速膨胀，像火药爆炸前的引信，他看见观礼台的右斜下方俯卧着一个人，在空旷的大道上独自趴成一条路基般的存在，就是这个人搅和了建国大会奉天分会场，虽然影响力有限，但还是让追求完美的土肥原贤二颜面扫地。他应该是被打成马蜂窝了，血流赶得上阳光明媚的午后化雪的速度，汇聚在一起，犹如一处明晃晃的水洼，那上面漂浮着血泡、落叶，还有传单。

巩天民走得小心翼翼，像是怕弄大了动静，那人的血会流得更快。他不忍看一个精壮的汉子，像漏气的车胎，迅速瘪下去。风掀起了他的长袍，兜住了他瘦弱的身体，让他显得更单薄。他紧张到窒息，不由地攥疼了儿子的手，儿子不忍打断他的专注，只是不时抬头看他冷若冰霜的脸。他嘴里念念有词，他最初是希望那个人不是自己的同胞，再走近些的时候，他退而求其次，希望那个人不是刚才的情报员，后来，他再退一步，即便那个人就是情报员，他身上也会留有蛛丝马迹，可以让人顺利找到他的家人，把他牺牲的消息带回去，并善待他的家人。巩天民在反复祈祷。

当巩天民站在那个人跟前时，连最后的愿望也破灭了。尽管情报员面目全非，下巴被打碎了，脑门上排列着几颗规则的圆洞，像五孔保龄球，半边脸颊骨露了出来，一只眼睛圆瞪着，他那年轻的五官，纵使刘仲明调动全沈阳的医疗资源，也再难复原了，可巩天民还是认出了他，因为他那本就破烂的衣服已被子弹射成渔网，他慷慨解囊，赠予他的荷包，还没被捂热，也被击中了，此刻裸露在外面，里头的票子被打飞了出来，散落在他的身边。巩天民甚至还不知道他叫什么名字，连如何呼喊他，都做不到。他忘了应该怎么哭，嘴巴大张大合，像是失掉了氧气。

巩国路连声叫着“叔叔”，撕心裂肺。他跪在情报员身边，小手摁住伤口，根本无济于事，他找不到止血的物件，丝毫没有犹豫，把心爱的挎包捂在那伤口上，血瞬间渗透了挎包，那血，就像眼泪，可以遮蔽一切。巩国路放声大哭，那哭声和刚才被人群冲散流落在大街上的孩子们一模一样。

云层游走着，逐渐有了缝隙，阳光千丝万缕地洒下来，三个姿态各异的人笼罩其中，也如沉浸于漫长冰冷的雪夜，刺眼地苍白。巩国路还在恸哭，但现场安静极了，因为巩天民能听见风吹草动的声音，能听见由远及近的脚步声。他抬头一看，目光尽头，有一队鬼子迈着整齐的战术步伐，端着长枪，朝他们这里平推过来。

巩天民立刻示意儿子不要再哭，把儿子抱起来往旁边的巷口跑，想到就要和救命恩人永别了，巩国路半边身子探过父亲的肩膀，看着情报员的遗体越来越小，他嘶哑的哭喊声也越来越小。

快出巷口的时候，巩天民以为逃出了鬼子的搜索范围，没想到迎头撞到了赖士凯，赖士凯正带人搜查可疑人员，自然不会放过浑身是血的父子俩。

赖士凯摸了一把巩国路挎包上的血，嗅了嗅说：“所有人都跑了，你们不跑，莫非有在现场逗留？这血，有反动的味道。孩子哭什么，是为死去的人哭吗？你们的关系不一般吧！”

巩天民说：“不要血口喷人。”

赖士凯贴近了巩天民的耳朵，话锋一转：“听说是你指使人杀了我堂哥，虽然我还没有证据，但这笔账我记着。”

巩天民说：“你想怎么样？”

赖士凯说：“给日本人当差，我有便利条件。如果我说我看见你和刺客有接触，即便你什么都没干，也得扒层皮。那个家伙杀了小井一郎大佐，日本人宁可错杀一千，也不会放过一个。”

巩天民说：“你敢，还想在沈阳立足的话，说话给我注意点儿。”

赖士凯说：“应该改口了，还把奉天叫沈阳，这本身就是犯罪！

我现在就能羁押你。”

巩天民说：“羁押我？别吃不了兜着走。”

赖士凯说：“你在奉天是有一定的影响力，但你在明，还是个活跃分子，常在河边站哪有不湿鞋，而我在暗，不愁抓不到把柄，多搞你几次，不愁有朝一日你不会臭大街。”

巩天民意识到赖士凯是个棘手的存在，他知道不少秘密，还把他们当成眼中钉，这个人不除掉，将是他们联合抗日的绊脚石、拦路虎。

巩天民说：“那么你就放马过来吧，我看你敢不敢带我走。”巩天民料定赖士凯另有所图，不然以他的性格，早把鬼子呼唤来了。

果然，赖士凯说：“不急，我们可以做一笔交易。听说，你和刘仲宜关系不错，你一定知道他的下落，只要你把他交出来，我放过你们爷俩。”

巩天民说：“首先，我不认识你说的这个人，其次，你没有资格和我做交易。”

赖士凯说：“那就别怪我不客气了。”赖士凯一挥手，手下就往观礼台方向走去，他是去搬鬼子了。如果真把鬼子招来，麻烦就大了，鬼子会不管三七二十一，先抓人。他倒还可以扛一阵子，可儿子还这么小，就要跟着自己蹲大狱，想想也是揪心，但又有什么办法，如果在这个无赖面前认怂，那么，儿子就不仅是日子苦了，心里会更苦，况且，赖士利是他开枪打死的，他不能出卖兄弟。

巩天民对儿子说：“孩子，我们可能回不了家了，要去鬼子的大牢里住几天，你怕吗？”

巩国路没看父亲，眼睛通红地注视着赖士凯，说：“才不怕，跟爹在一起，我什么都不怕！”巩天民抹去儿子脸上的血，心里有难以名状的感动。

赖士凯被巩国路盯得很搓火，对那名去告状的手下吼道：“给老子跑起来！”

手下正欲撒开腿狂奔，赖士凯又突然喊道：“停下！”

赖士凯改变主意不是良心发现，是他突然感到后脊梁骨发凉，猛地回头，身后围满了人。原来，呼泽生找不到儿子，广发“英雄帖”，不一会儿就聚拢起了刘仲明、张查理、李宝实以及不少商会代表，他们边找边打听，得知巩天民带着儿子进入观礼台一带，而小井一郎被刺杀，观礼台附近危机四伏，为以防意外，他们及时赶了过来。赖士凯也带了不少人，如果硬要打，刘仲明一方的人皆是文绉绉的，难有胜算，可赖士凯当然知道，这架没法打。站在他面前的是沈阳工商界半壁江山以及医疗届泰斗级人物，压迫感十足。聪明的日本人都不愿公然与他们为敌，恨不能使出浑身解数，拉拢腐蚀他们，何况一个小小的赖士凯。在沈阳，赖士凯还差点火候，但方圆十里，是能算得上一号的，尽管心里没底气，但也不能轻易就败下阵来，行动上黔驴技穷，言语上不能输，否则在手下面前太跌份。然而，他刚要卖弄几句狠话，刘仲明招呼他凑近些，赖士凯虽不情愿，但竟然不照做了，站在刘仲明面前，像个犯错的小学生。张查理跟他耳语一番，他当即带着人逃也似地离开了。

一个好汉三个帮，巩天民在兄弟的支援下，再次化险为夷。巩天民问张查理怎么做到的，连这个滚刀肉都对他恭敬有加、言听计从。张查理说，对待下三烂，常规手段不奏效，就要学会以毒攻毒。

张查理告诉大家，你们有所不知，赖士凯在外无恶不作，在家却谨小慎微，他有一个致命软肋，就是他的太太方柳。赖士凯能娶到方柳，那是祖坟上冒了青烟，他们一家子狗仗人势，浪荡无度，方柳却知书达理、贤淑纯良，打破了“不是一家人不进一家门”的定律。至于方柳是怎么上的贼船，并出淤泥而不染，这事张查理最清楚。

方家和赖家同在一个片区，住得不远，却从不往来。方家乃书香门第，方父是个书画家，平日里挥毫泼墨，笔走龙蛇，佳作频出，颇受尊重；与开武馆但没武德、明面上传道授业实则拉帮结派欺行霸市的赖家人，当然没有发生交集的必要。方柳长大成人，出落得貌美如花，馋哭了不少适龄小伙，其中就包括赖士凯，赖家一厢情愿地认为到了打破以往生疏局面的时候了。赖士凯很清楚，靠家庭、靠口碑、靠自身条件，方柳都不会正眼瞅他，可自负如斯，赖士凯依然对方柳痴情不已，到了泛滥成灾的地步，每天必修功课不是武术基本功，而是绕方家宅院溜达好几圈，幻想能见到方柳并互诉衷肠。而方柳发现了他的图谋，一从学校回到家便大门不出二门不迈，导致他守株待兔的计划流产。赖士凯又另辟蹊径，造访了方父开办的书画斋，他不学无术，胸无点墨，竟还对店内的字画评头论足，为彰显个人艺术造诣，逢人便探讨书画门道，完全不顾牛头不对马嘴，连"附庸风雅"用在他身上都属于糟蹋了这个词。方父心中厌恶，但开门营业，来者是客，没有驱赶的理由，况且赖士凯不白来，每次都出手阔绰，买走几幅没什么市场价值的积灰之作，帮助清理一下库存。可这么一个地痞来得多了，真正懂书画的人就不敢来了，正如佛门圣地总有杀人越货之徒出现，信徒们怎能允许清净之所沾染煞气，久而久之，必影响香火。方父有文人风骨，眼见书画斋一天不如一天，意识到占小便宜吃大亏的道理，找了个机会委婉地劝他不要再来了。赖士凯嘴上应承，过不了几天又准点上班，一度成为方父最大的负担，一想起来就脑仁发疼。方柳得知此事后，认为赖士凯阴魂不散是因自己而起，解铃还须系铃人，唯有亲自出马，才可断了赖士凯念想。

于是，方柳单枪匹马独闯赖家武馆，当然她不是来打架的，而是在当着众人的面，把他花在书画斋里的钱原数奉还，还的姿势很霸道，一把全甩在赖士凯脸上，同时告诉他癞蛤蟆想吃天鹅肉这个行为很令人不齿。赖士凯见过打打杀杀的场面，却没见过这阵仗，一时晕头转向了。大家都以为这姑娘怕是会被赖士凯大卸八块了，可方柳英姿飒爽，立于赖士凯之前，面不改色，柳眉杏眼，摄其心魄，一贯神气活现的赖士凯莫名其妙地感觉自己矮了一截，不仅暴脾气顿失，还似有娇羞之感，掩面躲闪不止。有一种服气，毫无来由，赖父看到儿子这种表现，非但没有生气，还喜上眉梢。他对男女之事有经验，一眼就看明白了，一物降一物，他这个向来目中无人的儿子将来要想过好日子，守好摊子，得需一个人镇得住他，而这个人非方柳莫属。

方柳“扬长而去”，赖士凯以泪洗面，好像他是被辜负的美娇娘，而方柳是无情无义的负心汉。赖父被儿子弄得不耐烦，不得不透露自己的规划，拍着胸脯向他保证，这门亲事，必然拿下，只是时间的问题。赖士凯将信将疑，但想到父亲那为达目的无所不用其极的风格，心中还是燃起希望。

赖父敢这么说，并非信口开河，在他的印象中，只要用上他的杀手锏，无一失手。人性的另一面完全能够通过运作暴露无遗，底线或者良知也会荡然无存。当然这一招成本很高，不到万不得已下不起这个血本，但赖父认为在他有生之年，最后一个万不得已的时刻已然来临，没有比儿子成家立业更让他牵肠挂肚的事了。他从不敢公开去说他的秘诀，简单而实用，那就是赖家有一个调制烟土的秘方。

赖父巨资买通了方父的助手，略施奸计，方父毫无抵抗地喜欢上了赖家的鸦片，刚开始，赖父足量供应，任由方父享用，时机成熟，决然断供。方父发现自己喜欢上的那款飘着奇异浓香的烟草，竟然添加了鸦片时，为时过晚了。仅过了半年，他抽光了积蓄，当掉了房屋，还欠下巨额债务。被上门讨债的人打成重伤，卧床不起。那个时候，他已无药可救。关键节点，隐藏幕后的方父粉墨登场，变身关心街坊邻里的大好人，替方父还了债，还为他请大夫治病。当时，方柳还有些过意不去，主动向赖士凯道了歉。而方父虽没有行动能力，但心里跟明镜似的，他一下就猜中了方家意欲何为。

方父违心地和赖父达成协议，把方柳许配给了赖士凯，以此换取赖家的烟土，昔日的书画家，一年的时间沦落为卖女求烟的瘾君子，良心的谴责、伤病的困扰、毒品的侵蚀，葬送了他的身体，很快就驾鹤西去了。临死前，方父交代方柳，事已至此，嫁鸡随鸡嫁狗随狗，不可与赖家反目。

方父去世的时候，方柳还在沈阳医学院外科专业学习，不管是学识还是双商，都碾压赖士凯，日子长了，似乎能看出一些端倪，越来越觉察到父亲之死另有玄机，悲痛之余，她还是要替父亲的错误埋单，去践行他的遗言，生活在那个间接逼死父亲的仇人的家里。她清楚父亲的用意，日寇当道，沈阳封闭，哪都去不了，无论如何，不能和赖家撕破脸，以免生命危险。然而，一个才貌双全的知识女性，怎么可能与赖士凯这样的人有共同语言，一段时间后，她不由地惧怕这段畸形的关系，经常找借口以院为家，让婚姻有名无实。通过歪门邪道骗来的婚姻，轻薄如纸，赖士凯小心翼翼地维护着，对方柳百依百顺，生怕她知道了真相，报复他或者突然消失。

第十一章

保持沉默，情怀不过一声叹息，奔赴国难，哪怕后会无期。

旁观者清，作为方柳尊敬的沈阳医学院外科主任，张查理一眼看穿了她与赖士凯的未来，屡次开导方柳，希望她能真正遵从内心，解放自己，去拥抱一名新女性自我主导的生活。方柳明白其中的道理，但还抛不开父亲的遗嘱，和赖士凯的关系暂时悬在那里。张查理对方柳的影响不言而喻，两人亦师亦友，建立了深厚的感情，时刻监视方柳的赖士凯对其极为忌惮。现在，张查理抓住了赖士凯这个弱点，以方柳半个家长的名义，对其一通威胁，赖士凯一听就偃旗息鼓、打道回府了。

巩天民和儿子国路安然无恙了，他把儿子交到呼泽生手里，看着他们往家走了，可他心里一点儿也好受不起来。一静下来，情报员带血的脸就在他眼前浮现。他深知伪满洲国政权一日不除，每天不知道还会有多少和情报员一样的人前赴后继，葬身关东军和伪军警的枪口下。商会办公室里，巩天民提出一个惊人的想法，去北平面见张学良。此言一出，举座哗然，办公室里安静极了，他们都在怀疑巩天民一定是刚才受了严重刺激，不然不会做出这样疯狂的举动，毕竟在沈阳还有关系网，可出了沈阳就是孤家寡人了，那些和巩天民早有芥蒂的人，如果得知了他的行踪，想要灭口，易如反掌。

巩天民说：“再刺杀十个小井一郎大佐，也撼动不了关东军的狼子野心。东北现在是一座孤岛，仅凭小股力量，无异于以卵击石，难成气候，我们要改变这种孤立无援的局面，总需要有人鞠躬尽瘁、躬亲晋谒，我知道此一去，千难万险，但是请张少帅率军打回东北，是我能想到的唯一出路。”

李宝实第一个表示反对：“我们孤立无援，张少帅更是孤立无援，他要是和日本人打起来，其他军阀，有一个算一个，谁会前来应援，还不是坐山观虎斗，热闹看不够，到时他成了光杆司令，连蒋介石都会抛弃他，真的就四面楚歌了。”

于光元赞同李宝实的看法：“张作霖死在了日本人手上，天下皆知，张学良痛恨日本人，能打的话，他肯定站排头！但以日本现在的实力，敢叫板西方诸列强。不打，还能休养生息，静观其变，打了，连裤衩都赔进去咯。”

张韵泠也说：“身为中国人，他们说不是，我们就不是了吗？想要斩断我们的根，谈何容易。留得青山在不愁没柴烧，巩先生三思啊！到处都是日本人眼线，如果被他们发现你出关的目的，在关内就要了你的命！到时，那可是真正叫天天不应，叫地地不灵啊。”

巩天民心意已决：“不去怎么能知道张少帅的真实想法，也许他在等一个契机，就在等一个人的鼓动呢。都说心诚则灵，我豁出去命去找他，他即便不回来，也会给我们指条明路吧。”

一直沉默的邵信普和刘仲宜异口同声：“让我去！”

巩天民摆手道：“别抢了，我师父胡奉三是他的老师，我和他在青年会交流较多，我去更合适。而且，我的家属要托付给你们，沈阳城内的大小事务也离不开你们，你们就在原地静候佳音吧。”

众人明白，以他们的身份和地位，如果和巩天民同时出城，势必会引起日本人的警觉，到那时，很有可能一个也出不去。

这时林三武站了出来，说道：“不像诸位大哥，我寂寂无名，又是巩先生的下属，陪他出城，合情合理，谁都没有理由拒绝我。”大家眼前一亮，他确实是一个不错的人选，巩天民和他一起上路，安全方面多少有了些保障。巩天民还在犹豫，但经不住大家的一致恳求，终于答应他一同前往，林三武欣喜若狂。

行程已定，刚还七嘴八舌极力相劝的兄弟们，顷刻间沉默了。他们表情凝重地一一走过来和巩天民拥抱，像是在送喝完壮行酒的战士上沙场。关外惨无人道，关内也不太平，日本人派出去的特务不计其数，他们星罗棋布，渗透进角角落落，说不清什么时候就被盯上了。此一别，有可能会等来天大的好消息，也有可能是永别，大家讳莫如深，不代表不明白。在那个贼寇掌控、连好好活着都需要运气的时代，生离死别的场景比比皆是，一般来说，很多事见多了，也就免疫了，但关于情感割裂，从未在任何人心中衰减过力度，反而附着在民族的耻辱之上，这个悲伤的桥段飘荡于风雨烟云里，加倍地壮烈。

巩天民咧嘴露出一口大白牙，额头上明晃晃的，面色也红润起来，他显得很兴奋，动作放得开，话也多了，但每一句都轻描淡写，不切主题。他眯着眼讨好地看着每个兄弟，把他们的背拍得哐哐作响，故意把这沉寂的场面弄得很轻松，一点儿不像壮士出征，倒像是回家过年或者关内七日旅游，好似在向大家炫耀他的幸运、在庆祝他还未达成的丰功伟绩。可越是这样，大家越难以融入他的情绪，所有挂牵的话语都堵在喉咙处，像在隔空抚摸一个触不可及的亲人，然后眼睁睁地看着他被人带离，去完成一次看不见未来的迁徙。

既然非得送你去漂泊，那么就让我们为你装好最齐备的行囊和衣装。刘仲明走到写字台前取出笔墨纸砚，奋笔疾书，写就洋洋洒洒几千字，他头也没抬一下，他要赶在天亮之前，把巩天民的诉求形成书面资料，让他在见到张学良的那一天，有更多的砝码。在落款上写下“沈阳爱国小组”的时候，刘仲明的腰已经直不起来了，需要搀扶才能站起来；李宝实和于光元跑回医院取来了药品包，邵信普和刘仲宜深夜敲开家门，拿来了干粮和棉衣，他们进门后，巩天民看见他们发梢上结着冰，大衣一脱，浑身像开了锅；特殊原因出城可以请假，但名额极少，张韵泠多方协调，忙活了大半夜，打通了关系，让巩天民以探望关内生病的舅舅为由，获得出城的机会；张查理和毕天民则始终寸步不离巩天民身边，像两个相面先生，端详着巩天民的脸。巩天民记得，上次被人这样盯着看，还是呼泽生刚到沈阳的时候，那时候他们小别胜新婚，尚可理解，现在几个大男人也能如此对视，巩天民很不自在，但他不用问到底为什么，自然知晓他们是为了陪伴，是在记住他的样子。如果他回不来，这便是最后相处的几个时辰。这几个时辰无比短暂，在某种意义上来说，又会无比漫长，漫长在以后的时光里。

多年来，他们形成了这样的默契，即便意见不相一致，或者担心对方的生命安全，可当兄弟作出决定，毅然成行的时候，他们马上能从对立面变为彼此的拥趸，倾尽全力做好应援的角色，把可预见的风险降到最低，奉上倾情的祝福。

一切收拾妥当，只待出发，刘仲明说："不通知嫂子了？"

巩天民说："不了。通知了也不能送，还不如不让她知道。就让她当成普普通通的一次不辞而别吧，这种情况我们家常有，过几天就回来了。"

刘仲明忍不住道："万一出了什么意外，这一面……"刘仲明说完就后悔了，憋了一夜，临了，破功了。

巩天民说："你们是值得托付的人，万一有那一天，我也走得心安。"

晨曦中，刘仲明等八人从一个巷口处露出头来，他们不能送行，远远地看着那条笔直的空落落的大街上，巩天民和林三武走向伪军把守的岗哨。巩天民昂首挺胸走在前面，林三武背着行李跟在他身后，他还年轻，没出过远门，不时回过头来看看这座熟悉的城市，满眼眷恋。

岗哨旁，一个身姿奇特的伪军负责检查他们，此人嘴斜，脖子歪，还是对眼，猛一看倒是个挺蛮横的姿势，仔细一瞅应是中风偏瘫了。这个体格，在军营里别的活计干不来，只能派来守门。歪脖子接过巩天民的请假条，踮脚摇晃着上半身，不说话，眼睛瞟着巩天民的毡帽，其实他是在看巩天民的脸。

就这么个人，托门路好不容易谋得个差事，可算进入了角色，坏得冒水。提出的第一个无理要求就是只能出去一个人。

巩天民指着请假条说：“这是警察局签批过的假条，符合程序，上面明明写着两个人。”

歪脖子说：“警察局批的，你给警察看，你给我看什么，我是治安团的，我不同意，你有什么招数使出来！”

巩天民心说，都是日本人的走狗，一路货色，互相还看不起，真是笑话。眼下出城要紧，和歪脖子没有道理可讲，从怀里掏出几块银元交到他手里，忍着恶心说：“官爷通融一下。”

歪脖子急了，脖子本来就歪，此刻青筋更暴露了，说道：“谁稀罕这仨瓜俩枣的，我有原则，说不行就不行！”

巩天民见歪脖子是个难缠的主儿，转而收买其他伪军，没想到他们还挺团结，一丘之貉，相互补台，就这政治氛围，联合起来干点儿什么都能成事，偏偏干了这门万人唾骂的营生。既然过不了关，巩天民妥协了，他劝林三武回去。林三武一听这话，当时就哭了，他为了护送巩天民，下了很大的决心，还托人给远在郊区的残疾老母亲捎去了钱和信。现在说不让去就不让去了，一时接受不了。

巩天民悄悄说：“回去吧，照顾好家里，就等于支援我了。”

林三武给巩天民磕了一个头，边哭边往回走，走出去没多远，他看见歪脖子用刺刀挑开了他们的行李，衣服扔得满地都是，在强劲的北风里满地乱滚。巩天民被上上下下搜身了好几遍，连脚底板也没放过，最终，歪脖子只给他留了到临榆的盘缠，连部信普和刘仲宜为他准备的牛肉和烧鸡也没放过，全都占为己有。他确实很有原则，坏事必须做绝。

巩天民背着被搜刮过的行囊，渐渐消失在大家伙儿的视线里。他是一个富有的银行家，可从走出城门那一刻起，穷得只剩下了一腔热血。他本可以过相对安逸的生活，却选择了铤而走险，他也不知道勇气出自哪里，他只知道，富有是一个人的权利，但富有本身却是责任，安逸是每个人向往的状态，可这个状态往往不来源于个体。

巩天民走了，林三武失魂落魄了一会儿，又重新打起精神，他还有很多事要做，要去巩家照料嫂子和孩子，要去郊区农村看望母亲，告诉她不用担心了，他哪里也不去了。可当他快到巩家的时候，有人用麻袋套住了他的头，一棒槌将他敲昏了过去。醒来时，他看见了赖士凯。

赖士凯咬着牙说："要不是歪脖子眼尖，一眼看出你就是画像里的人，及时给我报信，我还抓不住你，你找得我好苦！"

林三武意识到大难临头，但并不怕，说道："你再这样嚣张下去，早晚和你哥一样的下场。"

这句话戳到了赖士凯的痛处，用锤子砸裂了林三武一只手，林三武发出阵阵惨叫，犹如一曲旷日持久的悲歌。那时候，赖士凯恢复了冷静。他说："我不会那么快杀你，你还有用。"

林三武说："狗东西，让你失望了，我一点儿用也没有，就算有，也不会为你所用。"

赖士凯说："真是忠贞不屈啊，是不是还在幻想你的主子来救你？死了这条心。他入关了，回不来了，我派人跟上去了。在奉天我不是他的对手，在外面，弄不死他！"

林三武的手在滴血，心也在滴血，他说："你不会得逞的。巩先生干的是利国利民的大事，他吉人自有天相，怎么会斗不过你这样的畜生！"话虽这样说，林三武听过"好人不长命、祸害活千年"的俗语，正因为巩天民正直，

赖士凯说："不要着急给我下定义。你参与杀害了我哥，我还给你指条活路，这是以德报怨啊，你要感谢我才对。你还小，要想想

你的将来。只要你跟我去坂垣大佐那里，把你知道的全告诉他，你这叫戴罪立功，我保你不死，坂垣大佐一高兴，封你个小官，也说不定。”

林三武说：“那你还是弄死我吧，老子没你年龄大，但老子比你有种。”

赖士凯说：“确确实实，真是个犟种。不怕死的人我没见过，但凡嘴上嚷嚷不怕死的，那是还没戳中心窝，没有哪个人不存在弱点。巩天民也有弱点，那就是他的家人。可我有心眼儿，他在奉天树大根深，只要他还活着，他的家人我就碰不得。而你就不一样了，无名小卒一个，巩天民的那帮狐朋狗友即使想帮你，也不会花多大代价吧。听说你远在乡下的老母亲，花甲之年从荒郊野岭发现了你，那时候你差点儿被野狗吃了，她拄着双拐，一个人还吃不饱，却还把你捡了回来，坚持拉扯大，多么不堪回首的往事啊。你也有良心，想让她过上衣食无忧的好日子，治好她越来越严重的腿疾，却没那个本事，还终日让她担惊受怕。现在尽孝的机会来了，就看你选不选。你不选，我帮你选！你不能给他养老送终，我来！我这心胸、这格局，都被自己感动了……”

赖士凯费尽心机调查清楚了林三武的家庭状况，滔滔不绝地粉饰着自己的高尚，输出着自己的毒辣，林三武眼前雪花一片，一句也听不进去了。他乞怜地说：“我娘快七十岁了，浑身是病，你还想怎么样？”

赖士凯说：“别紧张，我也做些慈善，当一次圆梦家。”

赖士凯提溜着林三武走进另一间房子，这间房里有一个隔间。赖士凯走了进去，很快就传出来他与一个老太太的对话。

赖士凯问：“住得还习惯吧？”

老太太说：“住了一辈子土坯房，到老还住上了这么宽敞又暖和的大房子，这是哪辈子修来的福分啊！太感谢你了。”

赖士凯说：“不用谢我，都是您儿子有出息。”

老太太说："话说回来了，你一直说我儿子让你们接我过来，我啥时候能看见他？"

赖士凯说："别急，他公务繁忙，过几天就来和您团聚了。"

老太太沉吟了一会儿说："我的儿子我了解，他是个苦孩子，没钱供他念书，大字不识一个，我不指望他多有出息，平平安安的就好。没想到还混出了名堂，我很好奇，他到底在干啥工作？你又是他什么人。"

赖士凯说："我们是好兄弟，都在为公家办事，我是治安团团长，他在警察局当差。"

老太太说："我们东北都落入了小日本手里，公家？你说的哪个公家？"

隔间里再无动静，赖士凯应是无言以对了。

老太太当时刚一开口，林三武一听就是老娘的声音，眼泪便哗哗地掉下来了。他想喊，嘴里却塞着毛巾，他欲挣脱，身边却围满了人，一双双大手把他摁得结结实实，纹丝不能动。

赖士凯最后对老太太说："大夫说了，您的腿病很棘手，暂时不能下床，好吃好喝的，都有专人送进来，安心养着吧。"

老太太再没说话，她已经对赖士凯产生了怀疑。赖士凯出门后，反手就把门上了锁，骄傲地看了看林三武，哼着小曲走了。

第十二章

妥协不是一种出离，就像我不认为蛰伏能肉眼可见。草绕过树荫扎根，那绝不是对树的背叛。

那些人拖着林三武离开了那个房间，像是在处置一个死刑立即执行的犯人。他刚离开了自身难保的巩天民，又眼看着老娘掉进“火坑”，接连打击，让他的双腿不听使唤，一股氨水的味道在嘴里蔓延，眼前模糊一片，他感觉所有的画面都在匆匆闪过又静止不动，正如他生命的旅程疯狂倒退一把，又急速地跃进，一直来到今日今时，世界完全换了天地，身体也换了一副躯壳。多年的艰苦，磨砺了他不屈的意志，他以为他上过刀山下过火海，不惧小沟小坎，能掌控一些东西，却在突然之间发现，他还是当年那条野狗尖利獠牙边的一块臭肉而已。生来轻贱，活亦卑微，他甚至没有权利完成一次和老娘的对话，让老娘去疑惑着承受一个无赖假惺惺的侮辱性地关怀。

赖家大院里，林三武站在中央，像马戏团里的猴子，赖士凯命令手下给他解放手脚，老娘的房间咫尺之遥，他却没有冲过去的能力了，他知道那样势必会弄出很大的动静，让老娘受到惊吓。他现在只盯着赖士凯，赖士凯倒背着手出门去，他就乖乖地跟在后面。他佝偻着背，往日大步流星改成了小碎步，眼里失掉了青春神采，面容的沧桑就像冬季侵略了春天的霜雪，风一吹，在空中纷纷扬扬，染白了整片大地。他走出门后，似乎听到了内院老娘发出的叹息，好像在说：“娘等着你呢！”

赖士凯带着两眼空洞的林三武进入了关东军总部坂垣办公室，坂垣正在研究东北版图，看了一眼他们，视线再没从墙上移开。

赖士凯说：“我有重要情况禀报！”

坂垣没说话，赖士凯自顾自地说：“巩天民作为沈阳商会的执行委员、副会长，不谋正道，和另外八名知识分子组成抗日小组，利用影响力，发表反动文章，传播反动思想，策反不明真相民众，还策划罢工活动，私下支援义勇军，破坏满洲国团结稳定，公然与皇军为敌，实乃罪恶滔天。他们还设计暗杀我的堂兄赖士利，可怜我的堂兄，一生光明磊落、恪尽职守，是您的左膀右臂，立下了汗马功劳，却落得个活不见人死不见尸的下场，我心中万分悲痛。”

坂垣从喉咙深处闷哼了一下，慢条斯理地说：“巩天民？志诚银行的老板，他有这么大的能耐？”那心不在焉的样子，看起来对赖士凯的哭诉提不起兴趣。

赖士凯换了种语气：“我带来了他的贴身家丁林三武，他可以作证。这小伙子长期被巩天民虐待，不堪忍受，主动归顺。听了他的讲述，我才意识到问题严重，巩天民等人的行径已到了令人发指的地步。幸好这小伙子悬崖勒马，弃暗投明，不然，我们都还蒙在鼓里。他们杀了我堂哥，我堂哥也算为国捐躯，虽惨烈至极，但死得其所，我尚能接受，但一想到他们已威胁到国之安危，就怒火中烧。我不是为了个人恩怨，而是替天行道，巩天民等人一天不除，我一天寝食难安……”赖士凯说得豪气冲天、激情满怀，若被不了解他底细的人听去，还真以为他是嫉恶如仇的民族英雄，要大义凛然地为民除害。

显然，坂垣被他恳切的言辞所吸引，转过头来，目光扫视了二人，最后定格在林三武身上。赖士凯也看着林三武，神经紧绷，生怕他当场翻了供，那样谁也捞不到半点儿好处，还会搭上自己的“仕途”。

坂垣咄咄逼人的眼神遇到麻木的林三武，像子弹打在棉花坨里，杀伤力锐减。赖士凯冷汗流下来，赶忙掐了一下林三武，林三武才略有反应，他什么都忘记了，只记得老娘还被关在赖家，他耳边又响起了她的那句“娘等着你呢”，他像是在回应老娘的话语，缓缓点了点头。当他做完这个动作，扭头看向窗外，那时候天大亮着，但他却什么都看不见，他只是拥有动植物的本能，朝向光亮的地方，要向阳而生，却不小心坠入无名隧道，和熟悉的自己越来越远了。

见林三武屈服了，赖士凯长舒一口气，露出邪笑，他等待着坂垣暴跳如雷，他见识过坂垣发脾气的火爆场面，定然疾风骤雨，令人望而生畏，紧接着就能掀起一片腥风血雨。那样，他借刀杀人的目的达到了，邀功请赏的筹码也有了，春风得意的时刻也就来临了。

然而赖士凯没有想到，连林三武都没有想到，坂垣十分冷静地说：“赖，不要故弄玄虚，那九个人和你们家是仇人，但对于关东军来说，还不如一只蝼蚁，毫无威胁性可言。”在坂垣看来，区区一个民间组织激不起什么风浪。上次他和巩天民打过照面，那是因为土肥原少将对巩天民的师傅胡奉三感兴趣，现在满洲国成立了，张学良反攻东北的希望极其渺茫，胡奉三的作用弱化殆尽，何况巩天民。

赖士凯在心里痛骂了坂垣八辈祖宗，暗想，最黑的还得是小日本，纯属喂不熟的白眼狼，不管怎么掏心窝子对人家，人家打心眼里不相信中国人，没把他们这些臭鱼烂虾放在心上。也是，只是一把工具，还是一把没什么技术含量的工具，用完就可以撇在墙边，连进库房的资格也没有。不过就算是一件工具，只要我比别的工具更能得到主人的喜爱，我就混出来了。赖士凯想。

好不容易想出来的主意，即使是馊的，赖士凯也不愿放弃：“他们只会聚少成多，聚沙成塔！一个抗日小组可以忽视，可他们的号召力不容小觑，他们中国人窝里斗在行，假以时日，抱起团来也厉害至极，如今他们低眉顺目都是假象，那是在蛰伏，但凡有机会就会破壳而出，来个出其不意啊，我的大佐大人！”赖士凯已扎扎实实地把自己划入日本阵营，与中国人撇清了关系，俨然一副“满洲国”优等国民的定位，口口声声“他们”，当然，这样的好处是使得他具备了客观评价的条件，让他的论断听起来很有说服力。

这番言辞果然触动了坂垣：“说得好，我对你表示赞赏。大日本皇军的优点就是取长补短。你确实比我更懂中国人。”

坂垣态度的转变让赖士凯很激动，重新满怀期待，等着坂垣下达抓捕命令。而此时坂垣眼里却无丝毫戾气：“以巩天民为首的抗日小组需要惩治，但不是现在。”他之所以这么说，是因为接到了上级指令，近期需采取怀柔政策，避免流血事件发生。他推测是“满洲国”建国大会引起了舆论震动，国际社会有杂音，日本主和派风头正盛，满洲本土压力倍增，不得不注意影响了。

赖士凯察言观色的能力一绝，还一改往日鸡鸣狗盗的形象，抬高了视野继续添油加醋：“国际社会为什么会有不满，各国为什么不承认我们？还不是巩天民等执迷不悟的破坏分子到处递状纸。没有他们散播谣言，我们“满洲国”风调雨顺，海晏河清，哪会有丁点儿不和谐。”

坂垣击节赞叹：“赖桑，真让我刮目相看，你竟然对时局了解得如此透彻，看来让你当治安团团长太屈才了，将来应该提拔你任用。”

赖士凯心花怒放，他开始相信成功是留给有准备的人。昨晚他到街上找算命先生卜了一卦，算命先生没等他张嘴，唰唰几笔，写了张小纸条。他向来迷信，如饥似渴背了一宿，今天超常发挥，一字不漏全用上了，上下嘴皮一碰，出了奇效。那时候，他后悔当年没多读书识字，习武又苦又累，拼了命还不如人家一张小纸条。

在坂垣的政治理念中，治安团团长和看门的歪脖子没什么区别，他也就是随口一说，但赖士凯当了真，更卖力地建言献策，当然他的那些计谋无非是如何更周密更下作地迫害同胞。坂垣是个杀人不眨眼的恶魔，每天萦绕耳边的都是打打杀杀的故事，他也有需求，如果赖士凯和他聊一聊芳雅阁的漂亮女人们，说不定还能令他多待一会儿，现在他不耐烦了，他还是坚持原来的观点，肯定会收拾巩天民等人，但不宜过早。他摆摆手让赖士凯住嘴滚蛋，赖士凯忙活半天，只看见一张画出来的大饼，没得到实质性的东西，郁闷不已。出了门又返回去，问坂垣，林三武怎么处置？

坂垣说："给他点儿满洲圆（伪满钱币），先让他回去吧！"

赖士凯说："好不容易得来的线人，放掉太可惜了，他对巩天民等人的底细了如指掌，将来用得上。"

坂垣说："送他去警察局当狱警。"

赖士凯先是吃了一惊，这么好的差事他都捞不到，坂垣何以如此大手笔，让林三武捡了大便宜，不甘心地问："大佐一定有用意，小的捉摸不透。"

当把人命视为草芥的时候，正常的人际关系已不能满足猎奇心理，坂垣说："将来他的主人关进去，正好在那里相遇，我非常喜欢看这种自相残杀的戏码！"

赖士凯朝坂垣竖了大拇指，心说，要向这老变态学习的东西可太多了。坂垣面无表情，而他想到坂垣描述的画面，心跳的节奏被打乱了一下，不由自主地激动了一阵，到时一定要申请到现场监督，看看这些张嘴闭嘴民族大义的人，在背叛面前的表现，是否也如他们传递给外人的形象一样，冠冕堂皇。

从坂垣那里出来，林三武提出要回去看望老娘，当然被狠狠地拒绝了，得到的答复是什么时候巩天民等人被抓进去了，受了刑罚，他就可以和老娘团聚了。现在他只有一条路可走，那就是走马上任。那个时候，监狱里关的反而都是些好人，有劫富济贫的侠客，有不交苛捐杂税的百姓，有疑似共产党员的人，还有路上朝鬼子吐口水或者尿尿溅到伪军警的人。林三武觉得这些人比赖士凯那类人不知要强多少，暗地里帮助他们递纸条，送烟送酒，制造便利，做这些事的时候，他内心能得到些许安慰。他认为是自己出卖了九君子，罪不可恕，没脸回家，银行更回不去了，他在等待一个时机，救出老娘后，远走高飞，若不是还惦记她老人家，他早自行了断了。

其实只要林三武说明情况，看在他老娘的份上，巩天民也一定会原谅他，他还是个十八九的孩子。可巩天民在路上，逃亡是反抗者的宿命，那时候他连自己能不能到北平都不知道，更没机会得知身后发生的一切。

巩天民登上开往北平的火车，刚上车就发现有两个人跟着他。车上空间逼仄，人多眼杂，他们不敢动手，但这两个人一看就受过专业训练，相当敬业，寸步不离，想在他们眼皮子底下逃走，难度很大。巩天民把毡帽拉下来，尽量不和他们对视，当作什么都没发生，还与同座的人相谈甚欢。

巩天民不时看向窗外，他并无意欣赏风景，只在满心思索如何逃脱，而那时候关内和关外截然不同，冬天真正过去了，田野间，山头上处处新绿萌动，眼眶中不再是灰色的肃杀，而是洋溢着生命的迹象。风钻进密封性很差的车厢，吹走了各种刺鼻的味道，鲜美的混合着泥土甜味的空气，灌满了车厢，他把鼻子贴在开了一道小口的窗子上，贪婪地吮吸，像是离开母亲太久的婴孩，在接受到抚慰的那一刻，不禁落泪。通往北平的路，蔚为壮观，地貌在不停变化，他看见大河的形状宛若一条永无止境的天路，在彩霞辉映下散发着温暖的光，那里能通往他心中的殿堂，他看见高山的轮廓犹如一个个钢筋铁骨的英雄，不管谁从面前路过，都镇定自若，泰然处之的品格衬托着慌张的人群，给他们以宁静，还有奔赴目的地的力量。他心中多日的烦闷，似乎得到了缓解，身边嘈杂的声音也变得可爱起来。

火车路过一些小站，站台上很热闹，有很多挑着扁担、推着小车的货郎，那年月，绝大多数的老百姓消费能力几乎为零，但穷家富路，出门在外的人多少有点儿钱，于是车站就成为拉动内需的重要场所，每到火车停靠的时候，商户就一拥而上，围满上下客的地方。巩天民心想，站台上的环境比车厢复杂多了，也许那里藏着逃脱的可能，他等待着机会。

巩天民悄悄观察着那两个尾随者，为了掩饰自己，制作出并未发现有异样的假象，他和身边的人谈笑风生。同座一位男子一头乌黑的自来卷，身着笔挺西装，戴金丝眼镜，胸前抱着一个皮色发红的公文包，生怕别人弄脏他衣服似的，不苟言笑，形象气质活像志诚银行柜台的工作人员，尽管在巩天民和对面大爷唠家常时，他神情冷漠，一言不发，但巩天民还是觉得他亲切，因为他经常在志诚银行里看到这样的员工，以前发现他们态度不好的问题，他总要批评几句，唯独今天看来这样的作风也不是那么讨厌。巩天民不由地多看了那人几眼，发现“自来卷”有不少下意识的动作，不时活动颈椎、快搓手指、还不正眼看人，而这些动作，巩天民同样见怪不怪。正打量着他，“自来卷”去拿放在窗边的口杯，露出袖口的标志图案，让巩天民更断定了他的职业。

巩天民笃定地说：“没猜错的话，你是做信贷业务的？”

“自来卷”把刚端起的口杯放下了，操着一口天津话惊诧地问：“忒厉害了，你认识我？”

巩天民说：“同行！”

“自来卷”怀疑地看了一眼，说：“不像，你不像干银行的，你像抢银行的。”他的话引起了大爷的共鸣，巩天民的棉布长袍看起来有个把月没换洗了，且行囊空空，腰包也不鼓，实在无法把他和钱挂上钩。

不露一手是镇不住他们了，那时候巩天民当场演练了一遍大客户存取款的工作流程，行话张口就来，规定动作轻车熟路，业务能力绝对一流，所有人看傻了眼，尤其是“自来卷”，他最清楚这套功夫意味着什么，他这个级别的员工还没有资格接待大客户，不能堪当此任，巩天民能如此手到擒来，一来证明了他的能力，二来证明了他的身份，他推断巩天民至少是个中层管理者。

“自来卷”像是找到了组织，卸下了刚刚厚厚的面具，瞬间平易近人了，抓着巩天民的手久久不松开。

第十三章

我把平凡的人放在心间，我瞬间告别平凡；平凡的人把我举过头顶，我才知道平凡有多么伟岸。

半路上，一面之缘的感情，大多数浮皮潦草，难有新意，但那时候的缘分又容易让人快速地接近。“自来卷”看到对面的大爷好像睡着了，对脸上带着天然真诚的巩天民毫无保留地透露了个人信息，他叫石德佳，天津塘沽人，在沈阳官银号任职，此次回天津是探望病危的爷爷，他从小和爷爷相依为命，现在爷爷已陷入弥留，很可能是他们见的最后一面了，日本人只给了他三天假，晚一天，扣饷银不说，还可能丢了工作，甚至蹲班房，可没办法，为了爷爷得回来，为了妻儿得回去，哪头都耽误不得。说到气愤处，石德佳咒骂了小日本，骂完察觉到声音太大，赶紧缩了缩脖子。巩天民读得懂他这个身体语言，这是被收拾怕了，在沈阳待过的人，一般都养成了这种警惕意识。

巩天民说：“我的情况不比你好多少，我说完你不要回头看。我被特务盯上了！”

石德佳吓得一激灵：“你到底什么身份？他们盯你干什么？”

巩天民说：“我是志诚银行行长，去北平面见一位大人物，能说的就这么多。”

石德佳一把捂住了嘴，声音从指缝里冒出来：“巩先生吗？真的是你吗？！”

巩天民说：“你认识我？”

石德佳重新握住他的手：“沈阳金融界、工商界没人不认识你。您是爱国者，有民族魂，是我们的精神偶像！谁敢挡你的路，我……我……”石德佳大脑飞速罗列合适的词语，思来想去，没想出应该如何帮助巩天民，他其实是惧怕的，他一只手撑在座位上，想像个男人一样站起来看看巩天民口中的特务到底长什么样，再疯狂一些，他会拍案而起，告诉特务，偶像在此，谁也休想动其分毫，否则向特务宣战。然而，他另一只手死死抓住小桌板，生怕自己真的会那么冲动。而站不站起来，他都会留下遗憾。在看似激烈的自我矛盾中，他最终选择把脑袋耷拉下来，接受了“做不到”的事实。巩天民不仅不会怪他，还感到欣慰，普通年轻人能有这个态度已难能可贵，“拼命”二字说来容易，当真正到了做选择的时候，没几个人敢冒险，如果有，那也是到了存亡的时刻，显然，绝大多数人往往将存亡的角度，只定义到个人的生死。

巩天民看到石德佳自我谴责的样子于心不忍：“你什么都不用做，就跟我聊天，插科打诨，嬉笑怒骂。我们放松，他们也放松，他们放松，我们就安全。一会儿到站了，我‘呲溜’跳到站台上的人堆里，他们不一定追得上。”

石德佳说：“万一追上了呢？你手无寸铁，他们有备而来，太危险了，坚决不行，我不能让您在我眼皮子底下冒险！”他当即否了巩天民的逃跑计划，巩天民看见了他关切的眼神。

巩天民说：“冒险，是革命者的必由之路。”

石德佳说：“我总觉得还有更好的办法。”

二人窃窃私语，一直假寐的大爷从座位上起来，半蹲着，把干枯的手搭巩天民肩膀上，压低声音：“别怪俺偷听，早看出来了，你们都是好小伙，碰到难处了吧。都是从城内好不容易出来的，别看俺一把老骨头，名正言顺了一辈子，到老更不能蹿稀，只要你们用得着，咱绝对顶得上！”

巩天民鼻子酸酸的，刚才和大爷聊天得知，他祖籍山东，父辈闯关东来到东北，家中独子前段时间在街上摆摊，和伪警发生口角，被扔进了大狱，他这次出城，属被逼无奈，伪警通知他，要么他儿子牢底坐穿，要么他回老家凑钱赎人。

“俺爹苦了一辈子，闯关东攒下的本，还不够给他们的。别人都是荣归故里，俺回老家拉饥荒，嘿嘿，这就叫丢脸丢回家了！”听不出大爷有怨天尤人的语气，他说这话的时候还龇着漏风的牙，只是巩天民看到他眼窝里有晶莹的泪花。

大爷的情况再次让巩天民酸楚不已，他习惯性地摸了摸荷包，空空如也，出城时，他的钱已被搜刮干净，想给大爷一些钱，让他结束这趟悲哀的回归，也心有余而力不足，只得对大爷说：“如果时间来得及，回沈阳，我帮你想办法！”

大爷说：“来不及了，先谢谢你！而且像俺这样的情况太多了，你都帮得了吗？”

巩天民说：“我尽力帮，等把日本人赶走了，都会好起来的！”所有人都知道这是一句空无边际的大话，连他自己也知道这话太难实现，可他既然把自己当了一颗火种，就不能太在乎能亮多久，能照耀多大一片区域。他不知道在这列火车上，到底还有多少这样的故事。火车拉响了汽笛，似是躁狂的哀鸣，一股股黑烟冲上天际，扶摇直上，却永远无法与白云相会。

乘务员手持大喇叭，逐车厢提醒乘客，前方到站天津站。天津站是个大站，人流量空前，那俩特务又往前移动了位置，加快了偷瞄巩天民的频率，看样子他们也担心巩天民跑向站台。

车还未到站，石德佳大声对巩天民说：“大哥，咱俩对脾气，一路上相谈甚欢，你这个朋友我交定了，等你到北平办完事，一定要到天津来，我高接远迎，设宴款待。”说完，石德佳发挥了天津人天生的相声基因，好一通“报菜名”，表示只要他报出名来的菜都会给巩天民安排上。

特务透过人群密切注视着巩天民的动向，他们只看到巩天民笑而不语。

石德佳接着说：“你刚才不是说尿急吗？一会儿车到站，厕所就关了，抓紧啊！”

巩天民并不动，石德佳又催促了几次，他像是黏在了座位上，石德佳拔高调门：“不就是一件破行李吗？让大爷帮你看着，怎么着？信不过人家？”

巩天民低声说：“别演了，我说不行就不行，你要回家送你爷爷最后一程！”

石德佳说：“你做的是大好事，我帮你，也是在做善事。好人有好报，说不定老天爷会因此奖励我爷爷多活几天。”

巩天民依然不从，石德佳掏出卷烟：“临走，没有酒，我敬你一支烟！”说着，拉巩天民，巩天民纠结着，他知道石德佳的意思，刚才石德佳就提出了一个偷天换日的建议，趁特务不注意，两人互换行头，让巩天民从天津站下车，而他伪装成巩天民，一路吸引着特务去往北平。计谋巧妙，但缺点也明显，那会耽误他去送爷爷，爷爷留着一口气一直不咽，就是在等他回去，巩天民打死也不愿意干这种会内疚一辈子的事，且这事毫无补救的余地。

两人僵持不下，那时候大爷说了一句：“好戏开始咯！”随即瞪圆了眼睛，嘴里嗷呜嗷呜地叫唤，浑身筛糠般抖了起来，手脚抽搐，口吐白沫。他从座位上摔在过道里，动作幅度很大，周围的人纷纷避让。有人喊，是羊癫疯，别让他咬了舌头！有几个壮汉围上来摁他，他哪里配合，又抓又挠，现场乱作一团。那时，车也正好到站了，车门洞开。外面吵，里面闹，工作人员在狂叫，特务的眼睛不够用了。

石德佳注视着巩天民，质问：“你走还是不走，行头换还是不换？大爷搭上老脸，为你演了一出夸张戏，遮挡特务视线，阻碍他们路线，你别不识好歹。”巩天民骑虎难下。

突然，特务在人头攒动中发现巩天民的座位空了，大惊失色，想要越过大爷逼近巩天民，一时竟难以实现，大爷挥舞的胳膊像是编织起了一张铁丝网，让他们无从下脚。他们费尽九牛二虎之力终于从人群中钻出来，正要往车门处跑，却发现，巩天民又奇迹般地坐在了原处，他的破毡帽仍然遮挡着脸，他还是之前看向窗外的姿势。石德佳已不见了，应该是下了车。特务刚把心放回肚子里，往回走，其中一个特务比较细心，发现了破绽，因为这节车厢停靠的位置，从窗户望出去刚好是一面水电间的外墙，并无风景，而“巩天民”还是看着窗外，他在看什么呢？大爷闹成这样他不感到好奇吗？一定是不想把真面目示人，这里面有猫腻。这个特务伸手掀开了“巩天民”的毡帽，这才看清楚，那是石德佳，连扇了他好几个耳光后往车外看，只见巩天民身着石德佳的衣服已融入人海，留下一个模糊的背影。

特务需下车追逃，可车门已关闭，情急之下拔出了枪，朝车顶开了两枪，车厢内外顿时鸦雀无声，连入戏很深的大爷也被吓蒙了，忘记自己还是个羊癫疯正在发作的病人，僵硬的四肢悬在那里，大张着的嘴巴像隧道的入口。

巩天民听见了枪声，众人四散逃跑，杨柳絮般呼呼地从他眼前飞过去，他没有勇气撇下身后的一切独自离开，戛然停下来回头望，他祈祷石德佳和大爷千万要保护好自己，他们已经为了他出尽了洋相，不能再被伤害。

那时候，工作人员不得不打开车门，特务刚要下车，回过神来的石德佳和大爷出现在他们身后，对他们的后脑勺进行了暴击，可普通人面对专业人士，力量太微不足道了，特务回手反击，石德佳和大爷倒下去了。特务继续跑，脚却动弹不得，原来石德佳和大爷没有放弃，他们抱住特务的腿，死也不放开。巩天民看见特务气急败坏地猛踹他们，像在踹一辆难以启动的摩托车，他们的头像弹力球一样在地上回来荡去，很快变了形，远远看去和摔坏的西红柿差不多。

巩天民边往回跑边喊：“别犯傻，松开他们，让他们过来！”

大爷对他喊得声嘶力竭：“快跑啊，别回来了！俺不回山东老家了，你要是赶走了日本人，俺就不用凑钱赎儿子了，以后再也不会有人凑钱赎儿子了。快跑啊，求你了！”

石德佳的“自来卷”被血染上了红色，五官肿胀立体，他的口音很重，却字字清晰入耳：“死在这很容易的，继续去伸张正义却很难，你自己选吧，别让我看不起你！”

他们的话比子弹凶猛，直击要害，巩天民又停下脚步，进退维谷。车厢里的人似乎听明白了事情的来龙去脉，他们不知道车下的巩天民是何来头，但从他们的对话中可以分辨出他是站在阳光下的人，而那两个施暴者贼眉鼠眼，枪口动不动指向老百姓，这无疑就是最下作的人。人群中有人喊着“救命”，大家如潮水般涌向两个特务，叠罗汉般将他们压在火车连接处，特务的眼中流露出了恐惧。

巩天民放心了，飞速逃离站台，刚到出站口附近，又听到“砰砰”两声枪响。特务为了摆脱纠缠，再次开枪，巨响之后，人们下意识地散开，或蹲或卧，那块场地重新明朗起来，人民看到石德佳和大爷躺在了那里。

过了一会儿，巩天民在一个拐角处看见有工作人员把石德佳和大爷抬下火车，码放在站台上，他肩膀一耸一耸地哭起来，怕引起人的注意，又不敢大声，导致那声音像是在密闭的房间里听外面的狂风，那风席卷了大地，席卷了所有动植物，巩天民此刻的心境和如同处处狼藉的世界一样，不管是外在还是内里，都生灵涂炭，寸草不生。

特务追去了别的方向，巩天民暂时安全，他多想回去看看两人的伤势，可能还有抢救的机会，可大批警察包围了站台，巩天民只要出现，一定会被带走调查，北平就休想去了，两位英雄的血就白流了。

有医务人员跑向他们，简单查看了他们的生命体征，直接给他们盖上了白布，那时候巩天民如坠深渊。他挪着步子，没有一丁点儿逃出生天的喜悦，强烈的痛感侵蚀着他，比那两枪打在他身上杀伤力还要大。每走一步都显得非常吃力，无法聚精会神看清方向，眼前浮现的是萍水相逢的朋友们无比真诚而发人深省的脸，他们是普罗大众的代表，他们都有着一颗渴望自由的心，可他们把获得自由的砝码，压在他的身上。

大爷的白发和那条盖在他身上的白布是一样的颜色，在春风中飘摇不定。春风能吹绿大地，预示着生机，却在那时候如刀似刃，锋利得让人不知所措。大爷是回家乡凑钱的，不是来给他凑命的。巩天民想起来，大爷只是在激励他勇敢，没再留下其他关于自己的情况，他甚至不知道大爷的名字，更不知道他的独子叫什么名字，等他回到沈阳，也无从救起。他的儿子还在大牢中受苦受难，望眼欲穿地等着他拿钱来赎，他还不知道再也等不到父亲了，以后如果他有幸被放出来了，当得知父亲因何而死，他所帮助的那个叫巩天民的家伙音信全无，知恩不报，一定会憎恨这无良的世界，憎恨人心不古。巩天民哭得忘乎所以。

而石德佳，他的爷爷还在病床上等着他，老人家这辈子最后一件幸福的事就是和他团聚，把积攒多日的话说给他这个最想见到的人，可这个权利也被剥夺了。哪怕此时巩天民能赶去塘沽，代替石德佳完成和爷爷的会面，哪怕爷爷已驾鹤归西，大家的心里可能还会好受些，可就连这个，他也做不到。他想象着石德佳一家人的眼神，觉得自己是一个扒皮抽筋的恶人，爷爷不是病死的，而是被他折磨致死的。巩天民走一路哭一路，身上的西装还有石德佳的味道，他还是个大男孩，干净清爽，阳光正气，却带着遗憾永远离开了。那时候，巩天民才发现哪怕是个被视为精英的人，在特殊的环境中，能做的也少之又少。

唯一能够报答他们的办法是更加无所畏惧，即便榨干最后一滴血汗，也要见到张学良，如果此行无结果，回到沈阳，他也要以命相搏。天津站的遭遇，驱除了他残存的胆怯，击碎了多余的踌躇，震裂了仅有的一点儿私心。他沿着这条路走下去的决心，被像石德佳和大爷这样的人，重新锻打得坚韧无比。

巩天民面朝二人家的方向磕了响头，这样做并不能消解心中愧疚，只是为了致敬敢于献身的勇者。他连夜去往另一个火车站点，第二天接近拂晓时分抵达北平，找到了张学良行辕，那里有重兵把守，单单大门处就部署了大约一个班的兵力，没有“进门条、介绍信”之类的，一概拒之门外。巩天民和哨兵磨了半天，说得口干舌燥，无济于事。他以为当班哨兵难为人，等换一班岗能有转机，没想到下一班哨兵比上一班更野蛮，连自报家门的机会都不给，挥拳就打，抬脚就踹，巩天民连连躲闪，免不了挨上几下，狼狈不堪。在沈阳是亡国奴，不被当人看，那反倒符合逻辑，在大北平也受到这样的待遇，巩天民越想越气，既然你们不讲道理，那么我也不必守规矩。

巩天民围着院墙转了一圈，瞅准了防守的薄弱地带，趁人不备翻墙进了大院，脚刚一落地，就被一群警卫摁住了。警卫连长审问他为什么胆大包天，私闯禁地，巩天民有了刚才失败的经验，心说，刚才好说好商量你们不拿我当回事，我要说破天，看你们能不能重视：“我奉日本关东军总司令本庄繁之命前来刺杀张学良！”

警卫连长愣了一下，随即笑得直不起腰，士兵们也跟着前仰后合，现场热闹非凡，像是活捉了一位二人转演员。这让被警卫踩在脚下的巩天民很不适应，此等场合，这些人应该给予突然造访的他以起码的尊重，不暴跳如雷至少也得剑拔弩张，而他们这表现，亵渎了他千里迢迢来为东北人民请命的仪式感，他坚决抗议，而警卫们唯有笑得更大声来表达对他的藐视。他们之前也抓到过入院的，有飞贼，有醉汉，再严重点的还有特务，但特务最多也只是来刺探，没听说过这大院里敢来刺客，还如此明目张胆，一上来就把自己往死罪上靠。这些官兵都是从东北撤出来的，当然知道本庄繁的大名，一个大将派这么个菜鸟来北平丢人现眼，怎么听都相当滑稽。

第十四章

没人能逃脱早已设定好的困境，唯有自己去当自己的英雄。

巩天民见牛皮吹得太大，效果不佳，及时改变战略：“听你们口音都是东北人。我叫巩天民，从沈阳来，是少帅的好友，我家住的地方距离北大营不过五六里地，九一八当晚，你们七旅的官兵撤走的时候，我就盼星星盼月亮，等你们回去，这一等半年快过去了，再也没有你们的消息。沈阳已更名奉天，但不管改什么名，那是咱们的家，那里有咱们的父老乡亲，你们想家，他们更惦念你们，我这次来，正是替父老乡亲打听打听，你们到底是怎么想的？”

这话说到了官兵们心坎上，刚还嬉皮笑脸，现在个个面色凝重，沉默不语，好像心已经飞回了东北。

警卫连长说：“谁不想家？烽火连三月，家书抵万金，我们连封家书都没有。”

巩天民说：“那就是还想回去。什么时候回去？”

警卫连长说：“这得问少帅！”

巩天民说：“你们不敢问，我替你们去问。谁有意见？”

警卫连长说：“没有，谁有意见我活劈了他！”

巩天民说：“那还愣着干什么，前方带路！”

大家一听是这么个道理，赶紧把巩天民从地上拉起来，十分积极踊跃，透着殷勤与虔诚。巩天民精神抖擞，甩了一把西装下摆，掸了掸身上的脚印和灰尘，气宇轩昂地往前走了两步，那气质和刚才截然不同了。官兵们浩浩荡荡地跟在他左右，朝张学良办公室进发，那时候巩天民又恢复成一呼百应的意见领袖，他能上天入地，也能单刀赴会。

警卫连长直接带着巩天民来到了张学良居住的进院，这不符合程序，可少帅告诉过他们要特事特办。一来巩天民和少帅的关系不俗，二来巩天民想要的答案，也是他们想要的，甚至他们比巩天民的愿望更具体，更有切肤之痛。作为军人，他们背负逃跑的骂名，抬不起头来不是一天两天了，每天都在煎熬中度过，在质疑从军到底是为了保卫什么。

警卫连长刚要敲门，张学良的副官喝止了他们："胡闹，擅闯禁地，小心我枪毙了你们！"

警卫连长刚才雄赳赳的气焰瞬间被打消了，乖乖往后退了几步，退到战士身边的时候不能再退了，他感受到来自战士火辣辣的目光。他无从闪躲，壮着胆子说明了来意。

副官说："少帅飞抵南京开会，不知道什么时候回来。"

警卫连长算是张学良行辕内部侍卫，竟然不知道少帅什么时候离开了北平，他和副官抬头不见低头见，敢和副官套近乎："什么会议？"

副官用手指戳着警卫连长的胸脯说："关于少帅的事务，还是少打听为妙！"

警卫连长对副官说："我知道犯忌讳，可老家来人了，带着老家人的嘱托来的，我们已经够让他们寒心了，不能再置若罔闻了。你告诉我什么会，我好判断能开多久。"

副官听了这话，顿时受到触动，对警卫连长说："南京国民政府，会晤蒋介石，你判断去吧！"

这层面的会议着实不是警卫连长这个级别的人能分析明白的，他无奈地对巩天民："这会，可长可短，咱们要有思想准备。如果等不及，那就…那就先回去，等少帅回来你再跑一趟。”

警卫连长此言一出随即后悔，因为谁都清楚出关一趟有多不容易，有九条命也架不住这么来回折腾，警卫连长心一横，找副官商量，让巩天民先住下。张学良何时能回来是个未知数，但官兵们的做法让心急如焚的巩天民感到温暖，那些负责照顾他饮食起居的战士把他当成亲人照顾，好像生怕他走了。他们眼睛里有忧虑更有期待，那时候巩天民发现，这是一群单纯的人，他们一身戎装，未曾为家乡开过一枪，就撤了出来，留下太多遗憾，其实家乡人的磨难牵动着他们的心，他们也愿意早点卸下枷锁，结束这场煎熬。

巩天民对他们说：“放心，我在此恭候少帅，见不到他，我就不回去，我一定要劝说他打回老家去。”

当晚，巩天民心焦，而在南京张学良的情况也好不到哪去，他还没见到正在江西“剿共”的蒋介石。在蒋介石的办公室里来回踱步，耳边还回荡着前几日他与蒋介石在电话里的交谈。

蒋介石说：“日军进攻锦州，国民政府多次电令你积极筹划自卫，以固疆圉，你不遵令，导致日军兵不血刃占领锦州，如今你又谋划联合反攻，让我很难相信你的决心。”

张学良说：“东北军孤身作战，极少胜算，唯有你与我共同应对，才是上上之策。”

蒋介石说：“倭人狡横，速了非易，不如委国联仲裁，尚或有根本收回之望。”蒋介石虽有收复国土之心，但和张学良的实际想法别无二致，他们谁也不愿在各大军阀彼此虎视眈眈的时刻损兵折将，腹背受敌，那样势力大幅削减，多年战果毁于一旦，对外疲于应付日本，对内受制于其他军阀。

张学良对国联的作用存疑：“国联本身结构并非坚强完整，他们最多只能供作国际舆论的讲坛，而不是国际超级法庭或超级政府，没有判决权，即使有，倭人拒不遵行，又能如何？”

蒋介石说：“目前看来，这是最恰当之举措。当下局势，收回东省并非第一要务，以平定内乱为第一。攘外必先安内，统一方能御侮，未有国不能统一而能取胜于外者！”

蒋介石所说的第一要务当然是“剿共”，那正是他的一贯主张。可张学良怎会放弃东北，又不敢一人应对，迫切希望得到蒋介石配合。他认为前期蒋对抗日置之不理，只是阶段性权宜之计，如今满洲国正式对外宣告成立，国家被蚕食已成定局，对于他这样一个祖国统一观念根深蒂固的民族革命者，会造成强烈震荡，这次或许能有转机，这也是他来会晤蒋介石的初衷和目的。

尽管蒋介石心里已定下近期不对日作战的总基调，张学良来也白来，但他还是要让张学良感受到国民政府对此事十足重视，以防止坐拥三十万军队的少帅意气用事，节外生枝。一天后，他飞回南京，召集吴稚晖、张静江、戴季陶、邵元冲等人与张学良进行商谈，原想息事宁人，令他意想不到的是，没有提前统一口径，这次会议上，几位国民党要员与他的意志竟然并不合拍。

蒋介石向张学良强调：“无论日本军队此后一段时间如何在东北寻衅，我方应予不抵抗，力避冲突，吾兄也勿逞一时之愤，置国家民族于不顾”。

未等张学良开口，他叫来的人先发出不同声音。邵元冲第一个提出异议：“所谓不抵抗者，乃不先向人开火攻击，并非武装军人遭遇敌来袭击至包围缴械时，犹可束手缴械而谓之为不抵抗主义者。民族主义、国民精神丧失已尽！”

蒋介石说：“作为日俄战争之胜利者，日本参与瓜分东北利益，垄断东北工业和铁路。日本远不是甲午海战时的日本了，他们完全可以叫板任何西方列强，但他们选择蛰伏，虎踞东北二十年，与东北军虽时有摩擦，但并未伤筋动骨，看不出他们会有如此大的野心。依我看来，满洲傀儡政权，只是得益于日本国内好战分子一时占据上风。我早已委派中国驻国际联盟全权代表施肇基向国联报告事件情况，提出申诉，同时照会美英等国政府，请国际组织主持公道，他们这种侵略行动一定会遭受巨大压力。”

戴季陶对蒋介石依托国际社会解决东北问题的建议如是表态：“政府只有始终宣示和平，从国际上做功夫，然当地竟无一舍死之人，恐外无以启世界对中国之信赖，内无以立后代儿孙之榜样。中国如永无自决办法，则别国不会有代决办法！”

面对无可辩驳的声音，蒋介石始料未及，虽未拂袖而去，但面色铁青，侍从察言观色，及时救场，助其以身体不适为由，先行离开了。整场谈话，没给张学良任何发挥的余地就结束了，他试图让蒋介石“不惜一战”的愿望彻底破灭。

张学良从楼里走出来，抬眼望去，南京春日的暖阳艳丽多彩，笼罩着他，他却感到周身发冷。正了正帽子，裹了裹身上的呢子大衣，想让自己看起来依然威严，可冷气从脚跟蹿上来，他不得不缩着脖子。身边站满了相送的国民党官员，送行的礼仪地道周全，关切的词汇滴水不漏，但他视若无睹，只看到他们的嘴巴一张一合，他们的手势刻板制式，这样的场景近来他频频遭遇。他缓缓走在通向汽车的小路上，那里名贵的一草一木，一砖一瓦，精雕细琢的亭台楼阁，都让他想起了远在沈阳的大帅府，便觉得这里更加陌生了。他摆摆手，让送行的人留步，独自乘车离开。

此次为了表达诚意以及对蒋介石的信任，他没带什么随从，只身而来。从小生活在大家庭里，前呼后拥习惯了，很少有孤独的经验。那时候，他感到了孤独。在行进的汽车里，张学良苦笑着。司机看了一眼后视镜，他看见少帅的笑里藏着几多无奈。

张学良叹息：“不该来，像个要饭的。”

司机说：“您雄才伟略，一代天之骄子，这话从何说起？”

张学良说：“我早该猜到蒋介石的态度，何必上赶着来找羞辱。”

司机大概了然张学良话中含义，这次他来找蒋介石，跟以往不同，做了一番精心准备，在路上还摊开笔记本写写画画一番，应是在组织语言、排列表达顺序，重视细节的程度前所未有，如此这般只想换来国民政府一个正向回馈，那忐忑的模样，活像讨债人在等待债主的应允。可不对等的交流，本就是一场一厢情愿的独角戏，难觅公平踪迹。

司机没见过少帅这般六神无主过，知道他心里憋闷，打抱不平："说句糙话，细节怎会决定成败呢？唬一唬我这种身份的人还行。您则不然，若有利于他们，大庭广众下小便，也是香气扑鼻，没人会觉得不雅或是冒犯；您若有求于他们，让他们也承担大风险，那可是讨人厌的苦差事，怎会受人待见。"

连司机都明白的道理，张学良却总觉得还留有一线希望，那一刻他意识到什么叫当局者迷。他要听到更赤裸裸地打击，说道："说得好，继续说！"

越是底层人越喜欢关心大事，一副比领导者更忧国忧民的思想者形象，有些时候确实有以假乱真的效果。司机受到了鼓励，更起劲地发表对于时局的看法，他站在东北军的立场上说："东北军独立抗日就是利于他们的事，我们以卵击石，终究一败涂地，但打得越激烈、越狼狈，他们越高兴。那时他们除了隔岸观火，也会加油助威，说不定还能小打小闹地支援一把，不过那得看心情，得看舆论报道对实情知之多寡。谁都愿意统一，可在别人手上统一，那样的统一还不如军阀割据。都有自己的小九九，先护好自己的一亩三分地儿，只要不引火烧身，别人家的难处，越大越好，烧光了你家的粮食，他家的还能坐地起价，何乐而不为。"看似复杂的事，让司机三言两语说清楚了，张学良不仅对蒋介石心灰意冷，也对自己认识更透彻了，打道回府途中，在心里，连蒋介石带自己，骂了一路。

张学良回到北平，副官即来报告巩天民的事。听说家乡来了人，不见不对，见，可能会比在南京的场面还要尴尬。张学良是硬着头皮见到巩天民的。

张学良握住巩天民骨瘦如柴的手，嘘寒问暖。数月未见，巩天民苍老了许多，穿着并不合体的衣服，颧骨高耸，像两颗干瘪的土豆挂在眼睑下面，多日不修边幅，头发、胡子乱成一团，一改往日意气风发 的形象。其实这是巩天民刻意为之，警卫连长特意请来了剃头师傅，让他收拾收拾仪容仪表，他拒绝了。他认为这还不能代表家乡父老的凄苦形象，再磕碜一些才好，只要能激起少帅的怜悯之心，他头拱地、腚朝天，三拜九叩、匍匐蠕动都行。

张学良听了巩天民一路上的遭遇深受感动，山珍海味招待他，他却一口也没吃不下。巩天民一门心思动员张学良对日本侵略者开战："少帅，全东北人都等着您回去。"

张学良连灌了自己好几杯酒，还是难以启齿，在南京没机会说，在北平羞于说，那滋味，只有他自己能体会。

巩天民锲而不舍，急不可耐："少帅，您不打，东北就全完了！"

张学良把酒杯往桌上一砸，半截桌板齐刷刷地裂了，酒水溅起来一层薄雾。他像一头发怒的公狮吼道："一打，东北军就全完了！"

勤务人员一看这情景，纷纷退了出去，在门外偷听的警卫连长和副官等人惊慌失措，不由地往后倒退，一个人摔倒了，后面的人像多米诺骨牌般叠在了一起。

那时候，巩天民也被张学良的样子吓坏了，坐也不是，站也不是，感觉连喘气的声音都很多余。但张学良发火，并不是针对巩天民的逼问，而是连日来"阴霾"不散，正处于爆发边缘，在南京无从发作，恰巧巩天民踩中了引线。

张学良很快平复下来，意识到失礼了，把巩天民扶回座位上，眼神空洞地说："东北军开打的话，张家多年基业将毁于我手，收复东北的最后一点本钱就会赔光！相反，东北军只要还存在一天，多少对日本人都是一种威胁，如果全军覆没，那就全无指望了！"

巩天民似乎听到了少帅的哭腔，他说："少帅息怒，我们各有立场，但我不能忘了来北平是为了什么，有些话仍然要替东北人民说出来。哪怕你现在要枪毙我，我也要说，东北军兵力几倍于日本人，打了不一定会赢，不打一定输。”

张学良说：“你要知道，除了我的父亲，没有人比我对失去东北更难受，这是会载入史册的大耻辱。现在没有人愿意配合我抗日，南京国民政府也寄希望于国联调查团的调停，这是逼迫让日本人撤军、溥仪退位最和平的解决办法。他们的宗旨是求和，并不是硬碰硬。弱国无外交，我虽然对此不抱太大希望，但万一能成功，那会少死很多人或者不死人，也未尝不是一件好事。”

巩天民眼前一亮，脱口而出：“国联？”这个组织他在青年会的时候和刘仲明等人听说过，主旨是“维护国际和平与安全”，由英、法、德、日、中国等六十多个国家加入，美国没有加入该组织，却能对其施加影响。

张学良说：“施肇基前期的申诉，都取得了一定效果，国联分别于去年九月三十日和十月二十四日两次通知日本撤兵，都被日本搪塞过去了。国联不能再坐视不管，不日将组成调查团，由英国人李顿侯爵任团长，深入东北进行调查，如果能为他们提供证据，促使真相大白于天下，国联会再次要求日本人撤兵，如若不撤，会有制裁。”

这番话说完，两人皆沉默。他们都明白，依托国联调停，是没有办法的办法。司马昭之心路人皆知，日本人铁了心要侵占东北，岂是一个调查团能左右得了的。据传闻，鼓吹“满洲自治”之后，他们还要策划“华北自治”，继而会将侵略的铁蹄踏向全中国，几十次上百次制造类似于柳条湖事件的摩擦，可不单单是为了教训东北军一下。他们有公然与世界为敌的底气，不把制裁放在眼里也在情理之中。

两人促膝对坐一夜，张学良把自己灌醉了。那时候，巩天民已完全断定张学良杀回东北的可能性几乎为零了。失望之余，不得不退而求其次，将国联调查团到东北的消息当作他最后能抓住的稻草。尽管他知道国联是个松散的组织，尽管他知道国联即使能将日本的险恶用心和伪满洲国的傀儡本质公布于众，日本人也难以接受制裁，但国联如果能如实出报告，形成决议，至少对东北来说，是一次关于民族属性的官方定义。小胜也是胜利，混沌中的人们只要还能看到微光，继而就能遥望黎明，就有越过绝境的信念，或许也能让死去的人九泉之下得到慰藉。

第十五章

我给贞洁烈女下一个定义，我给世界重新审视我的时机。

启明星悄然隐退，天刚微亮，大地静谧，每一寸土地都处于岌岌可危的中国。历经苦难，却从来都是以这副面孔示人，它优秀的子民也当如此。一群白鸽呼啸着掠过天际，北平的春天在萌动。土壤拥有了充足湿润的氧气，大肆呼吸，和植被一起散发着微微芬芳，让巩天民仍然能重怀希望，希望东北的严寒也尽快远去，迎来这般安详。那时候行辕院门大开，一队人马簇拥着巩天民从里面走出来了。

没有结果，也是一种结果。巩天民归心似箭，他要结束这段旅程了，去做另一种挣扎。他要尽快回到沈阳，继续他的事业。人们往往把各色人等赋予的工作形式称之为事业，那事业或是高官厚禄，或是生财之道，能光宗耀祖，能锦衣玉食，而巩天民却在走一条无人擘划和指引，似乎永远看不到回报的路，他不敢确信这是不是事业。那条路上暗无天日，连蛙叫虫鸣也并非为他歌唱，或许这辈子都走不到头，可他还是飞奔了起来。他像个螳臂当车的人，独自沿着大道边缘，摸摸索索、跌跌撞撞。每一条小沟小坎、每一只飞禽走兽，对于他，都能成为一种袭扰，他需要紧绷神经，保持伪装，担惊受怕的时候，越走越快，以此凸显坚强。他怀疑过自己的身份，有人说他是资本家，有人认为他是无利不起早而已，除了寥寥无几的朋友，没有更多的人知晓他的信仰，尽管信仰无需外人评头论足。在张学良处未能达成所愿，巩天民的过人之处是面对艰险，他只是自问，这难以看到终点的坚持，即使是疲于应付，也要咬紧牙关，他从未想到过逃避。

二人相对无言，屈辱是这场对话的主题，自家的事却要靠外人来定夺，等待国联调查团的到来，也是屈辱的一部分。

张学良是要送他到大门口的，巩天民说："少帅留步，我讨个好彩头，预示着我很快能回来向您报喜。您等着国联的好消息吧，我们竭尽所能为他们提供调查资料。"

张学良立于台阶上，倒背着手，目送着他离开。不知是宿醉的原因，还是朝霞映红了他，他脸上有红晕，有光泽。

巩天民说："少帅保重，如果我没有成功，或者我死了，请向东北方向鸣枪，就当是送我的挽联，到了天堂，便有了脸面对故人。他们会了解我，我不曾碌碌无为。"张学良揉了揉眼睛，从几近堵塞的喉咙里发出一个声音，听不清是应答还是追问。

巩天民回去了，副官和警卫连长红着眼圈进院，大门"咣当"关上了，张学良背对着他们低沉地说："我连他都比不了，空有抱负，愧对戎装，这一腔热血无从挥洒！"

那时候北平到沈阳之间的距离，在张学良心里遥不可及，当他刨开深冬的根，突然犹如老去，风烛残年。而在巩天民眼中，这趟回归是一场春风与北风的交会。他知道风到了角落，也不会停下，那是风的开始。

巩天民去北平这几天，家里被赖士凯搅和得鸡飞狗跳。在坂垣处吃了瘪，赖士凯扭头找到了坂垣的政治对手河本末守，这符合他的性格，对于一个跳梁小丑来说，国家都可以背叛，没什么不可以背叛的了，何况坂垣，谁能成为他的跳板，谁才是他跪舔的对象。这次赖士凯找到河本末守，比见坂垣更有信心，因为他略施诡计，从林三武那里挖到了更具体的证据，巩天民等人涉嫌给卫生会捐资，林三武曾为巩天民往捐资账本上记录过内容，这账本足以定九君子的杀头之罪，即使有人责问下来，也有法可依，能够全身而退。

河本末守比坂垣长得富态，矮矬圆滑，头秃面赤，远看像块红瓤的地瓜，近看像活灵活现的胖头鱼。脾气和长相很搭，没什么棱角，喜欢笑眯眯地直视来者，但受限于个子的问题，都是仰视，由于脖子很不明显，后脑勺和脊梁还能形成夹角，难度较高，乍看不自然，相处一会儿才能体会他的不易，令人心生感动。赖士凯不在乎他的美丑，很享受他的以礼相待，主动握手寒暄不说，关键还能专心听人讲话，并不时颔首，表示认同，这一改赖士凯对于日本军官不苟言笑的固有印象，他摇尾乞怜习惯了，头一次被当人看，很是受宠若惊。河本末守确实稀罕赖士凯，对于赖士凯的弃暗投明，赞不绝口。当听说坂垣是因为国联调查团的到来不想动九君子，很是嗤之以鼻，他有迥异的看法，他认为这时候才应未雨绸缪，补漏堵缝，扫清障碍，国联调查团来了之后才不至于杂音四起，陷于被动。

赖士凯联合林三武怂恿河本末守，此时是动手抓捕目标的绝佳时机。他认为巩天民已客死他乡，商会群龙无首，短期不会形成有规模的游行示威，而其他人分散在各自岗位上，逮捕这些眼中钉几乎不费什么成本。因方柳的关系，除了张查理，他没敢出卖，刘仲明、刘仲宜、李宝实、于光元、张韵泠、毕天民、邵信普七人的信息全被他抖搂了出来。

他们和河本末守一拍即合，第二天就部署人马展开抓捕行动。他们认为，巩天民这只领头羊虽已清除，但他生前一定有交代，要想拿到账本也非易事，还是要作为主攻阵地，所以第一站就去往他家。当时，呼泽生正带着孩子们读书识字，他们破门而入了。河本末守围着屋子转了一圈，发现家徒四壁，穷得一塌糊涂。他掀开桌子上的笼布，下面盖着残羹剩饭，一碗芥菜疙瘩，几个玉米面窝窝。他又看了看孩子们，衣服上摞着补丁，尤其是巩国路，挎着一个泛着油泥亮光的挎包，看不清原本的颜色了，他的小脸皴裂得严重，不时吸着快

“过河”的鼻涕，模样寒酸，满眼恐惧。

河本末守疑惑地问赖士凯：“是不是进错院了，据我所知巩天民是银行家。”

赖士凯也愣了一下，直到看见呼泽生，他把呼泽生推到河本末守面前说：“不会的，这是他媳妇，如假包换。”

河本末守说：“莫非家外有家？”

赖士凯坏笑着说：“如果是那样，巩天民挺不是东西的，就给原配这条件。”

呼泽生冷哼道：“他可不像你们一样恬不知耻。”

赖士凯说：“真是感人肺腑，无时无刻不在替夫君说话。他到底有什么过人之处，让你这么死心塌地。”

河本末守对呼泽生说：“听说巩天民不一般，参与了卫生会的活动，专门救助共产党和义勇军的伤员，记载有捐资数额的账本就在你家里存放。你自己交出来，免遭皮肉之苦，若是让我搜出来，下场很惨的！”

四个孩子缩在墙角，呼泽生心疼地看看他们，目光落在巩国路身上，巩国路看到母亲坚定的眼神，拍了拍抖个不停的手，强迫自己更像个男子汉。

呼泽生对孩子们说：“我们没做亏心事，我们不怕任何人。”

赖士凯说：“别把路走死了，如果你也进去了，孩子就成孤儿了。”

这话像一记闷棍打在呼泽生头上，一阵眩晕，眼泪哗哗地淌下来，说：“你们把他怎么了？”

赖士凯说：“他打着探亲的幌子去北平串通东北军，肯定回不来了，你只有一条路走，带着孩子改嫁，但就这一条路还是建立在把账本交出来的前提上。”

孩子们听见了赖士凯的话，以为巩天民以不在人世，撕心裂肺，哭作一团。

呼泽生呵斥孩子们：“汉奸的话怎么能信，就算你爹不在了，还有你娘，我也不在了，你们也不能哭，像你爹一样，做个顶天立地的人！”

呼泽生知道他们所说的账本，巩天民出门前特意交给她，让她一定要保管好，九君子和商会代表的名字全写在上面，如果落入日本人手里，会害死一堆人。呼泽生找了很多地方藏匿，都感到不放心，后来就揣在身上，走到哪带到哪。

鬼子们翻箱倒柜地开始搜查了，不大的屋子里传出来稀里哗啦的声音，衣服被子上下翻飞，锅碗瓢盆叮叮咣咣地摔在地上，他们搜了个底朝天，连院子里的菜窖也被掀开了，白菜帮子、萝卜缨子洒了一地，半晌之后，还是一无所获。那时候河本末守盯着呼泽生丰腴的身体，揪着人中上的一撮胡子，露出淫笑。

赖士凯对高尚的东西视而不见，龌龊之事总能一目了然，他深谙河本末守的一肚子鬼水，搓着手靠近呼泽生。呼泽生知道他们要搜身，发出绝望的呼喊：“你们想干什么？你再过来我一头撞死！”

当时，林三武一直躲在众人身后，生怕呼泽生发现他，现在听到嫂子的呼救，他忍不住露头了，呼泽生一眼就看到了他。她不敢相信自己的眼睛，她以为是自己太过恍惚，认错了人，可林三武正与自己对视，好像还有和她对话的冲动，这个她曾经最信任的兄弟，她向来把他当成亲人来对待，可现在他站在了鬼子的阵营里。账本的事他是知道的，看来是秘密是他泄露的无疑了。

林三武看见嫂子疑窦丛生的脸，心乱如麻，羞愧难当，他等待着呼泽生向他求救，只要她开口，他也不考虑后果了，一定跳出来挡在她身前，就算于事无补，终究还是被鬼子踢开，他也要证明一下自己还没坏透气、损冒烟，还有一丝良知。或者呼泽生尽情痛骂他一顿也好，释放一下心里的怨气，可她什么都没做，只是意味深长地冲他点了点头，那几下，每一下都像锋利的铡刀，铡断了他孱弱的灵魂。那时候，他明白她已没有和他对话的欲望，和他这种人多说一句话，都是对他的仁慈，嫂子怎会如此给他脸面。不给他留遐想空间，是这位伟大的女性蔑视肮脏的。

孩子们意识到母亲有危险，奋不顾身扑向了她，抱紧了她，就像战士守住一座堡垒，不让鬼子近身，可他们的力量太微弱了，如同几只扑棱着翅膀的小鸡，在几个凶神恶煞的壮汉面前太不值一提了。鬼子们一拥而上，要将母子分离，孩子们手脚并用，抠挠抓咬，现场充斥着怒号和惨叫。林三武的耳膜似要撕裂，心脏炸裂，脸部肌肉抽搐着，他要上前支援一下孩子，“啊”的一长声，给自己壮了胆，也让鬼子们愣了片刻。他冲上去了，摸到了国路的一只脚，那时候，对他一直有所防备的赖士凯，重拳击中了他的后颈，他随即晕倒在地。赖士凯朝他“啐”了一口痰说：“无毒不丈夫，我早知道你成不了大事。”

这个小插曲让鬼子分神，呼泽生捕捉到了，她一心要保住账本，情急之下把账本顺手转移到巩国路手上，孩子虽不知道是什么，但母亲舍命维护的，定然是至关重要的物件，想也没想装进了挎包，刚完成这套紧锣密鼓的动作，鬼子一脚蹬来，瘦小的国路飞了出去，内脏挤压在一起，产生物理反应，从胸腔内发出“吨”的一声。他滚进了墙角里，动了几下不动了，蜷缩在那里像一只中了埋伏挣扎良久再无力动弹的大耗子。

他们还想对其他孩子下手，已经崩溃的呼泽生喊破了音：“搜，给你们搜，来搜我吧！”

呼泽生如有神力，倏地爬起来，取下了头绳，晃了晃头，一头乌黑的头发散开了。河本末守加速拈着胡子，另一手揉搓着腰间的枪柄，看得出呼泽生这个动作很合他的口味，年轻妇人之美让他心跳加速了。继而她昂首站立，缓缓伸展开双臂，像叩见皇上先掸两下袖子，来证明全身上下没有秘密。那里没有刑具，她仿佛给自己设置了一个，将自己钉在了十字架上。从那一刻起，可以接受凌辱，任由鞭挞，像货物一样被处置。

那是一个寻常的白昼，阳光透过狭窄的屋门和密闭的窗子照进去，以往阴暗的空间突然刺眼起来。现场没有人语，只剩下男人们阵阵急促的喘息。那些一兴奋就失掉节奏的呼吸，犹如蜂鸣或者吃饱喝足的牲畜幸福的鼾声。

当着孩子的面，在众目睽睽之下，他们上下其手，前前后后检查地仔细，像考古学者在欣赏一件出土文物。倔强的呼泽生，连妥协起来也是极致的妥协，她一动不动，始终保持着一个姿势，只有眼珠随着孩子们在动，她看见哥哥姐姐捂住弟弟妹妹的眼睛，不让他们看眼前的场景，她看见巩国路恢复了意识，胸脯开始一起一伏的，没有了生命危险，她眼含热泪，嘴角含笑。

林三武也苏醒了，他上半边额头触地，支撑着脑袋，血红的眼睛，从一条条移动的腿中看过去，错愕之后是木然，眼泪啪嗒啪嗒地砸在地上。他抱紧了自己，那姿势和刚才墙角里的巩国路一模一样。当河本末守摸到呼泽生的乳房，还用力捏了两把，嘴里说着污言秽语时，他眼中的火焰喷了出来。他瞄上了河本末守腰里的手枪，闪电般跳了过去，拔出了枪，举起来，枪身阴影已经印在了河本末守惊恐的脸上。那时候，赖士凯快人一步，先用自己的盒子枪抵住了他的头。

赖士凯说："你有什么资格怜悯她，你和她是一样的人。她为了孩子，你为了老娘，都是来这人世间还债的！"

林三武说："我和她不一样，她不欠任何人，还是一座渡人的佛，而我的债已经还不起了，杀身成仁吧。"

赖士凯说："可你还是犹豫了，你已经没机会了。"他观察入微，听到"老娘"这个词，林三武握枪的手其实已经松下来了。他摸透了林三武，他只要搭话，就是还想有缓儿，而偷袭这种事，但凡有所停顿，就很难再完成了。

对话间，河本末守尽量不激怒林三武，蠕动着往一边闪，林三武的枪口随着他在移动。他不像坂垣有一身好功夫，作为军人竟然不爱较劲，他的枪别在腰里也像个摆设。正如现在面临危险，他第一念头不是拼，而是躲。他能有这番表现，赖士凯不仅不会看不起他，反而更觉得跟对人了，因为他俩的行事风格不谋而合，处世哲学如出一辙。在赖士凯的理解中，不正面厮杀才是高明的艺术，他由此推测出，河本末守的仕途一定会比坂垣更有前景。

河本末守连一个没什么战力的林三武都不敢去硬杠，除了性格使然，也是因为他比赖士凯更能看出林三武骨子里的怯懦。

河本末守说："年轻人，皇军胸怀宽广仁厚，放下枪，我还给你一条生路，就当什么都没有发生过。"

赖士凯在一旁附和，像老子哄儿子似的道："我数三下，你放下，你还是满洲国的好狱警，不久就能和你老娘团聚了。你和巩家人不一样，他们注定是阶下囚，而你还有救。"

听到"狱警"和"阶下囚"，林三武有所触动。他看了一眼呼泽生，呼泽生此刻目光不再对他傲慢，终于正眼看他了，还向他连连摇着头。他出卖了巩天民一家，这个单薄的女人还不知道丈夫是生是死，不知道接下来鬼子还有什么惨无人道的花招，而她在这千钧一发的时刻，还是不希望他彻底葬送。林三武瞬间被这番情感的巨浪卷进博大的深海，他没死，那个误入了精神荒漠的人，在那一刻死去了。他迎接来另一个被洗礼过的人生，他认为那个人远远不是自己，只是在妥协和反抗中找到新路径的高人，那位高人会像巩天民一家那样，心中开出圣洁的花朵。

第十六章

她离我而去了，那时候我低下头一地落英，抬起头漫天流星。

林三武说：“别数了，我缴枪！”他朝河本末守下跪，双手将枪托过头顶，枪的高度超过了河本末守的脑袋。林三武用枪指着他，他可以原谅，但这个动作触碰了他的底线，让小个子的他非常难受，再好的脾气也搂不住了。

河本末守走到院子里，赖士凯屁颠屁颠地跟在后边，河本末守呵斥道：“我堂堂大日本帝国军官，被你们这群小流氓耍得团团转，刚才还差点儿被毙了。枉我对你的信任，什么都没搜到，你作何解释？”

赖士凯慌神了：“最后再给我点儿时间！”他带人又是好一顿搜索，可惜还是一无所获。

河本末守见赖士凯不像在演戏，没有确凿把握，不会搜得汗流浃背，这次他不再袖手旁观，独自回到屋子里，巡视了一圈，目光停在孩子们身上，嘿嘿笑了两声：“把这几个小乖乖给忘了。”

河本末守亲自动手，对孩子们进行搜身。前三个孩子顺利过关，他缓步走向最小的巩国路，并且眼睛盯住了他的挎包。这让呼泽生大惊失色，心说，今天是躲不过去了，一家人都会被抓进大牢，还要连累众多好汉。她已无力回天。

刚才那一脚，让国路气若游丝，他倚靠在墙上，小脸黑青，没有血色，强撑着瞪圆眼睛，注视着眼前的一切，看见河本末守走过来，有气无力地甩了甩胳膊，护住胸前的挎包。

河本末守说：“什么东西？是你的宝贝？我也有宝贝，想不想要？”他从裤兜里掏出一块压缩饼干和一小包酱牛肉，那是鬼子兵常备在身的单兵口粮，他们经常用这些东西“贿赂”小朋友，往往刚打开包装，孩子们就开始咽口水了。

孩子很难抵挡这种诱惑，尤其是那个匮乏的年代，国路再有主意，也还是个孩子，而且是个受伤的孩子，他需要安慰，他伸出了手，河本末守的手却缩了回去，道：“想要？拿你的宝贝换！”

听了这话，国路把手缩回去了，把挎包往屁股底下塞，说道：“这是我爹给的，拿金山都不换。”那时候呼泽生哭得死去活来，她要去抱孩子，和他一起面对恐吓，可鬼子们把她摁住，她动不了。

不管河本末守再说什么，国路都不搭腔，使劲抿着嘴，像是拉紧了拉链。河本末守去拉国路的胳膊，突然国路“嗷”一嗓子，喷出一大口鲜血，河本末守躲闪不及，全糊在脸上，用手一抹，瞬间变成花老虎一般。他抬手闻了闻，那味道让他心理防线失守了。河本末守长得窝囊，但不耽误他有洁癖，跳着脚喊叫起来，活像骂街泼妇。他扬手要打国路，那时候国路翻着白眼，身体慢慢歪倒下去，直到躺平，似是没了呼吸。

河本末守悻悻地走出去，赖士凯一边帮河本末守擦血，一边解释：“林三武不可能瞎编自己恩人的故事，情报绝对可靠，这账本确有其物。”

河本末守说：“掘地三尺都没找到，你还嘴硬！”

赖士凯说：“不急，不如先把这娘们儿带回去慢慢审，不怕她不开口。”

河本末守说：“巩天民不仅在民间有威信，和日本金融界也有来往，他们如果找上门来，到时候谁也帮不了你，我最多给你两天时间。”

赖士凯信立功心切：“一天就够了。”

河本末守说："虽然杀人不过头点地，但满洲国有王法，大日本帝国皇军是文明之师，尤其是满洲国成立之初的关键时期，更要重视声誉，你要好自为之。"

赖士凯身子一紧，听得出来，河本末守纯属既想当婊子又想立牌坊的主儿，比坂垣贪心，还比人家更爱惜羽毛。如果这事搞砸了，自己就是替死鬼无疑。事已至此，也只能硬着头皮上了，能不能撬开呼泽生的嘴暂且不提，自己捅的娄子就要自己补上。

他们不顾呼泽生的呼喊，五花大绑地把她押走，她看着倒在墙角的儿子，发出惨烈的叫声，连风也呜咽了。林三武低头跟着走，他谁也不敢看，也什么都看不见，他耳边响起此起彼伏的砖瓦草木破碎断裂的声音。

院子里安静下来，哥哥姐姐抱紧巩国路，他们都以为弟弟死了。那时候巩国路却突然睁开眼睛，一骨碌爬起来，"噔噔噔"蹿上墙头，看见那群人对母亲推推搡搡，游街似的离开他的视野。他下到地面打开挎包，看到账本安然无恙，神情稍显坦然，他环顾四周，没有爹娘的家不如冰窟，他这才想起来，刚忙着和河本末守斗智斗勇，忘了害怕，现在终于有时间和哥哥姐姐哭作一团。他刚才抿着嘴是咬破了口腔和舌头，倒下也是装死，他演了一出苦肉计，那时候他是个会作戏的孩子，但这样的孩子心里的苦痛更强烈。

河本末守抓了呼泽生，又兵分多路朝其他人下手了。他们来到刘仲明工作的盛京医院，当时刘仲明穿着蓝色手术服在无影灯下站了五六个小时，后背已经濡湿，他聚精会神地划开一名患者的腿部肌肤，这名患者是一名义勇军战士，腿部受伤后，没能跟上部队，没人敢帮他，时间一长他的大腿感染溃烂，不手术就要截肢了，再严重些就牺牲了。现在刘仲明为他剔除坏肉，房间内只能听到医疗器械发出的声音，他的额头上渗出汗珠，有助手不时为他擦拭着，他们之间心照不宣，只需要眼神交流就能配合默契。

看起来那台手术已经进入了攻坚阶段，刘仲明的动作越来越慢，助手给他擦汗的频率越来越高，而赖士凯一伙却踢开了手术室的门，他们极其野蛮，哪有做消毒杀菌处理的可能性，这是一名手术医生最忌讳的事情。斯文的刘仲明嘴里不得不冒出一连串的国骂，他此时的强势暂时震慑了这帮不学无术的家伙，让他们泛起了一丝对生命和医者的敬畏，那是生而为人最原始的一点儿良知，但这良知撑不过三秒就消散了，他们马上意识到他们才是主宰，在手术台上掳走一名医生，就像从人夫怀里掳走他的美妇当场行苟且之事、从母亲手里抢过他的婴孩造成骨肉分离、在老师面前往学生手里塞上屠刀将其拉上贼船一样，有别具一格的刺激。医生忌讳旁人干扰他的手术，而他们忌讳自己的坏千篇一律。能坏得别出心裁、坏得断子绝孙，才不枉当一回名副其实的汉奸。所以，他们不仅把刘仲明拖下了手术台，还破坏了他长久的努力，在那位患者的腿部又扎了几刀，全麻中的患者当即疼醒了过来，他知道今天要挨刀，没想到又获赠意料之外的好几刀，简直是巧死了。刘仲明的手术帽被扯掉，眼镜被踩碎，那头汗津津的黑发乱成老鸹窝一般。他挥舞着手术刀和那些人搏斗，可伤不了那些人分毫，他被誉为盛京一把刀，刀法精湛娴熟，刀到病除，然而用在解救自己上，全然没有了功效。他的那些助手想出手帮忙，赖士凯只是开了一下枪的保险，发出“啪啦”的响动，他们的腿就软下来，迈不动步子了。

毕天民和刘仲明同在一个医院，听说兄弟被捕，冲过来阻拦，赖士凯说：“你不来我也要去找你！”于是，他们一起被扔进了牢笼，就在呼泽生的隔壁。紧接着，刘仲宜、邵信普、李宝实、于光元先后被抓。张韵泠作为基督青年会的干事，日本关东军担心引起基督徒的不满，侥幸逃过一劫。张查理是方柳的恩师，赖士凯没敢提他这茬儿，他才免遭皮肉之苦。而其他人就没这么好运了，河本末守默许赖士凯给他们用刑，一个个被打得遍体鳞伤。

那是恐怖的一夜，监所里传来此起彼伏的哀嚎，那些惨无人道的刑罚招呼在一众知识分子身上十分奏效，想象中的顽强抗争的场面根本没有出现，他们没几下就会昏死过去一次，被盐水泼醒，承受新一轮的虐待，而他们昏死过去的间隔时间越来越短，这让用刑者感到索然无味。用刑者是通过啃下难啃的骨头来体现职业素养和技术水平的，并获得业内“尊重”的，就像一名谯夫的成败，不在于谯猪数量的多寡，而是能不能谯上几头很不老实的猪，如果能，则是行业翘楚，如果不能，就不值一提。现在这些人让用刑者越来越失望，他们不会喊豪言壮语，也没有铁打的身板，像坨了的面条，食之无味弃之可惜。不受力也不招供，两头不沾，这种场面到了最后，教人昏昏欲睡。一天的期限快到了，再没有进展就得放人，赖士凯急得满嘴燎泡。一个人用尽浑身解数，事情还看不见转机的时候，再变本加厉，也掩饰不了虚弱。狠毒升级是内心崩塌的开始。血淋淋的场面让赖士凯都心惊肉跳了，天快亮了，他感觉自己还不如这些绑在木桩上的犯人，他们至少还有放出去的希望，而自己已越陷越深了，他有些分不清谁是官，谁是犯。

凌晨时分，林三武趁赖士凯把全部心思放在刘仲明等人身上，偷偷逃走，回到赖家大院。他要救母亲出去，等把母亲藏到安全地带，赖士凯再难找到的时候，他便不再受制于人，他要找赖士凯拼命，去还自己欠下的孽债。

他绕开赖家家丁，翻墙进了赖家的深宅大院，院子里黑漆漆一片，偶尔传来几声狗吠，让夜更沉静了。他蹑手蹑脚地走进月亮门，看见关着老娘的那间屋子亮着灯，他以为母亲已经醒了。她一贯睡眠不好，打小他每次从睡梦中醒来，都会看见她要么已经起床，要么在做针线活了，这次应该也不例外吧。她那副顶针和锥子已磨得发亮，她用针尖挠头皮的动作，他到现在也没领悟其中的奥妙，想到这些，他心里涌动着温暖，他很快就可以和她团聚，去过那即使贫苦，至少安稳的日子，再也不用寄人篱下。他掏出提前准备好的撬杠，找到门锁，刚要发力，想到她神经衰弱，怕惊着她，又来到窗边，捅开窗户纸，要先弄出点儿动静来，让老娘有个心理准备。

他瞄了一下屋里的场景，床上竟然没发现老娘的身影，她已经偏瘫很多年了，下床很费劲，还能去哪里，他换了个角度，看见一双小脚悬在空中，顺着脚往上看，那人头发披散着，遮住了眼睛，但没有遮住铁青的脸和伸出来足有半尺长的舌头。那人脖子里拴着的绳子是从被面上扯下来编成的，那条绳子编得很漂亮，老娘有这样的手艺，他小时候见过老娘的麻花辫，也像这根绳子一样漂亮。林三武张开嘴巴，干嚎却发不出声音，眼泪奔涌如决堤。

林三武一遍一遍地叫着娘，问她："为什么不多等我一天？我做了伤天害理的事，为什么要你替我偿还！"

没有人回答他的问题，他自我回答："这就是现世报吧！"

他撬开门锁，把老娘从绳套里解脱出来，放在床上。她的身体冰凉，林三武感觉像是在抱一条冬天的冰锥，足够纤细，又足够刺骨。他把被子给她盖好，那时候他才看见老娘的眼还圆瞪着，眼睑眼皮皆是通红的颜色，像是两道发炎的伤口，而伤口的下面是用泪水浸泡出来的白痕，或者那是晾干的盐渍。

林三武看见八仙桌上层层叠叠摆着碗碟杯盏，那是多少顿的饭菜已经说不清了，原封未动地堆在那里。那时候他知道老娘不是不等他，她已经绝食好几天了，她早就想好了，用最后的时光来等待他回归的消息，现在看来是实在等不了了，她到了极限。人的极限有两种，一种是生理的，一种是精神的，他想，老娘的极限一定是精神上的，因为主动去死的人已经不怕身体上的疼了。

林三武拂上了老娘的眼睛，就像割开了自己的心室。他蜷缩在老娘身边，头枕着她的臂弯，像多年前那样，重回她的怀抱，可再也找不到那只摩挲他头发的温暖的手了。

过了许久，林三武坐了起来，那个听不见老娘心跳的怀抱越来越冷。他把老娘用床单裹起来，捆在背上，离开这个罪恶之地。他刚翻下墙头，眼前就出现了一团团火光，赖家四周的大红灯笼瞬间全亮了，还有一群人提着马灯站在他的面前，为首的是赖士凯的大管家，他抱着膀子，威风地看着林三武，其实林三武刚入院的时候就有人发现了他，还以为是进了飞贼，大管家让家丁们按兵不动，意图人赃俱获。

大管家说道：“欺负我们赖家没人了，把我们当摆设？”

悲痛让林三武浑身是胆，他没有了软肋，他就是钢铁之人，此刻他眼睛里迸发的光像激光，能把血肉之躯熔断，他说：“让开！”

大管家走近了才看出来是林三武，立即明白他是来解救老娘的，命令手下立即回去查看他老娘的下落，那时候他们都没有发现，林三武背上那个看起来只有铺盖卷大小的包袱里，正装着他单薄的老娘。

大管家问：“你背的什么？”

林三武说：“让开！”

大管家说：“解开给我看看！”大管家上前扯他的包袱。

林三武抡起撬杠楔在他的脑瓜上，给他开了瓢，大管家应声倒地。这还得了，人群涌上来，林三武把丧母之痛全发泄在这群人身上，像瞬间拥有了超能力，以一当十，力大无穷，让家丁吃足了苦头。可人越围越多，纵然有天大本事，也抵挡不住那么多人，他被摁倒在地，拳脚雨点般落在他身上，他没有痛感，只是把老娘的遗体护在身子下。那群人为了替大管家出气，往死里打他。林三武感觉自己要追随老娘而去的时候，刚才进院查看情况的家丁向大管家汇报，老人应该是上吊了，但死不见尸。

大管家连忙让大家住手，手按在头部的伤口上，问道：“你背的是你老娘？”

林三武奄奄一息，满脸血污，他说：“继续打，打死正好！”

大管家上前扒开了包袱皮，他老娘的头露了出来，吓得一屁股坐在地上。过了一会儿说：“让他走！”

家丁们纷纷退开，给林三武让出一条路。他重新把老娘背起来，但已经站不稳了，只能爬着前行。坚硬的石板路，在暗夜里明晃晃的，林三武和老娘的影子在那上面越拉越长。刚才群情激愤的人，再也没有了摩拳擦掌的冲动，甚至有的背过身去，不愿也不敢再看。

爬出去几米，手一滑，整个人伏在地上，大管家让两个家丁去帮忙，林三武坚决不让他们碰一根手指头："我的娘，我去埋。"

大管家怕他经受了这么大的打击，会做出复仇行为，让家丁继续跟着他。林三武说："我不会犯傻了，我反而要好好活着，擦亮眼睛看着你们。"人们面面相觑，不知道他说这话的意思。

大管家向赖士凯报告了林三武老娘上吊，林三武去掩埋的事，赖士凯正在关押呼泽生的牢房，等待呼泽生苏醒，听了这个消息更躁狂了，愤恨地说："没有制约，他就是枚定时炸弹，干脆一块埋了算了！"

一直昏迷的呼泽生突然抬起头道："真是让人拍手称快，你不埋了他，将来大家也不会放过他，这狗汉奸，比鬼子可恶万倍。"

赖士凯眼前一亮。爱唱反调是他的特点，呼泽生认为能做的事，他偏不做了，说道："你提醒得及时，差点儿铸成大错。你们的敌人，就还是我的战友啊。我花了工夫培养他，不能说扔就扔，太浪费了，我还要留着他，我要让他手上沾染更多的血，永无翻身的机会。"

于是，赖士凯派人把刚刚下葬的林三武老娘又刨了出来，锁进了冷库，没有活人作为要挟的筹码，死人他也不放过，真成了往死里摆弄人。他不认为这有多过分，毕竟林三武是杀害哥哥赖士利的"凶手"之一，整他算不得丧尽天良，顶多算一报还一报。

林三武以为死亡已是终点，斯人已逝，再大的恩怨也应告一段落，让上帝的归上帝，凯撒的归凯撒。哪曾想，谁是谁，为了谁，永远也纠结不清了，噩梦才刚刚开始。他被迫穿上伪狱警制服，赖士凯手把着他的手将烧红的铁块烙印在犯人的身上。

看着犯人身上吱吱冒响，有烤肉的焦糊味传出来，赖士凯问："我这算不算逼良为娼？"

林三武说："母亲之死，因我而起，弑母这样丧尽天良的事我都干了，我还怕这些？咱俩的债抵消了，从今天起，我要活出个人样儿来。”

赖士凯对林三武的话并不深信，但还是满意地点点头：“怪不得巩天民那么赏识你，是个可塑之才。”

林三武说：“可塑？别骂人！”那时候，“可塑之才”这个词在林三武眼里仿佛张着血盆大口，而天生愚钝才是人世间最幸运的，可以不用在意别人的喜怒哀乐、不了解什么是人间疾苦，只要拥有眼下的快乐就够了。而现在的他不仅不愚钝，还异常敏感起来，敏感是每一个自知时日无多的人必备的情绪，此时的感知能力被无限放大，以求让这轻贱一生再厚重一些。当他每次想到一了百了，他都告诫自己，不能拍拍屁股走了，那样的话，汉奸的罪名就安在他和老娘身上再也不会消除，他虽然死不足惜，可老娘尽管卑微，但一生为善，不能让她死不瞑目。

第十七章

东北难觅出口，而我更一无所有，黑暗中只有风，连风也像一只无形的大手。

巩天民回到家，看见凌乱不堪、一地鸡毛，孩子们六神无主，还听说呼泽生被河本末守和赖士凯抓走了，惊出一身冷汗，赶紧去找兄弟们策划解救事宜，岂料他们也被抓了。

巩天民举着一只喇叭，只身走上街头，边血泪控诉冤情，边直奔警察局。一路上很多人认出了他，一传十十传百，陆续有人加入他，一个人很快走出一支队伍。通往警察局的街道上人们摩肩接踵，张查理来了、方柳来了，杜亚芳、高慧、张韵泠也来了，他们擎着标语、高喊口号，来警察局兴师问罪。那时候河本末守从后门灰溜溜跑了，当然临走前没忘跳起来甩了赖士凯好几个大耳光。

赖士凯从窗户里看见巩天民，倒吸凉气，他不相信巩天民能斗得过两个专业素质过硬的杀手，可巩天民活生生站在楼下，比上次见他更具压迫力。他感到一阵心塞。

游行示威的群众开始往楼里扔砖头石块，还有的在焚烧伪满国旗，鸣枪示警不起作用。当初信誓旦旦的赖士凯担心任由事件发酵，马上就会传到坂垣耳朵里，坂垣很容易就能推测出他阳奉阴违的事实，他既和坂垣花言巧语，还与河本末守勾连，到时两头不讨好。所以河本末守前脚刚走，他不得不把人放了。

几人是被抬到商会的，巩天民一路上紧紧攥着呼泽生的手，两人相视流泪。

呼泽生结满血痂的脸上努力挂着笑：“他们说你死了，我才不信！”

巩天民说：“早知道不去北平了，让你遭了罪。”

呼泽生说：“你若不去，迟早还要遭更大的罪。”

巩天民说：“可北平之行并不顺利。”

呼泽生说：“即使无人支援，能打听到关内的消息也好，哪怕是一声问候。”

巩天民说：“有问候，有少帅百感交集的问候，有怀念，有东北军士兵深入骨髓的怀念！”

受伤的兄弟们看到巩天民能安然无恙地回来，身上的疼也疼了，至于张学良会不会打回老家来，其实他们早已想到了答案。巩天民去见他，也是有枣没枣打一竿子。他向大家汇报了国联调查团即将来东北的消息，这倒算个惊喜。他们说，这是最后一线希望，这么大的事情，东北民众竟全然不知，可见日本人的信息封锁多严密，他们想要混淆视听，我们偏不能让他们得逞。

几天后，大家的伤未痊愈就在商会聚首，商量为国联调查团搜集证据资料事宜。搜集什么，怎么搜集，何种方式提交，万一被日本人盯上如何脱身，脱不了身，怎么扛下来等，都是他们的议题。会开了一整夜，虽然一些细枝末节的事还未敲定，但他们已然不能再等了。

刘仲明说：“救国救难要和医疗救援一样，把握好时机，现在浪费的每一秒，都是在帮日本人荼毒我们的同胞。”

大家对他的话认同之余，平添几多愤懑。李宝实说：“说来可笑，偌大的东北，却要靠几个手无缚鸡之力的医生和银行家来力挽狂澜，我知道这才是体现高风亮节的时刻，也愿意冒这个险，但心里不舒服。”

于光元拳头捏得咯咯响：“更让我难受的是，东北是不是中国的领土，东北人民是不是中国人，自己说了不算，却要一帮外人来定夺。你娘是不是你娘，你说了不算，要隔壁李二狗和王麻子投票决定，真是见了鬼了！”

刘仲明苦笑道：“心情理解，但不要动怒。”

刘仲宜嘀咕道：“定夺的了吗？规则约束好人，对泼皮无赖无效。小日本已经摆明了是在侵略，坚定地要让东北沦为他们的殖民地，到嘴的肥肉会吐出来吗？国联调查团也许对日本有一定的影响，但影响力能有多大，我持保留意见，别到时候我们拼了老命，却只是国联调查团东北游的一个插曲。”刘仲宜是同仁医院的院长，质疑国联调查团，就像在质疑医护人员的专业水平。

巩天民说：“我当时和你的想法一样，但据少帅的说法，就算日本不接受国联调查团的调停，调查团最终形成的报告也将是有力的武器，也是将来打倒傀儡政权的权威文书，他们必定忌惮三分。来者皆是客，只要是来帮助我们的朋友，我们就要高接远迎。

李宝实说：“就怕是来帮倒忙的。”

刘仲明说：“帮倒忙也是帮忙！何况我们还没见到调查团，还没和他们沟通，动不动给人定性，不是中国人的礼仪之道。”

李宝实说：“你说有道理，我不是对谁有意见，我是担心兄弟们的安危，国联调查团有没有用，有多大的用，我先不关心，我关心的是，兄弟们要提着头去配合他们。”

此言一出，大家沉默良久，激动的心情没有了，取而代之的是对彼此的担忧。都知道接下这个任务，是一条不归路。看似只是搜集资料、递交资料，比持枪上阵要轻松许多，不需要像正面厮杀的勇士那般刀刀见血、枪枪要命。然而，那漫长持久的考验有时候比“哇呀哇呀”地冲上去更让人难以承受。战士是服从命令，遵循集体的意志，即使倒下了，倒下的正前方，就是他们要夺下的高地和城池，目标明确，而他们犹如置身大雾，辨不清方向，看不到标志物，就连发号施令的人也没有，完全凭借个人意愿，跌倒了也得独自爬起来，暴露了，牺牲了，最后一种爱惜自己的方式也许只是找个平坦一点儿的地方躺下。

邵信普打破沉默:“没人给我们名分，我们给自己封一个钦差大使。”

毕天民说：“两国交战不斩来使的传统也出自中国，日本人可不懂这些典故。”一句话，把刚拔上去的高度降下来了。

巩天民知道这些天大家精神高度紧张，发发牢骚很正常，但牢骚发完还是要回归正题。他问：“成功与否，我们都要尽最大的努力。不去争取又怎么知道这一次是不是好机会。与亡国奴的身份相比，没有名分怕什么。”

还有人窃窃私语：“几个人的力量，也太微弱了。”

巩天民不再给他们犹豫的机会：“出过国的请举手！”

大家都举起了手。

巩天民说：“懂英语的请举手！”

大家再次举手。

巩天民说：“东北虽大，像你们留过洋、懂英语、会翻译的，又有多少呢？和国联调查团的人打交道，首先要能与其沟通，连这也保证不了，何谈追求真相。我们不是英雄，也从未想过当英雄，是时代的潮流把我们从幕后推到台前来的。当初，我们都是背负着家乡父老的希望远赴重洋，眼下这事，他们只能靠我们这样的人，咱不能当甩手掌柜。这么想大家心里也许会平衡了。”

大家不认可他最后那句话，没有人不平衡，只是马上要走上一个危机丛生的战场，去完成一个很可能没有回馈的任务，他们的对手不是土匪杂团，而是毫无底线的沦丧国度、利欲熏心的变态日寇，他们随时会被无情粉碎。作为颇有名望和地位的人，那些附加在他们身上的东西来之不易，但似乎失去异常简单，只需要在今天这场会议上表示赞同。想到这些，心里就莫名难受而已，他们从未想过转身逃走，他们皆是凡人肉身，哪能不考虑得失，而这个时候，决定迎头而上的人才会一遍一遍思索那些令人胆寒的后果。但当巩天民说明这次代号为“真相”的行动，参与者必须自愿，绝不强迫，家里有嗷嗷待哺的孩子、有需要赡养的老人、有恩爱的娇妻或放不下身外之物，都可以是离开的理由，从这个门里走出去之后，大家还是朋友，只是今天所听所见的一切都必须从头脑里清除干净……以后，大家谁也没起身，像早就商量好了，用身体语言证实着各自的决心，他们把脊背靠在椅子上，跷起二郎腿，目光高深远度。巩天民伸出手，紧接着大家的手都互握在了一起，一个自发的组织应运而生，谁也不会想到这些忧思天下的国之大者竟然是一群平均年龄不到三十岁的年轻人。

那时候张韵泠也恰好从外地回来了，他带回来的情报很劲爆：“调查团还有四十天就到达沈阳了，他们所需的资料五花八门、包罗万象，应针对‘日本军队进军沈阳纯属自卫行为；日本军队占据东北各城市是为了维持秩序；满洲国之建立完全是出于东北居民自决自愿，日本无权干涉’三条谬论，提供包括但不限于文字叙述、敌伪官方发表的有关资料、往来函件、日本发行的报纸、布告、电文等等，如果还有本事搞到溥仪写给本庄繁的信，土肥原贤二与伪市长的会议纪要，哪怕是坂垣征介的家书，河本末守写给姘头的情书，小井一郎当初为常驻此地而圈地置业的契约等就更完美了，只要是涉及侵略真相的内容，都可以汇编成册，相互佐证，增进调查团对满洲国政权是傀儡政权、关东军是侵略者的判断。这些东西听起来不是普通人所能接触到的，报纸相对比较容易找来，但事实证据贵精不贵多的原则摆在前头，在浩如烟海的报道中，提炼出有价值的部分，却是个庞大繁杂的工程，不熬个头昏眼花、七窍生烟，不会有什么建树。”

只剩下四十天，这么短的时间内，从敌人眼皮子底下弄到这些资料，就算超一流的情报人员都要颇费一番功夫，还难以保证安全，何况他们几个白面书生。

一筹莫展的巩天民突然站起来说：“这次我们被抓，是河本末守和赖士凯的个人行为，我们并未引起日本高层的注意，趁我们还有相对的自由，争分夺秒行动起来。”

巩天民伏案奋笔疾书，半晌后行动方案拟制完毕，大家围拢过来认领任务。有人负责拍摄日本人和伪政府要员接头会面的照片，有人去揭下日本人张贴在大街上布告，有人收集报纸，有的去买通伪政府管理卷宗的工作人员……资料在规定时限内统交巩天民，由张查理、毕天民、刘仲明整理编写，于光元审校，李宝实打印，张韵泠负责疏通关系，继续寻求国际友人的支持，刘仲宜和邵信普做外围警戒的工作，最大限度为兄弟们提供援助。

明确了各自的行动计划，正要出门分头行动，巩天民叫住了他们，说出一个看似无情的决定："为避免引起日本人和伪政府的注意，在国联调查团到来之前，我们各组尽量不再碰头，最后一周时，我们再聚集，但愿……但愿那时候，山河依旧，月圆人安！"

巩天民神情黯淡，这句话说得无奈且酸楚，当然也含蕴着发自肺腑的祝福。他稍作调整后说："这是一次出征！出征应该喝摔碗酒，可咱们没准备这些，那就唱一首歌，加油打气的歌。"

于是商会里歌声飘扬，每人都憋着一股劲儿，想吼出来，又怕隔墙有耳，那低沉的歌声有着独特的穿透力，钻进每个人心窝里，循环往复地游荡。

会议结束，人们陆续离开，商会里剩下巩天民一个人，那是一个寻常的春日，迟迟未发出新芽的柳枝拂过百叶窗子，像有一只大手在撩拨古筝上的琴弦，光线被分成条纹的形状，落在斑驳的桌椅上，贴着一尘不染的地面来回闪现，反复摇动。

巩天民走到窗前，看见天边静止的云和暂时不再"张牙舞爪"的伪满洲国国旗，想眯眼享受片刻的宁静，心里的潮涌却一波接一波，他刮起头脑风暴，那些曾并肩前行的人来来去去，熟悉的脸放大缩小、影影绰绰，他们一会儿年轻一会儿衰老，一会儿高大一会儿消失，但相同的是都以翩翩起舞的姿态面对难堪的境地，那是他们的不屈，也让他愈发血流加速。

人们终究都会远去，幻想着在走之后还能在这个世界上以另一种形式存活，却没有真正了解“人过留名、雁过留声”的含义，其实这句老话应该加两个字，人过“只”能留名，雁过“只”能留声，毕竟换一个宏观的视角，人和沙尘、瓦砾、砖块、草芥没区别，所以也只有这一刻能努力堆积成想要成为的形状，多年后还想留下什么，都是痴心妄想。基于此，巩天民认为“只求当下安心，不患未来得失”也没什么不对。

可一滴眼泪掉下来，挂在他蓬勃生长的胡子上，摸一把吓一跳。他从未如此不修边幅，满心收拾一地的残局，却忽略了自己，不过这种境况估计要持续一段时间了，他分配到的任务是买通卷宗管理员，马上就要去伪政府门前蹲守。刚转过身，他看见门不知何时四敞大开着，林三武站在了他的身后，他已不是从前那个穿着志诚银行工作服的稚嫩小伙，脑门上几道皱纹像马路上的车辙，脸上似是挂满风霜，年轻的光彩消失殆尽。他犹如赶了很远的路刚落下脚来，尤其是那双眼睛，浑浊不堪，一潭死水，像是欲化未化的冰层，又如未熄将熄的夜灯。他穿着黑色的伪警制服，腰里扎着白色武装带，脑袋上扣着一顶大盖帽，装束的缘故，他单薄的身板像是得到了填充，支棱成一个虚假的成人。他可能早就来到了商会外面，根本不敢进来，人们走了以后，他早已经站在那里了，只是看着巩天民说不出一个字来。

人做了亏心事，说什么话都会首先否定自己，开口后自然也成了废话。他在腰里摸索出一把小刀，捧在手上，递出去，他没有随老娘而去还有一条原因，如果巩天民愿意，就让巩天民亲自动手，以解心头之恨。他还没有资格配枪，如果有，他会把枪也交出来。

巩天民缓步走来，上下打量着他，能看出来巩天民心中有气，以前他们是上下级时，巩天民的脸色没有这么难看过，他想象中的痛骂没有来，他以为此时的巩天民疾风骤雨的情绪接近爆发。巩天民的身材并不魁梧，但林三武觉得那是一道无法逾越的墙。他们相对而立许久，巩天民从他手里接过刀，林三武一下子坦然了，他闭上了眼，他认为这也是一种视死如归。

第十八章

我伤痕累累、无以为继，就化作一束光，光之所及皆是自由之地。

巩天民把刀划出一个弧度，扬在空中，“噗”的一声响，林三武却没有痛感，他以为刚被扎中的人是不会难受的，睁开眼却没发现身上有刀，四处打量，看见刀扎在了墙上悬挂的东三省地图上，刀把儿还在摇晃。巩天民甩了一下长袍，擦着他的肩走出去了。

林三武争分夺秒地说：“我有罪，可我不是汉奸！”

巩天民没回头，但停下了脚步，沉吟半晌说：“知道了！”这句简单的回答包含了多层意思，他知道林三武是个苦命的孩子，知道他被胁迫，还知道自己有时候太过自信，永远相信自己能够拯救世界，却往往连身边的人都照顾不好。

林三武说：“原以为我对您只会是报恩，没想到，现在变成了赎罪。”

巩天民回过头来说：“离开这里，走得越远越好，去一个没有纷争的地方，那时候你的心就明朗了，世界也大起来了，你这个人也能活出新的模样。我原谅你了，你可以恢复成曾经那个纯良的少年，在面对残酷真相之时，一知半解、懵懵懂懂，像你一样的孩子们都是这个样子也无妨。这世间有轮回，本就应该是一代人去拼争，一代人活在真空里。”

林三武说：“我不是个孩子了，回不去了。”

巩天民说：“听话，别犯傻。”他最怕一个人说出与年龄不符的话来，造成这种后果，无非有两种可能，一种是非常态环境的浸染，一种是心中天秤的失衡。

林三武先巩天民往大门外走，迎头撞上了来收拾卫生的呼泽生、杜亚芳和高慧。呼泽生脸上还有肿胀的伤痕和未掉落的血痂，连走路都还多有不便，那都是拜林三武所赐，呼泽生能忍，杜亚芳、高慧与他可没什么情分可言，她们冲上来对他又抓又挠又咬又啃，那劲头儿势必要将他撕成八瓣，呼泽生拉不住。

林三武任由她们打骂，巩天民喊道：“住手，让他走！”

两人像是没听见，攻击力有增无减，林三武的脸上布满了抓痕，鼻子出血，头发被扯掉几绺。巩天民挡在他前面，把她们鹰爪般的手一一掰开。

杜亚芳说：“你疯了，他不是什么好人！”

巩天民说：“这不是一个能辨别出好人坏人的年月，现在，我们是一样的，这样一个连国家都是伪造的空间里，我们没有资格苛求他是好是坏，还是先自证清楚我们到底是什么身份什么属性吧。”

高慧说：“什么意思？”

巩天民说：“林三武不得不糊涂一把，他会醒过来的，就像国联调查团马上就要来了，我们也不清楚他们是帮手还是帮凶，可我们仍然要等待，等待更高的觉醒，如果不行，那么至少我们自己也要守住高压下追逐自由的权利！”

杜亚芳和高慧还在回味巩天民这句话的时候，巩天民蹬了林三武一脚，把他蹬出了她们的视线，林三武一路哭着跑走了。

杜亚芳说：“你的观念是错的，对他的仁慈，就是对死难者、受害者的不公。”

巩天民说：“当我们心里布满仇恨，只能一边不断选择原谅，一边摸索新的出口。”

高慧说："原谅？那为什么不原谅小日本？"

巩天民说："那不一样。体恤底层同胞的选择，我们才有奔走的方向。"

高慧说："好像之前受到生命威胁的不是你的亲人。"

巩天民说："不提了。"

呼泽生不想他们再浪费时间，这样争论下去，只会无休无止。

她说："去完成你的任务，需要我们做些什么？"

巩天民说："就安心在家等我们的好消息吧。"

杜亚芳说："安心不了，我们承受的压力不比你们少，也请不要忽视我们的力量！"高慧随声附和。

巩天民说："感性如斯，你们继续到街口读诗，那就是对我们最大的帮助。"

巩天民抓紧离开了那里，他怕再纠缠下去，东家长西家短等奇闻八卦也聊出来了。

巩天民的目标是拿下伪政府内的卷宗，但他并不急于先办此事，他认为扫清障碍才是行动的基础，不处理掉赖士凯，未来，兄弟们必不胜其扰，处处掣肘，和赖士凯清算的时候到了。他当然知道赖士凯是个油盐不进的主儿，啃下这根腥骨头，要么设计暗杀，要么歪招制胜。前者要想做得干净利落，必须要有周密计划，且不能让日本人将矛头对准自己，难度系数太高，后者虽然拖泥带水，但较容易实现。但对于这个病入膏肓的赖士凯，巩天民可没有对林三武那么仁慈，他一不做二不休，决定执行第一条计划，以绝后患。

多方了解后，巩天民很快找到了消灭赖士凯的突破口。近来，关外各地货物原材料紧缺，各行各业的货源都得不到及时补充，物价飞涨，有的商家有先见之明，提前囤积了大量货物，就等这一刻"开仓放粮"，赚得盆满钵满。这些受益的商家说是高瞻远瞩，有经济头脑，实则背后早有树大根深的当权者坐镇支招，那些人无非就是日本人或者伪政府中一门心思想致富的官员，他们既是规则制定者，又是与民争利的参与者，悄悄操纵着市场。他们让商家“站台”，暗地里发横财，商家与之相比，拿到的钱只是九牛一毛，但也不得不沦为他们的帮凶，钱赚得不踏实，但总比被人取代要强得多，因为不遵守现行的潜规则，无人撑腰了，多年的买卖很快就会被吞并或击垮。这种形势下，很多商家不等官员来约谈，就主动送上门去求合作了。官员发大财，商家发小财，他们心照不宣，各自捂紧钱袋子，外人只有眼红的份儿。而当权者与当权者之间心照不宣，他们深谙套路，井水不犯河水，有时候闹出了乱子，上级追问下来，还能结为攻守同盟，相互通风报信，打掩护。目的只有一个，从大局出发，保证大家的利益不受损。

当然凡事皆有例外，商家中不乏有能力又不趋炎附势的高手，他们洞察能力强，了解供需关系，掌握市场规律，能根据时局及早做打算，靠实力取得先机，最重要的是他们不屑于靠鸡鸣狗盗的招数，而是放眼长远，良心经营。老板董振奎就是其中的一个“异类”，他是开在小西门的百年老店盛德布行的大掌柜。

盛德布行这些天门庭若市、日进斗金，风头一度盖过了有背景的商号，不光日本人和伪政府官员觊觎，连同行也看不下去了。各路大佬纷纷派人登门拜访，恩威并施，花招频出，但董振奎死活不上钩。董振奎家底丰厚，仗义疏财，每年都捐资助学、修路、盖教堂，在沈阳有很高的声誉，官员们有所顾忌，暂时吃相不敢太难看，况且其他生意正红火，一时半会儿腾不出手来教训董振奎，盛德布行的正常经营未受到波及。在这个当口，见钱眼开的赖士凯见缝插针了，他很清楚，百年老店这块肥肉，现在不吃，将来连喝汤的机会也捞不着。他可没有官员们那么爱惜羽毛，就算惹恼了董振奎，也没什么官职可以丢，所以这个绝佳的机会，他急切要抓住。他的父辈，主业还是开馆授徒，捎带脚才干那贩卖烟土的勾当，而到了他这一辈，思维就发散太多了，充分将他家挂羊头卖狗肉的传统发扬光大，不管什么领域，懂还是不懂，只要有利可图，都能横插一杠子，靠着手下有一帮习武不习德的莽夫，欺行霸市。近来又打上了治安团的旗号，还披着日本人走狗的外衣，三层加持，底气更足，有恃无恐。树大招风的盛德布行，很不幸地与他正面遭遇了。

赖士凯几次强闯盛德布行，要与布行董振奎签订入股协议，明面上说是互利共赢，实际上谁都知道他是什么路子，他以前也祸祸过一些没有保护伞的小商户，合同上做手脚，经营中横挑鼻子竖挑眼，分红时撒泼耍赖，狮子大开口，最终算账下来，利润基本都进了他的腰包，甚至有的商户，到头来纯属赔本赚吆喝，明明盈利了，算来算去却还倒欠着他。没人能受得了他这么折腾，不得不撂挑子走人，买卖做着做着，全成了他一个人的了，如果他好好经营还则罢了，无一例外，全干黄了。

董振奎连官员的面子都驳回去了，何况一个暴殄天物的造粪机器。百年老店不仅是一项产业，更是祖上托付给他的精神财富，意义非凡。董振奎不得不花钱雇了人来抵抗赖士凯，但赖士凯在这个地面上横行霸道多年，轻车熟路，而雇来的人明显水土不服，几个回合下来败得一塌糊涂，有死有伤，让董振奎损失惨重，彻底领教了赖士凯的不好惹。被动防御不行，那就主动出击，董振奎备了十根金条，亲自送到赖士凯府上，请求他给盛德布行一条活路。十根金条绝不是小数目了，但赖士凯看董振奎出手大方，便有了更远大的“理想”，他认为与布行合作所获得的收益，可远远不止这些。

这个办法也行不通了，没了主意的董振奎想到了身为商会执行委员的巩天民。巩天民的事迹已广为流传，都知道日本人也要给他三分薄面，且屡次和赖士凯周旋，赖士凯没能占到他半点儿便宜，请他帮忙去劝退赖士凯是有希望的。

那时候巩天民正愁找不到切入点除掉赖士凯，董振奎给他提供了思路。他和董振奎密谋一番，很快理出头绪。行动的难点不在于暗杀赖士凯，而在于杀掉他之后怎样做到不引火烧身，如若不然，反而对搜集证据不利。借刀杀人，仍然是这次行动的核心要素。

巩天民让董振奎把十根金条直接送给了伪警察局局长张俊，同时向张俊报警。董振奎神色慌张、忧国忧民地对张俊说：“有个小流氓给我捎信，让我准备钱，晚八点，拿到皇姑大酒楼大堂，如若不给，就取我性命，火烧布行。局长英明神武，屡破奇案，在您任上，没人敢在沈阳造次，老百姓安居乐业，每天路过警察局都会行注目礼。没想到竟然还有人敢在您的眼皮子底下敲诈勒索，简直不把您放在眼里！”

张俊尽量不弯下身子，保持着清正廉洁的良好形象，而脚下的动作没有停，他艰难地把装着金条的沉重布袋蹬进办公桌下面较为隐蔽的位置，因为用力，脸部肌肉在颤抖着。金条与木地板摩擦发出的声响，好像是在移动一块巨石，可见金条的分量。

张俊优雅地擦了擦汗说：“岂有此理，还没有听说过这么胆大包天的劫匪！你放心，我一定将他绳之于法。”

董振奎目光往下游离，又向张俊提醒了一下金条这件事的存在，说：“据我所知他是从新京流窜过来的，手里有枪，枪法还奇准，身上背着几十条人命，活捉怕是不妥，我担心你们的安危。”

张俊又够了够金条，幸好他刚才没蹬出去太远，脚尖再次传导给他钱财的殷实厚重之感，这可以使他更有底气作出超乎寻常的判断和指令，他当即表示：“那就当场击毙他！”

董振奎说：“这样的飞贼，可能还会有左膀右臂，不然不可能让各地警察束手无策！”

张俊说：“我全员出动，只要他出现，你给我个暗号，我就开枪，让他插翅也难逃！”

董振奎心满意足地说：“那就没跑了。暗号的话，我一挠头，就一定是他，您就可以下令了！”

董振奎走了，张俊撅着屁股钻到办公桌下，一根一根地啃着金条，在确认是真货以后，泪流满面，自言自语道：“要是早有这些小玩意，谁还假模假式地伺候日本人，受他们的鸟气，我早回老家逍遥快活去了！”

如何保证赖士凯能按时出现在皇姑大酒楼，是个问题。回到布行，董振奎和巩天民绞尽脑汁研究下步对策。商量的结果是，要表现出十足的诚意，按赖士凯之前的要求，拟好协议送到他面前，用低三下四的态度告诉他，董振奎包下了皇姑大酒楼，准时准点恭候他的到来。一来签字画押，二来盛宴招待，庆祝合作成功，擎划宏伟蓝图，展望美好前景。

油水一足，人就容易得意忘形，依照赖士凯的风格，他不仅会来，还得一路跳着热舞、哼着酸曲、一蹦三尺高地来。果不其然，送协议的伙计很快就回来了，并描述了赖士凯当时的反应，连干了三杯酒，朝赖家列祖列宗牌位咣咣磕头，嘴里念念有词，大意为赖家要发达了，从他这一辈起，真正实现阶级跃升了……伙计说完，董振奎一拍大腿，觉得这事准成了。

于是，一场精心策划的“狗咬狗”活动如火如荼地开始了，巩天民不能出现，留在盛德布行吃菜喝酒，静候佳音，等董振奎平安而来后，为他接风洗尘。距离约定时间还有半个时辰，张俊遵守诺言，带领近百名便衣伪警浩浩荡荡地持枪进驻皇姑大酒楼，埋伏在角角落落，那阵型犹如天罗地网，只要赖士凯进来，结局一定很舒适。董振奎毕竟是生意人，见过不少稀罕事，可也没见过这等场面。当初和巩天民筹划的时候觉得刺激，有种在盛京剧院里听书看戏的错觉，这桥段不比那些历史故事逊色。有生之年能参与一次这样的活动想想挺过硬，以后留给子孙的又有金疙瘩又有英雄事迹，到老也有吹牛的资本，十分无憾。可这会儿见到真刀真枪，生理反应骗不了人，“滋滋”冒虚汗，几次想抬手擦一擦，都像被电打了，赶紧收回去了。他知道今天自己是现场最没用的人，从头至尾只能做一个动作，就是抬手挠头，但就这个动作也只能做一次。

约定的时间马上要到了，董振奎笔直地坐在大堂中央的欧式皮沙发里，一会儿看墙上的挂钟，一会儿看玻璃门外，颈椎得到充分活动。他浑身发冷，捧着一杯热茶暖手，手却剧烈发颤，热茶溅在手上也浑然不觉。分针指向整点，董振奎放下茶杯，倏地站起身来，往大门处走了两步，入定般望着大门，以保证第一时间看到赖士凯。

一个身影出现在门前的空地上，那人穿着高领风衣，头戴礼帽，嘴里不知是叼了一把烟斗还是一根哈尔滨红肠，黑灯瞎火的竟还戴着一副墨镜。董振奎心说，赖士凯今天这派头哪像沈阳街面上的臭流氓，倒像是在上海滩闯出名堂的黑大佬。那人一摇三晃地上了台阶，老朋友般朝董振奎挥挥手，手腕上的金表闪着光，晃着董振奎蹩脚的笑脸。

他越走越近，董振奎察觉有些不对，此人身形不像前几日见到的赖士凯。他和赖士凯并没有见过几面，眼前这人却太熟悉了。他预感不妙，但又说不清哪里不妙。

第十九章

人都有一个难以弥补的遗憾，就像都有一句无法得到原谅的抱歉。

那人很快到了大门口，和董振奎之间只有一步之遥。董振奎还在努力辨认，来者嚷嚷了一句，费尽心机营造出的强悍霸道的气质荡然无存，那含混不清的口齿、浪荡的语气，透着半吊子的气质："哥，你咋来了，闪一边去，我都多大的人了，相个亲还要你插手？今儿个老子铁了心，就是仙女下凡，也得拿下！"

董振奎瞬间意识到出大事了，他确信这人就算再改头换面，也改不了由内而外讨人厌的底色，他闻味就知道这人不是别人，正是他终日提笼架鸟、吃喝嫖赌的寄生虫胞弟董振强。董振强已过而立之年，眼看着身边的狐朋狗友一个个洗心革面，回归了家庭生活，而自己还孑然一身，突然有一天慌了神，老催着董振奎给他找对象。作为大哥，董振奎为弟弟操碎了心，原意也想抓紧给他找个媳妇，说不定他成了家能收收心。按理说董家财大气粗，即便董振强没有劳动能力，董振奎也能保他衣食无忧。能到董家做媳妇，不算磕碜事，可董振强委实烂泥扶不上墙，对家族没有贡献也罢了，还经常惹是生非，若无董振奎兜底，不知死过多少回了。董振强几乎找遍全沈阳的媒婆，也难以牵成他的红线。都三十多岁的人了，董振强还经常做出一些匪夷所思的举动。比如这次，赖士凯就是拿捏了他的弱点，从他下手，出招反制董振奎和巩天民，让两人陷于被动。

以赖士凯的智商，对董振奎反常的表现，一开始未生疑，但坐下来细想，发现玄机，他召集“智囊团”开了个紧急会议，七嘴八舌地一分析，心里更不托底了。自从当了治安团团长和日本人打交道以来，沾了他们的光，更没少吃亏，一来二去，长足了心眼，知道天上不会掉馅饼，即使真掉下来，也烫嘴得很，岂是一般人接得住的。所以他派人跟踪伙计、监视董府，发现董振奎和张俊打过交道，这更佐证了他们的推测，这显然是场鸿门宴，定然有埋伏。

赖士凯告诉手下：“玩狠的！既然想弄死我，那这仇就顶到天了，这事不做绝，以后没脸在奉天地面活动！”

赖士凯打听到董振强是个好哄骗的家伙儿，立刻雇了个金牌媒婆去游说他。

媒婆拿了重金，在赖士凯编好的台词的基础上，又作了发挥，那条三寸不烂之舌把董振强唬得神魂颠倒。媒婆笃定地说：“城东黄记大药房老板的千金，年方二十，长得柳眉杏眼细腰樱桃小嘴，琴棋书画样样精通……”媒婆说相声般，背完了她背了大半辈子的台本，咕嘟嘟喝了一大口水，接着说：“黄小姐在全沈阳待字闺中的女子中，算一等一的好孩子，提亲的人都踏破了门槛，却无一例外，都没下文了。您猜怎么着？最近我听说，这黄小姐不嫁的原因是早听说了董二爷的威名，芳心暗许了。有了心上人，别人还能入得了人家的法眼？”

董振强说：“那必然不能！”

媒婆说：“若不是我偷偷撬开黄小姐贴身丫鬟的嘴，断然不会发现这惊天密闻，一定会错过天作之合的一段姻缘，那将是我说媒史上最大的失误。”

董振强脑子缺根弦，但不是真傻，他会辩证看待问题：“这么文雅的小娘子，怎么会爱上我这大老粗？”

媒婆说：“二爷不了解女人！”

董振强硬着脖颈说：“我上过的女人能从我家排到火车站，我不了解谁了解？”

媒婆说：“不怕您生气，能让您上的都是什么货色，您心里应该有数！”

董振强嘿嘿一乐说：“数量还凑合，质量差点儿意思哈！”

媒婆说：“和您家董大掌柜卖布是一个道理，十捆残次品的价格不及一匹好布。正应了那句话，宁吃仙桃一口，不啃烂杏一筐！”

董振强猴急地问：“你抓紧给我说道说道！”

媒婆眉毛一挑一挑地说：“这类大家闺秀有共同点，长辈普遍能力强，架子大，威严有余，温柔不足，爱搞一言堂，常常独断专行。据我所知，黄大掌柜就是这号封建人物，导致孩子备受压抑，性格偏保守，还恪守着老辈子传统，规规矩矩长大，一板一眼过活。其实我理解她，她心里肯定有一只自由的小野兽，萌动着难以启齿的小渴望，做梦都想找个像您这样天马行空的男人，颠沛流离也罢，浪迹天涯也好，谁能陪她挣脱牢笼，谁就是她心向往之的好伴侣！”

媒婆一番话说进了董振强的心坎上，让他动情不已，觉得自己的形象伟光正起来，一把握住媒婆的手，泪水涟涟地说：“你说的是我吗？你说的就是我啊！让我的小娘子久等了，我非她不娶！”

媒婆说：“正合了二爷的心意，我凡事得想在前做在前，会面的时间地点已经安排好了，她一准在那里候着，只要您当面给人家一个承诺，这事妥妥成了。”媒婆话音未落，董振强就转身往外冲了。

媒婆说：“别急啊，虽说这事十拿九稳，你也得讲究礼仪，得好好捯饬一番，别破坏了之前给黄小姐留下的好印象。黄小姐爱整洋事，喜读洋书，欣赏西式装扮，我也给你预备好了。另外，黄小姐伶牙俐齿、能言善辩，在她面前一定要少说或者不说，才可万无一失。”董振强一一记下，只要能娶到媳妇，媒婆的话堪比圣旨。他三下五除二收拾完毕，兴致勃勃地赴约去了，全然不知他很快就会成为炮灰，赖士凯带人尾随着他，一出螳螂捕蝉黄雀在后的惊天大戏开演了。

当时，董振奎发现是亲弟弟站在面前，且势不可挡地往里冲，拼死要拦住他，岂料董振强手脚麻利，稍一侧身，慌乱的大哥扑了个空，他一脚就踹开了门进去了，董振奎追上来拉扯道："不能进去！"

此刻董振强只顾抱得美人归，嫌弃大哥碍事，把他往门外推，董振奎急双脚拌蒜，不推还站不稳，这一推更失去平衡，撞碎了玻璃门，玻璃碴子扎伤了脑袋，血流出来，用手一摸，这下坏了，张俊以为他是在发暗号，大手一挥，上百条枪从边边角角伸出来瞄准了董振强，子弹密密麻麻射来，顷刻间把董振强打成了筛子。董振奎望着这惨状，连捶胸顿足都不会了。他扑到弟弟身上，看见弟弟身上有数道血流，像潺潺的溪流，甚至能听到汩汩的声音，他既想拥抱他，又担心这副骨骼已成碎渣的皮囊经不起一丝外力，只得摊着手，跪在他的尸体旁转圈，像在跳一种异族的舞蹈。

张俊等人打光了子弹，看见董振奎抱着劫匪，满脸错愕。他骂骂咧咧地走过来："你他娘的哭错人了，把劫匪当亲人？就知道你们这些家伙没出息，一见真刀真枪的场面就吓傻了！"

董振奎说："这就是我的亲人啊！"

张俊说："你疯了吧。"

董振奎说："我没挠头啊！"

张俊说："你刚才挠的是脚后跟？"

董振奎号啕大哭着："他是我亲弟弟，不是赖士凯，赖士凯没来！"

张俊上前扶正董振强的脸，细看了一会儿，意识到这个人长相确实和董振奎有几分相似，随即气急败坏地说："说话要过脑子，我当场击毙的是持枪抢劫的罪犯，没打错人，就算打错了，你也要给我烂在肚子里！"说着，张俊从裤腰里拽出一把枪，用白手套擦了擦，塞在董振强手里，有人"咵咵"照了几张相片，记录下了这死无对证的一幕。

张俊一脚把董振奎踢翻在地："敢说出去，我让你们兄弟在下面团聚！"董振奎已经没有力气动弹。

张俊吹哨收队，对面楼内的赖士凯藏在暗处，看得咬牙切齿，他知道如果进去的是他，现在也被打成马蜂窝了。怒气冲昏头脑，不顾手下阻挠，也不管对方多少人，总之酒楼内的人都是敌人，他也不管暴露了能不能跑掉，闷头对着酒楼大堂内打出一梭子子弹，活该张俊倒霉，有一发子弹正中眉心，当场呜呼。他的手下酒囊饭袋居多，一看老大设伏杀人反被杀，剧情太过反转，排练的时候没有这个程序，顿时乱了阵脚，无心追击对手，纷纷抱头鼠窜，赖士凯完胜。

警察局长被干掉了，此案中案一夜之间传遍沈阳，伪政府调派大量人手调查。当晚，董振奎被巩天民送出城，隐匿于近郊农村。巩天民向其负荆请罪，认为是自己考虑不周，搭上了董振强的命，他负全部责任。如果董振奎为了保全自己，供出他是幕后指使，他也不会遗憾，欣然接受处置，那样他出师未捷，只能把希望寄托于其他兄弟，毕竟董振奎是生意人，而这次的失误太不应该。但令人意料之外的是，董振奎冷静下来，并不怪罪巩天民，他只痛恨自己心理素质太差，把好事变成了坏事，该请罪的是他。

董振奎说："我弟弟一生碌碌无为，虽然没有可圈可点的地方，但这教训未免太大了。可我认为他不白死，算是为你们搜集证据出力了，将来推翻了伪满洲国，如果能给他立一块碑，他生前闹下的笑话，也许可以抵消了吧。但愿世人记得他的好！"悲痛中，董振奎还把弟弟的死升华了。

回来的路上，巩天民看见全城的伪警好像都出动了，遍地鸡飞狗跳，这都是赖世凯的"杰作"。本想为民除害，却弄巧成拙，事情看似陷入僵局。

赖士凯被这么一吓，有可能会收敛，有可能更肆无忌惮，果然，他是后者，他霸占了盛德布行，还继续染指其他没有背景的商行，同时不放弃追踪巩天民等人的下落。这让巩天民如坐针毡，如果继续任由其为非作歹，不仅给国联调查团搜集资料的行动无法在规定时限内完成，连基本的表面上的安定也将难以为继。

巩天民重新思索牵制赖士凯的措施，情急之下，他想到了赖世凯名义上的妻子方柳。张查理几次向巩天民透露方柳与赖士凯之间特殊微妙的关系，试图让巩天民通过方柳解决赖士凯这个老大难，巩天民思忖再三，没有接受他的建议，除却不想让女人介入争端的因素，拿别人失败的婚姻来达成某种目的，不管是不是正义的，总显得有些猥琐。

可眼下到了火烧眉毛的紧要关头，与流血牺牲相比，放低对自我的要求是无奈之举。对待小人不能太君子，只是对方柳来说，让她靠近深恶痛绝的人，不至于残忍，但也相当残酷。

巩天民在沈阳医学院约见方柳，向她说明了事态的严重性，希望能得到她的帮助。方柳先是面无表情，继而眉头紧蹙，显然她对他已从回避到陌生，不愿再提及这个名字。

巩天民说："这是往你伤口上撒盐，如果你不愿意再和他打交道，我再想别的办法。"这话说得极为勉强，因为他知道，他根本没有别的办法了。

方柳说："我不想再和他有一点儿瓜葛，发誓不再见他，见他也是办离婚！"

巩天民说："国都亡了，结婚领的是民国的结婚证，离婚却是伪满洲国的离婚证，这婚还用离吗？"

方柳说："那也要拟好协议，意义大于形式。"

巩天民说："我尊重你的意见，你拒绝我理所应当，这是你的自由！"巩天民觉察到了方柳的抗拒，他更确信自己今天就不该来提这个要求。

方柳思考良久道："是让我杀了他吗？他是罪大恶极，可再不济，我们名义上还是夫妻，他也没有伤害我。我摆明立场，漠视他远离他，只是为了不再沾染他。传统礼教有诸多问题，可完全让我与之背道而驰，未免太考验勇气。挑战封建思想封建荼毒，不是谁都敢做，弄不好，会成为众矢之的。杀了汉奸，不会遗臭万年，谋杀亲夫，一定会的！”

巩天民说：“让你手刃他，那是一出悲剧，我有底线。你只需要拖住他，如果有可能，再拯救他。”

方柳说：“无药可救！拯救他比杀了他更难！”

巩天民说：“那就转移他的注意力，别让他影响我们的大计。”

方柳面露难色：“我靠什么去吸引他？爱情还是肉欲？过了这段时间呢？”方柳知道赖士凯爱他，他的不堪与为人所不齿，都不是用爱要挟他的理由，女人的感性在此时左右方柳，所以她无法马上给巩天民一个答复。

两个人相对无言，巩天民打破沉默：“我明白你的意思了，对不起，是我考虑不周。”

方柳说：“让您失望了。”

巩天民说：“靠触碰别人底线，来维护自己底线，即使取得成功也不能心安。”

巩天民不再“骚扰”她，她这么年轻，已然承受了巨大压力，刚学有所成，准备奔赴美好未来，却在这动荡不安的时代茫然失措，还在未起飞就陨落的青春里，无数次痛恨并试图逃离不幸的婚姻。不能再让她上赶着往火坑里跳。巩天民向她鞠躬，给她添了堵，她没当场翻脸，已尽显她的善良。

巩天民走向沈阳医学院的大门，那时候道路两旁的柳枝已经发芽了，风吹过来，像方柳迎风飞舞的头发。巩天民不一会儿就消失在枝头下，他并不孤独，孤独的反而是目送他离开的方柳。方柳像迟迟不肯露头的柳叶和骨朵，心里有大抱负，却惧怕着未消解的严寒。她知道赖士凯的角色，也知道巩天民的角色，她要在这些人中找到自己的角色。

巩天民走在回去的路上思绪万千，不能解决大家的后顾之忧，他满心忐忑，摆不平不赖士凯，他们的行动就直接暴露在阳光下了，他们与坂垣、河本之间只隔着一层窗户纸。但没有任何捷径可走，他们亦无方寸铠甲，以赤条条的肉身，坐在死亡上面，颤抖着、哭泣着，提前书写着关于伪满的墓志铭。

巩天民越是刻意不让方柳难受，方柳越要谴责自己，毕竟前几天她刚刚被发展入党，她知道从那一天起，她又被赋予了新的属性。当初那个被捧在手心上的人，也要学会撑起一片天了。她心事重重地往医学院大楼里走，路过教研室，看见张查理的白大褂挂在衣架上，桌子上的茶水凉透了，水面上漂着一层油花一样的东西，一看就好久没动了。教授的桌子上，摊着一张宣纸，用细毛笔写着八个大字："国将不国，我将无我。"

第二十章

时代是一条改道的河，爱情是一朵嫁接的花。

风从窗户缝里吹进来，纸张哗啦啦作响，那块镇纸石似乎也快压不住它了。它裂了口、卷了边，挣扎着、不屈着的样子，让方柳想到了张查理对她的言传身教。几天来，张查理音讯全无，他走时没有给她留下只言片语，以前没有出现过这种情况。巩天民来过之后，她大概明白了他的去向。

方柳在张教授的椅子上坐下来，面前是一具具供医学研究的各式各样的人体模型，它们列阵般站在那里。学医几年了，她还不敢一个人进这个房间。现在，她看见它们亲切异常，像看见归来的东北军弟兄。仿佛在每一个角落，也都能看见张教授的身影，听见他朗朗的讲解声。她以为对这里了如指掌，学会了张查理传授给她的所有医学知识，而现在这些模型标本模糊起来，福尔马林的味道被冲散殆尽，那周遭的一切都鲜活起来，满屋冰冷坚硬的器具，难掩扑面而来的春意，有一朵朵绚烂的花，拂过她已泛红的眼。她紧挨着的椅背，像生长了翅膀，那张像旗帜飘荡的宣纸，悄然落下，不是因为风停了，而是她终于从禁锢中出走。她去往的地方，没有大海，也无荒漠，那里只是长存一片毫无来由的沙滩，时常在呼啸的烟云过后，重又光洁如新。

现在她回想起张查理最后一次和她见面，才悟透他的深意，那深意蘸满了血，浸泡在生死里，仿佛预定了永别。就像一个自我了断的人留下的遗书，无奈与不舍已占很少的成分，更多的是慷慨赴死的悲凉，还有放下一切的决然。

那天他们共同完成了一个课题，像往常一样完成师生之间的礼节，准备各自离去。张查理很少占用大家课余时间，这次突然叫住了她，说："科技在发展，人类在进步，病毒推陈出新，医学研究没有终点。老师之于你的价值，也许只剩下了一层抽象的意义，那就是对待生命的态度、探知的渴望，还有找寻自由的勇气，这些，在你上了医学院之后就略懂一二的话，那么我的言传身教也许还有价值，如果起初就没有，那么我们的师生缘就可以到此结束了。"

方柳说："听您这话，有赶我走的意思。"

张查理说："学校是你的家，想什么时候回来就什么时候回来。"

方柳说："学生怀念的是当时的人，并不是学校，物是人非的时候，还回来干嘛呢？"

张查理说："东北不是以前的东北了，继续下去，东北人民也会遗忘这段历史，这更属于物是人非的范畴。"

方柳说："我连自己都改变不了，还能改变什么呢？"

张查理说："总有人要替你去改变。"

方柳说："我才疏学浅，听不懂您的好意思。"

张查理说："我曾经和你一样，哪怕是现在也还不知道努力到底有没有用，就像我医得了很多病，却治不好内心的顽疾。现在机会来了，我出差一段时间，去疗自己的伤了。"

方柳听得云里雾里，问道："沈阳封城了，您去哪里出差？除非日本人和伪政府邀请你！您不会最终也像赖士凯那样，最终也沦为他们的帮凶吧？"

张查理依旧神秘着："你猜对了一半，不是他们邀请我，我是不请自去。"

方柳说：“你教育我不和日本人打交道。”

张查理说：“我没教育你不给病人看病，在医生眼里，只有病人和健康人的区别。至于是朋友还是敌人，在这个课堂上暂且不做讨论。”

方柳说：“我不理解，进步书籍上明确告诉我，不论什么时候，都要斗争到底。”

张查理说：“书是进步的，你还没有进步。”

方柳说：“你一定是被逼的，对不对？！”

张查理不能告诉她，他要去搜集资料，告诉她以后，首先她会担惊受怕，并且黏住他，也要求参加。其次，他不敢保证会不会泄密，尽管方柳是他最信任的学生，尽管巩天民和刘仲明也没有给大家提不许告诉亲信的要求，毕竟除了巩天民，他们不是地下党，他们只是普普通通的平民。可他还是这样要求了自己，承受着被误解的压力，他一言不发，目光躲闪。

方柳说：“我知道我劝不了您，那……只能祝您好运。我的偶像坍塌了，你为什么在我刚刚起步的时候，告诉我这样的噩耗，击碎我一直以来的自信，我所学的东西，到底还有多少虚假成分？”

张查理看了看表说：“时间不早了，奔向你的前程吧。”

方柳看不见前程在哪儿，连前路也看不见，泪水簌簌地滑下来。

张查理想要掏出胸袋里的手帕地给她，想想又塞回去了，他认为这个时候，这样的举动实属多余，他说：“珍重!”

张查理把夹在腋下的教具和书籍摆放进铁皮柜里，哐啷啷地上了锁，脱下白大褂，规规整整地挂在衣帽架上，还细心地把褶皱捋平，像是在封存一件再也不会示人的宝物。现在想来，他确实已下定决心，必死的决心。他说，医学课堂上只讲医病，但是他没说，走出这个房间，放下固有的身份，他就不再是医学教授，转身就走上战场了，而不是像有些人，永远只停留在书本上。方柳的脸火辣辣地疼。

就在张查理离开的前几天，方柳被发展为地下党员，可她没感党生活有丝毫变化，没接到过任何一项任务，她甚至有一种错觉，当时和她对接的情报员，不是真正的党员，她入的是一个子虚乌有的党派，不然，为什么她没有加入组织的归属感，她好像被遗忘了。

现在她因张查理而豁然醒悟，张查理作为一个无党派人士，没人会给他下达任务，而他仍然向死而生，而自己还在等待，等待那个给他发了党章就再也没见过的情报员。有一种指示，是自我的指示，往往这样的指示，才无时无刻不伴随着自己，挥之不去。

她也想和张查理、巩天民一样去搜集证据，可搜集什么，一无所知，她想无所畏惧地走出去，去往危险的边缘，那里肯定能践行一名党员的光荣使命，可举目四望，每一寸土地上都充斥着危险，又该迈哪条腿呢？如果是反方向用力，越努力越坏大事。

也许，巩天民的建议是对的，知道什么是正义，尽所能地维护正义，如果没有能力，想方设法让身边的人保持良善、保持干净，这是放之四海而皆准的任务，也是中国人千百年来的信仰，怎么执行都不会出差错，谁都可以不令而行。

那时候，方柳鬼使神差地来到赖府，她站在大道中央，审视着那个她过门后却很少进门的“家”，阵阵难过席卷了她。她已经毕业了，张查理不再教她，学院限期让她搬出来，而娘家早已没人了，父母离世，家仆四散，方府落入他人之手，即使人和宅院都还在，她是嫁出来的闺女，不是想回就能回。而眼前的赖府，似乎是她唯一的归宿了，但正因如此，她看这里的眼神更复杂不已。她以为她的青春和那些没有梦想的女人是不一样的，她是进步青年，投身于火热的革命浪潮之中了，不承想，没看见浪潮，倒是刚起步似乎就夭折了，钻进死角，跌落旋涡。

方柳裹足不前，很扎眼地立在那里。她一头及腰秀发，上着蓝色对襟短褂，下身藏青色的长裙，圆头黑皮鞋，露出雪白的长筒袜，清爽整洁，那是女学生的代表装束，她还应放飞一只和平鸽，举着一条写满标语的布幅，俏脸憋得通红，从刻板的口号中喊出丰富的情感，从压抑的氛围中走出一路花香与欢歌。

然而现在她却举步维艰，满眼茫然。当仁人志士拉满了愤怒的弓，誓与日本人和汉奸血拼到底的时候，她却顶着非议与冷眼，逆向而行，去接近赖士凯了。她不会杀他，也不能感化他，她到底还能做些什么，连她都不知道，更休提别人。如果她当初就和赖士凯情投意合、如胶似漆，没人会注意到她，毕竟她只是汉奸的老婆，嫁狗随狗，于情于理她都站得住脚，因为妇女没得选择，所以她不至于像现在，站在大街上，被人戳脊梁骨，可是毕竟她打着洁身自好、不与豺狼为伍的旗号，躲出去好几年，看似已和赖士凯老死不相往来，现在又“当庭翻供”，是不是伪满洲国成立已成事实，长期来看，赖士凯或许还成了有识之士，会愈加发达，所以她才屁颠屁颠回来的，连她自己都这么想，更何况别人。但她强迫自己不在意别人的看法，就像张查理不在意她的看法一样。

一伙人从大门里慌里慌张冲出来，赖士凯像一位撵着家畜出门的暴躁老倌，喷着唾沫星子，跟在后面叫嚷：“今天都到城东给我搜，没线索，别他娘回来，一群窝囊废！”那伙人好像没听见他的训斥，反而停下脚步，堵塞了通道，像一头头牵着不走打着倒退的驴。

他们怎敢不听赖士凯的话，只是发现了比赖士凯还有气场的人。他们看见了一位容颜倾城的女子，这女子以前似乎从未出现在这里，这里戾气丛生、阴森昏暗，也的确配不上花容月貌的她。

今天，在很可能是打西边出来的太阳下，她一个人站成一道风景，裸露在外的肌肤闪着晶莹剔透的光，四周的色彩倏然暗淡下去。几个长期混迹赖府的家丁知道她是何许人也，连赖士凯都惧怕的主儿，他们当然惹不起，不往前走，是不敢走，而新人则单纯是因为垂涎她的美貌，在赖士凯身边讨口饭吃不易，随时可能殒命，梦中情人出现，跪舔不及，看一眼幸福一眼，意淫一遍心神荡漾一遍。

赖士凯骂骂咧咧地露出头来，观察着手下的表情道：“是不是疯了，想不想活了？还不快……去！”赖士凯顺着他们的目光往前看，久违的方柳印进了他的瞳孔，这是他朝思暮想又不可得的人，他当时的反应比手下还剧烈，嚣张的气焰瞬间熄灭了，最后一个字吐出来一半，淹没在了风里。

那些不知情的手下不得不给赖士凯闪出一条道路，他们看见浪荡不羁的赖士凯时刻眨眼间变得温顺乖巧，像一只刚还狂吠见了主人立刻安静的狗，还带有一丝羞涩，在看见方柳并没有躲闪，还勇敢地迎接他的眼神之后，一副痴心妄想的模样，由内而外散发出来，这让他们心里隐隐作痛又无可奈何。每个人心里都有一块不愿别人窥探和涉足的领域，那里圣洁无比、碧玉无瑕，不容亵渎，即使活得一文不名，即使找不到意义，那个区域仍然存在，不甘被打搅、被同化、被玷污，显然，赖士凯就是那个闯入这片区域的不速之客，扰乱了一票人的神秘之地。

方柳像一棵生长于马路中央被围栏保护起来的珍稀树种，人们来不及探究她，就得绕过她。只有赖士凯这样的路霸，才敢于从人流车流中停下来，慢慢欣赏。

赖士凯小心翼翼地问："你……你回来了？"

方柳说："我回来了！"

赖士凯生怕一言不合，就让她的回归变成假象，鸡飞蛋打，所以维护她的尊严像在维护一个一戳就破的肥皂泡，他不敢再问任何问题，头一低，手一伸，卑微地做出一个"请"的姿势，说着："回来就好，回来就好！"

方柳不得不承认，她有些感动。这个臭名昭著的男人，一如既往地传递给自己友善和温暖，这其实值得被称道一把，此刻，虽然摘不下他身上贴实了的标签，他浑身还是透着危险，但此刻，他就像射向好人的哑弹，仍然改变不了带着煞气与杀气的属性，可这次他却立了一功。

方柳问："咋不问我为什么回来？"

赖士凯比谁都想知道答案，却故作大度地说："老夫老妻，那么问，外道得很。”

方柳说：“说实话，我无处可去了，并不是我多么留恋这里。对于我回来的原因，你无须难过，不值得。”

赖士凯说：“不仅不会难过，还很欣慰。你知道这是你的终点站，就算还没坐够，不得不下车，你终究知道是到站了。站台不会因为你不下车而不复存在的。”角色颠倒了，赖士凯像个等待晚归丈夫的小媳妇。

方柳无法理解，他何以忍受这畸形的婚姻，说道：“你早就明白，我永远不会认同你做的那些事，我对你没有恨，更没有爱。我不想欺骗你，我回来是想阻止你继续在那条不归路上走下去。”

赖士凯说：“奉天城内为日本人做事的人太多了，你都要担心吗？我不相信没有爱，真正的没有爱，是你还像以前一样，别说试图转变我的想法，你懒得过问。”

方柳说：“我们没有共同语言。”

赖士凯说：“这世上哪对夫妻有共同语言？不排除一开始有，时间长了共同、不共同的语言统统会说光的。”

方柳说：“是的，连婚姻的共同话题也不必再说。我开门见山，我回来是阻止你继续和日本人来往，阻止你迫害同胞。你听，固然好，你不听，我现在就走。”

赖士凯说：“迫害同胞？你指的是巩天民他们？”

方柳说：“他们是君子，难得的君子。”

赖士凯说：“我针对的这些人，是谋杀我哥赖士利的凶手，这是家仇。你要当作没发生，这可能吗？”

方柳说：“等赶走了日本人，会有法律公正地审判他们，何须你来裁决。”

赖士凯说：“赶走日本人那一天？我在不在人世还是未知数！”自始至终，他压根不相信日本人会被赶走，只有愚昧的人还“死性不改”，和当年那些满清遗老遗少一样，妄想推翻如日中天的新政权，回到过去。国民政府、奉系军阀都躲得远远的，靠几个小鱼小虾能翻出什么浪花来，那简直是痴人说梦。

方柳说："不出我所料，我对你期待太高了。"那时候，他们刚迈上了赖府大门口的台阶，即将跨过门槛了，方柳又把脚收回来，像一位在地摊上讨价还价的女人，摆出要走的样子，试探赖士凯的底线，这招灵验了。

赖士凯情绪低落地说："你要理解我的难处。"

方柳说："沉沦容易，向上很难，涉足容易，抽身很难。我知道，即使你决心做回一个平凡的人，也有多方势力干扰你、打击你，你已经身不由己了。可是你别放弃啊，我没要求你马上就能有翻天覆地的变化，我能听到你有朝着黎明出发的愿望就够了，你需要时间和空间。"

赖士凯不说话，方柳继续往外走，他伸手挡住，方柳说："终于要卸下伪装，开始对我下手了吧？"

赖士凯说："我接纳你的建议，你别走！"难得他的眼睛里有真诚，其实这也是他的策略之一，稳住了方柳，才有续写故事的可能，毕竟以前，连和她对话的机会也没有。他已不是往日的赖士凯，他意识到爱情掺杂了太多的东西，以至于不再神圣，相较于其他情感，需要动用更多的心计，这是他刚刚灵光一闪总结出的道理，他为自己终于开了窍感到惊喜。

第二十一章

爱是孤注一掷的筹码，我是倾家荡产的赌徒。

不管赖士凯用的是缓兵之计还是拖延战术，只要他松口，就是浪子回头的迹象，方柳有理由留下来，方柳告诉赖士凯，只要他有收手的迹象，她就在这里住下去，如果他冥顽不灵，还是一意孤行，她则马上就走，一刻也不在这里多待。赖士凯应允得很干脆。

赖士凯带着方柳径直走向她曾经在赖府的房间，这个房间她仅待过区区几天，就那几天，赖士凯没经过她的允许也不敢进去。方柳以为，赖家人口不少，还有几个刁蛮的兄弟姐妹，这个房间或许早被占用了，可现在看来，这里收拾得一尘不染，保持着之前的样子，好像她一直都在。其实他不知道她什么时候会回来，也可能根本不会再回来，可这里每天都保持如此，这或许就是爱，不是假象。墙上挂着他们的结婚照，唯一的一张，实木相框被擦拭得发亮，照片上，他笑逐颜开，而她冷若冰霜，她不知道赖士凯每次看到这张照片时的感想，总之，此刻她知道被重视的滋味。

傍晚，赖士凯吩咐厨房做了一桌子山珍海味，三四个仆人轮番上阵，端到方柳房间。上完最后一道菜，赖士凯走进来，贴心地嘱咐她好好吃饭。话说完，掩上门欲出去，他确定她还不习惯与他独处。但方柳清楚自己的目的，这些天是爱国小组任务的关键期，出不得差池，经不起盘查，这个时候赖士凯万万不可添乱。于是她招呼他回来，赖士凯像是回答完问题被老师准许坐下的小学生，笔直地坐在了对面，方柳示意他挨着自己坐下，他心花怒放，享受着这从未有过的“礼遇”。

房间里安静极了，一贯不知娇羞为何物的赖士凯，此时躲闪着方柳的目光，两只脚在桌腿边搓来搓去，像要碾死一窝蚂蚁。都说英雄气短，汉奸因为女人丧失“进取心”、置“仕途”而不顾的可不多见，赖士凯甘当这个两面人，降低了这个项目的准入门槛，给汉奸群体注入了一些温度。

方柳伸出纤纤玉手，为赖士凯夹菜，他受宠若惊，斯斯文文，细嚼慢咽，生怕这前所未有的幸福甜蜜之感会因粗鲁或者不雅，而如昙花般短暂，只得细致地慢慢品味。殊不知，方柳之所以这么做，与他临时表现出来的姿态毫无关系，只是对他能放下邪念，暂时回归了正常人的普通生活，感到欣喜。

赖士凯正沉浸在方柳编织构建的温柔乡里无法自拔，此时有人砰砰砰地敲门，扰乱了他的好事，这让他十分恼火，原形毕露，扯着嗓子道：“谁他娘的也不挑个时候！”

话一出口赖士凯就后悔了，赶紧瞄了一眼方柳，好在方柳正专心致志地剥虾壳，头也没抬，他放心了不少，换了个语调招呼门外的人进来。大管家颤颤巍巍地露出头，蹑手蹑脚地往前上了几步，不知是害怕方柳，还是看见一桌子佳肴馋了，或者跑得太急，口干舌燥，顾不上说话，浪费较长的时间来吞口水。

赖士凯问：“说吧，挨了枪子，还是火烧了腚？”

大管家眼球上挑，看了看方柳，不知道该不该说。

赖士凯此时不得不显得洒脱，为取得方柳的信任，说：“有屁就放，没有外人！”

大管家这才开口：“天大好消息，在城郊发现了董振奎的下落，但不确定他有没有同伙，没有当场擒获他。不过，请放心，他跑不了，就等着您现场督战了。”

赖士凯一拍大腿，“腾”地站起来道：“天助我也！”他把袍子一甩，拔腿就走。

方柳说：“去哪？”

赖士凯像一匹被车夫使劲拉了一把缰绳的马，停下来，回头道：“去抓一个曾想要谋杀我的人。”

方柳说：“他为什么要杀你？”其实方柳知道来龙去脉，满大街都在传，她怎么会不知道。

赖士凯还想隐瞒，还在努力编织谎言，方柳说：“这么快，就忘了你的承诺？”

赖士凯说：“世道如此，我不抓他，将来他会反过来弄我，生死的事，不是小事。”

方柳说：“你没有改变，只是在搪塞我。”方柳作出要走的姿势。

赖士凯把她按回椅子上，自己也坐下来，对大管家使了个眼色，大管家知趣地出去了。

赖士凯说：“那等我丢失了先机，未来，你会在意我的死活吗？”

方柳说：“我在意每一个无辜的生命。”

赖士凯说：“我罪行累累，我当然不无辜。”

方柳说：“你可以戴罪立功，一切都还来得及。”

赖士凯说：“病入膏肓，解药也不起作用了。不过垂死之时，我还能看到你，也算是恩赐。”

方柳说：“不是恩赐，你知道了症结，你已经在反思，就像西方的忏悔，你应该得到救赎。”

赖士凯说：“发达、报仇、真正拥有你，是我最重要的事，我几乎都还没达到，至少让我完成一件吧。”

方柳说：“这些看似毫无关联，又息息相关，理顺了它们之间的关系，你也许就拥有了一切。”

赖士凯说：“我想不通，我太苦恼了。”

方柳说：“拿酒来！”她想，此刻，酒精可以麻痹他，那个叫董振奎的人晚一天被抓，巩天民等人就晚一天暴露，就能为他们争取到更多的时间。她是个弱女子，表现得再坚强，在这个弱肉强食的环境里，规矩、法律、道德的约束力越来越微薄，她能利用的手段也屈指可数，想不出更多的花样。

听闻方柳这个提议，赖士凯乐不可支，好像正中下怀，他打了个响指，仆人立马把酒端上来了。方柳每天接触医用酒精，习惯了那个味道，而且没少和张查理出席活动，接待过各色人员，喝酒方面还没遇到过对手，张查理都对他赞赏有加，现在，她有信心把赖士凯灌醉，说不通，那就采取物理“疗法”，两人把酒言欢一夜，一觉醒来，他真正想通了，也说不定。

于是，他们疯狂对饮，结果，不消一个时辰，方柳人事不省，赖士凯红光满面，好像喝的不是酒，是十全大补药，精神、生理上都达到了一个高潮。

那时候，赖士凯看着熟睡中的方柳，愈发欢喜，随之是激动，还感到一阵悲哀。欣喜的是，第一次如此近距离大胆地端详她的模样，激动的是，也许还能进一步做一直连想都不敢想的事情，悲哀的是，自己烧杀抢掠，誓要活出个人样来，想要她看得起，却发现越是如此，越加重自己内心的自卑与孱弱，导致更无法正视冰清玉洁的她，可又不能收手，何止是由奢入俭难，停下来就会一切尽失。最后，他有哭的冲动。几年了，小伙熬成了大叔，手底下的大管家、徒弟、仆人都比他圆满，到了年龄就结婚生子，就算穷得掉渣、混得惨淡，至少也干了适龄者该干的事情，而他结婚最早，膝下尚无子嗣，财力雄厚却独守空房，如果不是中了方柳的毒，他哪至于和手下论高低。而今天改写人生的机会终于摆在眼前了，如果再把握不住，那不管是金盆洗手的好事还是丧尽天良的坏事，干起来都无甚意义了。

赖世凯哆哆嗦嗦地把手伸向了方柳乌黑油亮的头发，触及发梢像是摸到了电门，电流通遍全身。他能听到自己的呼吸和怦怦跳的心脏，那心脏像一颗颗威力不足的子弹射中他的胸膛，杀人越货的时候也没这么紧张。赖士凯把手往下移，摸到了她白皙的脸和柔嫩的脖颈，那时候他只是觉得刺激，还不敢冲破心中的藩篱，可以流着鼻血抑制性冲动，可当把方柳摆放在床上，方柳翻了个身，那饱满圆润的屁股颤悠悠地对着他，他的裤裆倏地支起了帐篷，裤裆快要支撑不住这种压强，随时可能撕裂，他必须要排除这种危险。那时候，心乱如麻的赖士凯，既想立即提枪上马，又想维护住心中最后一片净土。长期以来，求而不得的方柳，倒成为他的信仰，每当手上沾满血腥的时候，他都会思念她的纯洁，来祭奠自己越来越少的良知，一件东西或者一个人，对于追求者来说都一样，突然可以轻易得到的时候，第一反应不是觉得自己厉害，而是这世界是不是出了问题，夙愿怎能轻易实现，灵魂怎能随便得到洗涤，该供奉的应该永远高高在上才对。赖士凯整个人都抖了起来，脚底下有腾云驾雾之感，他偷偷尝过鸦片，那滋味也是想什么来什么，他觉得现在这感觉与鸦片的威力相比，有过之无不及。

人皆如此，何止赖士凯，正因为欲望终究凌驾于理智之上，世界才生生不息，动物才繁衍、进化，乃至变异。品相再好的水果也是拿来吃的，尽管方柳是果中极品，车厘子或者黄龙果，那也难逃宿命。物不尽其用，人不尽其才，也是一种作恶。赖士凯把自己开导通了，自己的媳妇，爱怎么下手就怎么下手，所以下了手，她才更属于自己，这是互为因果的关系。吃饭、睡觉、交配，理应成为他们之间的三大主题，他要行使权力，遵循本能规律，于是，他得意洋洋地解开裤腰带，像偷鸡贼似的，鬼鬼祟祟之后，稳准狠地扑到方柳身上，方柳没有反抗的余地。

从子时一口气折腾到天亮，赖士凯要把这些年方柳欠他的春宵美事，全攒到今夜，发动一次总攻。他像一座蛰伏酝酿了千万年的火山，喷发得不可收拾，他像一只压在五指山下的猴子，终被释放，誓要搅得山崩地裂。房间里弥漫着香艳的气息，那张暧昧的大床几近散架。

方柳虽然喝多了，但还有生理反应，她面色绯红，娇喘连连，中途还情不自禁地配合了赖士凯几下，更让他欲罢不能，这时候他把自己定位为愚公，永不疲倦地掘进着，梦想创造出一个崭新的寰宇，此刻，他是大地的主人，他远离了画地为牢、作茧自缚，他为所欲为、尽情驰骋。他伏在方柳白如雪、软如胶的胴体上，肆意嚎叫，声震楼宇，好像在发泄对世界的怨气，对人生的不满。

方柳就这么稀里糊涂地出卖了自己，她本可以全身而退，哪怕离不了婚，也可以一直保持和赖士凯的距离，然而这一夜，她的命运就这么改写了。

越无知的人越得寸进尺、贪得无厌，他频频得到满足后，就会错误地以为自己具备优良的基因，这基因可不能浪费。传承是人的需求，而无脑的传承却会带来灾难。他没想过他留下的种子，将来会有何遭遇，他只想到别人有的他一定要有，别人没有的他也要有。他像一个渴望春耕秋收的农夫，辛勤耕耘、锲而不舍，次次直捣黄龙，直至一泻千里，再也坚挺不得，疲软得像一只快被晒死在叶子上的毛毛虫。

凌晨时分，方柳醒来看见身边躺着鼾声如雷的赖士凯，顿时五脏俱焚，发出阵阵凄厉惨叫，想要寻了短见。赖士凯随即惊醒，跌落床下，双膝跪地，磕头如捣蒜，请求原谅。方柳眼神空洞，她是带着目的回来的，却被别人抢先达成了目的，很有偷鸡不成蚀把米的意思。

赖士凯看她这副模样，承诺道："只要你不寻死，让我干什么都行。"

见他信誓旦旦，方柳明白，现如今，于法律、于道义，都不会站在女性一边，此等境遇中，因一次交配而死，不仅不可怜，还会很可笑，连自己也会觉得可憎，口口声声说着解放思想的话，却穷讲究、尿刷锅，在床上，男人没有绅士与流氓之分，女人也无圣女与荡妇之别。只有心理上的差异，或者体验上的愉悦与否，这次不情愿的性经验，最多应像吃了一只死老鼠，恶心作呕而已，何来生死的关联；她还憎恨自己寒窗苦读、学有所成、花蕾正待绽放，却想到了放弃绽放，否则，不管在哪方面都没有贡献，纯属浪费资源，要死也要死在救国救亡的运动中。她在心灵和下体的双双剧痛中，强迫自己看淡一些。

方柳选择和赖士凯和平共处。赖士凯名面上听她的话，消停了一阵子，其实私底下还是安排人把董振奎抓了，好在董振奎是个仗义的人，宁死也没供出巩天民，赖士凯找不到别的线索，又受制于方柳，一肚子鬼水，暂无用武之地。

方柳监视着赖士凯，同时寻找巩天民的下落，她要把赖士凯的动向报告给他，让他能安心搜集证据，不再为赖士凯分心、上火。她满大街游荡，而巩天民也一样，每天盯梢伪政府卷宗管理员赵佳莹，那是个绝密级岗位，掌握着不少秘密，能担任这个职务的人一般是伪政府要员的心腹，没有足够砝码不可能攻破她的防线。巩天民带着巨款，在伪政府门外蹲守了好几天，想掌握赵佳莹的活动轨迹，没想到赵佳莹深居简出，很难掌握她的生活规律，好不容易发现了她的踪影，欲上前套近乎，岂料赵佳莹面若冰霜，一副内分泌失调的样子，根本没有沟通的余地。

巩天民托中间人引见，好不容易与赵佳莹在皇姑大酒楼会面，两人刚一落座，巩天民还未开口，赵佳莹比他直接，年纪轻轻的，打着一嘴官腔，带着满肚子埋怨说："你不是第一个想贿赂我的商人，像你这种想篡改档案、花钱当官的人比比皆是，既要大发横财，又要政治名分，好事都让你们占全了。按我说，你们些人，好好做生意就是了，少掺和政事，免得吃不了兜着走。"

听了这话，巩天民暗自庆幸，赵佳莹并不知道他此行的目的，看她这副尊容，想要从她身上打开突破口，太难了。

巩天民说："我不想当官。"

赵佳莹说："当政治掮客更不行，跳梁小丑！"

巩天民把提包放在了桌子上，打开给赵佳莹看，这笔钱不是赵佳莹这种角色能轻易得到的，她眼睛确实放了光，不过很快掩饰到位："你知道我是谁吗？"

巩天民摇头。

赵佳莹说："真是有眼无珠啊！新上任的奉天市长赵欣伯，那是我亲叔。"

巩天民做出震惊的反应。

赵佳莹说："可以说，我在这个位置上，那不只是为民请命，我以政府大院为家，把公家的事当成自己的事，可不嘛，我叔是大家长，政府大院不就是我家吗？怎么能胳膊肘往外拐，干有损我叔清正廉洁的事情，那是搬石头砸自己的脚。"

巩天民说："对您的操守深表钦佩。"

这事眼看没戏了，但临走赵佳莹还是很自然地把那袋子钱拎走了，此刻她劲力十足，两只小手青筋暴露，两条小细腿倒腾得虎虎生风，一点儿也不像个八九十斤的柔弱女子，临走她还教导巩天民："你们这些商人，做人功利性太强，就算是十足的机会主义者，也请提前铺垫，及早联络感情，别用到人家了再做功课，临时抱佛脚，效果准不好！"

巩天民对赵佳莹这种官不大、坏毛病不少的人深恶痛绝，可他不仅不能闪避，还要硬着头皮上，殷勤地和这种人打交道。

第二十二章

你孤身走进深沉的云天，我依然看得见你是玉洁冰清的红颜。

收钱要办事，官场潜规则。但赵佳莹竟然不管这一套，第二天巩天民再去找她，她就不认账了，比见面之前脸还臭。巩天民不意外，别人顶多吃相难看，她连吃相都谈不上，因为她叔是赵欣伯，家族式政治，沈阳都是她家的，她没什么好怕的。

拿不下赵佳莹就休想弄到卷宗，伪政府大院安保级别仅次于关东军总部，守备极为森严，毕竟共产党特派员、义勇军、民间抗日组织，多路人马千方百计想取他们的狗命，他们终日提心吊胆，防范层层升级加码，让伪政府大院像只铁桶，几乎无懈可击，除非是大规模火力打击，几乎不可能从外部有所突破。

巩天民焦头烂额之际，看见一个熟悉的背影，她走在前面左顾右盼，好像在寻找什么，那是个美丽的人儿，在当下沈阳的街头并不多见，此等女子要么不出门，出门也不敢打扮，只有方柳，她并没有刻意掩饰什么，但虽只是普普通通的装束，却还是洒下了满目倩影。巩天民认出了听她，叫了她的名字，她回过头来。那时候，她的样子与巩天民上次相见已是大相径庭，她盘起了高高的发髻，眼圈浮肿发黑，皮肤黯淡无光，她好像从青春年华里跳脱出来，容颜突然间就和那些常年累月只围着柴米油盐打转转而疏于保养的妇女别无二致了。

方柳见到巩天民眼前一亮，率先开口：“你走后，我去赖府了。”

巩天民极为感动：“着实难为你了。”

方柳目光闪烁：“没那么伟大，此刻不和他了断，总有一天也要了断。”

巩天民说：“他这个人喜怒无常，一定要注意安全啊。”

方柳淡然地说：“晚了，当晚就上了床，通常意义上的生米煮成熟饭，他得到了他想要的。”

巩天民震惊不已：“糊涂啊，这可如何是好！”

方柳说：“我更不欠他什么了，他以为这样就可以拴住我，打错了算盘。”

巩天民说：“你谁也不欠，可我欠你欠大发了，我欠大家欠大发了。”

方柳说：“您是干大事的人，我这是儿女情长，难受归难受，过去这一阵子就好了。”她不曾想到，过了这一阵子，还有麻烦的事情等着她。

巩天民说：“是我能力不够，眼高手低，才让像你这样无辜的人越来越多地卷进来。以后，再也不了！如果你真的想帮我，就让我心里好受些吧。”

方柳说：“如果我们不愿意，把刀架在脖子上又有谁敢和他们纠缠，这都是个人选择。你担着失去所有的风险，感动众人，请允许我也感动自己一回。”

巩天民说：“我代表谁向你致敬呢？我可能谁都代表不了……”

方柳打断他说：“等胜利以后，人们心平气和地走上街头，头顶上有艳阳，脚下有坦途，他们幸福的样子，就是最好的致敬。”

巩天民说：“我对我的好伙计林三武真诚以待，可他却被逼无奈当了叛徒，我还不能憎恨他，也不能苛求他，只能暗自神伤。而张查理，能教出你这样的学生，我太羡慕他了！”

方柳说：“你们都是英雄，无须在这上面分个伯仲。”

巩天民说：“说到查理，我已然陷入困境，他要拍摄日本人和伪政府要员会面的照片，情况比我还要复杂，搞不好已经在直面危险！”

方柳说：“我找不到他，但是我就当他在我身边，他一贯的语气还会在我耳边响起，我知道该怎么做，就是像他一样。我也可以直面危险。”

巩天民说：“我想尽办法，也无济于事，你就不要蹚这个浑水了，还是想想怎么和赖士凯周旋吧。”

方柳说：“没有能盯牢的人，我天天寸步不离，他也有办法坏事做尽。不能和他干耗下去，也要主动出击。”方柳胸有成竹地提出一个方案，伪政府大院卫生室正招聘医生，她是医学院应届毕业生，刚好可以一试。

这是个好办法，可卫生室医生和卷宗管理员之间还有很多屏障，大院里是什么情况谁也说不准，太冒险。

巩天民说：“这出苦肉计太让人难受了。”

方柳说：“还有更让人难受的，我怎能不知道是赖家害死了我父亲，我又能怎么样呢，人世间的事，最狠的应对方式不是暴跳如雷，而是逆来顺受。我要亲眼看到他们遭报应的那天，我唯有接受一切。”

方柳走向伪政府大院走，那时候，云彩一片片掠过去，天透亮起来，阵阵清风拂过巩天民的脸，悉数钻进他的毛孔，他忍不住打着颤，那并非寒冷，必然是悸动。他看见方柳蓝色长裙飘逸地甩在身后，她越走越快，就像太阳奔跑在湛蓝如洗的天空，看久了，猛一移开，眼睛顿时就模糊不清了。

方柳去应聘，没人在意她在报名表上填写的是什么内容，因为他们压根没想录用外人，那名额早就被赵欣伯内定了，肥水不流外人田，放招聘信息出来欲盖弥彰，做给老百姓和日本人看，录不录用是一回事，招不招聘是一种姿态，一般提到“姿态”，便也只是姿态而已了。

方柳被打发出门时，赵欣伯的五姨太吴晓非正好搔首弄姿地走进来，她们是医学院的同班同学，她远远就认出了上学时就出类拔萃、被她视为眼中钉的方柳。在学校，吴晓非一无是处、放浪形骸，被方柳无视，这会儿终于逮住机会，当然要好好刷刷存在感。吴晓非抖搂着手里的白大褂，像芳雅阁门口摇着手帕招呼嫖客的老鸨。这样的人特征明显，方柳自然很轻易就认出来了她，嫌晦气，想绕着走，可奈何冤家路窄。

吴晓非挡住方柳去路，瞪着杏核眼噘着婆婆嘴说："呦，老同学，不凑巧，上学时你深得教授喜爱，我们跟在你屁股后头喝西北风，令人心生嫉妒。毕业后就不一定了，长相好，成绩棒，那不是最主要的，后脑勺要长眼，脚后跟要通电，不具备这条件，吃屎都捞不着热的。"

方柳立刻明白，为什么刚才招聘官看了她一眼后便摇头叹气，露出惋惜的表情。方柳不想搭理这骚娘们儿，上学时她清楚这人还不如风尘女子，风尘女子好歹在做一门上不了台面的生意，而此人攀龙附凤，把结交大佬当作毕生追求，认为此举是倾轧身边人的最佳途径，她白天无精打采地上课，晚上说不清乱钻谁的被窝，混天混地竟然打入了高官夜宴，这种三流货色吸引不了终日游走在如林美女中的官员，却偏偏被审美能力独树一帜、别出心裁的赵欣伯一眼相中，他们眉来眼去、一拍即合、沆瀣一气，很快将赵欣伯迷得神魂颠倒，不出几日，便迎娶进门，给了她一个名分。

方柳躲着她像是在躲一坨秽物："让开！"

吴晓非说："嫌我脏？你还不如我干净！就赖士凯那张嘴，能瞒得住吗？全奉天都传开了，一夜大战十几个回合也是没谁了。我家爷们儿是一市之长，赖士凯算个什么东西，你又是什么东西！"吴晓非身为更高级别走狗的配属，尽情蔑视着比自己低等级的人，她不会有"一窝屁股不嫌骚"的格局，更没有"一损俱损"的"集体荣誉感”。她时常以自己站上了高位自豪不已，根本拎不清他们的位置越高越臭不可闻。就像爱比较的小朋友，总以为嘴上占上风就是赢，比如小朋友甲说，我脑袋上有个痦子，小朋友乙就说，我脑袋上有个疤瘌，那时候，小朋友乙必然十分享受小朋友甲投来的艳羡不已的目光，吴晓非也想拥有与小朋友乙相同的待遇，可方柳不给她机会，她怒火中烧。但方柳不想被她拉低到同一个层次，没有义务和兴趣配合她演出，她想不到昨夜的事这么快就满城风雨了，连细节也被添油加醋描述得一清二楚，脸“唰”一下红到了脖子根。吴晓非这记杀招来势凶猛，威力巨大，将她羞辱得体无完肤。

方柳想尽快逃离这里，可吴晓非嘴瘾没过够，心头之恨未宣泄完毕，怎么能轻易放走她。方柳硬闯，不小心撞了吴晓非，吴晓非借题发挥，薅住她的头发，弄掉了她的簪子，使她一头秀发披散开来，倒是分外美丽。原想看她笑话，岂料她头发一甩，甩出颇多韵味。这相当于火上浇油，吴晓非继续用力，方柳摔倒在地。两名门卫难得一见美女被打，满足了阴暗心理，不仅不管，还在吴晓非的授意下，将两把长枪交叉，封死了出路。

吴晓非有恃无恐，异常彪悍，方柳被挠得满脸开花，且逃无可逃。那时候，不远处的巩天民迟迟不见方柳走出来，心生疑惑，前往正门口观察，发现方柳被欺负，痛骂之后正要冲上去，事情突然发生变化，巩天民立即收住脚步。

当时，一大队人马浩浩荡荡地从院子中朝门口走来，打头的是坂垣，赵欣伯等一些伪政府官员前呼后拥，陪同左右。坂垣发现了门口有两个女人相互撕扯的香艳场面，他不能免俗，这可比看他的士兵格斗有意思多了，他加快脚步，准备一饱眼福，不管是何原因，这里不是他的军营，他是看热闹的心态，所以面带微笑，颇为轻松。而赵欣伯面如死灰，公务要地，成何体统，更让他心惊肉跳的是事故的女主角之一越看越像五姨太。事实证明，他猜对了，那位把高跟鞋都踢飞的悍妇正是吴晓非。娶她进门时间不长，惹出不少事端，赵公馆上上下下几十口子人都惧她三分，要不是她掌握了赵家不少秘密，怕她抖搂出去，赵欣伯早不想要她了。现在看来，悔不当初，应该早做这个决定才对。

赵欣伯欲先坂垣一步，尽早制止这场闹剧，能挽回多少就挽回多少，却被坂垣伸出胳膊挡住了。坂垣揉捏着人中上的一撮胡子，拄着军刀，摆出要细细观赏的架势，比当年在他们国内看艺伎表演还要兴致盎然。可只一会儿，他就无法忍受，原因是他看清了方柳的脸，这一眼直接把他的魂勾走了。他发现这么貌若天仙的女子竟一直处于劣势，他自诩是个品味高雅、怜香惜玉的人，他不允许这样的事发生。他从没见过如此正中他审美点的女人，不知是忆起了当年的暗恋对象还是梦中情人，总之，这个杀人不眨眼的家伙居然伤感了。此刻他仿佛找回了青葱岁月，重拾了往日激情。和糟糠之妻分别已两年，两年未近女色，并不是性能力缺失，也并非洁身自好，实在是对女人有着自我限定的近乎苛刻的要求，今天遇见了方柳，全面超越了他的标准，欣喜若狂之余，他荷尔蒙飚速分泌，思绪如脱缰的野马，得到无限延展，他甚至想到了和方柳坠入爱河的画面，脸上轮番浮现着一丝柔情、一丝野性，还有一抹羞涩，实在让人大跌眼镜。当他不得不从幻念中游离出来，却发现一见钟情的女人正遭受不公，越看越心疼，越看越对吴晓非气不打一处来。这些心理活动，最懂察言观色的赵欣伯看得一清二楚，他惴惴不安，他断定，往后要是不把方柳当奶奶供着，他和吴晓非准没好果子吃。

占足便宜的吴晓非想要喘口气继续施暴，直起身子发现自己处于众目睽睽之下，尤其是坂垣，当时腿就软了。她随处可以嚣张跋扈，但他知道这位可是赵欣伯的顶头主子，要是惹他不高兴了，好不容易"打拼"来的好日子就毁于一旦了。吴晓非眼珠子转了一圈，想到人们都同情弱者，要表现得比方柳弱，才能彻底打赢这场"硬仗"。

吴晓非妖娆地轻抚了一下额头："别看我还保持着优雅，其实我受的是内伤！"她"吧唧"趴在地上，声泪俱下着爬到坂垣脚下，一把抱住坂垣大腿，动作连贯顺畅、浑然天成。她抽噎了一阵，开始了一轮颠倒黑白的控诉："这个人和我一同来应聘，无论是外在形象、内在修养，还是专业水准都不及我，得知没有和我竞争的可能性后，便对我出言不逊，以我的格局，我不和她一般见识，她却变本加厉，还诋毁我的丈夫。对刚上任的赵市长不敬，就是对满洲国不满，就是亵渎皇军。刚才不是我在打她，我是替大佐大人打她……"

人群中有人差点儿笑出声来，再看坂垣和赵欣伯的脸，一个比一个铁青，只得捂嘴憋回去。坂垣满眼都是方柳，根本没听吴晓非说什么，而吴晓非还在给自己加戏。赵欣伯看到坂垣极度不耐烦了，冲过来左右开弓扇了她好几巴掌，把吴晓非抽得晕头转向。

坂垣从地上捡起方柳的发簪，细心地涂抹干净，走到方柳跟前，递给她，并含情脉脉地朝她伸出手，拉她起来。方柳置之不理，自己站起来往门外走。

眼见坂垣受了冷落，赵欣伯示意门卫阻拦方柳。

坂垣说："混账，让她走！"

方柳以为运气好，赶紧开溜，实则她刻进了坂垣脑子里，坂垣是个执着的人，方柳将来何去何从，很多人都已心中有数，马路对面视觉死角里的巩天民早为方柳捏了一把冷汗。

赵欣伯连忙替坂垣打圆场："大佐息怒，我有眼无珠，娶了一个这样的媳妇，家门不幸，我会好好处置！"

坂垣说："那是你的家事，我不关心，我只想知道刚才那个姑娘是谁。"

赵欣伯心领神会，赶紧派人取来方柳刚刚留下来的资料，那上面有她的基本信息，坂垣还嫌不够，这时候吴晓非戴罪立功，向坂垣普及了关于方柳的前世今生。

坂垣听说方柳是赖世凯的老婆，颇感意外，他当然不是遗憾我生君未生、君生我已老，而是遗憾这样的女子竟然找了赖士凯这样的货色。他点头又摇头、长吁短叹。

赵欣伯冲坂垣耳语一番，坂垣为之一振：“这是个好主意，还是赵桑懂我！”两个中年男子相视一笑，赵欣伯得到莫大的鼓舞，把坂垣打发走后，就着手行动了，当然他没忘了把吴晓非关起来反省，并恐吓她下次再见到方柳，务必躲多点儿，要是再出纰漏，坂垣不收拾你，我也要处决你。吴晓非接受了这个事实，她不明白自己到底输在了哪里。

坂垣走后，赵欣伯亲自带人追方柳。原来他向坂垣出的主意是把方柳聘回来当医生，在他眼皮底下工作，不愁没机会让坂垣和方柳接触，日久天长，恩威并施，情愫暗长，顺水推舟。

第二十三章

谁也不是生来英勇，我们一直互为坚强。

赵欣伯追来之前，巩天民死命劝方柳赶快逃离这致命的旋涡。他全程目睹了刚才的经过，看得出方柳被坂垣盯上了，预想到接下来会发生什么，他要阻止事态蔓延。

巩天民说："被坂垣那老狐狸惦记上，比和赖士凯相处危险千百倍，依照你不屈的性格，再不躲起来就会有祸端了。"

方柳不太相信："坂垣惦记我？他凭什么惦记我？"

巩天民说："没猜错的话他们很快就会来找你，开出丰厚条件，引诱你上钩。"

方柳说："愿者上钩！如果我害怕引诱，刚才我就不会进去！"

巩天民说："别任性，接下来的任务与你无关，我不想看到惨剧再发生！"

方柳说："大家看似在完成共同的任务，其实我们各自在做各自的革命者。"

巩天民说："别这么固执！我希望你过上正常人的日子。"

方柳说："我们都在等待真相、搜寻真相，真相大白之前，就不会过上正常人的日子。很多人与我紧密相连，看似进入了我的生活，但并不完全懂我的处境。我早早被预订了人生，一只脚踏足在猎人布设的深不见底的陷阱，如果我放弃挣扎，可能没那么快坠跌，我不挣扎，他们还会向我投食，把我养活，以我取乐。也许那是很多人眼中的安逸生活，算是美丽世界里的一种生存方式，可那会感到幸福吗？当我走到生命的尽头，生死也没有意义的时候，还有脸去回首这一切吗？我注定改写不了我的人生了，我只是不甘，有生之年，勇敢起开，趁我活着，趁我还在陷阱的边缘！”

巩天民的心针扎般地疼，他还想说什么，被方柳一把推到了墙角里，力道之猛，不像发自她单薄的身体。当他刚站稳，赵欣伯就赶到了。

巩天民站在暗处观察，赵欣伯和方柳进行了简短对话，看得出赵欣伯基本没费力气，方柳便跟在他后面，重新往伪政府方向走去了。那时候，巩天民依旧无能为力，他连站出来的勇气都没有，她是他的同志，他不仅保护不了她，反而刚才还被她掩护了一把。他似乎什么也掌控不了，包括肆意奔涌的眼泪。他愈发知道自己的力量有多么渺小，为获取真相证据，他似乎退化成只剩下一种功能，那就是保全自己。一个左右逢源的商会领导、春风得意的青年新贵、财大气粗的银行家，现在却谨小慎微，像一只贴着墙面爬行的壁虎，通过外形还能隐约领略到它的凶悍，实则比谁都谨小慎微，稍有风吹草动，就火速躲藏起来了。他知道他唯有不顾一切把这项工作进行下去，才能与那些看似柔弱实则蕴含着强大力量的人相匹配。再难，也不能有放弃的想法了，别说这辈子活得像个爷们儿，能和方柳一样，也不枉走这一遭了。

当天，巩天民在伪政府对面的酒楼里找了个靠窗的黄金位置，无视店小二频频投来的不满目光，不时盯着怀表看。他等待下班时间的到来，想马上就能见到方柳。可时间过得特别漫长，他第一次察觉秒针的速度只是心律的一半，而这样的节奏却不能贯穿始终，毕竟国联调查团还有三十多天就要来了。微观的焦躁缠绕着宏观的慌张，现实的偏狭蚕食着内心的宽广，巩天民坐立不安。此刻他看见伪政府那座地标性建筑笼罩着一团煞气，到处灰蒙蒙的，也不见人影，这哪是为民办事的楼宇，倒像是关人的牢笼，让人瞅一眼就堵得慌。他还看见距离伪政府大院几步之遥的政务委员会大门口来了两个日本士兵，他们把布告用糨糊贴在墙上，不一会儿布告前就围满了人，应该是为了防止布告被撕掉，日本士兵并没有离开，一左一右站岗。有人看完布告后，来酒楼喝闷酒，不一会儿就喝大了，义愤填膺地讲述着布告上内容，大概意思是即日起沈阳所有学校实施双语教育，强制中国学生说日本话、用日本字、行日本礼……

巩天民气得嘴唇发白，过了好一阵子，他认为要调整一下自己，免得一会儿见了方柳，把不良情绪传导给她。她在刀尖上行走，压力重重，应该让她欢喜，伪装的欢喜也是欢喜。巩天民把目光移开伪政府大门片刻，看见房檐上垂下来的柳枝发芽了，在一冷就是大半年的东北，最先凋零的往往最先开放，抑或者在这光秃秃的街头，只有它们还在努力生活，它摇曳的样子愈显执拗，它和很多人一样，有多怯懦也有多坚强；他看见酒楼与伪政府门楼上方相交着，相互间搭建起一方空域，苍穹缩小成一块抹布，遮不住满目的零落；几只灵巧的燕子从远处回归，在外延的椽子上停留，那里之前有它们经年累月垒成的小窝，或许店家只是担心粪便影响了客人的雅兴，便不顾关于它的祥兆与传说，不费吹灰之力捣毁了它，但还残存着它的“断壁残垣”，于是燕子开始了新一轮的筑巢行动。它们探头探脑的样子，像极了此刻的巩天民，像极了那些直面家园破碎、有家不能回的人们。

渐近黄昏，天空出现了晚霞，云朵镶上了金边，空气中弥漫着草木的香气，东北一年当中最诗情画意的时节来临了，人们脱下棉衣，让更多的肌肤裸露在外，就像长期压抑的身心有了变化。远处有若隐若现的星光，对面的灯笼亮起来了，把门前冰冷的石狮子和拴马桩也照得红彤彤。小商贩推着车子，完成回家前的最后一轮吆喝，这熟悉的烟火气本可以抚慰巩天民，可是时分和分针重叠了好几次，他还没看到方柳的身影。大院里的人陆续走出来，男男女女穿着体面的衣服，皮鞋油亮、衬衫雪白，他们有的翻看着戏票上的座号，有的摇着自行车钥匙，有的吹着哨哼着曲，有的夹着鼓鼓的皮包，在门卫不伦不类的敬礼中分道扬镳，留下一串串欢声笑语和高谈阔论的回声。

可是他没看见方柳，他想好了，如果她再不出来，他就冲进去一探究竟。虽然他属于重点关注对象，若被抓住，随时可能被“就地正法”，但他管不了那么多了，救人要紧。巩天民用手指头蘸着茶水在桌上写了十个数字后，连正门都来不及走，一条腿搭在了窗台上，准备从那里跳下去，那时候街口突然嘈杂起来，叫骂声清晰入耳。他循声望去，看见有人从黑暗中跑出来，巩天民一眼认出那是张查理，他胸前垂着一架小号银色照相机，一甩一甩的，像失控的钟摆，他奔跑的样子极为笨拙，跟他每天上课备课缺乏锻炼有关，此时他像只刚逃出笼子还未适应奔跑的动物。他衣衫凌乱，鼻子上的眼镜坠到了下巴上，抓起来胡乱地往眼睛上推，鞋子还跑掉了一只，发出的响动能让人很深刻地理解什么叫深一脚浅一脚。他这个形象在巩天民面前闪过，不过是一瞬，可巩天民看得一清二楚，因为他太了解张查理以前为人师表、谨言慎行的稳重样子，现在有什么不一样，他立马就分辨出来了。随后，一群伪警举着枪，挥舞着警棍和手铐从街口追了过来，他们喊道：“抓贼啊，卖国贼、特务、间谍、窃密者……”他们给张查理冠以各种名号，让群众误以为他们在抓好多人，纷纷从街道两边露出头来，当看到原来是张查理一人身兼多职之后，不由心生敬佩。群众不理会伪警的叫喊，还竭尽所能帮助张查理，有人从楼上泼下来不知名的粘稠液体，让伪警体验了一把可以铭记终生的重口味沐浴，有黄包车夫见状连忙急刹车，车子横在路中央，伪警迎头撞上，摔得四仰八叉，有卖菜的小贩把筐子掀翻了，白菜、萝卜、土豆滚了一地，搞乱了伪警的步伐，直接影响追击速度。群众有辨别能力，伪警嘴里所谓的卖国贼，那一定是爱国者。

巩天民眼眶湿润了，不甘落后于这些素不相识的同胞，他看准时机，纵身一跃跳下去，“啪嚓”落在街上，扯掉了其中一名伪警的裤子，那伪警把棍子抡圆了抽打巩天民，然后立功心切，提着裤子就继续追赶，却因步子迈得太大，扯着了裆，飞扑在地，当场摔晕，让其他伪警心有余悸，疼得嗷嗷叫唤，巩天民受其启发，忍着疼痛，在地上胡乱地翻滚，又绊倒两个伪警，眼见张查理拐进巷子，一溜烟消失不见，生擒无望，他们胡乱放了几枪，回过头来摁住了巩天民。

领头的伪警质问："你是不是同党，为什么捣乱？"

巩天民说："我被身后围观的人挤下来，我是受害者！"

伪警们抬头往酒楼二层看，窗户上果然挤满了脑袋。他们再相互扫一眼彼此的狼狈相，厚脸皮也禁不住一阵阵充血。

领头的伪警说："我管你什么原因，坏我的好事，就该死！"他们把巩天民围了起来，雨点般的拳脚、棍棒打在他的身上，打累了，扬长而去。巩天民被打得七窍流血、皮开肉绽。他摇摇晃晃地爬起来，眨巴眨巴眼睛，抻抻胳膊蹬蹬腿，发现都还能用，然后对着张查理逃脱的方向，竟然笑了，笑得过猛，剧烈咳嗽起来，咳出了眼泪。

他站在大街上，为张查理祈祷，然后找了个树干勉强站稳，看见自己扭曲的影子，落寞无比。他多想和张查理打个招呼，哪怕就说一个字，那是在为他壮行。可是，一肚子的话只能咽回肚子里，疼痛也揉碎在风里，树叶哗啦啦地响着，像他心里涌动的掌声。他扶着墙去寻找大院的入口，他要找到方柳。

他还没到门口，用鼻孔看人的门卫说："晦气，离远点儿！"

巩天民说："我是沈阳商会执行委员巩天民，向赵市长汇报工作，让我进去。"

门卫说："这是个什么职务？我怎么没听过，多大的官？"

巩天民说："这是个民间团体，我是工商界、金融界精英推举的。"

门卫说："民间团体？怪不得挨揍！你哪怕是伪政府里一个送报纸的，伪警都不会对你下手这么狠！"

巩天民认为这个执行委员带个"员"字，不气派，门卫觉得官职不带“长”、放屁也不响，于是重新报了个名号：“我也是志诚银行的行长！”

果然，这个职务听着确实较为扎实，门卫眼睛亮了一下，身体保持着立正姿势，一只手把外侧的口袋撑开了。巩天民在国外见过投币电话机，塞钱就能打电话，现在，门卫就像这么一部机器。巩天民心领神会，给了他一沓钱，欲进去。

门卫说：“别急，没说让你进，只能帮你问！当然问也只能问赵市长秘书，咱俩都没资格直接和赵市长对话。”

巩天民说：“我给你这么多，还不够进门？”

门卫说：“你把银行搬我家去也不顶用，我私自让你进去，就没命花钱了。”

巩天民生气地道：“我不进去了。”

门卫说：“钱是退不了的，但我和其他人不一样，我有操守，不白拿，你不进去，我也要替你禀报。如果秘书不认识你，我不光不能放你进去，还要把你拿下。”说着，门卫拿枪指着他，然后示意另一名门卫去报信。

巩天民心说，你这操守不要也罢，比赵佳莹还恶心，她不帮忙，至少不坏事。眼前这混蛋，收了钱还要倒打一耙，坏透气了。

巩天民突然朝门卫身后道：“赵市长，我可把你盼来了。”

门卫信以为真，收枪站好。巩天民撒腿就跑，门卫才知道上当了，追了两步不追了，因为现场只有他一个门卫了，担心巩天民来个调虎离山，他边往回走边洋洋自得地说：“兵不厌诈，幸亏爷机灵！”

巩天民见门卫没追来，他采取了上次进少帅行辕的方法，来到侧门，爬上一棵柳树，从树上跳到墙头，正要进院。那时候，伪政府旁边的政务委员会门前，日本士兵已经撤走一阵子了，一个神秘身影鬼魅般移动过去，四下张望了一眼，巩天民看清了他的脸，那竟然也是他的老朋友，是温文尔雅、站在三尺讲台上意气风发、精神百倍的盛京医科大学教授李宝实，而现在，为搜集证据，却被逼成了这等模样，在这片危机四伏的地域里，随时可能暴露，抓住就是死刑，可他们还是各自行动起来了。巩天民清楚得很，李宝实和张查理等人一样，都是高学历知识分子，他们都在最好的年华站上了很高的舞台，是各方势力争抢的行业舵手，和自己以及贫苦的百姓相比，他们更需放下已有的身段、地位和名利，去干一件有可能永远不为人所知、不会被载入史册的事情，因为那时看来，把已成既定事实、铁板钉钉的结果改写，成功的几率极其渺茫。

只见李宝实把一壶水浇在布告上，他左右张望着，等水把布告后面的糨糊浸润，一点点把布告撕下，草草卷起来，像张查理一样笨手笨脚地闪进巷子里。他习惯了在学生面前保持威严，教导他们举止大方，光明磊落，哪怕是做错了事，也要昂首挺胸、声音洪亮地承担起来，而今天却破天荒干着一件“小偷”擅长的事，不知道他心里是怎么越过这个坎。墙头上的巩天民的眼睛泛着光，他看见李宝实消失的巷子，静谧安然，建筑物的倒影映在地砖上，黑白分明，李宝实孤单的足音，回荡重叠，占据着巩天民的心室，那时候，他不觉得巷子漆黑一片，那里是通向自由的阳光大道。他比张查理幸运，没被发现，可这只是冒险的开始，他还要去许多更险要的地方，搜集留存更多的罪证，他不会功夫，没有武器，全凭一腔热血。

短短的时间，他遇到了两位“战友”，并且他们都有了战果，而自己还在瞻前顾后。张查理和李宝实的出现，让他彻底放下顾虑，牺牲不怕，但一定会有人继承这衣钵，他大可放心地去历险。想到这里深吸一口气，刚要往下跳，听见有人叫他的名字，他腿抖了抖，连忙搜寻声音来源，方柳站在墙下，一脸兴奋地看着他。

第二十四章

你的美丽默不作响，喧嚣也变成低吟浅唱。

方柳能发现巩天民，避免了不必要的损失，这不是偶然。原来就在刚刚，大院餐厅雅间里，赵欣伯特意为方柳举办的入职晚宴正火热进行，这晚宴的名头让人啼笑皆非，为一个普通职员大费周章，在座的人都是第一次见，但也都心知肚明，不敢声张，配合赵欣伯演戏。吴晓非厚着脸皮也出现在晚宴上，她已换了一副面孔，恨不能给方柳拎包提鞋。方柳鸡皮疙瘩掉了一地，原本一秒也不想多待，但想到正好可以趁乱去摸清卷宗管理室的情况，于是硬着头皮坐下来，看他们觥筹交错。

坂垣沉迷方柳，恨不能摘星星摘月亮给她，可惜他的身份，首先就与方柳之间有一面屏障，如果无人撮合，不下一番苦功，单凭他自己很难促成这桩好事。赵欣伯见缝插针、投其所好，轻而易举把方柳劝了回来，可谓立了一大功。赵欣伯心里高兴，这酒一喝起来就没个头，直到醉得一塌糊涂，他大喊大叫，把众人的注意力都吸引到了他身上，方柳正好有机会不时瞄一眼赵佳莹，此刻她正给赵欣伯端茶、倒水、敷毛巾，她的手包挂在椅背上，卷宗管理室的钥匙应该就在里面。方柳要顺走钥匙，但有吴晓非这个跟屁虫寸步不离左右，她无心照顾赵欣伯，现在一门心思巴结方柳，生怕方柳将来和坂垣好上了，告她的黑状，那样谁也救不了她。现在把方柳哄开心了，她才能放心。

为了支开吴晓非，方柳捂着肚子站起来，佯装来事了。吴晓非没等方柳张嘴，从包里拿出了卫生用品，让方柳十分惊讶于她的洞察力，心说，你有这个本事干点其他工种不行吗，偏偏不用在正道上。

方柳一边往厕所走，一边绞尽脑汁想办法支开她。

方柳说："你的好意我心领了，上厕所就没必要跟着了吧！"

吴晓非说："如果您需要，吃喝拉撒我都伺候着！"

方柳说："我就是谋个差事，寒窗苦读这么久，总不能赋闲在家吧！你别多想，咱们同学一场，我不会害你的。"

吴晓非说："不是我不相信你，是因为我做不到你这样，所以我认为别人也没那么大度。"

方柳说："你应该了解我的为人。"

吴晓非说："我了解。"

方柳说："那你可以走了，你跟着我，我很不自在。"

吴晓非突然语气一转："既然你看得穿我，我也实话实说了。你是我眼中钉肉中刺，我当然每天都研究你，所以我当然了解你，正因为了解，才知道你绝对不是为了来混口饭吃那么简单！"

方柳心里一惊："你说我是来干什么的？"

吴晓非说："你最看不惯一些人，你怎么会和他们搅在一起？你一定有别的目的！"

方柳说："随你怎么说。"

吴晓非说："我之所以敢向你说出来，不是激起矛盾，是化解矛盾。毕竟我到赵市长跟前参你一本，他信了，坂垣也不会信，或者没有证据，也不能对你怎么样，他不信，我还惹得一身骚呢。本来他已经对我有些厌倦了。我只是想告诉你，你保证我的安全，我都可以视而不见，因为你做的事，与我不在同一个世界，我不理解你的追求，不管那是高尚的，还是廉价的，不管那是正确的路，还是飞蛾扑火自取灭亡，都与我无干。我承认我把犯贱、耍宝换来的一切当成光荣，越无耻越上瘾，越纠缠越无路可走，这是一条死胡同，可这年头，谁又不是一边割裂自己，一边拼凑着支离破碎的日子。我不像你有抱负，我只是挖空心思守住来之不易的地位，让命苦的爹娘、兄弟不受人欺负，不靠低劣的手段很难达到目的，我在床上争宠，下了床我又要对别人装出一副难搞的模样，给自己裹上坚硬的外壳，那就是我所理解的风光，那样就没有人看不起我，即使你们心里都痛骂我，明面还要叫我一声赵太太，这是我的悲哀，却也是生存之道。我痛恨这样的我，又有什么办法呢？”吴晓非说着说着，声音哽咽了，每当嚣张中流露出脆弱，脆弱便一发不可收拾，轻而易举就能占据上风，把一个人的无力暴露在阳光下，那时候最不堪一击，也最容易击中观者。

方柳难以说其可怜，也难以说恨，她只知道这不仅仅是吴晓非的现状，也是很多人的难言之隐，唯一可贵的是，吴晓非竟大大方方地说出来了，这足以证明，她有过忏悔，是还懂得反省的人，哪怕只是一瞬间，也不排除此人还能拥有枯木逢春的机缘。

方柳说：“我怎么做，你才能真正放心我不会跟你对着干。”

吴晓非左右看了看，确定无人后，打开肩包，掏出了一串钥匙晃了晃：“你是不是想要这个？这是赵佳莹包里的，你盯着看了三次，我注意到了。”吴晓非把钥匙递给方柳，转身沿着连廊往餐厅走，并用手指了指赵佳莹椅子的方向，方柳明白她的意思是偷吃要擦嘴，用完记得还回去。

方柳深感震惊，她没想到吴晓非神奇到这种地步，怪不得能拿下赵欣伯，这就是她的过人之处。那串钥匙发出轻微的叮当声撞击着她的心房，让她心里七上八下。她当然担心吴晓非进了房间又变了卦，把她进伪政府动机不纯的事全说出去，或者带人来搜身，乃至在她“作案”时抓个现行，可她没时间犹豫了。不相信任何人，不能成为一种行为法则，相信，才是根基。更重要的是，卷宗就在不远的地方，那是她的目标，既然是一场冒险行动，粗糙、慌张的行动，远比完美的等待要高明得多。

方柳赶紧往管理室跑，那时候，她发现伪政府外围警戒严密，内围较为空虚，一路上没碰到什么人。她顺利地潜入管理室，见卷宗就拿，能拿多少就拿多少。时间拖得过长，容易让人起疑心，出门后她在胭脂水粉上留下钥匙纹路，装作若无其事地回到宴会现场，把钥匙放回了赵佳莹包里，刚要悄无声息地离开，一回头，赵佳莹就站在她的身后，两张脸近在咫尺。赵佳莹圆溜溜、冷冰冰的大眼，像黑洞洞的枪口正对着她。

赵佳莹说："你动了我的包？"

方柳大脑"嗡"一下，她以为这下全完了，全露馅了，这位赵小姐和吴晓非不一样，出身优越，资源丰沛，也没有把柄在别人手上，无欲无求，一门心思替赵欣伯守好摊子，她肯定是个难缠的主儿，连巩天民都拿她没办法，她一个小女子撞在枪口上还能有好?

突然，吴晓非笑哈哈地走过来，指了指赵佳莹的包，对方柳说："老同学，这欢迎晚宴还吃出了喜宴的感觉，还是你有心，我笑纳了！"说着，她扬了扬手中的红包，接着压低声音说："是每个人都有，还是几位美女才有？"

方柳支支吾吾地还没说出话来，那时赵佳莹将信将疑地打开包，红包赫然出现，相邻的几个人也找出了红包，纷纷喜笑颜开。赵佳莹脸色这才缓和下来，但把红包还给了方柳，意味深长地看了她一眼，一言不发地走开了。方柳如释重负地长舒一口气，只是脊梁骨还在阵阵发凉。

方柳想对吴晓非说些什么，吴晓非示意她赶快走，然后把包一甩，甩到了墙角的挂钩上，一条腿蹬在椅子上，和醉眼惺忪的男人们猜拳行令，输了后一口一干，那豪爽的劲头，巾帼不让须眉。方柳陡生一阵感动，她看不懂这个亦假亦真的同学，差不了多少的生长轨迹，她要遭遇多少磨砺，才能修炼出这样的功力，她想象不到。

那时候赵欣伯突然苏醒，他伸着手朝方柳跌跌撞撞地扑来，吴晓非一把将他拉住，众目睽睽之下亲吻起来，不管那张嘴有多么腥臭。方柳知道吴晓非这是在为她争取时间，优柔寡断就辜负了她一片好意，赶快逃了出去。出大门时，她听见两个门卫在对话。

“那穷酸相，还银行家，当老子没见过有钱人！”

“借他两个胆子，他也不敢再回来了。”

“还是要注点而意，嘱咐巡逻的弟兄，严加排查，别被这小子钻了空子。”

“活要干，牢骚也得发。他们在里面吃香的喝辣的，我们在这儿喝西北风。”

“你别找不着北，要记住自己的身份，别这山望着那山高！”

“做梦不行吗？你又不是没看见，院里那几个骚娘们儿每天从这里进出，争奇斗艳，尤其是屁股蛋子，一个比一个大，晃得我头晕，谁受得了。”

“接着说，我脑子里有场景了，满足不了肉欲，就过过嘴瘾！”

他们越说越兴奋，方柳听不下去了，硬着头皮往外走，两人的声音戛然而止。他们刚才的对话其实信息量挺足，方柳推测巩天民一定在附近，她沿着院墙开始寻找，于是出现了刚才那幕。

巩天民拉着方柳找了个僻静的地方，上下打量了一番方柳，见她安然无恙，放心了不少，但有一个疑问，她原本纤细的腰身不知为何臃肿了许多。

但见方柳完全不顾形象，从怀里、腰里取出一本本卷宗，还撩起裙子又取出来几份，道：“赶快拿回去复制或拍照，明天上班之前，我要原样放回去。”

巩天民说：“难为你了，不要再冒险了，这些资料已经够珍贵，够难获取，不要再玩命了。”

方柳说：“多一些证据，多一分胜算，这就是打仗，弹药越充足越好。”

巩天民说：“弹药充足只是一方面，还要足够的士兵，我们的‘士兵’很有限，不能有伤亡！”

方柳说：“国联调查团来之后才是最难的阶段，也是技术含量最高的时候，那时我再想冲锋陷阵，怕是也没机会了，让我把力所能及的事情做好吧。”

巩天民无奈地说：“你要答应我，千万不能有闪失。”

方柳用力点头，像是被允许放下书本去玩游戏的小学生。

接连几天，方柳白天在医务室应对坂垣的骚扰、赵欣伯的谄媚、众人的溜须拍马，晚上用相同的手段把卷宗带出来让巩天民拍照或油印。直到有一天，细心的赵佳莹发现卷宗摆放的角度和位置与她走前有轻微的不同，她生性多疑，当然不可置之不理，马上用了侦查手段，果然在柜门上提取到了指纹。每天下班前，她都会把柜门认认真真擦拭一遍，保证不留痕迹，现在证据表明有人背着她开过柜子。虽然技术落后，她没有能力比对出是谁的指纹，但这提醒她要布防了。为不打草惊蛇，她决定下班后独自守在管理室，一旦有情况，第一时间向警卫班发信号。

当晚方柳驾轻就熟，像往常一样进入管理室，被蹲守的赵佳莹逮了个正着。她大骂方柳，摁下警铃，警卫班人员闻讯而动。方柳急忙逃跑，赵佳莹丝毫不惧眼前这个弱女子，冲上来搏斗。方柳倒在地上，被掐住脖子，挣脱不得，情急之下拔出发簪，插进赵佳莹的脖颈，正中大动脉，赵佳莹毙命。方柳冲出管理室，跑到走廊尽头的卫生间，从窗口跳下去，摔伤了腿，被警卫人员当场擒获。赵欣伯急匆匆赶来，眼见亲侄女丧命，呜呼哀哉，但他不敢伤害方柳，将方柳关起来，听候坂垣发落。接下来方柳是何命运，谁也说不准。

此时赖士凯还不知道方柳捅了这么大的篓子，当初她到伪政府任职，赖士凯知道她不是真心为伪政府服务，但不怀疑她作为一个医生拥有治病救人的基本职业修养，那时他还沾沾自喜，认为她虽有闭月羞花的容貌，但不妨碍她有凡夫俗子的一面，也想得到地位认同，也想在这几乎没得选择的环境中找到属于自己的土壤，提升价值感。他鼓励她去就职，也许在那里面待久了，耳濡目染，会越来越理解他的所作所为，对他的看法发生改变，促使他们从颇多隔阂到琴瑟和谐。即使未能达成所愿，至少能分散她的精力，不会每天把心思用在他身上，像盯犯人一样关注他的一举一动。近期他沉浸在温柔乡里，确实没有大动作，生怕与方柳刚有回暖迹象的感情，这么快葬送在自己手里。方柳被抓起来时，他正在赖府端着一把精致的小壶，听着经典的戏曲唱段闭目养神，一直到月朗星稀也没见方柳回来，以前这个时间，她早就回家了，今天反常，他派人去伪政府打听去了。

当天，方柳被抓，当然不能再送卷宗出来，而巩天民竟也没有出现在他们接头的老地方。他们并没有提前预知危险，而是巩天民那时也面临着生命危险。他每天不能只是被动地接受方柳提供的资料，也要加紧进行其他方面的行动。作为金融行业的专家级人物，他当然知道日本人的侵华战争，不仅侵略土地，而且第一时间要把控财政。经济上的垄断专行，是他们重要的犯罪证据之一。

在赵欣伯上台之前，土肥原贤二已制定了东三省官银号和边业银行等银行的管制规则，规则清楚地说明，如果日本军事当局有需要，随时有权关闭这些银行。财政厅门口的两张布告贴了有一段时间了，巩天民曾数次在那里徘徊，看清楚了原文内容。一张布告写着：经日本军事当局允许，在当地治安维持会聘请若干顾问和秘书，征求了他们关于管理财政的意见，在财政厅完全尊重（服从）的情况下，辽宁省财政厅重新开始办公；另一张写着：自去年九月，奉天爆发冲突以来，奉天电场、奉天电报管理局、奉天电话局，每天的全部收入上缴日本军事当局，中国政府不得有任何要求。

那布告就是一份公开的殖民宣言，带有赤裸裸的奴役性质，日本人毫不掩饰他们的狼子野心，每个文字都刺痛着巩天民的眼球。但这两张布告的存在也不全是坏处，对于巩天民来说又算作宝贝，是最有效最直接的力证，不把它们弄到手，巩天民寝食难安。他之所以一直不对那两张布告下手，是因为财政厅不远处有日本兵岗哨，哨兵的眼睛鹰隼一般，手里的长枪随时可以射击。敢当着日本哨兵的面撕下布告，等于送死。

第二十五章

我并非独自奔跑，因为树影在婆娑，长风在呼啸。

巩天民夜间到财政厅门口侦察过几次，贴布告的位置在大街西侧最显眼的位置，那里无遮无拦，休想藏身。而岗楼杵在正北方，像一只庞然怪兽，哨兵是怪兽的眼睛，俯看一切。

晚上不睡觉专程来看布告，太难自圆其说，只要一靠近，很容易被哨兵识破企图。巩天民想到了包里的照相机，可以站在远处，拉近焦段，弥补距离上的问题，但夜间光线太差，拍不出有用的照片。夜色是很好的伪装，晚上都难以实现的任务，光天化日之下似乎更是痴心妄想。巩天民不死心，但凡是防守，就不会天衣无缝，定然有破绽，但这个破绽在哪儿，他冥思苦想，理不出头绪。

置身其中，才有不同的视角，他决定再做一次实地勘验。方柳出事那天，巩天民一大早就来到财政厅附近，他混在熙熙攘攘的人群中来回兜圈子，偶尔还在角落里换上一身外套，以新形象出现，可谓煞费苦心。可转来转去一上午，始终没进展，他察觉到哨兵的眼神开始跟着他游走了，他停止了一味蛮干。

巩天民从墙角里探出头，盯着岗楼出神，思考哪里还有漏洞，想来想去，这一片区域除了岗楼没上去过，所有的角度都观察过了。对，他突然醒悟，要想躲过敌人，首先要了解敌人，而现在他对敌人一无所知，不知道敌人的视野到底什么样。上不去岗楼，起码岗楼下面要走到，从那个位置再看财政厅，也许能有突破。但那个位置比布告更明显，更逃不过哨兵的眼睛，去还是不去，眼看太阳快落山了，他还要去和方柳碰头，白白浪费宝贵的一天，于心不忍。此时，巩天民如有神助，他听见不远处的院子里有孩子们的嬉戏声，好像是在踢沙包。他径直走进院子，夺过孩子手上的沙包，奋力一抛，沙包向岗楼方向飞去了，不偏不倚落在岗楼下面。孩子们不干了，扔他们的沙包尚可原谅，但沙包掉落的位置，才令孩子们绝望，因为那地方没人敢接近。

巩天民来不及安慰孩子，缓缓向岗楼走去。离岗楼越来越近，他甚至能听到岗楼上那个胖胖的哨兵沉重的呼吸。他堆着满脸讨好的笑，指指地上的沙包，然后装成童心未泯的样子，蹦蹦跳跳地跑过去捡沙包，但他没有急于离开，好不容易打入岗楼内围，当然要好好观察一番。他伸长脖子，快速扫视。当目光再次扫到西边，哨兵用夹杂着汉语与日语的话呵斥他，让他赶快滚，不然就开枪了。

巩天民脖子一缩，快步离开，但那时他心里已是欣喜若狂，因为他已然发现了漏洞。那时候西边阳光正烈，异常刺眼，看过去只有黄澄澄一片，尤其是西侧房屋铺满琉璃瓦，反射出剧烈光芒，照得人睁不开眼。巩天民兴奋地跑出来，回头再遥望哨兵，果然发现哨兵并不往西看，这让他胸有成竹。不过必须抓住这稍纵即逝的绝佳时机，不然太阳落了山，就只能等明天，明天还有没有太阳，谁也说不准。

布告正对着的西侧房屋是日本哨兵小队临时驻扎的地方，院子里有两名鬼子在练拳，巩天民必须要爬上屋顶拍照才能保证照片质量，这犹如虎口夺食，可这是巩天民唯一的出路。他踩着隔壁人家的水缸爬上房顶，像只长臂猿手脚着地，移动着身体。幸好那两名鬼子刻苦用功，把拳靶打得砰砰作响，对巩天民并无察觉。巩天民看准时机，连按几下快门，快门声被鬼子的击打声淹没。

太阳与云彩相接，开始发出红彤彤的颜色了，琉璃瓦面上浮动着不规则的彩虹，把街面上的人脸也映照得五光十色，巩天民不敢多作停留，多一秒就有杀身之祸。他沿着原路返回，差最后一哆嗦就完成任务了，他仿佛看见国联调查团负责人李顿信服地向他竖起了大拇指，调查团成员捧着那两张布告的照片频频颔首，举起了反对日本侵略者的大手，东北人民喜奔走相告，庆祝伟大胜利。然而那时候他脚下滑了一下，身体失去平衡。他赶忙俯下身子，去抓屋脊上的瓦片，那块瓦片竟松动了，顺着琉璃瓦骨碌碌地滚到了院子里，摔得粉碎。巩天民吓得面如死灰，撒腿狂奔，房顶上本没有路，可要命关头，他却如履平地。两个练拳的鬼子回头一看，屋顶上有个黑影在飞，再仔细看发现巩天民身上还挂着一架照相机，马上反应过来，呜哩哇啦地喊叫着房屋内的同伙，然后跑到房檐底下拿枪。房间里的鬼子全出来了，他们举着枪，拉枪机送子弹上膛，这个当口巩天民已经从一座屋顶蹿到另一座屋顶。

鬼子们有的立姿，有的跪姿，纷纷扣动扳机，子弹哗哗射出来贴着他的身体在飞。子弹打在琉璃瓦上，溅起一片碎渣子，钻进他的后脊梁里，热滚滚的，像岩浆灌了进去，但他不觉得疼，只有一个念头，就是跑，但凡敢松上一口气，就再也难以逃脱了。可惜他不是特务，也不是侦察员，虽然练过几年拳脚，却几乎没实际运用过，算入门级票友，身法差了许多，几十米之内，摔倒数次。鬼子们眼珠子发红，他们遭遇过游击队，游击队员的拿手好戏可是偷袭，从来没见过这么不专业的人敢在他们挑衅他们，这是对大日本皇军的蔑视，他们像是在雪地里追击兔子的鬣狗，巩天民并不是一只动能强健的兔子，活脱脱一块到嘴的肉，他们已露出了獠牙。有些鬼子跑到了大街上，利用开阔的视野，继续由下往上射击，有的攀着梯子上了房顶，只要巩天民不起飞，他们就有信心活捉。当时，老百姓们纷纷不顾流弹的危险，跑出来观看这幕奇观，老城区平房顶上演的这出追逐大战百年难得一见，这可比戏台上的武生翻跟头刺激多了。当然他们不希望巩天民被抓住，那样的剧情太过无趣，他们开始为巩天民加油助威，从小心翼翼、压低声音，到喊破喉咙、手脚并用，那里很久没那么热闹了。

人群中不乏房屋的主人，他们都为巩天民捏一把冷汗，已无暇担心自己家的房顶被踩烂，反而希望巩天民能在自己家房顶上多兜几圈，多绕晕几个鬼子，他们希望自己家房顶要比别人家的更结实，千万别让巩天民崴了脚、扭了腰，如果巩天民在自己家房顶上被捉住了，那宅院风水肯定有问题，他们不允许那样的事情发生，他们此时的迷信，可爱至极。他们把上衣脱下来挥舞，向消失在视野中的巩天民呼喊着什么。也许是他们觉得英勇的巩天民，正是梦想中的自己，那是压抑已久的呼喊。

巩天民愈发努力奔跑，他头一次体会什么叫七窍生烟。他不敢看鬼子，只感觉到了风，风一会儿推搡他，一会儿冲到了他前面，一会儿又要投入他的怀抱，乍暖还寒的春季黄昏，他体内的水分快速流失，他感觉自己早晚会成为一张被晾干的猪皮羊皮，脸不由地僵硬起来，不知道是鼻涕、眼泪还是汗珠，毫不受控地掉下来、甩出去，涂抹了一头一脸，嘴唇上翘起了死皮，眼膜像上了霜、上了冻，视线不再清晰，渐渐开始模糊一片了，看不清哪里是房屋连接处，也不知道前方是否有一条暗藏玄机的宽巷，他只有放肆地越过去，像越过一条条壕沟、跨过一道道山梁，在那个游离于众生的高度上，找到了适合的角度，看见远处的峦山以及遥远的地平线，他如同站在城市的制高点上，心中了然，有无数双眼睛审视着他，而他更冷静地审视着任何人。他知道面前有纵横交错的路，宽阔无比，目的地明晰，他把最后一丝惶恐消融在身后波浪线一般的砖瓦里，准备好了放手一搏，至死不渝。他露出雪白的牙齿，再给自己一个笑，像重拾少年的人，抛却了烦恼，一刹那，和飞舞的彩蝶一起，去寻找一片净土，去嗅满园的花香。

那时候，他不知道那是神经错乱了，还是最好的状态，总之，伤痕累累，心里还洋溢着春风。当他再次越过一座较高的屋顶，几名地面上的日本兵发现了他，他们的装备比较精良，开起火来没有停歇，子弹一排排地输出，沿着巩天民跑过的路线，打出一根根笔直的彩带，弹头逐一在巩天民脚边开花，像暴雨砸在地面上溅起的一层层水雾。

巩天民的小腿和脚踝部被弹片划破了，刚开始没感觉疼痛，又足足跑出去几十米，突然腿一软，身子失去重心，倒在一处房顶上，打着滚掉进一条巷子里，他躺在地上，摔得太狠了，血液一时难以通畅，器官功能无法恢复，他久久爬不起来。

他听到到处都是鬼子牛皮鞋触地的声音，也听到父老乡亲持续未减的声音，但他不知道哪个声音先来临，哪个声音先退去。他祈祷不要被发现，可闭着眼都知道，方圆几里，已是水泼不进、插翅难逃。

刚刚助他拍到照片的骄阳已经没落了，红着脸化作了夕阳。巩天民平躺在那里，腿抽搐着，余晖绕过屋檐涂抹在他身边的空地上。他睁开眼，竖起耳朵，那些嘈杂的响动升腾到空中，消散不见，火烧云和他一样定格在那里，怡然自得。预知了结果，放弃挣扎的时候，只会浮现想看到的画面，只会涌起想听到的声音，困于一隅，也像走出混沌，千军万马，也能充耳不闻。他看见呼泽生在向他招手，她还像刚过门时那般年轻，脸上挂着红晕，眼里还有清澈的溪水，她柔声催他回家吃晚饭；他听见他一手创办的志诚银行里不再冷清，取而代之的是人声鼎沸、生意兴隆，算盘珠子噼里啪啦打个不停，钞票、银元哗哗地倒进布袋；他看见四个孩子几日不见又长高了不少，听见他们朗朗的读书声、打闹嬉戏声……

那时候，真的有一个童声唤醒了他，一个五六岁的孩子在喊他“叔叔”。他回归现实，侧过头，看见一个孩子，那孩子脏兮兮的，透过门缝露出明亮清澈的大眼睛。

孩子问：“你还活着吗？”

巩天民说：“还没死。”

孩子问：“你是英雄吗？”

巩天民说："我是好人，不是英雄。"

孩子说："我救了你，我就是英雄。"

巩天民说："你很棒，但我也不想你当英雄，日本人要来了，很危险！快回去找你爹娘！"

孩子说："我爹娘被日本人抓走了！"

巩天民说："你想当英雄，是因为英雄可以救爹娘回来吗？"

孩子点点头，又摇摇头："当了英雄，他们也不会回来了。有人说，他们已经死了。"

巩天民说："他们一定会回来，大人也玩捉迷藏，你就当大家都在玩捉迷藏。"

孩子哭了："别骗我了，小孩玩捉迷藏一会儿就该结束了。大人捉迷藏，藏着藏着就真的不见了。"

巩天民看着孩子，和巩国路差不多大的年纪，却要独自活在人世，承受本不该他承受的孤苦，他眼泪滑下来，强忍住不哽咽："回去吧，记住了，只要活着，就能等到捉迷藏结束的那天。"

巩天民的话刚说完，街口又传来日本兵凶狠地叫嚷。

孩子身体瑟瑟发抖着，但仍然说："我来救你。"

巩天民说："那样的话，你也会被日本人抓走。"

孩子说："不怕了，以前怕，现在不怕了，真被他们抓走的话，可能就知道爹娘藏哪里了，就能见到他们了！"

孩子踮着脚拉开门栓，打开了大门，咬着牙把巩天民往院子里拖。他实在太瘦小了，皮包着骨头，而且看起来像很久没吃过饱饭了，眼窝陷进去，才显得眼睛那么大。巩天民想推开他，又怕伤到他。巩天民不愿意连累孩子，可孩子执拗地不肯撒手，如果被日本兵看到，还不如进院安全，进去后再想别的办法，比在这里和孩子较劲要明智得多。巩天民配合孩子，试着活动活动身体，刚刚麻木的四肢竟然能动了，他在孩子吃力的、几乎不起什么作用的搀扶下，蹒跚进了院子，关上门，正喘着粗气试图站稳，日本兵就拐进了这条巷子，从门缝中能看到明晃晃的刺刀在外面闪来闪去。不一会儿，门口果然传来鬼子的对话声。

巩天民回头一看，糟了，他腿上还在流血，流在地上，出现一条明显的血迹，鬼子嗅觉灵敏，这相当于给他们发了信号。他环顾院子四周，斑驳不已，乱七八糟，很久没人收拾了，门厅敞开着，正中间摆着一张桌子，桌子上散放着几块干瘪掉渣的窝窝头。来不及心酸，巩天民简单包扎了伤口，决定带孩子离开这里，先爬进隔壁院子再说，一个命悬一线的人带着另一个生活不能自理的人逃生，这很荒谬，可不容巩天民多想，危险总是找上后知后觉的人。

这下轮到巩天民拽着孩子走了："跟我走，我们还有机会。"

孩子说："我不能走，万一爹娘回来，就找不到我了。"

巩天民说："渡过这个难关，我再把你送回来。"

孩子不言语。

巩天民说："你不走，会饿死在这里的。我给你找个地方安顿下来，先要吃得饱穿得暖。"

孩子铁了心不跟他走，坚决抗拒。当时，鬼子开始砸门了，继而开始冲撞大门，并实施破拆了，很快就会冲进来。

巩天民找到一条麻绳，硬把孩子绑在了背上。孩子又抓又咬，但巩天民心意已决。隔壁院子已人去屋空，荒废多时，估计这里又是另一个不幸家庭的悲惨故事，在这个平安无事极为奢侈的年月，这类院子比比皆是。他和孩子在快要坍塌的房子里，盖着杂草，躲过了两轮搜查。那时候，巩天民知道孩子的名字叫"怀宝"，寓意怀抱中的宝贝，可他却偏偏失去了怀抱，独自用小小的身躯抵挡这人间冷暖。

第二十六章

生命即便是一缕烟，飘在空中也眨着眼。

天黑透了，巩天民推测日本兵天亮后还会回来，趁着夜深人静赶快跑出危险区是当务之急，这是他们活下去最后的机会了。

巩天民对怀宝说："我们要继续跑，等逃出去了，我帮你找爹娘，我让很多很多孩子都能找到爹娘。"巩天民没有任何把握能兑现这个承诺，可这个牛皮他还是吹出去了。

黑暗中怀宝看不见他的脸，伸手触摸着他的五官，以此来判断他的表情。怀宝摸到了他的鼻子，让他喘不过气来，但他保持不动，他生怕一动就动摇了孩子对他的信心。

怀宝说："说真的？"

巩天民狠狠地点头。

怀宝说："相信你一次。"

巩天民想哭，他知道他们只有这一次机会，他很难替他找到他的爹娘，怀宝的一次，或许就是他的一生了，但他又不能扔下他，。

巩天民掀开杂草朝外面看，有火把和汽灯的亮光从不同方位传过来，杂乱的人影被拉成各种形状，投射在周围的墙面上，越来越密集，晃动频率越来越快，那像是编织起一张大网，将那里罩得严严实实。主干道、街边、巷口，定然是全都封锁了，封锁区只进不出。巩天民分析，日本关东军中高层当然也十分清楚国联调查团即将到来的消息，这个时候肃清各路情报员是重中之重，日本人正愁找不到由头处置几个典型，警示一下“蠢蠢欲动”的中国人，自己在这个节骨眼上暴露了行踪，相当于给他们注射了一针兴奋剂，伪军和伪警也必然加入了搜寻。他像一只被捆住了爪子的鸡，鸡脖子已被按在案板上，只待日本人手起刀落了。

但还是要跑，巩天民的伤口血流不止，怀宝受了惊吓，发起了烧，浑身滚烫，明天以前，就算没人发现他们，再过些时辰，他们也撑不住的。

事不宜迟，巩天民掀开杂草，再次把烧糊涂的怀宝紧紧捆在背上，这次捆住他，不是怕他挣扎，而是担心已经烧糊涂的他掉落下去。怀宝的小手耷拉在他的胸膛上，小脑袋刚开始还乖乖地伏在他的肩头，过了一会儿，像失去了支柱，前仰后合，无以为继。那时候，巩天民不时拍拍他，让他醒一醒，千万不要睡沉了，告诉他，他们已经融为一体，他就像真正的父子一样。

巩天民背着怀宝，冲了出去，进入被撕开一道道口子的茫茫夜色里，他们已经没有任何形象可言，狼狈得像一只被举着笤帚疙瘩、镐把棍棒的人群追赶的大耗子，专往伸手不见五指的地方钻，可钻来钻去，也找不到突破口，碰了无数次壁，添了不少新伤。

怀宝的鼻息愈发急促，叫他，也没有回应，身体还有轻微的抽搐。他这是又饿又渴，缺少能量，快要晕厥了。夜更深了，老百姓都熄灯了，但没人睡得着，谁也不知道鬼子什么时候回来敲门。巩天民累极了，倒在一处没有院墙的房屋前。一名中年男子打开一条缝，看见他们的样子，倒吸一口凉气，又赶紧关上了。

巩天民回转过头，看见怀宝在翻白眼，心急如焚，心一横敲了门：“老乡，能不能收留孩子，他情况很危险，我给你磕头了！”巩天民“砰砰砰”磕了三个响头。

那中年男子并没有开门，只有声音传出来：“求你了，你快走吧，我一家六口人，别搭上我们。”

巩天民说：“给孩子一碗热水喝也行，就一碗。”

中年男子说：“一碗水救不了命，但能害命。”他说得有道理，这个时候谁跟巩天民接触谁就是罪人。这不是战场，也没有战争，但现实比战场还残酷，战场上中弹了才会死，而现在多说一句话就有可能被连带上。巩天民并不恨这位老乡，人在饥寒交迫的时候、恐惧的时候，很多功能都会丧失，比如道德、良知以及行动力。巩天民又转移了，又敲了好几个老乡的门，可白天那些为他叫好助威的人好像都不见了，枪口近在咫尺的时候，全都鸦雀无声了。巩天民也不恨他们，他只恨自己，他心疼无辜的孩子。

这里是传统平房区，很多地方都极为相似，让巩天民似曾相识，又陌生无比，他不知道自己到底处于什么方位，也分不清东西南北，他的所有努力都很盲目，他只是希望能够出现奇迹。

巩天民仍然孤立无援，他背着怀宝又穿过一个巷子，遇到一个死胡同，雪上加霜的是因为他还在流血，一支日军队伍沿着蛛丝马迹，开始朝他们的方向收网了。星星点点的亮光像萤火虫一样向他们聚拢而来。巩天民的眼眸里闪烁着光，不知道是寒光还是泪光。

巩天民以为自己凶多吉少，是时候和怀宝做最后的诀别了，他对怀宝说：“你能听到我说话吗？”

怀宝动了一下，巩天民权当他听得见，把怀表和照相机掏出来，塞给怀宝说：“好孩子，等会儿日本兵和‘二鬼子’（伪军警）来了，我就把你放进旁边的柴火垛里，他们不知道你的存在，目标是我，他们抓到我就够了。你是安全的，我知道你坚强，我不能兑现承诺了，但你要竭尽全力活下去，去找一个叫呼泽生的人，把东西给她看，她会像你娘一样爱你。如果连她也找不到了……”说到这里，巩天民嗓子像被卡住了，心也裂开了，因为他知道，如果他被抓了，呼泽生也难逃厄运，包括和他有交集的人，能抓的人统统要被收监，日本关东军的风格是坏事做绝，不放过一个。

巩天民不忍再想，他接着说：“如果连她也找不到了，还有刘仲明、刘仲宜、邵信普、张查理、李宝实、毕天民、于光元、张韵泠，记住这些名字，总有人还在，总有人会抚养你长大！”

巩天民一遍遍重复着爱国君子们的名字，然后向柴火垛走去，解开绳子，把怀宝用柴火掩盖好，直到从外面看确实发现不了孩子了，他抹了一把脸，想让自己看起来更精神一些。他转身要朝有灯光的地方走，他要远离这里，然后主动暴露自己。突然，柴火垛里发出一个虚弱的声音。巩天民心一颤，连忙停下脚步，扭头看见一只小手从柴火垛里伸出来，他哇哇地哭起来。他握住那只小手，抚摸了一下，再次站起来，去勇敢赴死时，听见有人叫他的名字，一听就不是怀宝的声音，而是一个熟悉的女声。声音从不远处传来，他循声望去，看不见那人的面容，但看得见她在朝他招手。他紧走两步，才认出来，是刘仲宜的媳妇杜亚芳。此时他再看周边的建筑，才恍然大悟，他误打误撞来到了刘仲宜家附近。他瞬间有重获新生之感，因为刘仲宜家里有暗道。

鬼子的脚步近了，巩天民发了疯似的扒开柴火垛，把怀宝抱出来，跟着杜亚芳进了家门，简要说明情况后，巩天民执意要带着怀宝一起从暗道走。

杜亚芳说：“他病得太重，我这里有药品，有食物，能照顾好他，你能送他去哪？嫂子带着四个孩子已经够累了，你不能再火上浇油了。”

巩天民一想也对，眼下，怀宝不宜再跟着他四处奔波，身体受不了，况且他不知道暗道出口有没有敌人盯梢，他身上又有伤，出去后要先找方柳治伤，不然失血过多，无法进行接下来的行动。

巩天民拥抱了怀宝，和杜亚芳告别后，钻进了暗道，很快到达了出口处，但一直没敢出去，因为外面有伪军警的对话声。他一直等着，直到有光线从通风口照进来，他意识到天快亮了。过了一会儿，他似乎闻到了焦糊味，还有一缕缕轻烟从进口方向飘过来，呛得他剧烈咳嗽。正纳闷着，突听出口处有人在欢呼，那声音很猥琐，很符合伪军警的身份定位。

有人说："着火了，火太大，这么烧下去，那一片民宅全得遭殃咯。"

有人回："还是小日本子狠啊！"

有人说："这下偷拍布告的家伙尸骨无存了，房子里的那家人也跟着玩完。何必呢，逆来顺受不好吗？"

有人回："悲天悯人的，跟你有什么关系？不过没有他们这样的人，咱们得当一辈子二鬼子。虽说有饭吃，但心里总归不得劲，在孩子面前抬不起头来！"

有人说："别咸吃萝卜淡操心了，立功的是他们，成大事的也是他们，咱只是炮灰的命，当好炮灰也挺好。"

他们的谈话刚一停，一个日本兵"咵咵"跑过来，操着蹩脚的汉语下达了撤回的命令。很快脚步渐渐远去，外面悄无声息了。

他们的对话，巩天民听见了，他快速地眨巴着眼睛，许久回不过神来，片刻后，他意识到杜亚芳和怀宝有危险了，他推断是日本人点燃了杜亚芳家的房屋。他一边这么想，一边极力否定自己。但浓烟越来越大，暗道里待不住人了，他从出口钻出来，面向杜亚芳家的房子看，那一幕把他震得五脏俱焚。杜亚芳的房子燃起了熊熊大火，火光冲天。

巩天民发了疯似的跑向着火点，刚刚那些抓他的人竟然在片刻间撤得干干净净。巩天民来到院子前，火势越来越大，没有一处可以下脚。他捶胸顿足，大火炙烤着他挂满眼泪的脸。

时光不能倒流，他仿佛又看见孩子的一只小手从火焰中伸出来，像从柴火垛里伸出来一样，孩子让他不要走，一个人很害怕，很孤单。他答应过怀宝，要让怀宝过上好生活，不再挨饿受冻，然而，即使怀宝的爹娘还活着，这下他们也没有机会再团聚了。怀宝也来不及留下只言片语，留下哪怕一个小小的梦想，生命就被剥夺了。本来即使怀宝不能见到爹娘，他也要把怀宝当成自己的儿子，甚至比对待国路还要好，可是这些都成为他的一厢情愿，他没有给孩子带来一点儿幸福，带来的全是厄运。他想，是不是上天看他过得太苦，非要把他带走。是不是上天觉得我做不到，所以干脆让我们阴阳两隔。这天大的遗憾，不管用什么方式都弥补不了了。

巩天民仿佛看见杜亚芳送别刘仲宜的场景，他想像得到刘仲宜历经艰险完成任务，满心欢喜地归来以后，目睹满院子的残垣断壁，是何等的悲痛与凄凉。他左右开弓，扇着自己的耳光，脸肿成了包子。他含混不清地念念有词："这条路太难了，太难了！接二连三死人，我坚持不住了，让我也跟你们一起走吧！"

巩天民要往火海里冲，被老乡拉住了。有些过路的人以为巩天民就是这家的男主人，劝他节哀顺变。可他们不知道，巩天民此刻比这家主人的心情还要绝望。现在他活不起，更死不起。

天气也跟着起哄，那时候像是有巨人给大地装上了风箱，大风号叫着发起一轮轮的冲击，火势越来越大，密集的噼啪声传出来，像机关枪发射，狠狠地击中巩天民的心脏。烟柱随风倾斜，在远处的空中分裂成不同的形状，摆着一副副调皮的鬼脸。

老乡们为避免大火蔓延，组成灭火队，一盆盆水浇了上去，不起作用，火苗好像更大了，不消一个时辰，那座还算气派的建筑烧成了满地灰烬。

日本人为何专烧这座院子，还是坂垣的主意。这里是死胡同，巩天民跑不出去。几路人马像是嗅到了巩天民的味道，不谋而合汇聚于此，坂垣汇总了多方信息，稍加分析就确认巩天民百分百进了杜亚芳家。他们进院后，没搜到巩天民的下落，严刑拷打、威逼利诱杜亚芳，恐吓奄奄一息的怀宝，但两人死不开口。坂垣套不到有用的线索，他不愿再浪费时间，下令烧了院子了事。

临走，坂垣对于妇女和儿童都不把他放在眼里的遭遇感到万分不满，对正在泼汽油的手下说："中国人看似诡计多端，其实过于愚钝。满洲国成立已是不争的事实，还有这么多冥顽不灵的人。不是我不近人情，是他们逼我的！”

当院子化为乌有、巩天民痛不欲生的时候，刘仲宜毫不知情，他正配合邵信普在郊区开展活动。日本关东军不放过任何一条生财之道，早就将黑手伸向了矿山，控制了开采权。为搜集到那里的资料，李宝实和于光元乔装打扮混进矿山。刘仲宜和邵信普开着车，在外围已经等候了一天一夜，水米未打牙，又不敢离开补充给养，里面的兄弟随时会向他们求援，如果得不到接应和转移，随时可能殒命于此。

刘仲宜坐在副驾驶上，已困得睁不开眼睛，他正在做着和杜亚芳团聚的美梦，他们一直有个遗憾，结婚几年了，还有没子嗣，梦里他们筹划着，等任务结束了，日子安定下来，一定要个孩子。正半梦半醒间，突然听到两声动物的哀鸣，他猛然惊醒，把邵信普吓了一跳，赶忙发动引擎，手攥紧了档把儿。

刘仲宜取出望远镜，努力辨认声音来源，一圈搜寻后，他看见远处站着一大一小两只麋鹿，它们在枯草与白桦林中间若隐若现，怔怔地望着他，一动不动。刘仲宜与麋鹿对视，他发现那是一双十分熟悉的眼睛，好像曾经他们朝夕相处、共患风雨，他也惊讶地愣住了，好似一下就看懂了那双硕大的明亮的眼睛里流露的信息，像离别前亲人的眼神，包蕴着足够的依恋、不舍、伤感以及祝愿。一刹那，刘仲宜心疼不已，他以为麋鹿受伤了，那是在求援。然而，他下了车，朝麋鹿走去，麋鹿却并不想和他接触，一步步地后退，离他越来越远了。他小心翼翼地向麋鹿挥了挥手，麋鹿的眼睛里随即渗出了晶莹透亮的泪滴，大颗大颗地滑落下去。微风吹拂着树木荒草，吹拂着麋鹿的绒毛，山野间空气清新、视野开阔，刘仲宜的心里却阵阵发紧。

刘仲宜轻声说：“别怕，我来帮助你们！”

这下好像是惊扰了麋鹿，它们背转了过身，一步三回头地消失在丛林深处。刘仲宜追上去，越追越远，越追越从那亦假亦真的梦境中抽离出来。他站在麋鹿刚才停留的位置，连一个脚印也没看到。它们是否真的来过，成了永远的谜题。邵信普见刘仲宜对着空气神情沮丧、自言自语，十分不解。

刘仲宜失望地走回来，问邵信普："你看见那两只麋鹿了吗？"

邵信普说："麋鹿？我没看见，我只知道我们迷路了！你是不是饿得头晕眼花，出现幻觉了？再坚持一下吧，他们应该快出来了。"

刘仲宜看得真切，邵信普却说没有，令人匪夷所思。他久久不能从麋鹿的眼神中走出来，窒息感笼罩着他，让他难以承受。直到见到李宝实和于光元安全逃离，他们驶出了危险地带，他也难以高兴。后来的某一天或许他会恍然大悟，那只大麋鹿应该是杜亚芳的化身，她带着怀宝向他道别，他们曾经那么相爱，还有很多愿望没能实现，却一声不吭地走了，太不甘心，只能托付给幻象，回来看看他。

第二十七章

我可以是一把弯刀，收起所有软弱，也可以做回一片柳叶，在幽暗时光悄然凋落。

平房区内，巩天民被人拖离现场，有人说杜亚芳和怀宝是因他而死，是支援他揭穿日本侵略者鬼把戏的殉葬者，鲜活的生命戛然而止，不是为了让他沉沦，而是让他把满腔悲愤化为动力重新出发。巩天民还未从他俩的离去中回过神来，另一个噩耗接踵而至，方柳此时也身陷囹圄。

此时的方柳上吐下泻，身体极度不适，赵欣伯不敢怠慢她，因为她虽是阶下囚，可坂垣未给她定性前，她还有翻盘的可能，顾及方柳身份特殊，不便让外人知道，赵欣伯一拍脑门把吴晓非叫来给她看病。吴晓非医学院毕业，看个头疼脑热不成问题，没想到她来了之后，取出医疗设备，有模有样地对着方柳又是听诊又是把脉，得出一个晴天霹雳般的结论，方柳怀孕了。

方柳惊得头晕目眩："不是我不信任你，误诊的几率还是有的，对不对？怀孕这种事产科医生的诊断才权威，对不对？我那天和他同房，这才没几天，根本查不出来，对不对？"

吴晓非说："我们都是临床医学毕业，你知道我再不济，也有医学生的底线！"

方柳瘫软下去，吴晓非搀住她，唤醒她。她对着肚子又捶又打，吴晓非制止不了，有看守冲进来，把方柳绑了起来。吴晓非不敢给她松绑，怕她想不通，继续伤害自己。

方柳说："这件事不要告诉任何人，如果还有机会出去就偷偷做掉，如果出不去，就当作没发生。"

吴晓非说："愚昧，这事必须广而告之啊，怀孕正好可以救你一命，本着人道主义，他们也应该等你把孩子生出来，再讨论处理意见。"

方柳说："他们懂什么是人道主义？他们有吗？"

吴晓非说："万一起作用了呢？我求过赵欣伯，放你一马，可他告诉我特殊时期，失泄密罪是可以即刻枪决的，他怎么敢作坂垣的主。不试一下，你真的没机会了。"

方柳说："为保命搭上孩子？还未出世就被当成砝码？就算生下来将来怎么面对他？！让我告诉他，谢谢你当我的挡箭牌，让我苟活至今吗？"

吴晓非说："先活下来再说，什么事比死还可怕？"

方柳说："跟你没关系，你别管，去当好你的市长太太！"

吴晓非一番好意，却被方柳轰了出来，但她无法生气，这个曾经她眼里最风光的女人，突然从一个极端到了另一个极端，很多人愿意听这样的故事，不知道算不算恶趣味，可是她作为一个见证者，此刻难以接受这样的落差。

吴晓非向赵欣伯求情不起任何作用，窃密案是要命的大案。他向坂垣报告方柳是特务，有可能还是共党，坂垣震惊愤怒。面对这位上天派来的使者，他沉迷不已，本来拿下方柳易如反掌，霸王硬上弓就是了，可他不想那样做，那会破坏了他一直以来深埋心底的对于爱情的想象。他要亲身证明，这个年纪的男人，还能通过魅力征服年轻女人。他要在以河本末守为代表的其他同僚面前，凸显他碾压性的优势，让那些他以为长相、气质、风格都远远逊色于他的家伙们明白，他的高人一等，他的鹤立鸡群。他要在情感上打破世俗，推翻壁垒，通过正面渠道，采取正规手段，一步步俘获方柳的芳心，让她甘心情愿地投入自己的怀抱。方柳的出现，达到了他的标准，换作他人，他不觉得有什么露脸的。不得不说，坂垣文艺青年的特质，在见到方柳的那一刻不经意地骚动起来，那泛滥的快要溢出躯壳的春心，与他一贯的形象格格不入。可他不会介意这些，他想到方柳就仿佛重返青春期，激迸着荷尔蒙。他不认为一个杀人恶魔不能有七情六欲，相反他这样的人更需要走一些特殊通道，弥补情感上的缺失。就像那些年轻时被人看不起、经过数年打拼功成名就的一些官员老板们，在家中的黄脸婆的身上难觅温情，对于身边充斥着的虚假愈感麻木，那些可以刺激感官神经的东西逐渐丧失意义，压抑多年的自卑心不仅无法消除，反而与日俱增，迫切要从年轻女孩身上寻找到精神与生理上的排解，坂垣堪称这个群体的代表人物。但现在方柳把他这个证明自己的机会剥夺了，把处于意淫中的他瞬间打回原形，他失去了正常追求方柳的可能性。出于军人的敏感，他很清楚特务都受过特训，观念根深蒂固，很难再感化和挽回，他们之间不可能再有爱情，退而求其次，可以有奸情，一厢情愿的奸情，但那几乎不存在挑战性和刺激感，他陷入深深的失落。

坂垣走进了关押方柳的禁闭室，捏着了她的下巴，声音沙哑地说："我特别不想在这个地方见到你，我们之间明明可以平等对话！"

方柳说："我就不一样了，不管在哪见你，我都是一样犯恶心。平等？你踏上中国领土那一天，就是为了制造不平等，唱什么高调，给自己戴什么高帽！"

坂垣说："贞烈，我没看走眼。"

方柳说："我坚定与不坚定，都不是为了取悦你。"

坂垣说："你可以惹我不高兴，但你为什么过早地辜负我。如果晚些时日再让我发现你的真实身份，我们还能留下一段美好的感情。"

方柳差点笑出来："太肉麻了，这话怎么能从你嘴里说出来，让我突然觉得'辜负'这么可怜的字眼，可恨了许多。"

坂垣说："你不懂我的心。"

方柳说："你在我眼里只有一种身份，侵略者。我们怎么可能会和你有其他的瓜葛。我恨不得你千刀万剐啊！"

坂垣说："我不会改变你，你怎么看我都行，但你一定要知道我从来没把你当作亡国奴看待，你和别人不一样。你的美丽与高傲，你的优雅与知性，都让我欲罢不能。"

方柳说："区别看待我，我就会迎合你吗？我一点儿也不觉得荣幸，这也是侮辱！"

坂垣说："我仍然不会放弃你，美可以成就你，也可以毁了你。"

方柳说："我选择后者。"

坂垣说："既然我们没有良缘，那么也要有孽缘。"

方柳说："老娘跟你无缘！"

坂垣说："马上就有了。"

方柳问："你想干什么？"

坂垣说："得到你宜早不宜迟，这是我刚总结的经验。"

方柳说："别他妈碰老娘。"

坂垣说："由不得你，我们就要发生关系了，但你一定要记得，我本不想如此，我们之间原本像白莲花一样纯洁，像太阳旗一样神圣。"

这时候恐惧占据了方柳，她想咬舌自尽，坂垣往她嘴里塞了一团东西，解除了唯一的隐患，他猥琐地说："可惜了你百灵鸟般的声音。"

手脚被束缚，方柳只能绝望地晃动身体，根本不起作用，此刻她是一只等待被开膛破肚的小羔羊。坂垣不顾赵欣伯还在外面，三五下扒了她的衣服，双手摁在了方柳圆鼓鼓的胸脯上，像一头饿狼，又啃又咬。方柳没有抵抗力，白花花的胴体展露无遗，在黑漆漆的暗室中也闪着光，激起坂垣积攒许久的兽欲。那时候坂垣和赖士凯一样猴急，但他比赖士凯更无所忌惮，毕竟赖士凯还想和她过日子，而坂垣很肯定这是他和女神的最后一次。这次之后，烈性十足的她，不会再迎风盛放，只会香消玉殒，他再也不可能找回初见时的她了。他不能有所保留，要破釜沉舟似地发挥，稍微懈怠便有碍他的雄风，丢了强悍男人的面子。那时候他不认为残暴对她是一种摧残，而是一种全新体验。他花招甚多，并从胸腔里发出不少怪动静，让见多识广的赵欣伯都无地自容，很难再坚持听不下去。他走出关押点，才发现刚才自己比坂垣还紧张，出了不少汗，自言自语道："跟这畜生一比，我是既没吃过猪肉，也没见过猪跑，白活这把年纪了！"也许是受了坂垣的启发和鼓舞，他急匆匆往回走，看那劲头是准备向坂垣看齐，也要去找几个姨太扎扎实实操练一回。他之所以能当上"满洲国的产婆"，还是因为能与坂垣同频共振，实属一丘之貉，坂垣的过人之处他不一定学得来，偷鸡摸狗的勾当却一点就透。那一夜，方柳生不如死，唯有眼神空洞地望着天花板。她已经预知了明天的自己，像是在回望这一路走来所有悲苦的境遇，漠视着肮脏的生命。

坂垣还试图与她对话："你一定在后悔！你从来没想过是这样的结局吧。为什么不做个普通人，当个救死扶伤的医生，或者像别的女人一样相夫教子，或者不谙世事、惹人怜爱，却偏偏闯入这残酷的世界，参与一场几乎没有胜算的赌局？东北军都不敢打的仗，你为什么这么不自量力？"

方柳自始至终没说一句话，眼泪也流干了，安静的像一根生出木耳的树干，满屋子只有坂垣投在墙上的影子。她不辩解，不是因为她不想辩解，而是再也找不到的意义，并且坂垣的问题，其实也是她想要弄明白的问题，她更渴望得到一个完美的答案，可惜她等不到了。她不可能现身说法，短期以内也没有人替她现身说法，她已然等同于死去了，死得毫无价值。

巩天民没在约定地点等到方柳，赖士凯也迟迟未见方柳回家，那时候赖士凯心里在打鼓。他今天早些时候刚听伪政府里的眼线告诉他，坂垣见到方柳眼睛都直了，让他劝方柳别在伪政府干了，否则容易赔了夫人又折兵。眼线的一席话，让赖士凯惶惶不可终日，可他又不敢到伪政府去找方柳，更没种去找坂垣，只寄希望于坂垣打消这个念头，或者没工夫对方柳图谋不轨。可他心里跟明镜一样，坂垣看上的人，就像他看中的领地，不攻下来誓不罢休。坂垣一直认为军人的处事之道适用于一切领域，用对付舍命之人的手段对付老百姓，绝无失手的可能，方柳当然难逃他的掌控。

老赖士凯做好了今晚就和方柳摊牌的准备，务必说通她辞职，方柳当然没那么容易同意，他要下血本让她同意，比如放弃治安团团长的职务、分掉不义之财等等，只要方柳留在家里，他愿意做出妥协。这对于一个贪婪成性的人来说已经是伤筋动骨的改变。

左等右等，方柳音讯全无，赖士凯差人去打听，所有人都讳莫如深，连花重金养起来的眼线也三缄其口了。赖士凯预感不妙，只得亲自赶去伪政府面见赵欣伯。在赖士凯日常交往最频繁的几个官员中，他最怕赵欣伯，赵欣伯早年留学日本，是第一个获得法学博士学位的中国留学生，名副其实的高级知识分子，但他和刘仲明等知识分子不同，他有政治野心，为了回国后能有一席之地，在日期间就和土肥原贤二等人打得火热，是铁杆亲日派，清高自负、卖国求荣，典型的精致利己主义者。这个大汉奸却还看不起赖士凯这种小汉奸，赖士凯没少给他上供，但在他那里很少能得到好处，还经常被损得体无完肤，所以一段时间以后赖士凯不愿再在这个喂不熟的白眼狼身上浪费时间，能躲就躲，尽量不跟他打照面。今天他逃避不得，为了心爱的人赶鸭子上架。他从没有为了一个人，豁出去自己，想来令自己一阵感动，这种付出换回的感动，他从来没有体会过，现在开了先河，想不到那感觉很耐人寻味。

赖士凯以为狠出点儿血，就能把方柳接回家，可到了伪政府，他才知道事情远没有预想得那么简单。赖士凯取出金条，塞给赵欣伯说："我媳妇心高气傲，不懂人情世故，若是得罪了赵市长，还请高抬贵手，放她一马，我替她向您赔礼。"

赵欣伯说："你媳妇是特务，一门心思和满洲国作对，十恶不赦，坂垣不可能饶了她，你要是不想受连累，抓紧跟他撇清关系，把坂垣惹恼了，连你一块抓，你被抓了，拔出萝卜带出泥，咱俩素有往来，到时我也难辞其咎，谁都别想好。"

赵欣伯拿捏赖士凯，知道他经不住吓，果然赖士凯当时就腿发软了，路上那些打了腹稿的壮怀激烈的爱情宣言不复存在，奴才本性马上显露出来："我们好几年都不见了，几乎没生活在一起，我们只是名义上的夫妻，关于她的事情我一概不知！"

赵欣伯对于赖士凯的表现十分满意，因为这个故事的男主角如果是他，他也会这么选。他厉声说："既然如此，还不快走！这会儿坂垣大佐正在气头上，一会儿撞见了，吃不了兜着走！"

赖士凯非常自然地调头就走，出了大门走了几步，却越走步履越沉重。风呼呼地打着旋子，卷积起尘土沙粒，打在他脸上火辣辣地疼，打更的老人在咳嗽，他觉得那声音好像也在讥讽他，讥讽他是个失败者，连唯一一个在意的人都守不住。路的两边，他觊觎许久的那些店铺、商号都失去了诱惑力，而赖府积攒了多年的基业，也并不会让他感到安心。赵欣伯话说的决绝，很难有回旋的余地，他答应得也非常干脆，至此他完全可以撇得干干净净，回去继续过纸醉金迷的生活。以前方柳几年不回家，他也觉得无伤大雅，现在不回家，他仍然可以吃香的喝辣的，尽情享受侍奉，可突然间这一切竟味同嚼蜡了。他知道这种感受的来由，但他无能无力，他很想现在折返回去硬气一把，大闹伪政府，抢走方柳，可连想一想，都心慌气喘浑身乏力，像被阉割了一样。在日伪官员面前，他习惯了低人一等、听令而行，突然让他提出抗议，或者反了主子，简直太疯狂了，他已经丧失自我决断的功能。他不知道方柳目前什么情况，应该还算安全，走一步看一步吧，也许罪不至死，说不定坂垣哪天心情一高兴就特赦了她，他边走边一厢情愿地猜测着。

吴晓非一路小跑追了上来，指着他的鼻子骂：“你不是人！”

赖士凯说：“我还能怎么办？东北都是别人的了，何况一个女人。”

吴晓非说：“东北毁在就毁在你这类畜生手上。”

赖士凯情绪激动起来：“我顶多是为了保住自己、保住家业，顺便和商人混俩钱花。回家问问你夫君，他就不一样了，玩弄权术，祸国殃民，危害比我大。就更别提你了，一条母狗而已，懂什么是忧思天下、什么是形势所逼？还道貌岸然地指责我，不嫌害臊啊！”

第二十八章

这旅程并非短暂，只是我用青春就走完足够跌宕的一生而已。

赖士凯句句狠毒，以为吴晓非不会搭理他，世界可以清静一会儿了，他还说服自己，方柳对赖家没有贡献，对自己没有感情，两人的结合本来就是错误，单恋太卑微，喜欢不能当饭吃，早该分道扬镳了……然而，他越是暗示，越不能把方柳从脑海里清出去，如果他能做得到，早几年就做到了，不用等到这个哏节上。不仅如此，这些年他做的坏事轮番浮现于眼前，数不尽的骂声从四面八方涌来。他低着头，踢着地上的石子，心里难受得厉害，咧开嘴干嚎，有眼泪掉下来，也浑然不觉。

谁知吴晓非出奇冷静，她并没有离开，还是决定把方柳怀孕的消息告诉他，毕竟这已经不只是两个大人之间的事情，还关乎一个未出世的生命。就算赖士凯仍然无动于衷，她也要告诉他，让他内心受到谴责。

赖士凯的表现出乎吴晓非的意料，他似乎多年没有如此开心过了，表情失控严重。他在方柳之外也有过其他女人，但无一例外，没人愿意给他生一儿半女，时间一长，他不知道是自己的问题，还是那些逢场作戏的女人的问题，不过现在这些问题统统都不成问题了。他兴奋至极："我要当爹了，赖家有后了，我对得起列祖列宗了！"连喊几声后，他神情急黯淡下来，陷入巨大的苦痛。眼下他有了无穷动力，终于转身疾驰，往伪政府的方向跑。刚到目的地，坂垣正巧从大院里走出来，和赖士凯撞了个满怀。天太黑，他虽然只能看到坂垣的面部轮廓，但那股人渣的味道如假包换，他想不到坂垣速度这么快，已经先他一步到了这里，暗说不妙，但还抱着侥幸心理。赖士凯想，这么晚了坂垣一定没那么大的雅兴，他认识方柳时间不长，就算有想法，也要酝酿一番，才好意思表现出来。

赖士凯壮着胆子对坂垣说："求你让我见方柳一面，她犯了天大的错，也应该让我见她一面。"

坂垣舒缓了一下颈部肌肉，扣着袖口的扣子，所有表征都预示着坂垣已经朝方柳下手了，赖士凯仍然选择不相信，他"扑通"跪在坂垣面前哀求道："让我倾家荡产，让我代她受罚都行，只要让我见她一面！"

坂垣摆摆手，意思是请便，赖士凯又惊又喜，慌不择路地往禁闭室冲去。他见到了方柳，方柳身上裹着一条被单，已经被折磨得不成样子了，但赖士凯仍然强迫自己不往那方面想。方柳也看见了赖士凯，她已经麻木了，看谁都一个样，对话也是机械的。

隔着铁门，赖士凯说："坂垣没对你做什么吧？"

方柳只是注视着他。

赖士凯喜上眉梢："没事就好，你受苦了，孩子也受苦了。"

提到孩子，方柳露出痛苦的神态，但稍纵即逝，回道："什么孩子？哪来的孩子！"

赖士凯说："别瞒我了，吴晓非都跟我说了。我一定要保释你，一定要把孩子生下来！"

方柳说："不可能，你是大汉奸，孩子生下来就是小汉奸，是孽种，孩子何错之有要承受这些，可现实只要生下来，孩子就一定要承受。"

赖士凯说："别说气话，我可以被人叫汉奸，叫我的孩子，一百个不行，天王老子也不行，谁叫我跟谁拼命！”

方柳说：“别以为我不知道，我怀了孩子你才敢来看我，你对谁都虚情假意，孩子生在你们家，将来也走不了好路，你死了这条心吧！”

赖士凯说：“你提什么要求我都答应你，我想尽办法都要把你保住，只要你把孩子保住。”

方柳说：“终于说出了真心话，鬼迷心窍的东西，永远在索取，永远不知悔改。很不幸地通知你，就在刚刚坂垣强奸了我，我成了名副其实的荡妇，我更不可能生孩子了，孩子生下来一辈子被人笑话，我不会干这么傻的事。”

赖士凯一直逃避的答案赤裸裸地呈现在眼前，当即难以站稳，踉跄着扶住铁门：“你说什么，你再说一遍？！”

方柳恢复了沉默，现场一片死寂，赖士凯发出阵阵悲鸣，飘荡在伪政府上空。他双手揪着头发，哇哇大哭。他拔出腰里的手枪，要去灭了坂垣，还没出大门，就被伪政府警卫队人员摁住交给了赵欣伯。赵欣伯给他做了一夜的思想工作，没有用处，最后只能威胁他想不通也得想通，不然两口子全得枪毙。受了奇耻大辱，也要当作没事发生，赖士凯像一只丧家犬瘫坐地上，不知该以什么面目示人，他痛哭一阵苦笑一阵。

坂垣离开方柳后，立刻恢复成原来军装笔挺的状态，谁也无法想象他刚刚脱了裤子是什么模样。收起原始欲望，他也没能从禽兽变成了人，他丝毫不念及刚从方柳身上满足了肉欲的情分，狗吃了屎，还会摇摇尾巴，他瞬间就能翻脸不认人，立刻就从官方角度考虑如何对待方柳的问题了，卸磨杀驴不过如此。他嫌禁闭室设施不完善，刑讯手段不专业，挖不出方柳背后的上线，次日便将她从伪政府转移至监狱，准备明日提审。监狱里来了新犯人，林三武听了案情描述，掌握了情况，隐约觉得这事应该让巩天民知道。

巩天民找不到方柳，正到处打听，林三武找到他，向他说清了原委。

巩天民急切地问：“她现在还好吗？”

林三武说：“状况很糟糕，谁一靠近她，又喊又叫，像个疯子，想帮她都困难。”

巩天民担心的事情终于发生了，方柳到底遇到了危险。在这个世上，除了张查理和自己，她几乎没有可以信任的人了，且她是为搜集证据被捕的，他当然责无旁贷，当即决定铤而走险，想方设法也要把方柳从里面救出来。

巩天民说：“方便的话，请告诉我监狱内部的构造。”尽管林三武前来通风报信，立了大功，可他们之间的隔阂，无法马上消除，话里话外还透着陌生感。

林三武猜到了巩天民一定会去营救方柳，心里很高兴，他认为总算等来了救赎自己的机会，铁了心全力配合，但今天夜间不是他值班，他突然出现在监狱里很唐突，会引起当班狱警的疑心。但他很清楚明天的提审意味着什么，不死也得丢掉半条命。刻不容缓，今晚必须行动。

林三武说：“无须硬闯，晚上我和当班狱警换个班，凌晨三点我打开铁门出来抽烟，那时候你就可以行动了，走时别忘了下手狠一点儿，把我打晕。”

巩天民说：“他们发现方柳跑了，第一个问责的就是你，你难逃干系的。”

林三武说：“跑了犯人，不是个例，大不了把我关进去，再大不了……”

巩天民说：“不能救起一个，再搭上一个，那算哪门子救人！”

听巩天民这么说，证明他没有把自己放在对立面，林三武感动不已：“欠您的是时候还了。”

巩天民说：“我虽然需要你的帮助，不然连监狱的大门都进不去，但不想看到你以命相抵！你只要透露些里面的消息给我就行，出了问题我自己担。”

林三武斩钉截铁地说：“您不能担，您是干大事的人，有更重要的任务等您去完成。您尽管冲进去把她带走，其他的一概莫管，我自有办法应对。”林三武说完就走了，不给巩天民余地。看着他昨日仍是少年，突然变沧桑的背影，巩天民百感交集。

林三武用两包“长白山”卷烟和别人换了班，等着巩天民和他里应外合，他整理好着装，把子弹压进枪膛。中途他去看过方柳，并和她有目光接触，只一眼便有惊悚之感，方柳的眼神能杀死人，那是一种幽怨仇恨的深邃目光，直射人的心灵深处，让人不寒而栗。林三武见过很多死刑犯的眼神，已经麻木或者绝望，断然不是方柳这种情形，好像她要与全世界为敌。没有任何一团火焰，可以融化这块寒冰。

林三武想告诉她晚上的计划，让她有个心理准备，免得巩天民进来的时候，她在睡梦中受到惊吓，岂料刚往前走了一步，方柳就跳起来朝他啐唾沫，那姿势像吵架的泼妇。她穿着白色的囚服，沾着斑斑血迹，一头乌黑的秀发此时蓬乱地垂在前面，头低着，眼睛上翻，露出大片的眼白，活脱脱一只女鬼，她不会再受到惊吓，只会惊吓到别人。早听说方柳是绝世美女，不承想沦落到这个地步，令人唏嘘。

林三武轻声说：“你会好起来的，好人应该重获自由。”

方柳像是听明白了，安分了一会儿，可也只是一会儿，随即继续哭闹，吵得全监区骂声一片。林三武不敢再多说一句，生怕火上浇油，让她情绪更加失控，耗费更多的精力。

凌晨巩天民如期而至，在林三武的指引下，蹑手蹑脚进入监狱。巩天民看见了方柳，两天不见她更显瘦小，蜷缩在牢房一角，像一只走失的猫仔。巩天民不敢相信这是方柳，唤了她的名字，方柳抬起头，从头发帘里看见巩天民，如同一个十分怕生的孩子，立即转过脸去，额头对着墙角。但巩天民认出了她，眼泪刹那决堤。

林三武打开牢门，巩天民快步走过去，一把抱住了方柳，方柳还想躲闪，可没有力气。

巩天民哽咽道：“对不起！”

方柳说：“你不该来。”

巩天民说：“跟我走，我们回家。”

方柳说：“没有家了，等赶走了日本侵略者，也不会再有家。”

巩天民说：“不管受了什么委屈，都要活下去。”

方柳说：“人为什么活着，有什么意义？”

巩天民说：“看阳光雨露，听生命萌动，度人间盛事，还有很多很多美好的东西等着去见证。”

方柳说：“你们去见证吧，你的好意我记下了，真心不愿意走了，就让我在这里渡劫，在这里重生，下辈子不当人了，猪牛羊马都行！”

巩天民说：“你必须跟我走！”

方柳说：“你不是强盗，你不会像他们一样逼迫好人。”

巩天民为她松绑，她又蹬又踹。巩天民硬扛起她来，她却陡生一股力量，拼命挣扎。一时间巩天民舍不得下狠手。

一直不敢插话的林三武走过来道：“别耍性子了，跟他走吧，我们的时间不多了。”

他不说话还好，方柳把目光转移到他身上，看见了他身上穿着的狱警警服，头脑突然清晰起来，不再疯疯癫癫：“你不是好人，好人谁穿这身衣服！我凭什么听你的。”

林三武说：“我是不是好人不重要，但是现在，我是为你好。”

方柳说：“如果你是好人，我更不能听你的话，就这么走了，会害了你。你继续守在这里，说不定将来还有大用处，不要为了我白白送死。”她都惨成这样，还在担心别人的安危。

林三武说：“我会伪造好现场，运气好的话他们能放我一马。”

方柳神情恍惚：“煞费苦心，我可能让你们失望了。我想要的自由不是逃出监狱就能得到，我想去的地方不是活下来就能到达。从里到外我都不再是我，何来解脱！”

方柳的话让巩天民钻心地疼：“无论如何你都要跟我走。”说着，他去拉方柳。

方柳竟然躲过了：“你们快走，再不走我喊了。” 监狱里不止林三武一名狱警，还有备班人员以及其他囚犯，要是惊动了他们，谁也别想走。

巩天民哀求道：“糊涂啊，这个环境和时机蒙蔽了你的眼睛，等出去了你会看见漂亮的霞光。你还年轻可以重新开始！”他既然进来了，当然一门心思要把方柳带出去，留她在这里不会有好下场，可是现在看来方柳心意已决，想要把她从泥沼中拉出来难度太大了。接连的打击让她彻底丧失了活下去的勇气，不管如何劝说她都听不进去。几分钟后她絮絮叨叨，前言不搭后语，再无法与她进行有效沟通。

下一班狱警快要上岗了，眼看时间所剩无几，巩天民着急了，他不能再等待方柳主动醒悟，他使出了杀手锏，向方柳下了“最后通牒”，告诉她不要再我行我素，革命工作难免付出代价，不能以个人遭遇的不公，否定了总体的趋势，这不是一个进步青年该有的行为，会严重影响其他人的士气，这算叛党。关乎信仰，方柳似乎受到了触动，停止反抗，佯装同意巩天民的看法，示意两人为她松绑，绳子解到一半，两人蹲在地上继续专心忙活，她突然抢过了林三武的枪，把枪管抵住下颚，这让巩天民和林三武始料未及。

方柳让他们退出铁门外面，敢往前一步马上开枪。两人不得不照做。

林三武边往后退，边哄孩子似的说：“放下枪，我是来救你的，我不是来杀人的。”

方柳说：“你们退出去！”

巩天民说：“我退出去可以，你别伤害自己，明天提审，他们问什么你就说什么，千万别死扛，少受点儿罪！”巩天民眼泪止不住地往下掉，他知道他这一退，再见到方柳就不知道是什么时候了。

方柳说：“我永远记得你的好。将来任务成功了，别忘了告诉我的恩师张查理，我什么都做不好，给他丢人了，就当没有过我这个学生。”

方柳保持着持枪的姿势步步紧逼，盯着巩天民和林三武退到了走廊的尽头，退出了第一道门，再往后退就到了拐角处，巩天民从那里停下露出头来，昏黄的灯光照在他的脸上，呈现出土灰的颜色。方柳以为他已然走远了，朝他离去的方向挥挥手，露出一抹与往日无异的清澈的笑，然后毫不犹豫地扣动了扳机。

子弹从头顶穿出来，打进了天花板，血喷洒了满地满墙。方柳身上的床单甩了起来，像迎风飘舞的白衣。她微眯着眼睛翩然倒下去，那余音绕梁的枪声，像一曲悲凉的歌，怂恿她跳了一支沉重的舞蹈，临死前的一段时间她都狼狈不堪，对所有的事物心生厌恶，她紧闭了心扉，收敛着肢体，然而她最后收势的动作却是优雅地拥抱了大地。她一定还有不舍，对于还未成功的革命、对于未曾出世的孩子、对于还未盛开的自己，可她不得不告别这与之格格不入的现实，用最后的气力带走她留给这世界的最后一丝美丽。

第二十九章

是一出哑剧，也阻止不了我痛哭，是一粒微尘，也请允许我飘舞。

方柳死了，熟睡中的人都被惊醒，清醒中的巩天民却被震蒙了。一阵耳鸣过后，他看清眼前的惨状，愕然的表情定格在那里。他失声痛哭，杜亚芳和怀宝刚走没几天，现在方柳又步了后尘，就在他眼皮子底下。

搜集证据，早知有风险，巩天民当然有思想准备，但却要死这么多人，真的始料未及，未来还会不会死人，都是未知数。这条路如此难走，现在收手的话，就不会再有熟悉的人受到伤害，即使受到伪满的压迫，至少也能偷偷摸摸活着。这些想法只在巩天民脑子里一闪而过，他还要直面眼前，他要去给方柳收尸。活着的时候没有人珍爱她，死了应该体体面面地走。

那时候监狱里警铃大作，房屋里光怪陆离，其他在押犯也发出此起彼伏的瘆人的叫声，让那里成为真正人间地狱。方柳静静地躺在那里，不再陪他们出演这一场场闹剧。

林三武拖着巩天民往外跑："快走，再不走就走不了了。"

巩天民还在浑浑噩噩中，他一直重复着："她还是个刚毕业的孩子，她只是想见证真相，真相比谎言还难存活！"

林三武费尽气力把他弄到安全地带，赶紧往监狱跑，方柳是用他的枪自杀的，他必须回去解释清楚。没有目击者，这时候谎话编得圆，也许还能被轻点儿处罚。

巩天民朝方柳牺牲的方向长久地深鞠躬，然后逆着看热闹的人流漫无目的地走，从黑夜走到黎明。东方传来光亮，可他的心情仍然沮丧、压抑到极点。那时候，和他一样精神濒临崩溃的还有赖士凯，他们对向而行，他们擦肩而过，他们竟互不知晓。赖士凯也是一夜无眠，耻辱、悔恨、恼怒、悲痛，多种情绪积压在一起，让他像一个点燃了引信的炸药包，马上就要爆炸了，无奈他察觉到赵欣伯派人盯着他，行动受限，有血海深仇却不能报，那一刻，赖士凯的体验深入骨髓。

天亮了，方柳的死讯很快传了出来，街头巷尾都在议论，终日穿行在市井间的张查理得知了消息，他把蹲在墙根上唠嗑的大叔从石墩上提溜起来，目光圆瞪着道："你说谁自杀了？你说谁？"

大叔颤巍巍地回道："红颜薄命啊，挺好看医学院女大学生，可惜了了！"

张查理说："怎么可能，她怎么可能走在我前头？"他用力摇晃大叔，大叔如同一棵被台风摧残的芭蕉。

大叔问："你是谁？你跟她有什么关系！"

张查理看似盯着大叔，其实眼神涣散不已，分不清目光的触点在何处，他像是在和面前的人交流，又像是与空气对话。

他后退了几步，喃喃道："我是她的老师，她是我最优秀的学生！"说着，他甩开大叔。大叔被张查理望着他野蛮生长的胡须、一只镜片碎成蜘蛛网状的眼镜以及他走后那枯槁的背影说："最优秀的学生？优秀怎么会死？这哪像个老师，要饭的也比他好看啊！"

赖士凯也收到了方柳的死讯，这下彻底让他疯狂。他放下所有"矜持"，下定决心大开杀戒了。但他第一站不是去找坂垣，他还有仅存的理智，掂量得清楚，坂垣武艺高强，防守太森严，见他当然是最后一站。方柳是他的底线，他从没如此在乎一个人，现在方柳不在了，了无牵挂，也就失去了约束，战力成倍增加，但作为一个治安团的小角色，靠几条鸟枪，要取坂垣的性命比登天还难。

赖士凯逐个找平日素有恩怨的小鱼小虾清算，情节轻的卸胳膊卸腿，情节重的直接弄死扔进乱葬岗。董振奎是赖士凯捏的又一个软柿子，赖士凯把他从郊区抓了回来。董振奎在乡下已有所耳闻，都说赖士凯疯了，到处整人，心说早晚会搞到他的头上，没想到赖士凯来得比想象得要快。看着赖士凯吃人的眼睛，董振奎前所未有地恐惧，不到一回合，便交出了幕后主使巩天民。赖士凯早就怀疑巩天民，这下证据确凿，收拾巩天民，他一分钟也等不了了。他带着人马浩浩荡荡来到巩天民家，巩天民多日未归，呼泽生上街籴米，只有四个孩子在家。

孩子们已辍学多日，只能待在家里。不让他们上学是呼泽生坚持的，因为学校废止了中国课本，替换了中国老师，教孩子说日本话、学日本史、讲日本故事。呼泽生跟孩子们三令五申："宁可当文盲，也不学日本人那一套。"

周围的很多孩子都还在上学，他们很眼馋，时不时地会发一两句牢骚。有一次国路实在憋得无聊，跟哥哥姐姐犯嘀咕："我想上学，和伙伴们在一起多开心啊。鬼子很讨厌，可日本话挺可爱的，学一学有什么大不了。"

这话恰巧被呼泽生听见了，甩手就是一巴掌，打得国路眼冒金星，鼻子淌血。呼泽生没动手打过孩子，这是第一次。国路不知道错在何处，让她生这么大的气，委屈极了。

呼泽生余怒未消："上学没有错，学习没有错，多掌握一门外语，也固然很好，你的叔叔伯伯们，都是留学回来的，说一口流利的外语，让人羡慕，但这和日本人逼你们学有本质的区别。他们错就错在只让你们学日语，以期逐步取代母语。你们还是孩子，本国文化还不甚了解，就被灌输了满脑子日本文化，时间长了，被同化，被阉割，就忘了自己是中国人，他们居心叵测啊！说破天，我也不能让你们去干这数典忘祖的事。”

呼泽生这番话没有让国路服气，他顶嘴道：“他们都能上学，我为什么不能？日本人一直在东北，我一直都不用上学了吗？我非要去上，你不让我去，我到学校告你。”

呼泽生果断又是一巴掌，这一巴掌比刚才还重。呼泽生拔高了调门：“反了你，还学会了告状，不学好！你去，以后别再跟我讲中国话，连我这个娘干脆也换了！他们都能上，你也要上，是这个逻辑吗？东北被日本人占领了，他们不敢站出来，你爹也不用站出来了吗？他们的爹每天都可以回家，你爹也应该每天回来才对，可你有多久没见他了？他为什么抛家舍业、奋不顾身，就是为了让你们这帮不知好歹的兔崽子别忘了本，让你们以后还认得谁是爹娘，还认得哪里是故乡！”

呼泽生连珠炮似的一通数落，国路并没有被她的气势吓倒，他历来有主见：“我爹站出来就有用吗？日本人的飞机、坦克、大炮那么厉害，就靠我爹能行吗？十个、一百个他也没用吧！”

呼泽生看见国路的脸肿得老高，泪如雨下，但气势不减，心说这孩子能有这个性格，不怨别人，是随铁了爹娘，语气软下来：“你爹做不到，将来还有你，你也做不到，子子孙孙总能做得到，可是你被日本人洗了脑，成了他们的帮凶，那就真的永远也做不到了！”呼泽生眼睛里有笃定、坚韧的光，她不再一味地训斥，伸手把国路揽进怀里，抚摸着他脸上的五指印，心疼得掉眼泪。

母子之间的较量，结果从来不是决出胜负，一般会以没有结论收场。但打那以后，国路虽然还有很多事情想不明白，可再也不提上学的事了，每天在家翻着卷了边的书，那是哥哥姐姐用过的旧课本，他却学得很认真。疲倦的时候，他会安静地望着窗外，许久不说一句话，那个巩天民送他的挎包，已经包了浆，破了洞，仍挂在身上，与他形影不离。每当此时，呼泽生就知道他是想巩天民了，他们已经多日未见，他们甚至无法得知彼此的安危。

赖士凯踹开门的时候，巩国路正在自习，看见这个凶恶的家伙又出现了，之前心里有阴影，撒腿就跑，赖士凯站在他的身后兴奋地说：“嘿，机灵鬼，咱们又见面了！这次你可没以前那么幸运了，因为爷们儿身边没日本人跟着，我说了算，想收拾谁就收拾谁，你们休想再躲过。”

巩国路吓得躲在哥哥姐姐身后，只露出一双警惕的眼睛。赖士凯上次就知道这孩子有种，心里挺不是滋味，他对大管家说：“这巩天民命真好，事业有成，儿女双全。但今天，我要给他改命。世间太多不公，那么从现在起，在我能力范围内，我让大家尽可能的都一样。”

大管家问：“怎么个一样法？”

赖士凯说：“我活腻味了，大家谁也别想好。”

大管家表情很复杂，他也没见过赖士凯这副模样，心里发憷。

赖士凯对孩子们说：“你们在我就安心了，爹娘迟早会回来吧。但我没时间等，现在派一个人去把他们叫回来，有自告奋勇的吗？”

孩子们你看我我看你，都举起了手，像课堂上争先恐后回答问题，这让赖士凯很开心，表扬了他们积极踊跃的态度。

赖士凯指指巩国路说：“你聪明，让你去。”

国路准备走了，对大哥巩国格耳语道：“别怕，我喊人来救你们。”

巩国格说：“没人能救我们，他跟伪政府穿一条裤子，和警察一个鼻子眼出气。你出去就不要回来了，更千万别带娘回来。不然咱俩当不成兄弟了。”

巩国路使劲点点头，一溜烟跑出门，赖士凯知道这小子必然耍花招，示意一名壮汉跟上去。国路脚下虎虎生风，七拐八绕一通，把跟踪者累得不人不鬼，很快就跟丢了。其实国路早就看到了呼泽生，但一直不敢靠近她，等他甩掉了跟踪者，才追上呼泽生。

呼泽生说：“外面危险，谁让你出来的？”

国路说："我……我嘴馋，想吃粘豆包！"

知子莫若母，呼泽生觉得孩子今天很反常，他已经好几年没在吃上提要求了，但还是带他买了一屉粘豆包，牵着手往家走。一路上国路一会儿鞋不跟脚，一会儿肚子疼，一会儿抻着脖子看杂耍，一会儿追着其他孩子满街跑，调皮捣蛋，磨磨蹭蹭，让背着一袋米的呼泽生很是头疼，心说这孩子也是在家憋闷坏了，干脆找个地方坐下来，看他玩闹，等玩够了再走不迟。日头偏西，做饭时间到了，国路仍然意犹未尽，呼泽生沉不住气了，质问他到底什么时候走，如果还想玩，她一个人先回去了。眼看拖不住了，但又不能让她回去，国路欲言又止，只能扯着呼泽生的衣服硬耍赖皮。

呼泽生说："别瞒我了，到底什么事，快说！"

国路说："反正你不能回去，回去就完了。"

呼泽生说："我是你娘，你爹不在家，我就是天。不管遇到什么事都要告诉我，咱们一起想办法，逃避解决不了问题。"

国路说："我说了，你要答应我不回去！"

呼泽生说："你不说，我也要回去！"

国路看着母亲不容置疑的眼睛，谎言无处遁形，只得一五一十地把拖延时间的原因全撂了，他生怕母亲回家落入贼手，手抓得更紧了。呼泽生听了这个消息，背上的米袋从肩头滑落。国路有多爱她，她都感受到了，可现在没有心情把这份爱放在心头上焐热。

呼泽生又急又纳闷，她也听说了方柳的死讯，早些时候还在大街上烧了纸，寄托对巾帼英雄的哀思。心说，赖士凯不去处理媳妇的后事，跑我家来干什么？莫非方柳的死和巩天民有关系？呼泽生不能细想，先要顾好眼前。巩天民是指望不上了，家里还有三个孩子，她绝不可能撒手不管，逃之夭夭。

呼泽生对国路说："他们是冲着大人来的，我回去就是了！你现在去高慧阿姨家，邵信普和你爹是过命的兄弟，高慧阿姨会善待你的。如果娘迟迟不能来接你，你也不要怕，像你爹一样，当个男子汉，做个有用的人。不论到什么时候，说人话，办人事，走正道！”

母子连心，国路早猜到了，娘这算是正式和他告别了，他说：“娘，别扔下我，你去哪儿我就去哪儿！” 说完眼泪哗哗地往下掉，因为他确信以后和爹娘在一起这个别的孩子可以轻易实现的愿望，对于他来说将会难于上青天了。

呼泽生把国路的小手指一根一根地从自己衣服上抠开，像是把玉米从玉米秸秆上掰下来，像是老牛从牛犊眼前走向屠户，像是花瓣被吹落枝头，像是乌云遮住了月色。呼泽生亲眼见证、一手缔造这一幕残酷的母子分离场面，可她不与国路分离，就得与别的孩子分离，都是她的骨肉，剜掉哪一块都要命地疼。

巩国路依然与呼泽生难分难舍，呼泽生咬着牙说：“是你自己去高慧阿姨家，还是我送你去？！”

国路知道母亲说到做到，现在他不得不长大成人了，长大成人的标志就是硬着头皮也必须去做不愿意做的事情。呼泽生见儿子抓着她衣服的手松开了，抓紧时间急匆匆地跑起来，生怕他反悔，再追上来，她逃也似的，脚步越来越快。可拐弯的时候，她还是不由自主地停下来，她必须停下来，每个母亲都会停下来，因为这很可能是见孩子的最后一面，她要好好看看自己的孩子，她要记牢了他现在的样子，等记牢了，不管是孟婆汤还是奈何桥，都灌不晕她，都奈何不了她，不管到哪里，不管是否还活着，她都会为他祈祷，祈祷他快快长大，健康平安。所幸国路没有挪动半步，还在原地怔怔地望着她，他曾经无数次这样望着她，但这次比任何一次都痛苦。不知是不是距离的缘故，他显得更加瘦小，只看见他的身体一抖一抖的，那或许是因为他抽噎的幅度很大，把身体都带动了起来。

那时候，有个裹着和服、脚踩木屐的日本女人扭腰转胯，啪嚓啪嚓地从巩国路身边经过，身后跟着她的爱犬，一条纯种的日本本土原产狗，秋田犬。这条进口名狗，一看就身家不菲，它高大健硕，而营养不良的国路看起来还没有它魁梧雄壮。那条狗的毛色油光闪亮，眼神凶狠犀利，和它的主人一样，气势十足，夺人眼球，一眼看过去，的确比中国狗霸道许多，在那条街上没有哪一只狗可以与之媲美，所以它很自信地招摇过市。它也发现了国路，它对这个不给它让路的小孩很感兴趣。那狗朝国路吠了几声，国路没搭理它，它却感到很兴奋，因为已经很久没有中国人敢这么对待它了，苦于没有机会在主人面展现雄风，今天看来有对手了。现在它骄傲地摇着尾巴，那尾巴像飞机螺旋桨一样，转速飞快，可见它平日伙食不错，精神状态极佳。它围着国路转圈，鼻子嗅个不停，那是在判断国路的情绪、挑衅国路的底线。国路其实很怕狗，可这会儿没工夫害怕，因为有更害怕的事情正在发生，小怕就不算怕了。狗不仅会仗着人势，也最会察言观色，它发现国路一动不动，和木偶、树桩、瓦砾没有差别，于是一股尿意袭来，把一条腿搭在国路身上，心安理得地方便起来。一股暖流浇在腿上，国路才意识到人善被狗欺，尤其是他正悲痛欲绝的时候，狗东西却挑这个时候来欺负他，真可谓瞎了狗眼。国路一脚踹在狗肚子上，狗“嗷呜嗷呜”叫了两声，后退两步，眼神满是惊诧、狐疑和思索，和那个日本女人的眼神有异曲同工之妙。小家伙敢反击，首先就不可思议，其次，极端情绪下爆发出的力度之大，远超狗脑想象。当然，那狗认为自己也非等闲之辈，不能遇到点儿挫折就垂头丧气，它看了看主人，主人的眼神扑朔迷离，它很少见主人会有这种眼神，所以它判断，这时候它冲上去一定会被默许。它果断扑上来撕咬国路，国路疲于应付。日本女人也没有袖手旁观，但她并不劝狗，而是在骂人，她叽里呱啦地说着日语，意思是：“小崽子，你算什么东西，你竟敢踢我的狗，把你宰了给狗当晚餐，狗都不吃……”她松开了狗绳，在一边充当啦啦队员，并兼任教练的角色，激动地给狗指导着技战术的运用：“咬他，咬他腿，咬他屁股，咬他脸……”

第三十章

与从前一拍两散，是我多年来唯一骄傲的自我了断。

巩国路和那条狗纠缠在一起，单薄的小身板经不起反复的凶猛冲击，很快遍体鳞伤、血肉模糊。秋田犬又一个扑咬，小国路仰面朝天倒在地上。那条狗趁热打铁一口叨住了他的挎包背带，这还得了，咬他可以，要挎包不行，国路与它角力，可轻易便落入了下风，他被狗拖行着，叫声凄惨，过往的不少行人驻足观看，却没人敢上前帮忙，没人知道这个小孩的来历，但这只狗大有来头。

儿子被狗咬，呼泽生尽收眼底，她当即调转过身救国路，刚跑出两步，被人伸出一只腿绊倒了。原来赖士凯派来的跟踪者发现了她，那人膀大腰圆，气势、嘴脸以及身手都堪比欺负国路的秋田犬，呼泽生哪是他的对手，他把呼泽生从地上一把薅起来，将胳膊扭到了背上，掐住了脖子，那时她的姿势就像一架被挟持的飞机。她被押着往家的方向走，只能从壮汉的腋下察看国路那边的状况。儿子置身危险中，哪怕是在平时，也没有哪个母亲承受得住，何况是现在，她万万想不到，老天不偏不倚在这个时候给她安排了这个场景。

国路还在狗爪子下面挣扎，没有人能救他，全凭他自己。呼泽生拼命喊叫，让他坚强，让他反抗，让他站起来，可是她的嘴巴朝着地面，声音渗透到了青石板下面，声音淹没在了壮汉的呵斥中，声音震荡着自己的耳膜，就是无法让儿子听见。她在那个壮汉的打骂中踉踉跄跄地挪动着步子，像是一头努力低头拉磨还要被抽打的驴。儿子的哭声越来越远，她认为自己离死亡的路也越来越近了。

国路没有力气了，做出的动作绵绵软软，像煮太久的面条，对狗不起作用。那条狗始终碾压着国路，时间一长，它也觉得索然无味，撕咬得没那么起劲了。日本女人春风得意、神气活现，在围观者怯生生的指指点点中，鸣金收兵，她为秋田犬的“壮举”感到脸上有光，心满意足地抚摸了她的爱犬，之于巩国路，她连看都懒得再看一眼，好像躺在那里的孩子只是爱犬吃剩下的一堆狗粮。她牵着狗，又啪嚓啪嚓地走了，那条狗还惺惺相惜地回头看了一眼刚才的对手，人却没有。

巩国路躺在地上，暴突的眼睛聚焦在被狗牙撕烂的挎包上，一眨不眨。有人欲上去查看他的伤势，被亲人拽走了，有人看到他这副模样，赶紧后退，生怕死在自己手上，沾染一身晦气。

挎包烂得不成样子，巩国路就像弄丢了巩天民给他的护身符，他絮叨着：“爹，爹，你在哪儿？快来救救我，快去救救娘！”

可大街上人来人往，没有一个他的亲人，没人去听他的诉求，巩天民忙着拯救世界，却不知道后院燃起了熊熊大火。有雨点滴下来，很快打湿了整个路面，冲刷着巩国路的伤口，稀释了殷殷的鲜血，染红一畦水洼，倒映着他无助的脸。

呼泽生被押回了家，赖士凯当着孩子的面，对她又是一顿言语讥讽与恐吓，逼问她巩天民的下落。

赖士凯说：“你的丈夫，你不知道在哪儿？！”

呼泽生说：“你的妻子，你知道她因何而去？”

赖士凯说：“别忘了咱俩的身份，你跟我比？”

呼泽生说：“更了解巩天民的，应该是他的敌人。”

赖士凯说：“你这么执迷不悟，只会激怒我。”

呼泽生说：“你了解方柳吗？你如若了解，为什么对她的离开一无所知？夫妻本就是如此矛盾的存在，哪怕终日厮守，彼此心里的事又能知晓多少？我不了解巩天民，我只知道他是个正义勇敢的人，就够了。可是你不懂方柳，你们千差万别，你们永难交融。”

赖士凯愣住了，呼泽生戳中了他的要害，但她说得再对，与他今天来的目的又有何干，他还是要找到巩天民，找不到，贼当然不能走空，今天势必要让巩天民付出代价。

赖士凯说：“这些大道理，我都懂，但我走火入魔了，我只要我想要的结果，得不到，就得流血。”

呼泽生说：“我没有企图感染你，只是想让自己好过一些。如果正好对你有用，岂不是两全其美。”

赖士凯见问出来的都是些摸不着头脑的话，再问下去也是浪费时间，他要让巩天民和自己一样，活在煎熬苦痛中，他下令射杀呼泽生和三个孩子。

呼泽生说：“能不能放了孩子？”

赖士凯说：“这个要求太蠢了！”

呼泽生说：“让我跟孩子说两句话。”

赖士凯说：“我让你说三句！”

赖士凯把呼泽生放开，让她去拥抱孩子，看似是最后的善意与温情，其实那样更便于统一干掉。呼泽生和孩子们抱成一团，她让孩子们别看黑洞洞的枪口，看着她的脸，她腿在打战，脸上仍然努出笑容。

呼泽生说：“娘没有能力保护你们了，你们恨娘吗？”

老大国格说：“娘，我不恨你。我不怕死，我怕死了以后，在那边，我们就不认得了。”

呼泽生笑中带泪：“我们抱紧了走，就会永远在一起了，再也不分开。”

赖士凯举起了枪，指着呼泽生说：“太感人了，那我就促成这桩好事，亲自送你们走！”

他吼了一嗓子，手下也举起了枪，他们瞄准了目标。那时候，院门轰然打开了，有人陆陆续续进来，不一会儿把院子围得水泄不通。

领头的是高慧，前排赖士凯都认得，那是商会的人，他们身后有些脸熟，有些压根没见过，有可能是从街上临时雇佣的。但那都不重要，那些人手里普遍都拿着冷兵器，个别还有猎枪，这在东北市面上很常见，杀伤力不亚于赖士凯等人的武器，这着实把他们吓住了，有胆子小的尿了裤子，这十分影响士气，赖士凯骂了一声“废物”，抬手一枪击中其腿部，那人倒在地上翻滚哀号起来，令人肝颤。那时候，满身血污的巩国路从人群中艰难地钻出来，他脸色煞白，穿着狗啃过的破衣烂衫，眼神涣散，他虚弱地朝呼泽生挥挥手后，一头栽倒在地上。呼泽生再也控制不住情绪，哇哇大哭起来。她推测得出来，是国路强忍着伤痛，找到了高慧，高慧迅速搬来救兵。现在国路以为母亲和哥哥姐姐安全了，一直紧绷着的神经才松弛下来，这一路，他都是硬撑着的。除了赖士凯等人在飞速思考如何脱身，在场的其他人无不被呼泽生的哭声感染，纷纷红了眼圈。高慧掐抱起国路，掐他的人中，国路苏醒过来，他挣开高慧的怀抱，扑向呼泽生，他们又团聚了，又团聚在危机降临的时刻。

一个商会元老对赖士凯说：“你不能杀他们，杀了他们，巩天民更不会出现。”

赖士凯说：“我杀人等不到明天，先解决一个是一个。”

商会元老说：“你今天目的很难达成了，我身后这些人或多或少跟你都有仇怨，我想给你机会，他们也不会放过你。”

赖士凯说：“好大的口气，我赖士凯在奉天地面上风风雨雨几十年，什么场面没见过，能怕了你们这群臭鱼烂虾，我还真好奇，谁借你们的胆子，敢跟我作对。”

商会元老说：“若搁在以前，我们还真不敢来，但今天没人怕你了。你消息很不灵通，坂垣已派人抄了你的家，你的七大姑八大姨现在正在街上哭天抹泪，你也无家可归了，还在此和我们耀武扬威！”

赖士凯说：“一派胡言，我来的时候还好好的！”他话说得底气十足，其实已然气血上涌，有些站不稳了。赖府是赖家祖祖辈辈积攒下的家业，里面也藏有巨额财富，万万不可毁在他身上，那样的情形像极了溥仪，但和溥仪又差着十万八千里，人家至少有退路，还能回到东北老家，当个伪皇帝，可伪皇帝也是皇帝，身边依然不乏前呼后拥的人们，而他和街头的流浪汉没什么区别了。

商会元老说：“这年月变天有多快，你应该很清楚，什么你的我的，都是日本人的，他想什么把你一脚踢开，随时可以办得到。他逼死了你的爱人，你怎么会像以往一样为他服务，他怎会不怕你处心积虑地报复他，你就是一枚定时炸弹，他不清除你，必定寝食难安啊。”

赖士凯情不自禁地道：“狗日的坂垣，没有人性，赶尽杀绝。”

赖士凯此言一出，他的部分手下当场倒戈，有的放下枪，想偷偷混入“敌军”阵营，被人几脚踹出来。赖士凯无暇顾及他们，保命要紧，他慢慢挪到呼泽生身边，把她挟持为人质，众人不敢轻举妄动了。

赖士凯在众目睽睽之下独自带着呼泽生且防且退，缓缓走出院子，而他的其余手下，全像斗败的公鸡，跪在地上，耷拉着脑袋，一个个咬牙切齿，诅咒赖士凯不得好死，那些以往对赖士凯谄媚最卖力的，此时骂的也最狠。

赖士凯对追出门外的人们说：“日本人这么对待我，我再忍气吞声，猪狗不如。你们不要再跟过来，再往前一步我就打死她。让我走，我去找坂垣拼命。临死，让我也干一票漂亮的。”

商会元老说：“祸不及妻儿，你若还有一点儿良知，请不要动她，我们也会善待你的家人。”

这句话触动了赖士凯，他已经有了必死的打算，唯一放心不下的就是家眷们，没有他的撑腰，那些作威作福惯了的老弱病残，将来一定不会有好下场，商会元老这么说，一定程度上解决了他的顾虑，他想了想说：“你们只要让我走，我走到安全距离就放了她。”

高慧与商会元老商量了一番，决定相信他一回，他当然不会拿自己亲人的幸福开玩笑。呼泽生跟着赖士凯走出去几百米，眼见没有人追上来，果然松开了呼泽生。

赖士凯说：“此刻你一定很高兴，这世间又要少一个坏人了，不，是两个坏人。我走到今天这一步，全是因为坂垣，他对方柳和我未出世的孩子下手，一尸两命，我却还没鼓起勇气去灭了他，我多混蛋，现在终于可以新账旧账一起清算了。我去跟他拼命了，你走吧，永别了。不怕你笑我贪心不足，我奢望你将来看到我的亲人受欺负时，记得劝上一句，他们没有错。和我有仇的人，如果实在气不过，让他们去我的坟头上找我。可能我太乐观了，估计我连个坟头也不配有。”

呼泽生看见赖士凯竟然落泪了，多么厚颜无耻、作恶多端的人也有软肋，也不是天生品行败坏，差别在于将死之时，有的人脆弱、善意、悔悟才会浮上心头。

呼泽生说：“功过最终应是之于你，而不是之于众人，希望你的所有决定，都对得起你的夙愿与追求。”

赖士凯说：“谢谢你们没有痛打落水狗，我在最后的时刻竟然还能拥有自由，尽管这自由来得太晚了，与这自由相生相随的却是死亡。”

呼泽生说：“不敢闲心这话能从你嘴里说出来。”

赖士凯说：“你们才是幸福的人，活在阳光底下，无比的真实。”

呼泽生说：“高尚是相对的。只是你从一开始就找错了对手，找错了方向。”

赖士凯说：“我去寻找我的羽毛、我的翅膀以及还没拥有就丢失了的爱情！”

呼泽生说：“你一定能找到，其实也不用以卵击石，只要你不与他人为敌，没人妨碍你隐姓埋名，等到有能力了，再做些力所能及的事情。”

赖士凯眼神黯淡了又明晰：“来不及了，也等不及了！”他告别呼泽生，满身寂寥地朝家的方向走去了。那时候，他彻底成为一个孤家寡人，多年来积累的他所奉为圭臬的东西全都倏然而逝。曾经不可一世、高人一等、家财万贯，是他费尽心机营造的镜像，是他梦寐以求的辉煌，而现在却是掩埋他的稻草和泥土，遮住了他为数不多的荣光与锋芒，让他在这条已不是归途的路上，走得异常艰难，难到超越了这一生所有的跋涉、所有的坎坷。光斑打在他泪水交叉横纵的脸上，春日难得的美景和熙熙攘攘的人群全然不见了，只有他在疾驰，他在痛哭。他脑海里曾浮过万千繁华，却在这一刻，化作泡影，他唯一能回忆起来的，只有和方柳的那一夜温存，除此之外，皆是奔波、劳碌、惊吓以及恐慌，没有一刻安心地享受过他所盘剥来的一切。

赖士凯觉得自己孤苦伶仃，他甚至已经忽略了手里还有一把枪，这把枪并没有赋予他更大的胆识、气魄和能量，反而让他更虚弱，这说不清什么时候卡壳的铁家伙，在坂垣面前根本不值一提，只会让他以及他那些战力很强的鬼子兵爆发一轮新鲜的嘲弄，他甚至能想象到他们呲着大牙仰天大笑的场面。他用力挥了一下那把枪，配合着越来越快的步子，的确让他看起来像个决斗的勇士，正在去和往日的自己做彻底的了断，可现实是他必须扔掉这把可笑的枪，才有机会接近坂垣，否则连坂垣的影子也无法看到。于是，他果断把枪扔向远处，抹了一把脸，让自己看起来更清醒，清醒到从未觉得自己落魄过，从未失去所爱的人，也从未心生仇怨，他还是坂垣的一条温顺的狗。

赖士凯到达他家大门口时，果然物是人非，门口有鬼子兵把手，赖府的牌匾已被他们踩在脚下，往里看人来人往，却没有一张熟悉的面孔，他们在他家如入无人之境，好像他们才是那里的主人，能搬的东西搬走，不能搬的东西毁坏，赖士凯精心雕刻的影壁墙、斥巨资搭建的水系、养育多年的名贵花草，全被糟蹋了，松垮杂乱地铺满了院子。不过这些赖士凯已经不在乎了，他心里的血已经滴干净，伤口也已经结痂。

赖士凯想要进去，被哨兵拦住，他说："坂垣大佐是我的再生父母，我却不能让他满意，我罪不可恕，他想怎么处置我就怎么处置我，我是来求死的。"

哨兵面面相觑，逃跑还来不及，从没见过上赶着死的。想必赖士凯和坂垣的关系已入化境，坂垣对他的洗脑已贯穿血脉，他把坂垣当成了精神支柱，没有坂垣的谅解，吃不香睡不好，找不到活下去的意义，这可是日本关东军在满洲国颇受拥戴的最佳范例，值得大书特书、大肆宣扬。送上门来的活宝，哨兵怎能弃之不顾。哨兵临进门向坂垣汇报之前，还给了赖士凯一个赞许与同情的眼神，"看不起"严重到一定程度就变成了同情，人们很享受同情别人的滋味，因为那关乎自己的优越感是否有了参照系。

第三十一章

这最后一次的卑微，却是我一生中最耀眼的锋芒。

当时坂垣已经下令抓赖士凯回来，他认为用不了多少时辰，赖士凯就会被五花大绑押过来，他知道最近赖士凯到处屠戮无辜，以往赖士凯是他的得力干将，现在却是他的心腹大患，赖士凯的下一个目标很可能就是他，他要赶在赖士凯之前先下手为强，不过他拿不准赖士凯到底是怎么想的，还是要当面探知一下，他在这群汉奸心中到底是何地位。一个鱼肉别人的人，还想混个德高望重的名声，这是坂垣的追求，他不认为这种思想很畸形。

坂垣正在大厅里品茗等待，没想到赖士凯不请自来，当然心生戒备，但得知赖士凯的姿态后，心情轻松起来，毕竟男人的成功不过如此，给赖士凯戴了绿帽子，他却还要朝拜自己，这种体验不是一般人能有的。鬼子兵对其进行严格的搜身后，放他进来了。赖士凯没有暗器，坂垣便高枕无忧了，论徒手杀人的伎俩，赖士凯远远无法与之抗衡。

赖士凯九十度鞠躬升级为磕头如捣蒜，比祭拜列祖列宗的牌位还虔诚，这加重了坂垣的好奇心。

坂垣说："你应该恨我，你应该跟我拼命。"

赖士凯说："没有大佐关照，这家产从何而来？怕是早就连本儿都搭进去了吧，我会像那些不识时务的人一样颠沛流离、一贫如洗，我了解女人，那种处境又怎么会有女人，所以没有什么好怨的。你恩惠福泽于我的，现在想收回去，我不仅不能阻拦，还要主动出主意，让您取得更通畅，拿得更顺手。您翻不到的宝贝，我要主动献上来，免得埋没了。”赖士凯唯唯诺诺的样子，坂垣本来见怪不怪，他面前终日萦绕着一批卑躬屈膝的奴才，但像赖士凯受了奇耻大辱还能保持足够谦卑的家伙还是刷新了他的认知下限，贱出了层次、贱出了段位。

坂垣啧啧有声：“赖桑是位高人，可惜你生错了地方，你要是我们大和民族的人，我们一旦遭遇，我绝对不是你的对手。”显然，坂垣只知其一不知其二，他不知道有个成语叫“卧薪尝胆”，如果熟读这个典故，应该不会如此乐观。

赖士凯说：“当然也心有不甘，可您的人格魅力折服了我，那些就不值一提了。”

坂垣说：“你这种表现，让我如何是好？我本来想立刻除掉你，以绝后患……”

赖士凯立马抢过话茬儿说：“那我太理解了，您也有难言之隐。您是优秀的帝国军人，岂会稀罕我这点儿钱财，您只是担心我身上有钱，就会有人追随我，就有了和您作对的条件。可您在杀我之前，容我说句真心话。我从来没动过歪心思，儿女情长怎能影响我们之间的情谊，蝇头小利也腐蚀不了我对您的忠诚，您应该了解我，政治生命才会给我带来满足，我还一直幻想着，您将来再赏赐我一官半职，这才是有志男儿该有的追求。”

坂垣频频点头，：“作为一个说一不二的军事指挥官，我会心软吗？我怎么有些心软了呢？”

赖士凯听话音觉得有戏：“千万别心软，如果您觉得我有碍观瞻，我随时听候发落。”

坂垣直视赖士凯的眼睛，赖士凯不躲不闪，他认为只要经受住了这轮考验，坂垣就被他的三寸不烂之舌给降服了。可坂垣岂是池中之物，他怎么会被精神控制，他没有按照赖士凯的路子继续走下去，话锋一转说：“你说得太对了，我不能心软，心软乃兵者大忌！”

一句话让赖士凯失望透顶，拍了这么久的马屁，满盘皆输。不过戏码已经演到这里，情绪已酝酿到位，不能马上出戏，要接着往下演。

赖士凯说：“对，悉听尊便。”

坂垣突然站起来，“嗖”地抽出了闪亮的指挥刀，手起刀落，赖士凯应声倒地。坂垣立在原处，狐疑地盯着眼前一动不动的赖士凯说：“不应该啊？我的控制力可是一流的。”

那时候赖士凯从地上爬起来，摸了摸脖子，捋了捋头发，发现自己没死，只是帽子被削掉了一半，又惊又喜地说：“感谢大佐不杀之恩。”

坂垣将刀入鞘，鼓掌道：“你竟然不躲？！”

赖士凯说：“如果您真想杀我，躲也白躲。”

坂垣说：“赖桑很真诚，我很感动。”

赖士凯说：“我们之间没有隔阂了吧？”

坂垣说：“死罪可免，活罪难饶，我不是冒失的人，还要委屈你一段时间，等我确信你没问题之后，咱们再说后话。”

赖士凯说：“大佐的意思是？”

坂垣说：“你不能有钱，不能有武器，你这里的一切，我派个人接管，你先在他手底下当差吧。”听闻此言，赖士凯更清楚了，汉奸和鬼子之间怎么会有情谊，平日关系再密切也只是相互利用的关系，更确切地说是单方面利用的关系。坂垣欣赏他，也是欣赏他残害同胞的能力，决然不是他的魅力，这条铁律亘古不变。

赖士凯咬着牙问：“是谁？”

坂垣拍了拍手，从大门外进来一个人，赖士凯定睛一看，那人正是他的大管家。大管家此时换上了治安团的制服，腰里别着盒子枪，脚上蹬着一双大头皮鞋，以前他穿的都是“老头乐”布鞋，断然不敢在赖士凯面前穿皮鞋，今天从这双鞋上就可以得知，他已经取代了赖士凯，成为这里的新主人。赖士凯一口气差点儿没上来，堵在嗓子眼，脸色发紫，像一个熟烂的茄子，大管家可是看着他长大了，是他最亲近的人之一，相当于半个爹，可现在连大管家也背叛了他。现场顿时安静异常，大管家没有丝毫不好意思，皮笑肉不笑地杵在那里，等待赖士凯疾风骤雨、暴跳如雷，坂垣盯着赖士凯脸部的变化，希望能激怒他，暴露出他真实的本性。

可是赖士凯立即换了一个跪拜的方向，朝着当了他四五十年家奴的大管家磕头，他学着大管家以往不敢与他对视的样子，眼睛盯着地面说：“大佐好眼光，把这里交给大管家……不……交给刘爷操持，把治安团的日常事务交给刘爷处理，太合适不过了。从我爷爷那辈起，就对刘爷的为人信赖有加、对刘爷的能力赞叹不已，他殚精竭虑、事无巨细，里里外外都是一把好手，要不是有他帮忙打理着，我赖家说不定早就衰败了，哪里等得到今天。还是大佐慧眼识珠，任人唯贤……”

坂垣制止他再说下去，以免唾沫星子打湿了地面，坂垣说：“真如你说得这般好，为什么到头来，背叛了你这个主儿，为我所用了呢？”

一句话噎得赖士凯翻白眼，让他不得不看了一眼大管家，他们之间这一瞬的眼神交流好像度过了多年，好像有许许多多的人从面前飘然而去，数不胜数的事再一次发生。

大管家这一辈子习惯了向赖家人请安，习惯成自然，两人这一对视，他身体摇晃了一下，不由自主地给赖士凯作了个揖。坂垣清了清嗓子，让大管家猛然想起自己身份的转换，即使这身份虚假如镜花水月，但他还是要努力匹配这境遇，他赶紧直起了身子，但眼底仍藏着怯意，从小在赖家长大，养成了根深蒂固的思维定式，这么做心里当然有愧，他底气不足地对赖士凯说：“别怪我翻脸不认人，你了解我的，我不是贪图荣华富贵的人，这世道，容不得个人做选择。看似是我翻身当了主人，但能活到哪一站，谁说得准呢，先顾好眼巴前吧。你想开点儿吧，事情已经发生了，想必你也不会听我解释，我也有难言之隐，虽然我在赖家低你们一等，可我也是个活生生的人啊。就这样吧，如果将来在下头见面了，我还伺候着你……”

坂垣呵斥大管家不要再说下去，毕竟让他来是羞辱激怒赖士凯的，不是来宽慰他的，现在说的这些话，一句也不是坂垣想听的，起身给了他两巴掌。

大管家壮着胆子说：“他是少东家，我叫了一辈子了，这一点变不了啊！”

坂垣说：“我说能变就能变，没用的东西。现在当着我的面，去把那堆木头给我烧了，以后这里再也不姓赖，这片家业是你的，我保证你的安全！”坂垣指指北方正中央祭台上赖家列祖列宗的牌位云淡风轻地说。

这个要求让大管家的脸部肌肉就失控了，他看了看那些牌位，再看看赖士凯，并没有听从坂垣的指令，不往前反而往后，半身不遂似的挪动了两下步子。早些时候坂垣轻轻松松就说通了他，因为他一辈子没结婚，后来在城郊找了个姘头，前些日子，姘头一朝分娩，让他老来得子了，他既需要安稳又需要钱，所以坂垣只需要点到为止，他就不得不听从坂垣的安排。但现在看来，他的表现与那时的承诺很不相符，坂垣感觉倍受挫败，命令手下对他又是一顿拳打脚踢，打他意志不坚定，打他烂泥扶不上墙。刚才大管家没有朝牌位下手，让赖士凯热泪盈眶，现在大管家惨叫不止，他有些于心不忍了，他觉得大管家和自己有本质上的不同，关键时刻还有操守和德行。赖士凯不知道这是幸运还是不幸，幸运的是大管家没有学会他的无耻，不幸的是大管家也抵不住命运的嘲讽，不得接受坂垣的摆弄。但赖士凯心情稍好了一些，知道这是老天爷给连天厄运中的他上了温馨的一课。

赖士凯说：“住手！”他让小鬼子不要再打大管家，再打就打死了。

这下坂垣十分不开心了，他认为现在赖士凯和大管家应该反目成仇，他们之间的仇恨甚至应该大于他们与自己的仇恨，然而他们却惺惺相惜起来。他诧异地说：“都这个时候，你们竟然还给我演苦情戏？真是一对模范主仆啊，患难见真情。”

赖士凯神秘兮兮地说：“大佐您多虑了，这个狗东西既然这么不上道，对您的恩泽置若罔闻，那么他损失可就大了，请大佐抓紧让他在我眼前消失，我有天大的秘密要单独向您禀报。这个秘密，我猜他一定不会告诉您，我要赶在他前面，抢了他这个头功！”

坂垣见赖士凯越说越绘声绘色，来了十足的兴致，听从了赖士凯的建议，让人把皮开肉绽的大管家拖了出去。

大管家扯着嗓子说：“少东家，我对不起你！少东家，不要那么做，我应该走在你前头。”大管家所说的走在前头是死在前头，而坂垣认为他是想率先获得透露秘密的机会。

赖士凯说：“滚吧！滚得远远的，我才是这里真正的主人，我的秘密当然由我来掌控。你算个球，永远都是我的附属品而已，我尊敬你，喊你一声管家，一脚踢开你的时候，你连尿罐、痰盂、马桶都不如！”赖士凯恶狠狠的样子，让坂垣也受益匪浅。

那时候大管家号啕大哭，哭得大家耳朵嗡嗡作响，一个个心烦意乱。坂垣依然认为大管家是在为刚得到就失去的地位而哭，在他看来，赖士凯和大管家属于狗牙狗一嘴毛，目前赖士凯又成了占据上风的那条狗，由此可知，大管家之所以当了一辈子管家，说明智商还是逊色于东家。

大管家一路上拼命挣扎，两个鬼子满头大汗，好不容易把大管家从台阶上扔下去，院子里就“轰隆”炸响了，冲击波把站在台阶上的鬼子炸飞起来，砸在大管家身上。大管家推开已经被炸晕死过去的鬼子往院子里冲，又接二连三地发出爆炸声。顷刻间，存续百年的赖府大院被夷为平地，破砖烂瓦崩得到处都是，铜铁器物最远的飞出去几百米，木质建材、家具付之一炬。 大管家像是刚从锅底扒出来的土豆子，傻呆呆地绕着他印象中赖府大院范围跑着圈，他浑身黑漆漆的，木然穿行在浓烟中，好像只有眼白和牙齿还能证明他活着。

原来，大管家被提溜出院子后，赖士凯指着地面告诉坂垣："这下面藏着赖家三代人积攒的钱财，数目可观，如不嫌弃的话，先一睹为快。"

坂垣心说你一个小汉奸能有多少钱，别给自己脸上贴金了。

赖士凯说："虽然我们不是奉天最有钱的，但这些年也搜刮了不少，现在我如数奉上，希望大佐把这些钱用于关东军的军费开支，为满洲国的长治久安贡献力量。"

赖士凯找来一把铁锹，当着他的面只三五下就拆了影壁墙后面的狗窝，一方窄门赫然眼前，那扇门刚够一人弯腰进入。赖士凯毕恭毕敬地邀请坂垣先进去，坂垣将信将疑，但凡人都有好奇心，很难抵挡住密室的诱惑。坂垣一只手扶在腰间的枪把上，小心翼翼地钻进去，密室修得很精致，一看就是下了工夫的，里面竟然还有两道石门，不仔细看还以为到了尽头，打开最后一道石门往前走几步，坂垣才知道别有洞天，那里隐约有光传出来，他张大了嘴，再走几步，满室的流光溢彩扑面而来，晃得眼睛很难受，那不单纯是灯光，更多的光源来自财宝。那时坂垣对赖士凯深信不疑了，他不是见钱眼开的主儿，但还是被赖府深藏的财富惊得瞠目结舌。

坂垣不顾密室低矮的上壁碰歪了他的军帽，激动得有些结巴："赖桑真是太狡猾了……你们中国人都很狡猾……打着治安团的旗号，暴敛横财，真是小官巨贪，不，你连个官都不算，却不耽误你发财。"

赖士凯说："正因为我什么都不是，才无拘无束啊。"

通道极为狭窄，一个人就塞得满满当当，赖士凯紧贴在坂垣的身后，当坂垣闯过通道，到达密室中央较为宽敞的地方时，赖士凯却停住脚步，不再往前走了，在确认把出口挡得严严实实之后，脸上露出颇具玩味的表情。

坂垣无暇注意赖士凯的表情，此刻他刚才的不悦一扫而光，沉浸在兴奋之中，他的表情才叫丰富多彩。他绕着琳琅满目的金银珠宝、古董玩器不停转圈，嘴上喋喋不休地说起了他的母语，赖士凯听不懂，但猜也能猜出个大概，他只是冷冷地看着坂垣，像是在看一只掉进水缸的老鼠。坂垣正如赖士凯所料，已经在谋划怎么分配这些宝物，挑选几样最值钱的运回日本老家，给自己留个后路，而作为一个忠诚的帝国军官，更大的抱负应该是效忠天皇、在军队实现人生价值，剩下必须上交充公，当然这也不是全然没有好处，这么大的金额，能解决不少实际问题，长官肯定得高看他一眼，少不了在本庄繁面前美言几句，提拔他当个准将是大有希望的，到时候他的主要竞争对手河本末守肯定望尘莫及了，他的未来无可限量，余生必将逍遥快活。赖士凯就是他打破人生僵局的拐点，给他混沌的生活注入惊喜。

第三十二章

希望是希望的萍水相逢，黑夜是黑夜的卷土重来。

密室里漂浮着一股腐朽味道、透溢着瘆人的阴凉，那里面隔音极佳，只能听见坂垣情不自禁地赞叹，好像赖士凯不存在，他只是安静地盯着一贯沉稳的坂垣做出了浮夸的动作，像猎豹盯着猎物，像箭头朝向靶心。

坂垣越盘算越美妙，忍不住要和赖士凯分享他的计划，他全部心思都在金银珠宝上，头也不抬地说："看来是我错怪你了，你对我真是忠心耿耿，让我好生感动。我也得有所表示，决定放你一条生路。但死罪可饶，活罪难免，只要你听从我的安排，同意改名换姓，我安排人送你离开奉天，你从此再也不回来了，我们的恩怨一笔勾销。"这就是殖民者的逻辑，霸占、逼死他的妻子，侵吞他的财产，剥夺他的故乡生存权，却还要让他承担责任。

照这么说，赖士凯的命算是保住了，坂垣认为他一定会感恩戴德，坂垣想象着，当赖士凯向他三拜九叩之时，他会大度地与赖士凯握手言和，然后各取所需，各奔前程了。可他话语的余音早消散干净了，也没有等到赖士凯只言片语的回复，密室里只能听到二人的喘息。当时坂垣手捧着一件明代的雕龙纹青白玉杯兴致盎然地把玩，他还以为赖士凯已经感动到说不出话来了。

坂垣继续宽慰赖士凯："千万不要太激动，我什么都没做，这都是你自己争取来的！"

赖士凯还是没有动静，坂垣得意地看向他，这一看，顿时魂飞魄散。赖士凯挡在窄小的通道处，大有一夫当关万夫莫开之势，脸上冰澈如霜，眼睛里似乎喷射着火焰。

坂垣厉声问道："你这是什么表情？"

赖士凯平静的语言，却像一把把利刃刺向坂垣："别得了便宜还卖乖，你决定放过我了？你怎么能放过我呢！这找谁说理去，我都放不过我自己，我更不可能放过你！"

坂垣以为密室太静，产生了幻听，盯着赖士凯愤懑地说："你疯了？你知不知道你在说什么！"

赖士凯嘿嘿一笑说："有些话在心里发酵多日了，我太清楚接下来要发生什么，没有思想准备的是你。弹丸之地未开化的蛮野之徒，我虽然当过你的走狗，但可笑的是竟然连我也未曾看得起你这倭寇，这话听起来矛盾，但客观存在。走狗也有思想，汉奸也有分辨能力！我当初是为了维持住好的生活，可你破坏了我这个底线，我还装什么呀！玩我的女人，抢我的家产，这是家仇，侵略领土，实施殖民，这是国恨。以前，我丧了良心，瞎了狗眼，哪知道什么国恨家仇，只要不影响我吃香的喝辣的，事不关己高高挂起就行了。但今时不同往日，在了却私仇的同时，我顺便学着那些爱国君子的模样，高尚一把，希望别玷污了他们的名声，希望他们允许我自作多情。我将用你的血洗刷冤屈，用你的命祭奠亡灵。我犯下的罪，靠与你同归于尽不能抹平，但临死我不再阴暗，我是光明的，我不再悲痛，我是幸运以及幸福的。可怜的坂垣老儿，没想到自诩骁勇善战的你，今天会栽在我一个小汉奸手上吧！"

那时坂垣像个脸上写满问号的学生，被赖士凯这番话说蒙了，一时不知该用什么表情面对赖士凯，五味杂陈，百般不解。他把青白玉杯慢慢放在陈列架上，避免发出响动，一边品咂赖士凯的话，一边想要拔枪。

赖士凯说："歇了吧，打死我，你也出不去，这门是我设计的，没有我的密钥，你喊破嗓子外面也不会有人听见，更关键的是你也没机会喊了，这密室里除了金银珠宝外，墙体后面布设的全是炸药，我刚才已经拉了导火索，有话抓紧说，马上我们就不属于这个世界了，一起下地狱吧。"

赖士凯所言非虚，坂垣脸色大变："赖桑，你别乱来！"

赖士凯说："不早说，已经乱来完了。作为军事指挥官，你一定知道我的设计多么万无一失，导火线是暗线，四路推进，如果一条哑火了，别担心，还有另外三条，万无一失的，神仙也灭不了。"

赖士凯语气中已带有解脱后的轻松，他很久不曾露出过那么欢愉的笑容了。那笑容比子弹还尖锐，正中坂垣的心脏。坂垣四处张望，目之所及，再也看不到金银珠宝，墙体和地底下的炸药似乎列陈眼前，空气中再也不是财富的味道，而是死亡的气息。在东北大地上，他制作过很多血腥事件，无一例外，都没什么挑战性，没有人能给他造成阻碍，一出手便是压倒性的，他只能接受赢，无法接受输，更不愿面对死，刚还展望未来，转眼就要烟消云散，落差太大了，他面部肌肉禁不住抽动起来："混账，你虽然很精明，但最大的问题是贪生怕死啊，你哪里会有这等脑子，不可能做出这样的举动！"

赖士凯说："从你侵犯方柳开始，我就在痛下决心，谁心里没有爱啊，不管是邪恶的人，还是正直的人，不敢是卑微的人，还是显赫的人，谁没有呢！"

坂垣说："那你当天就应该找我了，何必等到现在？"

赖士凯说："从不人不鬼，到做回一个堂堂正正的人，其实不用大动干戈，只要铲除了心底的最后一点自私，我放下了，我就不再懦弱低贱，我放下了，我就离方柳就一些了。"

坂垣说："我不可能被你暗算，你和我的身份天壤之别，我是立下赫赫战功的帝国军人，你只是一枚棋子，我有优良的血统，而你只是一个狗杂种，你不配啊！”

坂垣抓狂了，他抽出军刀，寒光乍现，一度盖过了金银珠宝奢华的色彩，投射在赖士凯的半边脸上，他的眼睛如同正午阳光下的琉璃，灿烂无比。那也是一种美丽的视死如归。

赖士凯说：“你我都可以受死了，这是我赎罪的通途，尤其是你，你是我送给爱国君子们的礼物。让那些有梦想的人去实现梦想，让那些心里有爱的人都能和相爱的人厮守、都能找到回家的路……”

坂垣哇哇怪叫着，那夹杂着汉语、满语、日语各类语气助词的表达，连他自己都难听懂。那时候，赖士凯异常冷静，透过他的双眼，能够窥探他脑海里浮现着的人和事，他一定在回忆这一生中最重要的人，有亲人爱人，有恩人仇人，也有巩天民这样分不清是敌是友的人，他也许在想，面对死亡，人都会恐惧，将来他们还会颠沛流离，经受苦难，可至少他们不会像自己一样，到最后一刻才体会到真正的快乐，失去不可怕，可怕的是从未认真经历，他应该是在羡慕，羡慕那些正用心感知的人们，羡慕他们拥有努力生活所需要的坚定意志。而他却总站在对立面，和世界为敌，与自己作对，现如今，他回望着每一条路径、每一种选择，都有了全新的体会。他还有很多话要说下去，可坂垣精神错乱了，哪怕是同归于尽，他也要争个先死后死，他持刀冲上来，朝赖士凯劈砍，赖士凯一动不动，只顾着填满通道中的缝隙。坂垣像在劈砍一个僵硬的木人桩，不同的是赖士凯的眼睛会说话，五官愈发立体起来。坂垣的刀削铁如泥，赖士凯的躯体七零八乱，他始终不曾倒下去，血喷涌而出，溅得两人满头满脸，像是挂上了飞舞的彩带。坂垣受不了赖士凯嘲讽的眼神，最后一刀直指赖士凯的头颅，那时导火线燃烧完毕，炸药起爆，如同火山喷射，一团团火球铺满密室的角角落落，一股股能量从深处向地表释放、迸发。

大管家全程目睹了这场惊天动地的爆炸，令人愕然的程度不亚于“九一八”当晚。大管家保存着最后的善意，赖士凯也终于学会了回馈于他，用最难听的话赶他离开危险地带。赖士凯从来没有这么关心过别人，这是第一次，却也成了绝唱。大管家当然知道密室里暗藏玄机的情况，当赖士凯让他滚的时候，他已经猜到了其用意。大管家痛哭失声，当火借风势殃及其他民房时，他冲进去寻找赖士凯，尽管他知道连尸体都很难完整，但他还是锲而不舍。

大管家徒手刨挖，花白的头发垂下来，一脸苍凉，他嘴里嘟囔着：“少东家，没有看好你，我对不起老爷，对不起你。你在紧要关头救我一命，我临老却差点儿当了叛徒，这话是怎么说的。你一辈子做了太多不被人理解的事，落下了恶名，但现在你却能安然入睡了，而我，一辈子谨小慎微、谨言慎行，到头来却搬石头砸了自己的脚啊，我应该不得善终，我应该以死明志……”

大管家翻找了一个时辰仍一无所获，不得不放弃的时候，他突然看见一片废墟上飘着赖士凯生前所穿的衣服的碎片，以那里为圆心，往外拓展十几米，又找到一些碎片，碎片上附着不少新鲜的皮肉组织。大管家把它们收集好，脱下长袍包起来，压上焦土，还找来一块破木板，用滴血的手指写上“赖士凯之墓”。

大管家在这座临时墓碑前念念有词地坐了一会儿，转身冲进了火海，那义无反顾、飞蛾扑火的样子着实令人动容，他在他生活了一辈子的地方得到永生。

傍晚，关东军总部派人来查看现场，领队围着废墟转了一圈，看到这满目疮痍，用白手套捂住鼻子，一言未发就带人离开了。

巩天民听说了赖府覆没的消息，并得知赖士凯和坂垣同归于尽，扼腕叹息。他鬼使神差地来到赖府“遗址”，看到了残败的境况，也看见了那座孤零零的临时坟茔。坟茔前有几只野狗，已经咬烂了长袍，在啃食遗骨。有几个人在围观，却无人愿意靠近，甚至还有人说：“罪有应得，死不足惜。”

有人应和着，并神采奕奕地扭头问眉宇凝重的巩天民：“一个臭名昭著的汉奸，最后却成了抗日先锋，到底应该刨他的坟，还是要给他立碑？”

巩天民一言不发。巩天民和赖士凯斗了这么久，本该长舒一口气，斯人已逝，如今他嗓子眼却阵阵发紧，他无须弄明白这个问题了。他扔出去几个石块，把野狗驱散，步履沉重地走上前去，收拾起赖士凯所剩无几的已经不能算作遗体的遗体，把大管家写就的那块还散发着腥气的木板扛在肩上，独自去往小西门外的乱葬岗。方柳就埋在那里，她是赖士凯最想见的人。巩天民心想，活着的时候从未厮守，死了离得近一些也无可厚非吧。方柳不要怪罪我，这次我自作主张，把你们埋在相邻的地方。你们之间，虐恋也好，孽缘也罢，总之有过夫妻之实。

如果逝者在另一个空间里还能换一种方式延续生前的故事，就让他们在那里重新偶遇，也许那时会有不同的感知，显然这只是世人对故人的纪念与祝愿而已。赖士凯的一生充满争议，抑或者已被很多人下了定义，但他的错误并不妨碍他作为一个人所应该拥有的正当追求的权利，有人被剥夺了政治权利，有人被宣判了死刑，但没听说过会被剥夺去爱、去相信、去赤诚的权利。

赖士凯突然反叛，导致坂垣和几个鬼子殒命，实属重大损失，给关东军抹了黑，本庄繁勃然大怒，立即作了批示，要汲取教训，避免此等损耗。关东军上下整风肃纪。河本末守却是人逢喜事精神爽，在营区里和部属载歌载舞，从芳雅阁弄来一批女人，搞起了联欢。

河本末守举着酒杯对副官说："我都不用自己动手，坂垣就败下阵来，时也命也，可见他根本不配跟我争准将的位置。"

副官连连称是，河本末守满面红光。开怀之际，上级电令突如其来，让他接替坂垣做好国联调查团到来前的准备工作。河本末守想都没想，乐不可支地接下这个棘手的任务。

河本末守对副官说："坂垣自命清高，阴沟里翻船，紧要关头还得看我的！我保证让国联调查团乘兴而来，满意而归。"

副官有不同意见："大佐，这次任务非同寻常，首先时间极其紧迫，其次，辐射面太广，我们无法掌握国联调查团到达奉天后从何查起，具体要去几个点位，这就要求我们务必拉网式布防，最后，也是最难点，这项任务事关建国大业，完成的好，功勋卓著，一荣俱荣，但倘若出现纰漏，届时国际舆论控制不住，难免被军法处置，我们可不能掉以轻心！”

河本末守把已经放在嘴边的酒杯移开了，思索了片刻，下令停止狂欢。河本末守是典型的笑面虎，很少有这么严肃的时候，众人意识到局势的紧张，现场顿时鸦雀无声，那些坦胸露乳的女人赶紧停止搔首弄姿，有的从日本兵怀里钻出来，连被扭捏成一团的内衣裤都来不及捡，有的已经被拖到了角落里，牲畜般交配正酣，不得不立即回归为尚有廉耻心的人类，纷纷灰溜溜地从后门撤出去了。

河本末守体内的酒精瞬间挥发干净，因为距离李顿带领的国联调查团到来，仅剩下十几天。本庄繁要求他所做的准备工作无非就是尽可能地掩人耳目，尽最大努力收买人心。

河本末守的执行力可圈可点，连夜走街串巷，挨家挨户发传单，毫不吝啬地施以小恩小惠，只要无条件支持关东军，承认满洲国，当场就能得到一袋小米，如若愿意在调查团跟前说日本人的好话，坚决拥护关东军协防东北，还另有二百块现金奖赏，看似下了血本，其实那些钱是从中国人身上搜刮来的，老百姓管不了那么多，对于每天连麸皮野菜也难吃够，一家老小都饿得头眼昏花的他们来说，粮食和生活费具有多大的诱惑性，不言而喻，几乎无人能拒绝。所以关东军当晚的“业绩”相当可观，收回几板车签字画押的保证书。这保证书相当于卖身契或者生死状，如果摁了手印的人出尔反尔，不按“规矩”行事，牢狱之灾事小，搞不好会掉脑袋，毕竟国联调查团到来不是大兵压境，就算威慑力十足，引起日本人的足够重视，关东军也有的是时间在东北地面上周旋，到时老百姓仍然免不了会被他们玩弄于股掌之间。保证书之于如惊弓之鸟的沈阳民众，相当于画地为牢，那是一道枷锁，死死锁扣在他们的脖子上，注定要被牵着鼻子走的命运。

在奴化普通民众的同时，那些打心眼里支持满洲自治的满清遗老遗少们，更是河本末守重点拉拢的对象，这些余孽般的人物，自溥仪于新京登基时，就欢欣鼓舞，大唱赞歌，不惜和日本侵略者穿一条裤子，也要保住皇族荣耀，溥仪的复辟就是他们贵族身份的回归，伪满洲国自建立那天起他们就重新做起了享受荣华、享尽特权的春秋大梦，高人一等习惯了，哪会愿意和普通人为伍。这些人不用河本末守多费心思，甚至他们会组团主动找河本末守表决心，发誓要当河本末守的得力干将，与关东军共存亡。

同样在乎出身的河本末守对于这些货色嗤之以鼻，但不便明说，还给他们颁发勋章，赞扬他们的精神与意志。

第三十三章

逆境中接近真相，浮华中寻找真实。

诚然制造假象是河本末守的必修功课，但掩盖真相才是他的当务之急。他洞察了日本主战派、关东军总部以及陆军司令本庄繁的意图，真正的隐患不是人微言轻、正在被同化进程中的普通民众，也不是未成气候的抗日义勇军和民间杂团，这几方群体以及势力，对国联调查团来说较难有信服度，而真正需要耗费他大量精力的还是爱国分子、知识分子等社会精英，他们是东北民众的喉舌，具备向国联调查团提供证据的条件，甚至有直接对话的可能。国联调查团也更愿意在他们身上获取有价值的资料。国联有成熟的论证体系，难以敷衍了事，所以调查团成员将就不得。

河本末守对副官说："虽然东北精英阶层规模不小，但普遍存在一个共性，那就是高度投机，高度利己，追溯到更高的层面，我们能顺利占领东北，和他们的不作为有关系。这些精英危急时刻不仅不会置身其中，还会及早撇清关系，但尽管如此，他们中但凡多几个舍生忘死的人物兴风作浪，我们仍然会或多或少陷入被动。"

副官说："那就一网打尽！"

不得不承认，河本末守长相看起来人畜无害，手段可比坂垣还要毒辣。他采取了与坂垣完全相反的政策，彻底推翻坂垣在调查团到来之前保持足够理性、不制造大规模流血事件，尽量争取民意的方针，满大街搜捕“间谍、敌特、窃密者”，一有发现，当场处决，甚至都不用征得谁的同意。河本末守完全把权力下放，造成冤魂骤增。一时间哪怕曾表现出一点不服从的人、辱骂过伪政府和关东军的人、妄议满洲政策的人，但凡被检举揭发，不用查证，杀无赦；留洋归来懂外语的、民族产业管理者、就连街上代写书信的写字先生、小学堂里教书的先生都被他们归为重点关注对象，院校师生被封闭在校园，由专人把守，谁也别想接触到调查团。

沈阳城内如翻江倒海，到处腥风血雨，河本末守掘地三尺，也要找到反面典型。当然他并非莽夫，广撒网多捞鱼只是他营造出的声势，其实在他的案头上堆满了一摞摞的检举揭发资料，很多爱国分子已进入他的视线，成为他的主要目标。而巩天民等人因为活动组织严密，还未露出破绽。

河本末守正研究下步活动计划，赵欣伯求见。赵欣伯原本和坂垣走得近，坂垣前脚归西，他后脚就拜倒在河本末守的小皮靴之下。一口一个大佐哥，叫得好不肉麻，比见了亲爹要热情得多。有的人虽然在这方面也天赋异禀，擅长溜须拍马搞关系，但赵欣伯可就不一样了，他既有先天条件，又经过日本留学、伪政府求职等多年的夹缝中求生存的宝贵经验，在不断地磨炼研修中，这套功夫愈发炉火纯青。作为奉天市伪政府的一把手，他最会审时度势，同时还训导部下，也要向他看齐，不然在这风云变幻的天地间，很难有一席之地，很快会被无情淘汰，连个回响也听不见。

他曾和手下分享过他的高见：“不要有压力，我不同于那些庸才官员，我需要的也不是一般的办事员。本人不拘小节，允许你们犯错，但关键时刻要机智。你们不懂业务没关系，但站位务必精准，要时刻研究形势，并检视自己，一旦发现偏差，在被发现之前亟需改正过来。你们可以不学无术，甚至花天酒地，但须懂得察言观色，看人下菜碟。在政府机关供职，人际关系比工作出色重要，情商比智商重要。牢记一条，公家的事可办可不办，那就不办；我的事可办不可不办，必须办；不论什么事，遇到日本人的事不用多想，先办就是了。西方列强明摆着超越我们上百年，再墨守成规，真就冥顽不灵了，我这是带你们抄了一条前所未有的捷径，我们要庆幸，只有这个时代可以造就我们，我们也要对得起这个时代。以后不管殖民者换成了英法美意日，换汤不换药，照搬照套一准没错。这番话虽然算不得至理名言，但搁在哪朝哪代都同样适用，能开化，你就混得开，悟不透，趁早滚蛋，别给我添麻烦，别给自己找不自在！”

赵欣伯恬不知耻却不自知地将他的为官之道公之于众，之所以敢这么“坦荡”，并不是完全出于对手下的厚爱，更重要因素来源于自负与狂妄，他认为他这样的人才实属万里挑一，即使手把手地教别人，别人将来也难以望其项背，当然根本无须担心被人替代或超越。就像现在，他恭恭敬敬地站在河本末守面前，端茶倒水，递烟点火，用白衬衫袖口擦鞋，就差充当人家的痰盂、便桶了，殷勤程度连大太监见了估计也要忍不住与之交流经验。河本末守年纪小他一轮的样子，有可能更多，论起行政职务来，河本末守管理一个关东军步兵联队，顶天三千人，而他管着沈阳上百万民众，可这些都不妨碍他向河本末守“示爱”，河本末守是执行者，可与本庄繁直接对话，赵欣伯当然忌惮，所以有此操作，令常人难以企及。

赵欣伯十分清楚河本末守忧虑的来源，他最关心什么，他就提什么，献媚怎么夸张都可以，废话一句也不多说，这是赵欣伯的高明之处。

赵欣伯揣摩着河本末守的心思道：“调查团到来日益临近，本庄繁司令把这个担子压在大佐身上，明显是寄予厚望。等调查团一走，我就要安排大佐的履新大宴了！”

河本末守面露悦色：“赵市长的心意我先领了，但现在还不是谈论这件事的时候，越是大任当前，越要谨慎。”

赵欣伯说：“弱国无外交，南京国民政府虽有美国的支援，可美国恰恰未加入国联体系，他们一定更在意大日本帝国的态度，从大局来看，调查团没有支持南京国民政府的理由，所以，和李顿搞好关系是我们的重中之重。其他琐事，大佐无需太过担忧。况且调查团来奉天的消息只有中国高层人员才能涉猎，奉天实施闭关封锁政策，短期来看，很难会有人做足准备。”

河本末守摇摇头说：“此言差矣。”

赵欣伯说：“您还有什么顾虑？”

河本末守说：“中国民间蠢人多如牛毛，高手也大有人在，万万不可掉以轻心。上次财政厅附近发生的窃密事件还没有定论，近来我们的要害部位又接连发现可疑人员，我没猜错的话，这不是一个或者两个人所为，应该已形成了组织，他们私下十分活跃，不知他们是否掌握了调查团即将到来的情况，如果真掌握了，我们面临的挑战还很严峻，他们就在我眼前屡次制造事端，难点在于，他们防范意识超强，活动进行得过于严密，我们竟然对这些反叛者的真实身份没有一点头绪。”

赵欣伯说：“那些臭鱼烂虾难成气候的，冒着生命危险去争取一个也许根本不可能有结果的结果，这多耸人听闻啊，我是不会这么干的。”

河本末守笑眯眯地看了看赵欣伯：“你是和大日本帝国站在一起的，你当然不会干，你已经不是中国人了。”说完，河本末守笑了，似乎在说你有身份，但没立场，你不是中国人，当然更不是日本人。赵欣伯多聪明，读得懂河本末守的潜台词，干咳了几下后，并不尴尬，跟着河本末守笑了起来，笑声反倒盖过了河本末守。

赵欣伯这种表现，出乎河本末守的意料，觉得笑得很没意思，只得仓促地停下来。

赵欣伯说：“感恩大佐认可！”

河本末守说：“这也算认可？”

赵欣伯说：“我不是中国人，我就是你的朋友，当然是大大地认可！”

河本末守踮起脚拍了拍比他高出一头的赵欣伯，转入正题：“还是要扫清障碍，不能保证调查团一份信件也收不到，但务必要把概率降到最低，你有什么高见？”

赵欣伯说：“既然他们这么不顾死活，对窃密甘之如饴，我们只要有点风吹草动，都让他们像嗅到肉味的狼狗，激动振奋不已，那么不如放出点烟雾弹。”

河本末守说：“诱敌深入？”

赵欣伯点点头。

河本末守说：“成效几何？别牵扯太多精力，还做了无用之功，。”

赵欣伯说：“飞蛾天生就为扑火，我们为他们圆梦，皆大欢喜。”

河本末守说：“赵市长果然是天生优秀的管理者，和中国老百姓打交道，你比我在行。”

赵欣伯说：“实不相瞒，这是中国文化赋予我的为人处世的方式。真正增长我学识和才干，让我能有今天成就的，是日本文化，我热爱日本，所以，我竭尽所能。”

两人又就下一步计划的实施秘密交换了意见，河本末守频频颔首着目送赵欣伯离开他的府邸，等赵欣伯瘦弱的背影消失了，河本末守转头对副官说：“派人盯紧这个人，连生他养他的地方他都可以不放在眼里，你我这等受军队约束多年的人，怎么能是他的对手，但凡让他抓到向上爬的机会，谁都有可能成为他的垫脚石。”

副官说：“您是否言重了？他看起来对我们百依百顺，不敢有分毫造次的行为。”

河本末守说：“有过之无不及，他只会比我想象得更可怕，因为他很多地方和我相像，我又有很多地方不如他，我看得清自己，他却深不见底。”

春日阳光，明媚多彩，照见了万物生长，却照不见苦难离殇。九君子日趋加快搜集资料的节奏，终于等来了距离调查团到达沈阳之前仅剩下的七天之约。巩天民把蕴含血泪的资料缝进长袍里，急匆匆地赶往皇姑大酒楼顶楼包房，他花重金租下了整层，在那里，他要等待他八个弟兄的到来。他们要在短短一周时间内，汇总资料，做好翻译整理，以保证调查团一落地，就递交上去，占据先机，争取主动。

巩天民是九君子的核心，负责收集汇总资料。当天一大早，他迫不及待地最先到达约定地点。站在包房的落地窗前，看着平静如昨的街市，想象着调查团还东北一个公道的场景，心里衍生出磅礴的情绪，但稍纵即逝，再难兴奋，只有满腹不安，他生怕九个人到不齐，而且他不知道该以什么姿态面见刘仲宜，他认为杜亚芳的死，自己负有直接责任。刘仲宜和杜亚芳结婚晚，两口子还处于如胶似漆阶段，还有很多愿望没有实现，就这样阴阳两隔了。更让人难受的是刘仲宜一直与邵信普在郊区行动，对于市内发生的事一无所知，他一定期待这一天很久了，就等着回家与杜亚芳团聚，如果突然得知噩耗，不知道会做出什么反应……巩天民不敢想下去，他来回踱步，不敢停下，一停下心脏似要呼之欲出。

时间一会儿飞速流逝，一会儿停滞不前，在已然神经质的巩天民眼里，那不是时间，而是自己的心绪。眼看临近中午了，还没有人敲门，门外也无人说出只言片语的暗号。这些天来，他潜入正金银行、混进东北政务委员会、化妆接近鬼子据点，被鬼子追杀，他都没有像此时这般胆战心惊、坐立不安、度日如年。那时候，窗外的沈阳仿佛一个巨大的蒸笼，一贯湛蓝的天，被雾气笼罩了，迷茫一片，建筑物松松垮垮的，像泡发的面团，马路上的人比往日要多得多，可那些面孔，却如同揉搓的橡皮泥，挤压在一起，难以辨认，只要看不到他的弟兄，所有事物都很丑陋，都很陌生。都说站得高看得远，可巩天民犹如站在了风口，皮肉麻木不已，又或者是置身火炉上，被一支铁钎子串起来，“刺啦刺啦”的声音不绝于耳。走廊里任何响动，都在他心尖上回响，他的世界本应该喧闹起来，可他却有无尽的孤独。他是无神论者，那时候他却强迫自己迷信起来，他面向兄弟们各奔东西的角度，逐一祈祷，祈祷不管如何，活着回来最重要。

突然有敲门声传来，他疾风般冲过去，又不敢马上打开门。他们有暗号，暗号的内容来自他们聚会时经常朗诵的诗歌，呼泽生、高慧、杜亚芳无数次在商会门口唱那样的诗，他们耳熟能详，外人可就不明所以了。用对诗的方式作为接头暗号，是巩天民的主意，他想以此缓解压抑的心情，给大家以温暖。

巩天民紧张到差点儿忘了到了嘴边的暗号，好在他很快进入情况：“深夜双眸才会更明亮，满眼是星光。趁夜色赶路，忘记寒冷吧，我们在接近炙热的真相……”

门外没有动静，巩天民这才想起来还有猫眼这回事，透过猫眼看见外面空空荡荡，只得把耳朵贴在门板上，屏住呼吸，听见了轻微声响。他立即拔出手枪，推子弹上膛。

那时候有个年轻的女声传来：“不要脸，我可不懂诗。”

巩天民一把打开门，出枪瞄准，门口空无一人。一位身着制服的服务员已经捂着脸小跑至走廊的尽头。他正欲收枪，脚下一团东西，仔细看才明白是虚惊一场，服务员来赠送果盘而已。

回到房间，枪插进裤腰里，手心全是汗，刚坐下喘口气，又有人敲门，他“噌”地站起来，又说了一遍暗号，几秒钟无人答复，像是过了一个世纪，他又重复了一遍拔枪动作，门外有人说话了：“从现在起勇敢站起来，推开自由的窗。在视野的尽头就有我们永远的避风港，甘愿做使者，不管是来这里还是去远方！”

第三十四章

你问我什么是幸福的模样，我的眼泪瞬间凝结成霜。

巩天民放心地打开门，果然是李宝实和于光元两位兄弟，不负苦等，终于见到了亲人，他们紧紧拥抱，泪水横流，来不及互诉衷肠，各自从怀里变魔术似地掏出了一沓一沓的英文满报。巩天民翻看那些报纸，像看见他们这一个多月是怎么过来的。那报纸有的缺失了，有的模糊不清，有的还血迹斑斑。

他俩开了个好头，不大的工夫，人员陆续来到了。刘仲明、张韵泠带来了关于日本侵略者干涉东北经济、教育、交通、通信、工业等领域的函件、公示件；毕天民带来了日本侵略者插手市政县政、司法的证据；张查理带来了日本侵略者逮捕中国政府官员以及东北知名人士、解除中国警察武装、强迫当地民众签署解散维持会建立奉天省政府的请愿书的资料；巩天民成果最丰富，他的资料堆满了床，有他和方柳从伪政府内部获取的卷宗，有财政厅的布告，有“在负责和倡议建立新国家的指导部，日本人占据重要岗位”的图册、照片，还有溥仪等人与日本关东军来往密切的证据……再加上李宝实和于光元那一厚摞满报，堆得房间无处下脚了。这是兄弟们努力的结果，有米下锅，大家心里有了底。

巩天民注视每一个人，他们都和之前相见时不同了，个个瘦了好几圈，多日不修边幅，毛发郁郁葱葱，遮住一张张憔悴的脸。最斯文干净的刘仲明，此时的西装已经看不出原来的颜色，皱巴巴的像是被遗弃的搓泥宝，白衬衫领口上明晃晃的一层油污，只有睡觉才解下来的领带已不见了踪影，原来被他扎在了腰里，替换了断掉的腰带。要换做平时，这脏兮兮的样子对地道的儒士来说，简直难以想象，怕是一刻也忍受不了。可是现在，他笑嘻嘻地看着巩天民，好像在说，你夸我呀，你夸我吧。巩天民当然要赞美他，可话到嘴边，才发现没有什么语言能歌颂他的纯净与伟岸，那邋里邋遢的外形，却是最有魅力的模样，没有哪一个美男子，敢站在他面前，并流露出一丝的优越感；而张查理在暗房洗印照片的时候，遇到鬼子拉网式搜查，他抱着一个多月以来洗出来的一千张照片翻墙逃跑，由于“家当”太重，掉下来的时候，腿支撑不住，“咔吧”一声，折了一条。他忍着剧痛，拖着断腿，还拽着装照片的提包，硬跑出去几公里。他是医生，十分清楚，这么一来，断腿再难恢复如初了，断裂的部分被磨得更烂，骨头渣子全散落在腿里了，将来打石膏也没用。此刻他拄着拐杖，眼镜的一只镜片碎成蜘蛛网的形状，让他更不像一个教授，像是被打出门的乞丐。方柳离开了他，他忘记了疼，因为失去爱徒的疼，远远大于身体上的疼，他强迫自己站直一些，身子尽量保持不晃，他要让兄弟们看到，他有很多委屈，当然更不乏不屈；外形看起来最惨的要数毕天民了，他被伪军追赶，跑过一处十字路口时，被车撞出十几米，当时就昏死过去，那些人看他好像断气了，这才既往不咎，扬长而去。他在街上躺了大半天，没有人理睬他，他想站起来却做不到，想喊，喊不出声。因为外力，胸腔内积存了一股气，只要一使劲，就剧烈地咳嗽，直至咳出了血，他不想内脏破裂，不再寻求他人的帮助。天黑了，下了一阵暴雨，那时候他大张着嘴巴，像衔着一只漏斗，把自己灌了个水饱儿，这才清醒了许多，并有力气爬回住处，此时他仍然浑身是伤，伤口未结痂，掀开破衣烂衫，能看见满身纱布，有殷殷鲜血渗出来。大家你看我，我看你，站在那些命换来的证据面前，他们准备的一肚子话，一句也说不出来。

即便如此，大家没有耽误工作，他们争分夺秒把那些资料整理归类，刘仲明英文最好，他在起草给调查团的书信。那封信，关系到他们的海量证据能否在最短的时间内起到最大的效果。接近傍晚了，他们的肚子此起彼伏地叫起来，饭就摆在桌子上，可没人动筷子，因为刘仲宜和邵信普迟迟没到。谁都知道，可谁也不敢提起他俩的名字，怕已处于崩溃边缘的情绪彻底失控。时间一长，大家心照不宣地停下了手里的活计，只听见石英钟的钟摆发出咔哒咔哒的声音，与他们因饥肠辘辘而发出的声音协奏交响着。

巩天民坐在角落里，脸上都是阴影，那不是光线的缘故，而是霜打的茄子本就暗黑没有色泽。他喘不上气来，为了缓解症状，出门下楼，来到大街上，他朝远处张望，他希望看见那两个熟悉的身影，然而不仅没有看到他俩，连其他行人也日渐稀少起来。是饭点，街上的人都回家了，只有伪警还在街上巡逻，偶尔会有穿便装的人出现，也是一闪而过。他站在那里，风吹着他长袍的下摆，发出旗帜迎风飘扬般的声音，风变换了方向，那声音也就不同了，一会儿像洪水，奔腾咆哮，刺激着他的耳膜，淹没他仅剩的安定，一会儿像志诚银行里的钱币，哗啦啦的，以前是流进来，而现在是流出去。街上有一家商户，应该是倒闭了，“咣当”关上门，乒乒乓乓地把门板钉死了，就像他为了搜集资料，已数日未过问业务的银行，再这么下去，离这样关门也不远了。那位潦倒的老板经过巩天民身边，认出了他是商会执行委员，摇头叹息。

巩天民说：“过些天就好了，你还会东山再起的。”

那位老板摆摆手说：“别开玩笑，别瞎折腾，别惦记发财，能活着就不错了，你也想想后路吧，你的银行如果开不下去了，可比我惨多了。老百姓不管你是什么爱国君子，你弄没了他们的钱，他们照样扒了你的皮！”老板的语气很重，好像他关门，巩天民也有不可推卸的责任。

巩天民还想和老板说些加油打气的话，可老板不给他这个机会，挑着装有可怜家当的扁担，吱嘎吱嘎走远了。在拐角处，巩天民还看见他啐了口唾沫，他不认为那是啐的自己，那一定是啐的这操蛋的时局。

眼下生活的残酷，都不及看不见该来却没有来的人更让他心焦。那时候，有两名歪戴着大檐帽的伪警隔着老远朝他大呼小叫，让他抓紧消失。最近河本末守联合赵欣伯在沈阳城实行宵禁政策，晚上谁抛头露面，谁就会被抓进局子。他看了看怀表，距离宵禁还有半个时辰，再等不来两位兄弟，可能永远也等不到了。他似乎看见了刘仲宜和邵信普奋力奔逃的场面，耳畔响起了鬼子的叫喊和妇女孩童的哭声，眼前浮现着刺刀、枪口和一张张变态变形的脸……他了解那是幻觉，又不是幻觉，他只能往回走，短短的距离，回了无数次的头。作为行动小组的核心成员，兄弟们无条件信任他，把兄弟们分布出去，却没能收拢回来，这是组织者的失败。

巩天民不得不往回走，就像他明知道还会有损耗、还会有牺牲、还会有遗憾，可为了让已经离去的人不白白离去，让活着的人不再痛苦地活着，他只有继续沿着这条路蹉跎前行，该冲上去的时候冲上去，该回来的时候硬着头皮也得回来。自决定和日本侵略者斡旋到底，与真相永生共生的那天起，他们的人生皆无可回头。

巩天民心里上了冻，脸上挂着冰凌般的眼泪，进房间前，他又必须擦干眼泪，露出笑容，他是核心，他不能哭丧着脸。尽管他知道这也瞒不了多久。所有人的目光都聚焦在他身上，希望他说出二位兄弟的下落。

巩天民支支吾吾地说："也许他们记错了日子。"

毕天民说："记错了生辰八字，也不可能忘了汇总资料的时间。"

巩天民说："可能他们距离太远，赶回来不易。"

张查理说："我瘸着腿都蹦跶过来了。"

毕天民说："我爬也爬到了。"

巩天民说："再等等，工作马上就接近尾声了，他们要和我们一起见证真相，见证伪满的溃败。"

于光元已做了最坏的打算："我和李宝实与他们最后见的面，他们把我们护送出矿山，我们就分开了，那时候他们的状态可比我们要好，才几天啊，就……就……"

李宝实说："宵禁时间快到了。"

石英钟像是在配合李宝实，无缝对接地"叮当叮当"敲了八下，每一下都余音绕梁、震颤人心。窗外已是月朗星稀，两颗流星应景地倏然滑下去，钻进人们无法触及的角落，就像坠跌在刘仲宜和邵信普被困的方位。巩天民双手抓着头发蹲在了地上，像是赌输了全部身家的赌徒，像是被再无逃脱可能的小偷，他认为是自己偷走了那么多人的命，大家的目光像箭，就要穿透他了。

巩天民无法再坚强，他也只有一颗心脏、一副骨骼，他瘫坐在地说："我眼睁睁看着杜亚芳葬身火海，刘仲宜应该等我向他赎罪啊！"大家试图把他从地上搀起来，但他的身体却似有千钧之重。

突然敲门声骤然响起，刘仲明和门外的人对了暗号，却没有声音回馈。巩天民却管不了那么多，什么暗号不暗号、规则不规则，这时候都是形式。他拉开门，有两个人先后走进来，身形枯槁，走姿怪异，好像刚从炮弹坑里钻出来，一时竟难以辨认。他俩站在入口处，环顾了四周，在确认这里全是熟悉的人，不会有危险之后，各自摇晃了一会儿，相继扑倒在地，再无动静。

巩天民把背朝上的他们翻过来，激动到走了调："是他俩，回来了，终于到齐了，一个都没少！"

目前来看刘仲宜和邵信普浑身上下什么资料也没带来，只带来了满身疲惫与累累伤痕。然而这对巩天民来说，就是天大的惊喜与恩赐。

巩天民在他们身边来回游走着："他们负责外围工作，机动性高，耗能严重，一定是劳累过度了。他们还活着，一定能活着！"

在场的人赶紧找到包房里配备的医疗箱，利用既有条件，采取简单的医疗措施对二人展开抢救。刘仲明拨开二人的眼皮，摸了他们的脉搏，确定是低血糖导致的。补液之后，两人逐渐苏醒，他们讲述了前来汇合的路上遭遇了什么。

原来他俩护送于光元和李宝实从矿山出来后，没走多远就被特务盯上了。对方虽然有三个人，虽然人数只多出一个，但实力肯定十分悬殊，他俩不敢与其正面硬杠，毕竟他俩清楚得很，自己只是被临时赋予了特殊使命的文弱书生，带有赶鸭子上架的意味，他们甚至还不太懂腰里那把武器怎么使用，只是不得不揣在身上，保险在哪里、弹夹在哪里、怎么拉枪机，都很陌生。他们清楚得很，决一生死的时候，纵使站在正义一边、代表的是高贵的意志，他们也难有胜算，毕竟特务也有他们心中所谓的正义，他们也认为自己有高贵的一面。同样是在拼命，没有当事人会在面临生死的时候不拼尽全力，没有当事人会在陷入绝境的时候还在乎到底谁是代表正义的一方，谁的品种或者素质更高贵。正不正义、高不高贵与生死之间不直接发生关系。

城内的老百姓都听说过九君子的事迹，但不知道九君子到底是些什么人，他们会出现在什么地方。他们会以为九君子一定是侠之大者，他们超凡脱俗、非富即贵、相貌堂堂、身强力壮、技艺高超、快意恩仇。然而，他们一定不知道九君子有可能刚刚迎面走来，与他们擦肩走过，也许那人其貌不扬，弱不禁风，佝偻着背，肩不能扛，手不能抬；也许那人高度近视，轻声细语，斯斯文文，摘下眼镜连亲娘都认不出来，是旁人嘴里的书呆子；也许那人掌管着巨额财富，平民没有与他对视的机会，他可能也不会把平民放在眼里；也许那人衣着光鲜，出手阔绰，一眼看去像是与日本人打得火热的阶层，和日本人的翻译官在外在形象上竟有雷同之处……他们就在身边，刚才就站在人群里，还向他们露出微笑，甚至内向，羞涩，不善言辞，不愿对视，但他们看见不公，会第一个咬牙切齿，面对日本关东军给中国人带来的苦难，时常悲愤交加，目睹同胞的遭遇总忍不住潸然泪下。无人知道他们生长着一颗甘愿寂寞的高贵的心脏，他们平时留存在众人感官中的，是物理上的渺小，渺小到泯然于众人。他们和普通人没有任何区别，只是他们同时要做两件事，第一件是活着，第二件是为了同胞也能更好地活下去。日伪时代，多数人能做好第一件事就不容易了，他们却终日还要为第二件事奔波不息。既然是普通人，遇到强敌，第一念头断然不是“拔刀相向”，能跑先跑，是下意识的行为。

刘仲宜边加油门逃跑边对邵信普说：“别说有三个特务，就算只有一个特务，我们也得跑啊。”

邵信普说：“老百姓都说九君子是隐世的高人，可我们这一举一动会不会太懦弱了。对得起我们开会时的豪言壮语吗？”

刘仲宜说：“懦弱是常态。有理想，就要亢奋吗？有目的，就要无所顾忌吗？懦弱、沉默组成蛰伏的底色，才能承载我们到达想要去的地方。”

邵信普说：“我真想硬气一回，躲躲闪闪的，我们反倒像是节节败退的强盗。”

刘仲宜说：“这不是败退，是以退为进。”

邵信普说：“反正挺窝囊。”

刘仲宜说：“只要能揭穿日本人的老底，把我扒光了挂在小西门城楼上，我也不嫌磕碜。”

听刘仲宜这么说，邵信普突然觉得“懦弱”不是丢人的词语了，他说：“收回这丧气话，为了不被挂在城楼上，跑吧，给油，猛给油！”

刘仲宜一个急转弯，一头扎进一处没有路的山坳。车子咆哮着，碾过碎石、杂草和树枝，叮咣作响，不一会儿就撞掉了格栅、保险杠，刮掉了后视镜、尾灯，压瘪了轮胎轮毂，车玻璃也无一幸免，碎得精光，发出刘仲宜把小汽车开出了坦克的视觉效果，还是一台被榴弹击中过的坦克。他们翻山越岭，爬沟越障，甩开了特务，可也迷路了。黑压压的山峦、密不透风的丛林、纵横交错的沟壑以及蜿蜒曲折的溪流，让他们筋疲力尽，毫无头绪。

他们是医生，寒窗苦读多年后，最熟悉的地方当属门诊和手术台，对病灶的掌握一目了然，可论起野外生存的经验，完全属于门外汉。随着山里能见度越来越低，大灯也不亮了，他们更难分清东西南北，再也找不到出山的路。慌乱之中，哪里有光亮就往哪里钻，在渡过一条小溪之后，趁着月光，眼前豁然开朗，他们站在高处，看见远处有一条白白的线，那应该是一条较为平坦的路，心中顿时燃起了希望，于是疾驰而去。他们左冲右突，上坡下坡，整整折腾了一夜，却仍然没有开上那条路，油料耗尽，车子趴窝了。他们以为至少开出去上百里地，没想到下了车，借着黎明的微光往四周一看，瞬间倒吸一口凉气。哪里有什么道路，哪里有出口，他们这一夜竟然在一个坟圈子里来来回回兜圈子，连一里地也没走出去，几十座坟头上遍布他们的轮胎印。他们确信是遇到了“鬼打墙”，之前看到的那条白线也不是大路，而是坟地边缘放置的一排白花圈。夜间山里气温还很低，他们却惊出一身汗。

第三十五章

捏着通往世界的票根，却到不了想要到达的角落，说着人们都能听懂的语言，却唱不出一首想要的情歌。

雾霭稀薄了又浓密，遍布在幽深森林里，冷峻了刘仲宜和邵信普的面容。大树竭力将枝杈伸得更远，它们像在召唤什么，也像是要沧桑了这时光。悄然生长的植被，它们的终点是参天，目标高远，可和停不下来的人们相同，难免在与虚空相交，一如人们始终期待与世界握手言和，尽管从来难以达成理想。几只老鸹飞出了窝，发出人们所认为的不祥的尖叫，它们也没有漂亮的羽毛，可仍要为自由而活，就像刘仲宜和邵信普，在陌生的地域里，努力驱散心中恐惧，重新建立心中的秩序与头脑的理智。

邵信普嘴唇发白：“鬼子跟我们过不去，鬼也跟我们过不去。”

刘仲宜说：“要相信科学，是我们眼花了而已。”

邵信普说：“一个人眼花可以解释，咱俩都眼花了？看来咱俩要完蛋了，得留在这儿给这些人陪葬了。”

刘仲宜说：“是神灵在挽留我们，不想让我们离正确的道路越来越远。我们一定可以走出去。”

邵信普说：“刚还说要相信科学。”

刘仲宜说：“既然有坟，就说明距离有人的地方不远了。”

邵信普说："附近有人家又能如何，你应该明白村子里来个生人，是很扎眼的。我们这副落魄模样，逃不过他们的眼睛，如果他们认为我们是逃荒的还则罢了，这年头家家都不好过，不搭理我们就是了，可万一他们报官抓我们就全完了。"

刘仲宜说："哪有那么多假设，总不能在这等死，往前走就是了。"

邵信普说："我是丑话说在前头，明天就到了去皇姑大酒楼集合的时间了，不能如约到达的话，他们得多担心啊。"

又渴又饿，难辨方向，而且接下来只能靠步行，似乎步步都是坎，但刘仲宜没再说话，当务之急是赶快走出坟地去探路。他走到坟地边缘，又挪动了几米，连忙停住脚步，汗毛倒竖起来，惊声喊来邵信普，两人站在那里石化了。

他们面前是深不见底的悬崖，要是刚才不慎把车开下去，必然车毁人亡。刘仲宜的论据得到验证，被困坟地反而成为一种幸运。无人能揭秘这一神奇现象，后来得知杜亚芳离世之后，刘仲宜才恍然大悟，他确信，一定是杜亚芳在天有灵，冥冥之中为他遮风挡雨，护佑他独自安稳地活在这世上。

刘仲宜和邵信普千恩万谢着离开悬崖，朝着相对的方向走出去，果然柳暗花明，迎来转机，一条笔直的大道赫然脚下，他们惊喜不已，沿路前行，走了一个多时辰，看见一个只有几处院落的小村子，喜上眉梢，跌跌撞撞地跑过去，想要讨点吃食，却发现村子空无一人，院子废弃多日了，像这样的村子，在沈阳周边比比皆是，他们刚刚燃起的希望又破灭了。

又走了一阵子，有农田出现，一位农民在那里挥着锄头。刘仲宜跑去求救，善良的老农把午饭全给了他们，尽管他的午饭只是一块烤糊的红薯而已。

谢过老农，走上地头，刘仲宜把红薯一分为二，分给邵信普，那时候，二人一脸幸福张大嘴巴，正欲狼吞虎咽，老天又给他们开了个玩笑，突然有阴影遮住他们。他俩同时抬头，看到面前站着一个年轻女人，带着两大一小三个孩子，正虎视眈眈地望着他们，确切地说是望着他们手里的红薯。女人背上捆着一个孩子，怀里抱着一个，手里还牵着一个，他们风尘仆仆、灰头土脸，都穿着窟窿连着窟窿的衣服，能看出来他们都骨瘦如柴。他们不停吞咽口水，就连那个看起来几个月大的孩子也钻出襁褓凝神注视，他没有足够的力气支撑小脑袋，像一枚风中的麦穗，左右摇摆。大一些的两个孩子身体轻微地抽动，眼眶红肿着，应该是哭了太久，想哭也哭不动了。

女人说："二位大哥，行行好，孩子两天没吃东西了。"

刘仲宜和邵信普也两天没吃了，他们闻到了红薯香甜的味道，肠胃在蠕动，可还是把张开的大嘴缓缓闭合了，不仅闭上了嘴，还闭上了眼，这样把可以救命的红薯递给女人，就不会太难受。女人赶紧接过去，把红薯分给大孩子，自己也往嘴里塞了一块，却是嚼烂了喂给最小的孩子。饿成那样，竟然没"贪污"一口。

他们三两下就把红薯吃干净了，连烤焦的皮也没剩下。这些东西只够塞牙缝，可他们很知足了。大点的两个孩子好像回血了，追着一只彩蝶跑出去老远。那时候，女人向刘仲宜和邵信普说明了自己的来历。

女人说："我丈夫参加了义勇军，被鬼子打死了，鬼子还找到了我们的村子，烧杀抢掠，把我脱光了游街，轮流玷污我，背上这个孩子就是日本人的种，村里人嫌弃他，怕他还会给村子带来厄运，让我把他埋了。村子不能待了，他们不赶我走，我也会被唾沫星子淹死。孩子有什么错，我得养活他们，我必须得活着。"

邵信普骂道："一群畜生！"

相视无语，片刻之后，女人看了看同样落魄不已的刘仲宜和邵信普，把捆在背上的孩子放在地头上，从包袱里取出一根红头绳，理了理枯干蓬乱的头发，扎成了一束，她抻抻碎花褂子，平静地说："你们是我的大恩人，不知道咋报答你们，要是不嫌弃，就来吧。"女人指了指一旁的小树林，不等两人发话，甩了甩刚才扎好的头发，径直往树林里走去了。两人看见她边走边解开了用破布缠成的裤腰带，她还很刻意地扭起了浑圆的屁股，那时候，地上的孩子哭闹起来，她回头看了孩子一眼，眼神没有过长停留，而是扫过刘仲宜和邵信普，发现他俩对自己刻意的风骚并没有露出受用的表情，便停止了造作，她或许是在担心他们会尴尬。她继续往前走，没有犹豫和羞涩，像是决然走上刑场的义士，这事儿天地明鉴。绝境已经让她认命，她能够给予恩人的，她则毫无保留。

刘仲宜心在滴血，赶紧叫住她，掏出身上所有的钱，说道："妹子，钱不多，但可以租个地方先住下来。落了脚，记得给我来信儿，以后能帮的我一定帮你，千万别作践自己。"

邵信普也慷慨解囊："没有过不去的坎，把孩子养大！"说这话的时候，邵信普虚弱极了，他甚至不知道自己能不能捱过今天这个坎。

女人眼泪夺眶而出，把两个孩子招呼过来，强按着不明所以的他们跪下来给刘仲宜和邵信普磕头。

女人带着孩子走了，两人泣不成声，不是为了失而复得的红薯，更是为了可怜的女人和孩子。他们重新上路，肚子里空空如也，靠难以下咽的树叶、野草充饥。撑到了市区，大街上有肉包子、烙饼、卤肉、羊杂混合的香气传来，他们跑过去才想起来钱都给了那个女人，现在身无分文了，买不起饼子上的一粒芝麻。他们脸皮薄，试了好几次，还是打消了要饭的念头，那时候他们知道知识分子的清高真是要命。他们两条腿已经支撑不住身体的重量，四肢并用，总算爬到了皇姑大酒楼，不想让兄弟们看到他们的狼狈相，用尽全力让自己看起来更精神一些，可一进门，看到最信赖的人们，连日紧绷的神经，瞬间放松了，这导致了开头那一幕的上演。

他们缓过来后，把饭桌上的东西一扫而光，还觉得不够，示意巩天民继续上菜，巩天民担心他们暴饮暴食撑破了肠胃，拒绝了他们的请求，谈话转移他们的注意力，他们这才娓娓道来，讲述时，女人和孩子们的脸还在他们眼前晃动，他们仍然沉浸在巨大的失落里。

刘仲宜说：“我想到了亚芳，我们还没有孩子，我们曾经无比憧憬要孩子，现在我要好好考虑考虑了，如果把孩子生下来，生活万一过成那样，繁衍的意义在哪里？那女人和孩子不是个例，现在有，以后也还会有，为减少这种情况，我们也要坚持下去。”

刘仲宜说话的时候没注意巩天民痛不欲生的表情，也没注意在场的人竭力控制着情绪。他们都知道杜亚芳不在了，只有刘仲宜和邵信普还蒙在鼓里。

刘仲宜精神慢慢恢复如初，环视满屋子的资料，价值感油然而生，刚幸福了片刻，突然一拍大腿说：“完了，我们的资料还落在车里。”他站起来就往外走。

巩天民说：“去哪儿？”

刘仲宜说：“返回山里拿资料！”

巩天民说：“好不容易逃出鬼门关，还敢再回去？身体也不允许！”

刘仲宜说：“没资料，就没资格站在这儿。”

巩天民说：“你比谁都有资格！”

刘仲宜说：“此话怎讲？我空手而归，什么贡献都没有。”

巩天民说：“只要好好活着，就是在做贡献。”

刘仲宜说：“别骗我，我心里过意不去！”

巩天民拔高嗓门：“我坚决不同意，如果你执意回去，那就退出吧。”巩天民是认真的，刘仲宜再去的话就是自寻死路，那辆快要报废的车是赤裸裸的证据，现在大概率已经被特务追踪到了，他再回去就是自投罗网，杜亚芳已经死了，保护好刘仲宜是他重中之重的责任。

见巩天民动真格了，刘仲宜再难固执，退而求其次：“让我回趟家，地道里还存着几份有用的资料。我临出门时候藏的，连亚芳都不知道，我去取回来，就不算吃白食了。”刘仲宜看着刚刚被他风卷残云消灭干净的空盘子说。

巩天民说：“还是……再等等？”

刘仲宜说：“重任在肩，大局为重，我肯定听招呼，说不去冒险就不会去了。我只是想回趟家，拿资料也不假，但主要还是想抱媳妇了，这么久没见亚芳，小别胜新婚，让我在百忙之中也以公谋私一回，那事比玩命刺激。”刘仲宜嘿嘿笑了几声，他认为这下大家应该相信他了，毕竟这个理由相当有说服力。

可除了邵信普打着饱嗝迎合了他的笑，所有人都沉默着，有摆弄着手指，有的搓着脚尖，巩天民看着吊灯，吊灯此时一点也不刺眼。

刘仲宜疑惑地问：“不好笑吗？你们是不是早回过家了，都抱过媳妇了吧！还是一个多月不见，你们都修炼了神功，不食人间烟火了？”

巩天民难以把持了，他用几乎哀求的语气说：“家也不要回了吧……”那个家已不复存在了，不仅娇妻不见了，连房屋也只剩下一片废墟、巩天民无法轻易启齿，亲口告诉他真相，比把头颅放在铡刀上还折磨人。

刘仲宜察觉了巩天民的失态，倏地站起来，问道：“有什么事瞒着我？说出来！我可是刚遭遇了鬼打墙的人，我怕什么？！”

巩天民说：“亚芳不在了！”

刘仲宜心里“咯噔”一下，但强迫自己不往坏处想，此时他的笑，已是硬挤的了，他小心翼翼地问：“她去哪儿了？一个弱女子，能去哪儿？是不是我迟迟未归，她生气回娘家了？小媳妇都这样，哄哄就好了……还是你们怕日本人将来报复我们，搜集资料的同时打开了缺口，想办法把我们的家眷们送出城了？那样的话，我们就没后顾之忧了，是天大的好事！我执行任务的路上，每天都在做这样的梦，难道真的实现了……”

刘仲宜谋划得越美好，映照出越残酷的现实，巩天民心如刀绞，难以听下去，忍痛打断他：“都不是，你们再难相见了，都是我的错，把危险留给了她。”

刘仲宜已经带有哭腔：“别开玩笑，我们会胜利的。等胜利了，我要踏踏实实和她过日子，我爱她，还没有爱够，这辈子也爱不够！”

长痛不如短痛，巩天民心一横，语速极快地断了他的念想：“我被鬼子追杀，误打误撞进了你家，亚芳帮助我进了地道，鬼子没找到我，地面上的亚芳宁死也不招供，鬼子一气之下放火烧屋，亚芳舍命救了我。我说明白了吗？”

身体刚恢复的刘仲宜，再一次站不稳了。他奋力挥出一拳，巩天民不躲不闪，用颧骨接住，当即肿起一个黑紫的包，巩天民却不觉得疼，也不愿疼。

刘仲宜骂道：“衣冠禽兽，厚颜无耻！你保护不了她，为什么还害了她？”说着，又冲上来，被兄弟们拉住了。他又哭又闹，失去理智。

张查理说：“仲宜，醒醒，老巩是好人，是我们的兄弟，他也是身不由己。”

刘仲宜嘴里含混不清地骂着，眼泪、口水、鼻涕淌满了胸口。

巩天民请大家闪开：“让仲宜出了这口气吧，憋在心里会出问题！”

巩天民给枪管拧上消音器，压满子弹，不顾劝阻递给刘仲宜。刘仲宜接过来指在他的脑门上，手枪一触即发。瞬间房间里又只能听到石英钟的钟摆声，大家都静止了一般。

邵信普对刘仲宜说：“放下枪，我们的仇人是关东军，不能找错了对象啊。”

刘仲宜说：“我知道，可我难受得厉害、恨得厉害，我要杀人呐！”

邵信普说：“你杀了他，那就是帮了鬼子的忙，嫂子就白白葬身火海了。距离调查团来还有几天，考验真正来临了，这个时候任何的意气用事都会影响大局，别让大家的努力付诸东流。”

刘仲宜握枪的手剧烈抖动着，枪支随时会走火，他说：“我什么都知道，什么都理解，可控制不了自己，老婆都没了，谁能控制得了？王八犊子控制得了吗？”

张韵泠说：“仲宜，谁都不是无理取闹，谁也不会隔岸观火。在场的人谁又好过？就在前两天，巩嫂和四个孩子才刚刚从赖士凯的枪口下逃出来，听说小儿子巩国路被日本狗撕咬，深受重伤，现在还躺在病榻上。万一孩子有个三长两短，老巩应该去找谁兴师问罪？除此之外，一路走来，他眼睁睁看着一条条鲜活的生命离开了，他一次次侥幸活下来，却还要承受更大的风雨，这是幸运还是悲哀？！”

家里鸡飞狗跳，到现在巩天民也没回去看一眼，有他没他区别不大。一家人带着美好憧憬投奔他，却像羊入了虎口，张韵泠通过重新撕扯巩天民心中难以愈合的伤口，企图达到平衡刘仲宜心态的目的，此时巩天民也有理由抓狂，可他在枪口下一动未动。他当然不想就这样于无为中死去，可这时候的刘仲宜无从劝解，唯一的办法是等他突然间想通，自动趋于缓和，尽管这种可能微乎其微。其次，他看似在等待刘仲宜对他进行“裁决”，其实心已经飞回了那个屡遭践踏的家园。他们有着共同的属性和遭遇，走到今天这一步，对现实种种的渴求几乎都变成奢望，望眼欲穿是他们的常态。所幸他们还有心灵家园，尽管那里也破败不堪，但至少还透出微弱的光，还有以供栖息的土壤。

刘仲宜狰狞地盯着巩天民，他们曾是最亲密的兄弟，他把巩天民当作可以把一家人托付给他的人，没想到没等他托付，巩天民率先打碎了他的思维惯性。人一生都在寄托，可有了寄托，便不允许寄托的消散。矛盾如斯，离不开利益交换，又鄙视提及利益，可当利益不复存在，要么趋于陌生，要么反目成仇。精神上理解，永远抵不过现实的无情，打过无数遍草稿的腹语不敌一句真正的说辞。有的人从始至终意识不到到底哪里出了问题，所幸，刘仲宜头脑突然清晰，因为他看到巩天民心无旁骛地闭上眼睛，默然等待他的审判。他不认为那是甘愿认罚，而是无声的抵抗，他多么希望巩天民狡辩着、洗刷着、逃避着，那样他抠动扳机的时候就不会羞愧。

现在，刘仲宜突然笑了，笑声凄惨，在泪眼滂沱中放声大笑。

第三十六章

无限留恋还是要分离，一如洒下种子的农民来年仍一贫如洗。

大家依然保持静止，生怕任意一丝声响再刺激到刘仲宜脆弱的神经。那时候酒楼下面的大街上一阵喧嚣，鬼子在进行新一轮扫荡，他们开着运兵车由远及近，不一会儿车厢里就装满了老百姓，那些人像一块块被随意堆砌的砖头，无法左右本身。河本末守秉承的原则是，如果一群人中间有一人发表了不当言论，或身份存疑，或形迹可疑，那么这群人都要被送进集中营，至少在调查团到来之前很难重获自由。据说集中营里已经人满为患，鬼子们还在不断抓人。那些被饿死、打死、病死的人，又被一车车地拉出来，横七竖八地丢弃在荒芜的田野里，不许家属前去认领，他们会在明媚阳光里，被鸟禽啄去眼球，被野兽吞噬血肉，那残存的躯壳，逐渐腐烂成嫩绿禾苗的肥料，身体融入不了世界，灵魂腐烂在故土，这是活着的人替他们想象出来的最后一种幸福。他们呱呱坠地，无声无息升天，也许他们并不孤独，因为他们以为这就是宿命。

那时候，刘仲宜当然不会认为他的宿命也将以这种方式终了，还具备悲天悯人的能力，所以最终他还是放下了枪，不是因为他想通了，他永远也不会想通的，只是他听见了骤然奏响的悲歌，目睹了层出不穷的关于死亡的故事，那些毫不悲壮甚至有些形如草芥枯萎的死亡，悲壮了他的选择。他眼神空洞，其实视线已穿过巩天民，回到了那天那两只麋鹿出没的山谷，在那个万物生长的春日，那里芳草萋萋，一望无际。他在其间奔跑，跑向麋鹿的近前，那时候恰好有微风拂过，柔软草尖与麋鹿的毛发轻触了他的脸庞，痒痒的，他笑出声来，这次的笑，不再夹杂着无奈、痛楚，而是欢愉和幸福。他与之深情对望，再也不会渐行渐远了，他们依偎在一起之后，如同触摸到了爱人的秀发，嗅到了熟悉的清香，在旋风舞动的旷野之中也能感受到源源不断的热量。他与之各自说着各自的语言，不是情话胜似情话，长久地不知疲倦。

刘仲宜打开门走出去，巩天民紧紧跟在他后面，生怕他想不开，寻了短见。刘仲宜刚开始还如行尸走肉，后来越走越快了，好像要甩掉巩天民。可巩天民穷追不舍，寸步不离。

刘仲宜说："你走吧，我要去见亚芳了。"

巩天民说："那你还不如向我开枪。"

刘仲宜说："归根结底还是我的缺失，并不是你太多余。"

巩天民说："还是把账算在我头上吧。"

刘仲宜说："你是开银行的，为什么算不明白这个账？我都算明白了，此时的爱恨哪还有什么论断，还下什么定义。"

巩天民说："我们的使命是发现真相，可有些真相，还是尘封为好，让那烂漫的鲜花掩映，让那顽强的青草陪伴。我们要不时活在虚幻里，向生活的虚伪妥协，我们自知我们无比赤诚，就足够了。"

刘仲宜说："别说了，别担心，我只是去送送她！"

巩天民说："你还能看得见她吗？她在哪里啊？"

刘仲宜说："我能看见，她就在那里！如果看不见，找不到她的具体位置，就哪里都是她了！"

听刘仲宜说的净是虚无缥缈的语言，巩天民更不放心他一个人游荡。刘仲宜看起来怪异得可怕，他开始浮在空中，像个圣人，洒脱地俯瞰地面与众生，而与圣人一步之遥的不是庸常的人，而是失常的人。刘仲宜的表情越来越淡然，脸上的泪痕已经被风干了，微张的嘴巴像时空的裂缝，暗黄的大牙把守着通往他心灵的关口。他似是原谅了巩天民，可巩天民觉得自己更难走进他的内心，他只能远远地观望，怕他看见自己，把自己轰走，又怕他突然清醒过来看不见自己，那时候就像梦游的人，其实身影里写满了无助。

巩天民一路尾随，眼眶里装满了刘仲宜，他以为街道上除了他们，空无一人，因为今夜是最严的宵禁，一旦被抓到，格杀勿论。一炷香的时间以后，他再一抬头，却看见了满街红彤彤的霓虹，跳跃着，簇拥着，闪耀着，如同一条翻飞的长龙划破了夜幕，开辟出一条绵延的航迹，宽阔且长，那是日本人为迎接国联调查团的到来而营造出的盛世太平，那又似乎像是在映衬着他俩满腔的苍凉。有巡逻人员骑着偏三轮，走马观花似地观察着街上的异动，刘仲宜却毫不避讳，昂首挺胸往前走，竟然没有被刁钻的巡逻人员发现，他在流光溢彩中发着自己的光，和那虚假的繁荣一样，身姿虽然挺拔，内心世界一定冰冰凉凉。那时候，小雨淅淅沥沥地落下来，打在地砖上，发出细密温馨的声响，像是一首只有一句优美歌词被反复吟唱的催眠曲，刘仲宜孤独地走在前面，像是离开父母的孩子，但他是这个世界的宝宝。雨水在霓虹底下十分清晰，一条条的，像是给那倒是十分应景，

刘仲宜是径直往家的方向走去的，没走一步弯路，步履铿锵，他一定是在梦中也无数次摸黑回到家中，不然他难以在恍惚中如此精准的定位，他一定是无比思念杜亚芳，鬼使神差就去往了他们共同生活的地方。果不其然，他走上了那片废墟，站在了正北屋的残垣上，那个位置一定是他们每个夜晚紧密相拥入眠的卧房。他揉捏了面前几捧湿润的焦土，从瓦砾堆里翻出一件破损的家当，一个印有鸳鸯的洋盆子，已经严重变形了，那是他们结婚时，杜亚芳娘家陪送来的嫁妆。刘仲宜抱在怀里，像是穿上了铠甲，能挡住所有的子弹、暗箭以及无名的中伤。那时候，他坐下来，把黑色风衣的扣子解开了，伸展开一只手臂，将衣服撑起来，像是撑开了一把大伞，像是身边就坐着他的

爱人杜亚芳，他眼里终于流露出久违的温情，嘴里念念有词。

刘仲宜脸上挂着泪水，混合着雨水，黑暗中明亮得像一串串明珠，他转过脸看着自己的腋下道："等急了吧，我来了，让我送送你啊。我以为我再回来，就可以永远不走了，没想到是你走了，再也不会回来。你还记不记得，再过几天就是结婚纪念日了，这话每年都是你问我，这次换作我问你吧。我们早筹划来筹划去，约定好等我完成手头的事，去林海雪原、去看东北虎、去听二人转，好像……好像再难成行，但相信我，很快就会实现，你要耐心等几天，最后几天。你说过，做事要有始有终，我现在还不能离开，现在走了就是临阵脱逃，东北军跑了，我也不能跑，等赶走了日本侵略者那天，每天都是我们大喜的日子，每天可以唱着喜欢的歌，说着走心的话，穿上漂亮的衣服，自由地走上街头、走向郊野，和每一个想见的人会面，重新建造美丽的家园。那时候，你一定是沈阳城最美的新娘，我们厮守着，再不用去寻找什么真相，不用管险恶的世事万象。我知道你曾变作过一只麋鹿，有一双水汪汪的大眼睛，眼睛里重复着人世间的美好。我们就相遇在那片丛林吧，此后，不管再去哪儿，沿途都开着鲜花，清风徐来，月圆人安，我们得来永远的太平盛世，我和你徜徉在那样的境地，会忍不住笑得咯咯响吧……"

无人应答，也许就是最好的应答，可以有很多种可能。那突如其来的雨，是他自问自答的伴奏。雨声大起来，像乐曲中突然糅进了激烈的鼓点，有情人的故事同时进入高潮。

狂风大作，春雷炸响，厚重的乌云被一分为二，电光闪烁在刘仲宜凝重的脸上，他扯了扯风衣故作镇定地对"杜亚芳"说："闪电是另一种彩虹，雨过天晴就在眼前了，这么想你就不会冷！"他以为是杜亚芳害怕了，全然不知是自己浑身冰凉，不受控制地打起了寒战。

巩天民沉默地站在风雨中，早已泣不成声，但他不想打搅刘仲宜的美梦，这极具玄幻意味的相聚也无需别人的关注或者喝彩，刘仲宜不需要再得到谁的关心，他要偏安一隅，享受这斑斓不惊，所以巩天民能做的只有当作杜亚芳在复活，他要做一名合格的群众演员，扮演好一棵树的角色，陪伴着雨夜中的孤独和守望。刘仲宜一直在那里，那幅画面像练习生的素描，用一条条刻板的线，串连起悲伤的雨点儿，接通了天与地，那废墟上生长出墙体，刘仲宜就是烙印其间的浮雕。分别和相聚都是短暂的，感情里的以假乱真也不失为一种长久之策。

巩天民把虚脱的刘仲宜扛回酒楼的时候，一夜已经过去了，回来的路上，海棠花雪片般纷纷扬扬落下来，像是为他们铺上了回归的地毯，他们行走在浓香之中，暂且忘记了生活的寡淡，他们蹚开新路，似是翻开新一页，就此走上直面国联调查团的通途。

他们回来的时候，兄弟们都顶着熊猫眼，一看也是彻夜未眠。他们并没有干等，而是投身紧张的资料整理、编辑、翻译工作中。看到两人安全，他们没有多说话，更专心致志地各司其职、埋头苦干起来。他们延续了当初的习惯，在门边放了一盆苦水，困了累了就舀上一杯一饮而尽，和吃辣椒、剥洋葱、舔芥末是一个道理。

刘仲明对巩天民说："你淋了一夜的雨，歇歇吧，别熬垮了。"

巩天民说："时间紧迫，再没有一分一秒的时间可以耽误了！"

除了刘仲宜暂时无法进入状态，所有人都上紧了发条，他们伴着刘仲宜大作的鼾声，开启了疯狂模式，打字机、油印机、订书机全时运转，负责翻译的同志不时小声交流，以保证表述的精确性，包房里热闹极了。这支临时组建的特殊任务团队，让那间包房像是经济繁荣期的银行柜台，又像处于攻坚阶段的学术课题组，异常紧张忙碌。巩天民不仅是"组委会领导"，还是专家组成员，同时兼任后勤保障人员，负责整个团队的衣食住行、吃喝拉撒，忙前跑后，见缝插针。午餐时间到了，巩天民外出买饭，一分钱难倒了英雄汉，那时候他才发现，自己从一个殷实的精英阶层变成了穷光蛋。

堪称绝密行动，导致巩天民不敢也不能拉赞助，作为银行行长，借钱融资同样令人起疑。从行动那天开始，巩天民一分一厘都是花费自己的积蓄，负担起团队的绝大部分花销，大有坐吃山空之势。此刻他翻看着越来越瘪的荷包，眉头紧皱起来。他本不缺钱，但经不起每天只出不进，多年积攒的家底几乎要被掏干净了。算账是巩天民的基本功，现在他一打眼就知道剩下的钱撑不住了几天了，已经有机器因为连轴转损坏了，接下来置办设备耗材、请托关系人、与国联调查团搞对接、日常开销，还需要一笔不小的费用，没钱只靠一腔热血，寸步难行。抠门是很多有钱人的特质，巩天民也不例外，国难当头，他脑子里也在哗啦啦地打算盘，但他打的是大算盘，不是小算盘。

为了不影响行动顺利进行，巩天民只能回到志诚银行想办法筹集资金。离开已月余，刚上任不到半年的银行经理陈兆亦差点没认出他来。巩天民一进门，就引起了他和大堂警卫的注意，他们看见巩天民鬼鬼祟祟、探头探脑，似乎对大堂里的一切都充满好奇，而且轻车熟路，步伐没有丝毫迟疑，看来对银行的内部结构了然于胸，应该是之前做足了功课，一切表象都符合抢劫犯的特征，他们生怕这个大褂上布满地图般的盐渍的家伙，是被生活逼上梁山的歹徒，保不齐铤而走险，抢了他们的银行。两个人紧随巩天民身后，将其限定在随时可以摁倒在地的位置上，他们鼻孔冒出来的热气已能波及巩天民的脸面和脖子，可他还未察觉。

陈兆亦提醒道："先生您好，请问是存款还是提现？"

巩天民充耳不闻，自顾自地游走着，陈兆亦很是动气："先生，如果没有业务办理请离开银行重地，不要影响正常秩序。"

巩天民并不是不愿理睬，而是他正在观察银行内部的工作景况，看见门庭冷落、顾客稀少，柜台里的工作人员无精打采、哈欠连天，他深恶痛绝，又不好当场发作，毕竟除却大环境的影响，造成此等惨淡现状的原因与他的不负责任有直接关系，他心里堵得慌，无暇理会陈兆亦的追问。

当巩天民试图穿过侧门进入银行后台之时，陈兆亦朝警卫使了个眼色，两人一左一右把巩天民的胳膊反剪起来，大喝道："不许动，抓劫匪！”

巩天民边挣扎边大声解释，可声音微弱，淹没在众声喧哗中，他被蜂拥而上的人群牢牢控制，工作人员终日百无聊赖，无所消遣，憋闷的身上几乎要生出虱子来了，此时眼见有凑热闹的机会，个个大展拳脚，充分活动筋骨，每人争先恐后地踹上几脚、抡上几拳，巩天民身上顿时布满了鞋印，脸上挨了数拳，疼得形象全无，哇哇惨叫。

莫名其妙地承受了一轮自己手下的暴击之后，巩天民的模样惨不忍睹，礼帽不见了踪影，两只鞋各奔东西，脸上青一块紫一块，陈兆亦怕搞出人命，下令停手。他们把巩天民从地上薅起来，如同把一只大鹅提溜进铁锅里。那时候，陈兆亦仔细端详了巩天民的尊容，心说为何如此眼熟，莫非是熟人来作案？

巩天民自报了家门，陈兆亦这才意识到大水冲了龙王庙，吓得腿肚子转筋。大家都知道闯了大祸，趁巩天民没有记清楚他们的脸，已作鸟兽散，顷刻间各回工位，把头埋进桌子里，有的佯装翻账本，有的把算盘珠子扒拉得噼啪作响，十分起劲，似乎刚才什么都没发生。陈兆亦躲不了，痛哭流涕，乞求原谅。

巩天民反正这些天来遭遇了一系列非人待遇，也不差这一次，只得宽宏大量，他向陈兆亦表明来意：“遇到难处了，给我提点钱出来。”

见巩天民主动岔开话题，陈兆亦求之不得，问道：“方便，当然方便！您要提多少？”

巩天民伸出三根手指头，又改成了五根，陈兆亦心领神会，跑进柜台里翻看巩天民的账户，出来后，一脸为难地说：“行长，您的账户里已经没钱了？”

巩天民说：“没钱了？”

陈兆亦说：“一分也没了。”

巩天民说：“走贷款程序吧。”

陈兆亦说：“您比我清楚，民族金融业极为萧条，银行生意太不景气，贷款业务早停了。”

第三十七章

你的守候不言不语，而我以爱之名一味索取。

一行之长，却在钱上犯难，巩天民肌理掩饰尴尬。

陈兆亦也留过洋，但不同于刘仲明等人，他不钻业务，专钻人情世故。他十分清楚巩天民的窘境，对他现在干的一些事情略有察觉，知道他现在所面临的风险，比任何一种投资风险都大，继续干下去，下场很可能是血本无归，将来能否回来执掌志诚银行都两说着，但他还不能当场撕破脸，片叶不沾身才是至高境界。

陈兆亦说："行长缺钱？这是我听说过最好笑的笑话了。我这经理当得不够格，您稍等一下，我让人从库房提出来，救急不救穷，行长肯定有要事，先应急再说。"

巩天民说："库房的钱属于老百姓，一分一厘也不能私动。"

陈兆亦说："后续再想办法补呗。"

巩天民说："那就坏了规矩。"

陈兆亦说："特殊情况特殊对待，这年月卷款跑路、申请破产、撒谎撂屁、故意拖延、坑蒙拐骗的银行家比比皆是，有的直接告诉储户，钱被日本人挪用了，有的自作主张，替储户买上一堆日本人发行的代金券或基金，总之，要钱很难，白条有一大堆。我们比那些人强多了，最困难的时候，也能保证储户按比例取出钱去。"

巩天民说：“他们越是信任我们，我们越不能鸡鸣狗盗。”

陈兆亦说：“这不是您遇到难处了吗？您是一行之长，连这个权限都没有，这行长当得未免太憋屈了，我们还想着提拔，即使提拔到您这个位置，又有什么用，这不滑稽透顶吗！”

巩天民说：“再想想别的办法。”

陈兆亦说：“有办法我早想到了。仅此一次，下不为例！”

巩天民迟疑了一下，硬挤出来一句话：“能不能以你个人名义借我？解了我的燃眉之急。”

陈兆亦一听巩天民惦记上了他口袋里的钱，这可触碰到了他的底线，打别人的主意，他可以当好助攻手，尽心尽力，打自己的主意一百个不行。而且他很清楚，这很可能是一笔无头烂账，几乎没有收回来的可能。

于是陈兆亦的嘴脸马上换了一副，态度坚决地道：“我承认，在这家银行里，除了你，我底薪最高了，可近来没什么业务啊，底薪都不能足额发放了，更别提奖励。实不相瞒，我刚处了一个对象，丈母娘不是省油的灯，彩礼首饰、买房置地，样样不能落，样样不能差，全是用钱的地方，我勒紧裤腰带，东拼西凑，还不见得能够。行长，你可要理解我的难处。”

巩天民试探地问：“发动员工，让大家凑凑，可行吗？”

陈兆亦说：“咱俩都这样了，何况他们。外资银行待遇好、工资高、有前景，不用过来挖墙脚，有的人都早想跳槽了，现在还能留下来的都是些老员工，全凭对民族金融业和志诚银行多年的感情，苦苦支撑，勉强维持，你这一发动，怕是会引发连锁反应啊。”

员工们刚才其实都竖着耳朵在听他们的对话，听陈兆亦这么一暗示，有几个性格急躁的人立即配合了他的说法，拎起包从后门开溜了。巩天民看看时钟，离下班还有段时间，早退的人完全是做给他看的。

话已至此，巩天民的脸面全用光了，再坚持下去就是不识抬举，于是赶紧转身走出银行大堂。他前脚刚走，员工们又回来了，向陈兆亦竖起了大拇指，对他一毛不拔并站在他们立场上考虑问题的表现大加赞赏。

一位老员工说：“陈经理，你丈母娘都死多少年了，你老婆都生三胎了，你啥时候又找了个对象？续弦还是纳妾啊。”

陈兆亦硬着脖颈朝老员工摆手，示意他小点声，然后伸出头去，确认巩天民走远了，说道：“滚犊子，我这是搪塞之词，目的很单纯，就是抓紧让他走。不是我不想帮他，实在是有钱也不能借啊，他是仁人志士，有民族大义，一天天高喊爱国口号，行踪神秘不定，据说他还入了某种党派，我们哪有这个气魄，浑身是胆也不敢啊，好不容易积累起的家业，经不起这么折腾。他不接受日本人的收编也就算了，还屡次和日本人对着干，这不是玩命是什么。下步，他一旦真正惹恼了日本人，追查起来，发现我们曾经资助支援过他，就全废了。”

老员工说：“行长都沦落到借钱过活的地步了，看来志诚银行气数已尽、大厦将倾，我们真得考虑考虑后路了，不能为了眼巴前这点工资，而不顾长远，到时候日本人找上门来，正好一锅端，身家性命都得搭上！”这一煽动，刚还甘于现状、得过且过的员工们都紧张起来，大堂内一片死寂，心理活动异常活跃起来。

巩天民走在街上，穿行在人山人海里，显得愈发落魄，没来银行之前，他还是个不得志的银行家，去过之后，似乎连这层身份也存疑了，说他是个不招人待见的流浪汉好像更为贴切。

他心事重重地路过一家花店，远远看见门口的花瓶里插着一簇艳丽的玫瑰，那玫瑰迎着正午的骄阳傲然绽放，给巩天民孤独的世界注入了色彩，那时候他竟不由自主地挪动步子走到花儿的近前，刚要一嗅芬芳，恰巧来了一对男女，他们雍容华贵，打扮入时，他们看了一眼巩天民，巩天民知趣地让到一边，他们打情骂俏，丝毫不在意巩天民的感受，他们认为巩天民只有羡慕的份儿，不配拥有其他情绪。男人潇洒地扔给店主一块银元，径直从花瓶里抽出一朵花，插进女人的发髻里，女人一脸娇羞地依偎进男人怀里，说着肉麻的情话，让巩天民耳根子发热。那对男女卿卿我我地走了，巩天民望着那位扭腰转臀的女人，想起了素面朝天、从来不施粉黛的呼泽生。相处久了，他已不觉得她漂亮，可这一刻他思念她，他觉得她至真至纯，无与伦比，和眼前那个油腻的女人不可同日而语。巩天民记起来，结婚后，他没有送过一朵花给呼泽生，她似乎从未有过惊喜，倒是经常收获不少惊吓。巩天民也走到花瓶前，也抽出了一支，店主看见了说："不买别碰哟！"

巩天民自诩拥有远大的志向，气质超然，人格独立，内心强大……他也一直坚信自己具备太多优秀的特质，既然眼界已经达到一定的宽度，思想延展到一定的广度，就不会再介意一些垃圾人的眼光，可今天，他自志诚银行灰溜溜地逃出来后，心情失落，精神高度好像也因此一落千丈。面对店主的奚落，陡然生出一肚子恶气。他一咬牙，从仅剩的两块银元中拿出一块，学着刚才那个男人的样子朝店主扔过去，高举起那支鲜红的花，愤而离去。店主显然不太相信这个邋里邋遢的男人也可以如此大方、如此浪漫，他一点也不觉得巩天民的动作很潇洒，相反还傻兮兮的，他望着一身脚印、满脸伤痕的巩天民，嘟囔道："东施效颦，依葫芦画瓢，打肿脸充胖子，啥也不是！"

玫瑰要送给心爱的女人，那时候他更加思念呼泽生了。可生活要有鲜花，更要有肉包子，最无助的时候这个道理最深刻。巩天民用最后一块银元全买了肉包子，这样就不算空手回家了，并可以掩饰他的一无是处以及手足无措。他记得半年前，呼泽生带着四个孩子刚来沈阳的时候，他正是用一顿肉包子迎接了久未谋面的妇孺五人。他们长途劳顿，饥肠辘辘，喷香的肉包子端上桌，呼泽生尚能控制，尽可能地细嚼慢咽着，孩子哪顾及什么形象，边吃边抢，嘴里鼓鼓囊囊，手里你争我夺，脚下连踢带踹，场面混乱不堪。

巩天民说："慢点，别抢，有的是。"

巩天民言之凿凿，呼泽生对其深信不疑，认为以后吃得饱只是入门标准，肉包子才是家常便饭，保不齐顿顿大鱼大肉、山珍海味将成为标配。当时，呼泽生一边享用溢满汤汁的肉包子，一边心神荡漾，对巩天民充满崇拜，暗想命真好，嫁了个有出息的男人，土鸡变凤凰，跨入了上流社会，孩子们可以过上衣食无忧的生活、接受良好教育、健康快乐地生长，不用再为了夭折、饥寒交迫、受人欺负、误入歧途而忧心。然而，令她意想不到的是那顿包子宴，只是一场接风宴，可以载入他们家的史册了，能够载入史册的事件，当然具有稀缺性，所以，那次接风宴以后，别说买肉包子，巩天民连一粒米也没再往家拿过。

巩天民磨磨蹭蹭、走走停停，离家越近，心里越翻江倒海。他手里的一大兜肉包子着实不少，可现在拎在手里轻飘飘的，因为连他自己都头重脚轻，有浮于空中的错觉。他走进了那条熟悉的小巷，看见巷口的大槐树不再光秃秃的了，郁郁葱葱、遮天蔽日，带来一片阴凉，显得太阳更浓烈，小院更孤零零。他站在树荫下，看见门楼下的木门错位了，应是被外力毁坏，呼泽生无力修补，现在它们歪七扭八立在墙边，像是两名醉倒的门卫，但仍然可以羞辱巩天民，那裂开的缝犹如人张开的嘴，那折断的卡榫，就像龇着的黄牙。门框上的对联泛白脱落了，但门中那两张大大的"福"字还板正地贴在那里，此时它们没有传递喜庆和团圆，像呼泽生那双幽怨的眼睛在审视着熟悉又陌生的他。

巩天民距离家门口一步之遥，即将可以看到牵肠挂肚的人了，却丝毫难以兴奋，相反，心里又生出昨天见刘仲宜之前的剧烈忐忑。分岔的阳光分裂着愁肠百结的他，像是在见证一条蚕、一只蛹，在艰难地抽丝剥茧。院子里任意一声响动，都让他如惊弓之鸟。他目光飘忽不定地站在门口，像一个正在指认现场的犯罪分子，既有着逍遥法外的侥幸心理，又想抓紧结案，早日尘埃落定，免于思想折磨。他曾归心似箭，可真正回来了，却不知先迈哪条腿，同时要思考等会儿见到呼泽生到底怎么张嘴才可以显得不那么轻薄、不那么寡情、不那么孙子。那时，他很希望呼泽生能像巷口孔二蛋家的凶悍婆娘，一言不合拎起擀面杖或笤帚疙瘩就从院子里冲出来，追得孔二蛋满街跑，她每每高声痛陈孔二蛋的“罪行”，陈芝麻烂谷子全都能翻出来，极尽污言秽语，十分有碍观瞻，臊得街坊四邻都不敢出门，可唯独当事人孔二蛋不以为然，该吃吃该喝喝，小日子还越过越滋润。他经常在事后向大家散播，这便是他的处世哲学，吃得一时瘪，得来长久爽。以前巩天民认为他是哗众取宠，现在却突然对他的话有切身感悟，如果呼泽生也这么对待他，或许能够坦然不少。可呼泽生根本不会这样，通情达理得令人难过，他从来没想过通情达理有时候竟然颇具压迫的特质。

院子里传出来哗哗的水声，他看到呼泽生正吃力地从压水井里往外汲水。天气已经转暖，她还穿着长袖的粗布衣裳，因为用力，手脚颤抖着，看起来营养不良，身体虚弱，才压了几下，就汗津津的了，一绺头发贴在脸上，看不清她是什么表情。水装满了盆子，她正要端起来，可能是发现水中的倒影，她的模样一圈圈地于涟漪中飘散开去，像她又不是她，那是现在的她，却分明成为未来的她，这个倒影足以让她忘记本该拥有的容颜，那超越了时间、年轮的表象，刹那间打破了她的预期和幻想，让一个爱美的人陷入忧伤。她站在那里像被点穴了，一动不动，她一定是在意着世界、在意着轮回、在意着从身边拂过的种种，却忽略了自己，甚至没时间照一照镜子，只有这个空当才意识到是在独处。她或许在疑惑面容何以枯黄，或许是在担忧亲人是否安好，或许是在迷茫为何永远是人在此处，心却在远方。

大儿子巩国格从屋子里跑出来，巩天民做贼心虚似的，赶紧缩回了头。他听见巩国格慌里慌张地说：“国路又在说梦话了，烧糊涂了。”

呼泽生说：“说的什么？”

巩国格说：“太没种了，动不动就喊爹。他要不是病人，我就收拾他。”巩国格知道母亲不愿意想起爹，他好几次看见呼泽生摩挲着巩天民的照片偷偷抹眼泪。

呼泽生端着盆子疾步往屋里走，并说：“为什么不能想你爹呢？你不想吗？”

巩国格说：“想他有什么用，没有他，我们家还不会出这么多事。”

呼泽生说：“不能埋怨，你爹是为了我们的平安才出去干事业的。”

巩国格说：“二狗叔天天坐在炕头上喝酒，我看他们家比我们家平安！”

呼泽生说：“你长大成人了，会明白的。”

巩国格说：“我还能有长大成人的那一天，我太幸运了，我在担心弟弟能不能长大成人。”

呼泽生说：“别说丧气话！”

巩国格噘着的嘴，能拴住一头牛。

巩天民躲在墙角里，大儿子的话让他更不敢贸然进去了，他犹豫了一会儿，转身想走，那时候，一盆洗菜水从大门泼了出来，不偏不倚，全招呼在他身上，他的嘴唇上贴上了一根枯萎的青菜叶子。玫瑰的花瓣被水打得七零八落，他很心疼，不是心疼那一块银元，而是心疼丢掉了仅存的浪漫。他本就不是浪漫的人，呼泽生的一盆脏水如神来之笔，卸下了他的伪装，没有给他浪费口舌的机会。巩天民抓着那根光秃秃的花杆，和呼泽生四目相对，他吹掉嘴上的菜叶，维持起码的体面，尽管那副样子仍然很菜。巩天民头上的水滴滴答答掉下来，像他的眼泪，但他不能哭，毕竟呼泽生忍住了哽咽，在那个色彩斑斓的午后，僵硬成一块漆黑的石头，在无限期等待被他发现，并被他真正带走。

呼泽生脸上有惊喜之色，笑意倏然浮现，然而片刻之后，鼻子酸了，眼圈红了，几乎是无缝对接。那是喜极而泣，更是为彼此的落魄唏嘘。她和孩子需要得到关怀，可眼前这个男人看起来遭遇了更多薄凉。她即刻平静下来，因为希望频繁来袭，失望接踵而至，愿望一次次落空以后，不可再轻易悲喜。

第三十八章

我从容不迫地说话，连“落魄”都以为我还保持着优雅。

想象中久别重逢的激烈相拥或者排斥都未发生，巩天民和呼泽生的会面在不声不响中悄然完成了，但那看似冷静的相聚，如同波诡云谲的天空和暗流涌动的水面，他们谁也没开口，只进行了一场简短的眼神交流，却俨然像经历了一次声势浩大的会谈。一言未发，多于万言。几只白鸽低空掠过，哨音陪衬了他们的冷场。

呼泽生率先打断巩天民，指了指屋子里面，巩天民赶紧坡下驴飞跑进去，看见了朝思暮想的孩子们。孩子们也看见了他，却像看见了一根木头，且是毫无价值的陈年朽木。

巩国格漠然转过身，大声朗读着的背得滚瓜烂熟的诗：“道旁僵卧满累囚，过去旃车似水流；红粉哭随回鹘马，为谁一步一回头？”这首诗里有被俘虏的妇女、遍地的饿殍、成片的敌军，一如他们如今的悲惨处境。巩天民听得出来，那首诗课本上没有，定是国格特意学来念给他听的。不大点儿的孩子已然懂得含沙射影，这属于过早进化，像被催熟的瓜果，不值得欣喜。成长并非一蹴而就，懂得旁敲侧击挖苦人，一定是被生活刺激了千百遍，孱弱、自卑、安全感缺失，让他不得不时刻宣示主权，亮明敌意，守牢领地。

挂钟的时针指向“一”，皇姑大酒楼里的八个人饿着肚子事小，巩天民迟迟未归事大。巩天民清楚，如果团队误以为他被抓了，团队就会转移据点，否则很容易被连锅端，那是极大的冒险和资源浪费。他要尽快赶回去给大家送饭，现有条件不允许他和巩国格解释什么，他能做的就是把那首诗听完，以表达对孩子起码的尊重。当巩国格念完一遍，对着墙角偷偷垂泪时，巩天民抚摸了他的后脑勺，把肉包子放在了他旁边的桌子上。没想到，这次没有一个孩子上来抢，还被国格扒拉到了地上，滚了一地。呼泽生大声呵斥了国格，然后一个个捡起来，放进了系在房梁上的篮子里，犹如把巩天民碎了一地的自尊捡起来。

巩天民无奈地进了里屋，小儿子巩国路躺在床上，为了不碰到伤口，这几天强迫自己进入禁锢状态，养成了睡觉也不翻身的习惯，始终保持着一个姿势，这对天性好动的孩子来说，简直是一种酷刑，可他正在承受。他浑身裹着纱布，额头敷着毛巾，正处于半梦半醒中，时有呢喃，但听不清说的是什么，也可能是巩天民心在收缩，脑袋嗡嗡直响，听不清也不敢听清他在说什么。巩天民半跪在床前，想要抱抱国路，却无从下手，这伤痕累累的小小身躯，好像长满了拒他于千里之外的刺，国路完全有理由比国格还要更讨厌他，有更大的怨念。

带血的挎包仍然放在床头，那是他送给孩子唯一的礼物，虽破烂不堪，巩天民还是一眼辨认了出来，因为那上面还印着志诚银行的标志，就是这么个非卖品，被孩子当成了宝，他脸上发热、身上发冷，说不清楚有多难受。

巩天民亲吻了国路的额头，国路一下子就惊醒了，他斜了斜眼睛看了一眼巩天民，嘴角动了一下，眼泪簌簌地掉进枕头里，然后直勾勾盯着屋顶的檩条。

巩天民说：“好好养伤，会好起来，一切都会好起来的。”

巩国路喊了一声“爹”，被口水呛到了，剧烈地咳嗽起来，巩天民还想上前安抚，被呼泽生拉出门外，她担心巩国路会更激动，扽裂了刚要结痂的伤。

在门外，呼泽生看着逐渐偏西的太阳，问：“还走吗？”

巩天民说：“还没完。”

呼泽生说：“看一眼就好了，回去吧。我们都还活着，你不回来我们也活着！下一步，能不回来就不要回来了，再回来就不要走了。”

巩天民说：“你们受罪了，等做完了这件事，我负荆请罪。”

呼泽生说：“确实太难了，但至少有个固定的住所，不像你四处为家。等待虽然煎熬，但寻找更痛苦。所以我们在这里等着你，即使这里经常有不同的人来，会恐吓我们，撕碎我们的尊严，可是你会回来不是吗。只要你回来，看见我们还在，以往的承受也会变成将来的收获。”

巩天民说：“你为什么不放弃我？世俗不允许，但你可以离开家，或者在名义上和我分隔。你没有沾上我的光，疏离名正言顺。”

呼泽生说：“你赶我走吗？”

巩天民说：“我从来没有这么想过，只是想让你们免于危险。”

呼泽生说：“那不用假设了。”

巩天民说：“这是支招儿。”

呼泽生说：“多损的招儿。”

巩天民说：“不避讳地说，这是很多女人会做的选择。”

呼泽生说：“有打走的，骂走的，穷怕了走的，心死而走的，这些，你都没有做。”

巩天民说：“我甚至保证不了你们的安全，更别提是否能达到你当初的心中所愿，这个理由也够啊。”

呼泽生说：“如果你不忠不贞、吃喝嫖赌、荒淫无度、挥霍生命，不需要任何外在的施压，你早看不见我们了。可你不是这样的人啊，我试着去挑你的毛病，一无所获。”

巩天民说：“我没有顾及你们的感受，一屋不扫却去扫天下了。”

呼泽生说：“没有和平的日子，哪有乐享生活的人啊，离开你的，有那么多人，他们去往另一个世界了，他们不仅刺激着你的感官神经，也在我的心里进进出出，好像无时无刻不在和我倾诉什么，但无一例外，他们都带着微笑，他们毫没有凶狠地闯进我的梦境，我眼前时常浮现他们的影子，我和其中的大部分人素昧平生，但却知道他们长什么模样。其实这一点也不玄妙，他们保住全了你，成全你去干该干的事情，他们就住进了我的脑海，改变着我的想法，他们的生命嫁接到了你的身上，似乎也根植到了我的血脉里，我当然也要像他们一样，没有丝毫的怨念，这是天注定的。”

巩天民说：“这个时候，连说爱都会太草率了。”

呼泽生说：“你快走吧。”

巩天民说：“会有那么一天，这天底下的人都能幸福地生活，所愿皆实现，所爱皆聚首，所盼皆有果，所行皆坦途。”

巩天民伸开双臂，想给他一个怀抱，呼泽生蜻蜓点水般地把头贴在了他的胸口上，随即后退了几步说：“要不要吃了饭再走？可锅里的水已经熬干了，我们的午饭也焦糊了。”

巩天民向自己的妻子深鞠一躬，看着她退到了门口，他也该走了，他欲言又止，可还是忍住了。他转过身去，刚迈出两步，呼泽生说：“有事要说出来！”

巩天民说：“没，没事！”

呼泽生说：“如果不是遇到过不去的坎，你不会回来的。说出来吧，这是你家，最后一个遮风挡雨的地方。”

就算巩天民的脸刷了水泥，密不透风，绝难辨认，他也说不出“缺钱了，回来的初衷是看看家里还有没有钱”这样的话。

巩天民说：“别问了，我说不出口。”

呼泽生说：“那你不用说了！你等着！”她转身进了屋。

巩天民以为她是去把他的铺盖或者衣服卷一卷给他撇出来，情况再乐观一些，她或许会给他塞上两个窝窝头，避免他饿死，至此，与他正式分道扬镳。然而，呼泽生的举动，让巩天民痛哭失声。她像是知道巩天民回来的动机并不单纯，玫瑰花是幌子，包子也是借口，亲吻、拥抱都是铺垫，要钱才是目的，巩天民在他面前上演的都是“皇帝的新衣”，他就是一直褪了毛的猴子，丑态毕露。他看见呼泽生利落地打开了床头的木箱子上的大锁，在层层叠叠的被子毯子下面取出一个造型精致的黄花梨漆盒。巩天民打开盒子，晃得眼睛生疼，不仅是因为里面的金银首饰闪耀着光，更重要的是那个场面就像裸奔，而且是在熟悉的人面前裸奔。巩天民当然知道这些东西的存在，所以他才回来的。他不确定呼泽生有没有拿这些东西去换钱贴补家用，所以他刚才没提，还在心里开导自己，就当没有这些首饰了，没有了也就不惦记了。那时候他觉得自己不是个东西，狗屁不如。

那些首饰是结婚前巩天民买给呼泽生的，彼时，他对呼泽生早有耳闻，知道她虽然家境一般，但甚有格调，不爱慕虚荣，好几个并无建树的富家子弟垂涎她的美色，都被她拒之门外了。一眼看过去，巩天民和那些人并无太大差异，没有后来的成就和地位，还只是个银行职员，他拿不准呼泽生的心思，就得从精神和物质上双管齐下，不仅要有甜言蜜语，还得有证明自己能力的实物，这些金银首饰，便是从那时候积攒下来的。呼泽生没戴过这些首饰，据她后来所说，之所以保存得这么好，完全是为了给自己留一个退路，万一巩天民也靠不住，就把这些东西还给他，不欠他什么，就不至于搭上一辈子。开始没戴，结婚后赶上更乱的年头，更没机会戴了，现在她要把他们还给巩天民。巩天民认为，给人画大饼、开空头支票，让人饮鸩止渴……种种恶行，都不足以解释他的无情。

巩天民说：“我想说，只是借用，你信吗？”

呼泽生说：“什么是借？什么是还？”

巩天民说：“打开了你的箱底，就触到了你的底线。”

呼泽生说：“留在那里不当吃不当喝，褪色、蒙尘、招灰、浪费，让它们物归原主，让它们发挥作用去吧。”巩天民越琢磨这话越难过，那是金银，不会褪色，更不会蒙尘招灰，而且还能保值升值，即使没有他，母子五人也能靠它们维持往后余生。总之现在呼泽生说什么，他都认为是赌气，是潜台词。他泪如泉涌，抱着那个精致盒子，像抱着一个拉掉了引线的炸药包，或者像抱着一个自己为自己准备的骨灰盒，一旦用上的时候就是死过去的时候。可他真的太需要这些财物，正如呼泽生所说，不然他真不会回来。

不仅什么都没带回来，还要像贪婪成性的地主老财，吸干佃户的最后脂膏，而眼下这个被坑的倒霉蛋佃户却还是他相濡以沫的妻子。他甚至不如嗜赌如命的烂赌徒，至少是为了发家，并过上奢靡的生活，他甚至还不如嗜烟如命的瘾君子，至少他们分泌了多巴胺，享受到了暂时的心灵愉悦，哪怕那愉悦有毒有害。而他什么也没得到，见证过他们婚姻初始的信物就这样要被他消费掉了，相爱的印记就这样被他抹平了。那是情感的背叛，无罪但恶心，对于一个完美主义者，挫骨扬灰，也不过分。

巩天民说："我走了。"

呼泽生说："我照顾好孩子们。"

巩天民说："我走了。"

呼泽生说："我不拖累你。"

巩天民说："我真走了嘛！"

呼泽生说："我哪里也不去，就留在这里。"

巩天民说："我一定回来。"

呼泽生说："那时候，槐树也开花了，阳光灿烂，天空更蓝，国路也痊愈了，追逐嬉戏着，我就站在这里唱诗，唱欢快的、明媚的诗。"呼泽生露出毫不拖泥带水的笑脸。

巩天民出了小巷就嗷嗷哭起来，张大的嘴巴又圆又阔，好似能吞得下他面前的盒子。他越哭越响，喉咙里像有一把烧水壶，已经煮沸了水，咕嘟作响，带着哨音。伪警的巡逻车开过来了，他们冲街上的摊贩以及他们认为比较碍眼的人大呼小叫，像赶牲口一样。巩天民很有自知之明，他这副模样很容易引起伪警的注意，可他伤心到难以控制，于是使劲捂住了嘴，像捂住了喷射的水龙头。他看起来比旁边口腔诊所里刚拔完牙的老汉还难忍剧痛。老汉没打麻药，疼得骂娘，巩天民哭得忘乎所以，他俩同样脚步踉跄地走着，伪警们以为是亲哥俩刚参加了谁的吊唁，朝他们挥着警棍，让他们抓紧从街上滚蛋，这烂怂形象，太影响市容了。一会儿河本末守和赵欣伯要走上街头，巡视沈阳明面上看有没有歌舞升平、老百姓是否安居乐业，捣乱分子清理干净没有，巩天民之类的家伙就是隐患和毒瘤，不配出现在这里。巩天民长袍的下沿随着风啪啦啦地飘舞着，但不像什么大侠，而是一只刮到枝杈再难飞起来的破风筝。

而呼泽生回到院子，也难以伪装，泪水夺眶而出，可她还要去照顾被巩天民刺激过的孩子，在外面三两下擦干眼泪，进屋去了。那时候她看见挎包掉在地上，巩国路挪动了位置，他要以此证明对巩天民的失望，哥哥姐姐也围在一边七嘴八舌、添油加醋地痛数着爹的罪状。这次巩天民这次回来，不仅没起好作用，还又轰炸了一遍他们的感情堡垒。

呼泽生把挎包捡起来，重新放在床头说："这是你爹最难的时候，等挺过去了，他就真正回来了。"

巩国路说："爹不爱我们了，我没有这个爹！"

呼泽生说："就算他不爱我们了，我们也要爱他。"

巩国路说："为什么呢？那不是傻吗？多不公平啊！"

呼泽生说："他心里装着太多人了，确实不是常人所能为。可他为什么来去匆匆，还不是为了离公平更近一些。就算他是个陌生人，我们也不能让他难过，他是为了寻找公平而屡遭不公的人。他比我们难过，我们不能让他再心寒。"

巩国路说："别再说了，说，我也不想听，我也不想懂！"

呼泽生说："娘也不懂，可娘才是最该抱怨的那个人啊。"

巩国路沉默了，他重新望向屋顶，他听见了骨骼咔吧作响，仿佛听见了成长的声音，他要快快长大，去搞清楚爹娘的组建、离散与聚合，到底是出于什么缘由和力量。

与此同时，巩天民来到了当铺，心急如焚地把盒子递进柜台，掌柜取出放大镜，却没有先看货，而是照了照巩天民的脸。那张被现实反复摩擦的脸委实不太招人喜欢，掌柜的像是看见了一件残品赝品，露出不屑的表情。

但那些昂贵的首饰让掌柜的眼前一亮，他已经很久没见到纯度这么高的东西了，兴致盎然地把玩着，并问道："这能是你的吗？"

巩天民说："马上就不是我的了。"

掌柜阴阳怪气地说："你这要是偷的抢的，我可要报官了。"掌柜了朝跑堂使了颜色，跑堂趾高气扬地看着巩天民，走出柜台，走到门口，打了一个呼哨，一辆黄包车瞬间就位，随时可以拉他去警察局，这套流程一气呵成，不给巩天民喘息的机会。其实这是他们惯用的伎俩，以此让顾客惊慌，能拿来当的物件很多来路不正，怕惹麻烦，不敢喊价，给多少拿多少，甚至着急脱身，不给也自认倒霉。掌柜的百试不爽。

而巩天民指指大堂，大声说："老子是开银行的，曾经能买十家像你这样的当铺，暂时遇到难处而已，别乘人之危，别狗眼看人低！"

巩天民多日没这么气势，积攒的怒火从他的身体里迸发出来，底气十足的声音回荡在大堂里，掌柜被震住了，随即露出职业性的假笑："妥了，敢这么嚷嚷就妥了。不是你的，你不可能有此等底气。东西我收了，是好东西，最高价给你！"

巩天民说："自作聪明的傻种！"日伪军警让人难受，奸商也欺负自己人，他忍不住爆粗口。

掌柜连连作揖，巩天民抓起柜台上的钱，气势汹汹地走了。

掌柜对跑堂说："领悟透了吗？当傻种骂我们傻种时，这买卖就可以放心大胆地做了。"

第三十九章

我在心中奏响催征的角鼓，不断抵挡生活的溃逃。

巩天民从当铺出来，用呼泽生的首饰换出不少钱，他毫不吝啬地给大家买了丰盛午餐，那顿饭的花费够呼泽生带着四个孩子吃一个月了，他眼睛也没眨一下。兴冲冲地回到皇姑大酒楼，理直气壮地招呼大家吃饭，大家停下手里的活，并不看香气四溢的饭菜，而是齐刷刷盯着他。巩天民以为脸上有灰、身上有草，踅摸了一圈，没弄懂他们的用意。憨笑着说："街上太闹腾，我七拐八绕的，来迟了，让大家饿肚子了，诚挚道歉……"

刘仲明严肃地说："如果可以出城的话，这么长的时间，你都可以跑抚顺了。"

张查理接着话茬说："你是我们的主心骨，你去哪儿要和大家说清楚，我行我素、自作主张，让大家担心，太过分了！"

巩天民以为大家怀疑他去干什么不可告人的事情了，坦率才能赢得信任，连忙坦白说："确实对不住，我不该瞒你们，打着买饭的幌子偷偷回了趟家。你们都没回家，我却回去了，我做检讨。"

刘仲明说："谁让你做检讨了？"

张查理说："检讨有用的话，就不用计较后果与得失了，解决问题全靠一张嘴就行了。"

大家你一言我一语，好像在讨伐巩天民的无组织无纪律，巩天民只得低着头站在那里，像个受气包。

刘仲明和兄弟们交流了眼神：“不是数落你，是你不拿我们当兄弟，个人主义作祟，下不为例啊。”

巩天民说：“我假公济私，认骂认罚。”

刘仲明说：“你还嘴硬！”说着，他把巩天民摁进沙发里，率先从身上掏出钱来，放在巩天民面前，大家依次重复了和刘仲明一样的动作，不一会儿茶几上堆出一座小山。

巩天民问：“你们这是……”

刘仲明说：“作为多年的兄弟，你去了哪里、去干什么，我们心里都清楚！有事不要一个人扛，不要把我们当成摆设！”

在此之前大家一门心思和对手交锋，并不担心钱的问题，出发时巩天民分发的“粮饷”很充裕，可出乎意料的是收集资料比想象的要难得多，每个关节都要打通，每个人都想捞好处，不出血的话，步步是坎，既要防范日伪军警，还要留心被普通人举报。所接触的人都不可小觑，说不定那个醉醺醺的看门大爷就是敌人安插的眼线，要想保平安，就得多花钱，这导致他们很快拮据起来，尤其是聚到一起之后，任务进入攻坚阶段，用钱的地方更多了，弹尽粮绝的局面彻底暴露出来。巩天民出门后，他们相互间一交流，才真正意识到这位“财政部长”每天承受着多大的压力。距离任务结束到底还要多少天，谁也无法给出期限，到底还需要多少钱，谁也没个底，但稍加盘算就知道不是小数目，远非巩天民独自一人能够承受，大家合计完，轮流回了趟家，为了一个主题，砸锅卖铁也要尽可能多地凑上一点儿钱，减轻巩天民的压力。不久前，他们几乎都经历了和巩天民一样的“遭遇”。多日不归，回去却伸手要钱，可想而知他们当时的心境，也因此更了解巩天民的不易。

巩天民心里盈满感动，但还在硬撑。他知道大家虽然都是各自领域的翘楚，但都还年轻，参加工作的时间并不长，底子薄，眼前这些钱，也许就是他们全部的身家了。

巩天民把钱往前推了推说：“你们条件没我宽裕，任务结束以后还要生活，我日常就是在跟钱打交道，比你们门路多，让我来想办法，你们只需要在资料上用心。”巩天民这话说得慷慨，实则囊中羞不羞涩，脸上都写着，大家心知肚明。

刘仲明说：“你咋不替自己想，你们一家六口就不用生活了？银行家确实更会赚钱理财，可经不起这么造，我们不能眼睁睁看着你一个人作难。”

自己回家拿钱的事一定被他们知道了，巩天民又摆出一条理论：“我不心疼钱，如果这次任务失败了，有钱也不一定有命花，如果成功了，不愁东山再起！”

刘仲明说：“我们也是这么想的，所以别再推辞了，我们是一个整体，一荣俱荣，一损俱损。”

包房里涌动着难以言表的情绪，他们九死一生地从风浪中蹚出来，目前还能安然无恙地站在这里，已是天大的幸运，最让巩天民感动的是没有一个人打退堂鼓，没有一个人有私心。他们围成一个圈，手叠着手，压低声音喊了口号，刚要投入资料整理工作，出去刺探情报、观察敌人动向的邵信普推门进来了，通知了大家一个刚刚得到的惊天消息，本庄繁和溥仪已由新京出发，到沈阳视察，将于傍晚六点左右抵达火车站。

大家一听便知，这两位“大佬”所谓的视察，就是来为迎接国联调查团做铺垫的，掩饰的到不到位、各环节衔接得不得当、蒙蔽欺骗工作做得好不好，都是他们视察的重点，如有不足，监督整改，争取不让调查团掌握到真实情况，就是他们的总目标。

这是天大的好消息，如果能收集到这两个人沆瀣一气的影像资料就完美了，那样的材料更直观，配合已有的资料，说服力剧增。大家纷纷请缨，争着去完成这个任务。

巩天民问邵信普：“消息可靠吗？”

邵信普说：“我在伪政府周边潜伏了半天，听见那些进进出出的公务人员都在议论此事，而且他们把欢迎本庄繁和溥仪的条幅都挂出来了，连舞龙舞狮队、锣鼓队、戏班子都备好了，场面隆重，应该不会有假吧。”

巩天民马上回想起刚才大街上伪警驱赶他的场景，河本末守上街检查应该也是前戏之一，两件事可以关联起来，线索链完整，确实有模有样，毫无破绽。可他们明知道当下共产党、国民党、义勇军、各路军阀等多股势力的特派员无处不在、无孔不入，且重要人物抵奉属于绝密事件，他们却还大张旗鼓地宣传造势，显然不符合常理，巩天民认为这很有可能是请君入瓮的桥段。

大家正在分析形势，一直蜷缩在沙发上打鼾的刘仲宜醒过来了，听见他们的对话，兴奋地凑上来。他看上去眼神迷离，神志不清，但语气坚定：“这是个好机会，让我去试试，反正活着没多大意思了，他们抓到我，正好成全我，抓不到，我再多赚几天活头儿！”

刘仲宜这番话把巩天民惊出一身冷汗，随即开始心疼，他说：“你不能去！”

刘仲宜说：“凭什么？舍我其谁？”

巩天民说：“谁去你也不能去！”他最清楚不让刘仲宜去的原因，但这个话不能说出来。

刘仲宜说：“你应该给我这个机会，那样你或许就不用再看见我了，没有我在你眼前晃荡，你就不必每天活在内心的自我谴责中。你愧对我的样子，我也不想再看到了。”他没有给巩天民留下余地，直接击中了他的痛处。

刘仲宜心意已决，巩天民只得话锋一转：“这件事并不是非做不可，而且我强烈认为这是个圈套，等着我们去钻。”

刘仲宜问：“伪满的头子都来了，这意义还不够重大吗？你怎么知道是圈套。”

巩天民不敢看刘仲宜的眼睛，转头看向刘仲明，露出求助的眼神。刘仲明心领神会，不无担忧地说：“调查团到来的日子近在眼前，我们的资料其实足够了，不去无伤大雅，去了就有很大的风险，我知道大家都有必死的决心，可眼下着实不是逞强的时机，要全盘考虑，如果我们有人在这时候被俘，可是会牵一发动全身，对手诡计多端，花招层出不穷，被抓到了，就算不开口，他们也会顺藤摸瓜，我们迟早会被发现，那就功亏一篑了，损失不可估量，连现有的资料能不能保住都会成问题啊。”

张查理也帮腔说：“现阶段不允许我们有任何失误，要慎之又慎。”

两人为巩天民扳回一局，巩天民赶紧顺水推舟，转移大家注意力，进一步细分了第二阶段的资料整理任务，让大家不要分心，抓紧投入工作。刘仲宜见没人支持他的想法，失望地回到沙发上，重新打起了鼾。

宁可信其有，不可信其无。刚才的氛围是巩天民刻意营造出来的，他打消了大家去冒险的念头，转身自己去冒险了。他明知道是可能会有陷阱，可不得不去，因为这样的证据资料着实太诱人了，那些说服别人的理由，都抵不过一个信念，他很清楚初心是什么，就是想尽办法搜集到关于真相的资料 ，哪怕付出一切代价。此时他是一个矛盾体，一边平息众人的冲动，一边却暗地加油打气，鼓动自己的激情。

简单查看了一下工作进度，巩天民一看表，五点了，如果消息属实，距离目标出现在沈阳地面只剩下一个小时，他编了一个有鼻子有眼的理由火速出门，直奔火车站，他必须提前埋伏进去，所以时间极为有限，十万火急。他想，这么大的人物，一定有不少日军和伪军警跟随左右，站台肯定是封锁了，溥仪和本庄繁下了火车紧接着就会上汽车，如果在这期间无法捕捉到他们同框的镜头，就只能去二人下榻的酒店蹲守，而想要弄清楚他们到底去哪家酒店，也要从车站开始跟着，这个环节是行动的根本，所以刻不容缓。

其实正如刘仲明推断的那样，溥仪和本庄繁来沈阳的消息是杜撰的，是赵欣伯给河本末守出的鬼主意。他们故意放风出去，就是为了引起情报人员的兴趣，让大家趋之若鹜，纷纷栽进他们设置的天罗地网中。他们要最后一次清扫障碍，以减少情报人员给国联调查团提供证据的人数和概率。巩天民马上就要中计了，那是他逃脱不掉的计谋。

巩天民向着火车站飞速进发的时候，赵欣伯派人穿上自己的行头去火车站迎接根本不会来的溥仪和本庄繁，只是为掩人耳目而已。而他本人正在床上和吴晓非共赴巫山云雨，房间里回荡着吴晓非十分刻意的尖利的浪叫声，让整个赵氏府邸都沉浸在暧昧和桃色之中，赵家人显然都习惯了，面无表情地各自干着各自的事情，一点也没有探究下去的欲望，或者连香艳的画面都懒得联想，只有厌恶，赵欣伯也不顾其他姨太太有没有意见，和吴晓非共赴巫山云雨。太阳还高挂西山之上，他也不挑个时间，性欲来了马上就要解决，和猪狗没什么区别，而吴晓非的优势正是随时能入戏。

赵欣伯以为这次交媾的结果应该会和往常一样舒坦，没想到正在他全力冲刺的时候，吴晓非却掉链子了，她惊叫了一下，慌张地问："你是不是忘了一件大事？"

赵欣伯吓了一跳，这句问得很不合时宜，影响了心情，已经有股恶气生出来，好在器官功能没受什么影响，令他能够保持原来的频率。他的汗珠子一颗颗摔下来，砸在吴晓非的奶子上，淋漓酣畅，他如同埋头拉犁铧的老牛，而吴晓非就是一块被耕耘的荒地，他在她身上可以肆意描摹，或者翻腾出田野怪圈，他满不在乎地说："什么他娘的大事，我们这个事才是大事。"

吴晓非破天荒地打断了赵欣伯，双膝盖顶住他，双手控制着和他的距离，让他再难任意活动下肢，她说："你真忘了，满大街都在传本庄繁和溥仪要来奉天，这么重要的活动你怎么敢耽搁，别只在乎这片刻的欢愉，误了接站，是要掉脑袋的。"

赵欣伯还没在这方面受过阻，年龄大了还可以快马加鞭、持续输出，与其他同僚交流房中秘事之时，他总有优越感，表示未曾体验过何为力不从心，今天吴晓非打破了惯例，让他瞬间疲软下来，他不担心眼下的坎坷，而是更忧虑会影响他往后的雄风，他无法接着挺进了，就像人活着不能善终一样遗憾。接站本来就是他做的局，吴晓非当然不知道，她的这种提醒也毫无作用，此刻他心情差到极点，骂道："臭婊子，就你多嘴，我不让你掺和公务，你懂个六啊。"

这不是赵欣伯第一次侮辱吴晓非了，自从她那天和方柳一战，在坂垣面前给他丢人以后，他对她的喜欢便打了折扣，要不是她在床上还算活跃，早就把她踹了。

吴晓非的好心又被当成驴肝肺，也很气愤，多天来积累的负面情绪爆发了，她说："骂得好，但有种你别去！一个臭汉奸牛气什么，舔主子是你的本职，你渎职了呀，我看你怎么收场！"

吴晓非竟然顶嘴了，话还异常鞭辟入里，直戳赵欣伯的软肋，让他颜面尽失，加之欲望没得到满足，面孔倏然狰狞起来，顺手抽出裤子上的皮带，对着吴晓非一通猛抽，边打边叫："让我收场？看我笑话？一个玩物都敢刺激我了，你也不撒泡尿照照自己，穿金戴银就有人样了？没有我，你还不如一条母狗。我看上你什么了？还不是靠卖肉上位！谁他娘的嘲讽我，你也没资格，我是狗腿子，你就是狗毛，或者狗身上的跳蚤。我经不住你的魅惑，给了你一个名分，接济你年老体衰的爹娘、好吃懒做的哥哥、不学无术的弟弟，让你顺利从大学毕业，享受到上流社会的生活，你也还算争气，谈吐有了改观，气质有了提升，但你还真以为自己是名媛了？瞅你这副德行，我把你放在庙堂之上供起来，你也改不了骨子里的贱！"清脆的啪啪声伴着吴晓非痛苦的哀嚎在房间内回荡，赵欣伯的情绪被激发了出来，他在日本人面前轻声细语，这时候心里却蹿出一头野兽，找到了施虐的变态快感。他越抽越起劲，越骂越难听，就像魔鬼附身。吴晓非赤裸着身子，从床上滚到地上，身上肿胀起来一条条鲜红的血印，像爬满了粗壮的蚯蚓，触目惊心。

吴晓非以前纵情浪叫之时，赵家人习以为常，不管不问，现在她正被毒打，他们也保持了同样的矜持和冷静，那些曾被赵欣伯冷落的姨太太竟出乎意料地没有偷着乐，她们并非心胸开阔，而是仿佛看到了不堪的自己。在那个充斥着阳奉阴违、蝇营狗苟的环境里，谁也不用落井下石，每个人脑袋上都早已顶上了巨石，谁是下一个被推进枯井的人，无法预测。这里的人似乎只剩下了麻木不仁，在干涸的心灵和僵化的外表下，他们硬生生学会了推人及己，。

第四十章

让昨日光彩融入沈阳的风土，化作一摊泥水也要筑起梦中的高墙。

吴晓非陷入绝望，她连哀求的力气也没有了，那时候她知道她所得到和她所追求的，不过都是镜花水月而已，她和方柳确实是截然不同的两个世界的人，她无从改变，又必须继续沦落下去，如果赵欣伯让她死，她不得不死，毕竟她身后还站着像她一样需要挣扎着活下去的人们。她躺在墙角里，肉体面对现状依然无能为力，但内心似乎在悄然苏醒，可苏醒的结果更痛苦，而不是更轻松快乐。

赵欣伯踩着吴晓非的脸说："受不了可以滚，还想过，就闭嘴！"

即使赵欣伯不作提醒，吴晓非也无话可说了，她看见赵欣伯悠然自得地提上裤子，穿过快要落山的斜阳洒在房门下的光影，没事人儿一样走向前厅，他自信、儒雅的样子，不会让人再联想到他刚才的狰狞面容和暴戾举动，他又恢复为人模狗样的伪市长，言行颇有风度，此人虽非只手遮天，也是权倾一方，仍有为数不少的人拜服他的渊博学识以及翻手为云覆手为雨的能力，认为他即便有不正确的政治主张，也不妨碍他是个有本事的人，这样的人就是比普通人光鲜夺目，就是可以载入史册，他的低劣、下作和沦丧完全可以另当别论。

刚还静悄悄的院落热闹起来，家仆们陆续出现，像是迎接从战场归来的勇士，为赵欣伯擦汗梳头、揉肩捶腿、点烟沏茶，厨房里戴着高帽的师傅们排着队上满了一桌子的饕餮盛宴，赵欣伯刚才一阵“劳碌”，现在胃口大开，胡吃海塞起来，好像刚才是完成了一项重大工作，现在理应好好犒劳一下自己。

赵欣伯在享乐，吴晓非却孤独地趴卧在角落，平常与她形影不离的丫鬟也不见了踪影，或许正躲在月亮门的后面，迫于赵欣伯的淫威，不敢上前来搀她，或许连朝夕相处的人也露出了真面目。从养尊处优的豪门贵妇到无人问津的臭鱼烂虾，只需要半天的时间，只需要一句不恰当的话。她从未体验过什么叫心若菩提，倒是终于见识了什么是人情冷暖。

吴晓非嘤嘤地哭起来，仍然全身赤裸的她像一只无家可归的猫，那间富丽堂皇的卧室装不下她脏兮兮的胴体，更装不下她遗失的归属感。那时候，她想到了同学方柳，方柳曾经用行动忠告过她，要做一个自立自强的女人，很遗憾，她那时候油盐不进，还把方柳视为眼中钉，如果那时但凡能有所领悟，有所收敛，也不至于混成现在这副模样，赵欣伯在她身上得不到除了性以外的东西，她也找不到与赵欣伯叫板的一丁点筹码。方柳太过直率，宁折不弯，吴晓非很确信自己做不到她那样，但她已不再为眼前的生活再感到丝毫的自鸣得意，厌恶之感油然而生，她认为这就是好的开始，将来但凡有机会，她也要奋不顾身地抓住，去挖掘那如同宝藏的冰清玉洁的纯净，去荡涤救赎那几乎丧失殆尽的灵魂。

与赵氏府邸相隔十里的火车站中，巩天民面临和吴晓非一样四面楚歌的困境。火车站果然戒严了，里三层外三层地围满了人，要想穿过候车厅进入站台，简直痴人说梦。巩天民并不失落，相反还很兴奋，因为这样的场面似乎可以佐证溥仪和本庄繁来临的真实性，如果消息有假，他们完全不必如此大动干戈。既然正面进不去，巩天民加速挺进，他要迂回进入，先离开车站，他知道不远处有个火车道道岔，从那里可以到达火车道对面，然后顺着铁道一路来到对侧站台，隐藏在杂草中间，也许可以顺利摄取到想要的画面。

巩天民跑得呼吸道刺痛，眼前出现了重影，但脚下的频率不减反增，因为他看见北边地空相接的地方有一束烟柱直冲九霄，融入进空中，扩大了乌云的面积，汽笛声若隐若现地传来，隔着老远都能感受到火车疾驰的速度，他只有在火车经过道岔之前翻越到对面去，如果在它之后再就位，溥仪和本庄繁不会等他掏出相机再走上站台，坐进汽车里。巩天民持续奔跑，他来的时候是坐车来的，但火车道沿线都是荒地，没有路，车无法开动，即使可以开车，目标太大，也会引起军警的注意，就算军警部署范围有限，但到时还没到道岔，也会被护路工或者道岔处的值班人员发现，危险指数直线上升，所以他只能靠一双肉腿和“呲呲”冒火星子的火车轮子竞赛。

巩天民穿过铁道，钻进了对面的荒草中，深一脚浅一脚地朝来时的方向跑。跑了不一会儿，他有些纳闷，因为发现草丛中另有玄机，很多草都被踏平了，一开始是一小段，后来面前则出现了一条供一人行走的小路，带着新鲜的茬口，不像日久天长形成的，很像近几天人为造成的，到底是怎么回事？眼下不允许他多想，他分析应该是逃票的人踩出来的，毕竟这年头买不起车票、选择扒火车的人比比皆是，或者是偷偷逃离沈阳的“勇士”们所为，他听说过成功逃出去的案例，但靠这个方法达成所愿的人实在是凤毛麟角，绝大多数的人未出沈阳界就会被铁道沿线层出不穷的巡警开枪打下来。在自己的国家，从关外到关内，却像偷渡，尽管难度太大，抓到就是枪毙，但还是有人不惜生命，选择铤而走险，只要能出奉天，就能不当亡国奴，等于重获新生，有足够的诱惑，就有人趋之若鹜。

巩天民沿着那条“人工”小路像猎豹一样踽踽奔跑，火车咆哮着从后面追上来了。他感受到大地在震颤，一股飓风助推着他，并拂动着身边一人多高的茂密野草，草丛发出哗啦啦的声音，在巩天民听来，那声音像密集的枪声，或者仁人志士的呐喊，或者渴望翻身做主人的老百姓的喝彩，带给他欢欣鼓舞的情绪，忘记疲惫和忐忑。他回头看，那是一列高大的闪耀的新火车，一看就规格高、设施好，和以前见过的破火车有所不同，火车头正中的位置挂着三个烫金大字“新京号”，车厢上贴着“王道乐土、中日亲善”等红色标语，气势十足，让人不得不确信这是从长春开过来的，巩天民早就听说过溥仪出行总是乘坐个人专号新京号，他已经乘坐这辆列车巡视过很多地方了。火车车窗都拉着厚重的窗帘，看不清里面的情况，火车连接处有警卫警惕地观察着外面的情况，这些细节都符合大人物出行的特征，左右着巩天民的判断，他愈发相信这次是来对了。

火车头逐渐开到巩天民的前面去了，浓烈的黑烟把巩天民笼罩其间，他闻到了呛鼻的气味，剧烈咳嗽着，脸上也糊上了一层很均匀的煤灰，巩天民啐出几口黑色的唾沫，并不气恼，还庆幸这黑烟成了他最好的伪装，能有效避开车上的警卫的视线。站台的拱棚已近在眼前了，火车在降速，而他还要保持原有的速度，继续再往前跑出去一段，以便在火车停靠后，能透过火车与站台的夹角通视溥仪和本庄繁的一举一动。

巩天民找到了合适的位置，掏出相机，刚调试好设备，突然觉得周身凉飕飕的，有一种坠入冰窟之感，他抬头张望。大吃一惊，自己的前后左右有不下十个人已经埋伏在那里了。巩天民抬头想跑，人群中有人说：“别害怕，大家是同行。”原来，巩天民一直并不孤单，还有很多他不知道的人和他有相同的抱负，大家都得到了消息，不谋而合地聚在了这里。

巩天民感到热血奔涌，他向众人点头示意，再没有机会让他们相互寒暄，任务结束后他们也将各奔东西，再难相见，但他们趁着溥仪和本庄繁没下车的简短空当，狠狠地记住彼此赤诚的脸。

火车门开了，有人陆续从火车上下来，并不急于走向站台上的汽车，而是站定之后投入地交流着，没有登车的打算。巩天民把望远镜和照相机相结合，疯狂按动快门，片刻之后，他感觉不对劲，他在报纸上见过溥仪的尊容，可和镜头里的人似乎并不相像。他放下相机，专门用望远镜一下，心凉了半截，那两位穿着军装的人根本不是溥仪，另一个也非本庄繁，首先军衔对不上，其次外貌特征更是相差甚远，虽然不排除他们是日伪高层的可能，但巩天民还是意识到他们被诱骗了，这显然是个局。巩天民赶紧招呼大家撤离，但为时已晚，一百多个伪军警已经把他们包围了，他们插翅难逃。

巩天民对那些第一次见面的同仁们说："我们上当了。"

有的同仁反应极快，巩天民话音未落，便执行起了第二套鱼死网破的方案，掏枪向伪军警射击，想要杀出一条血路，可伪对手武器装备更为精良，他们本就在暗处，收拾这些"业余"人士易如反掌，几枪就结束了战斗。

巩天民还没掏出枪就被绑起来，伪军警把他连同剩下的人拎出草丛，拎过铁道，塞进了汽车。坐在汽车里，巩天民等人才知道，汽车不是给溥仪和本庄繁准备的，而是押送他们的囚车。

他们被拉到了伪政府看押点挨个审讯，试图摸清他们背后的情报网络。巩天民亲眼看到第一个被带进审讯室的同仁，宁死不招供，竖着进去横着出来，而他听得真亮，后面几个人经不起酷刑的折磨，交代了实情，暂时保住一条命，被移送到软禁点，好吃好喝伺候着，河本末守和赵欣伯答应他们，等国联调查团走了，就恢复他们的自由。这套操作很有诱惑性，其余人等都没有扛住，他们背后的情报网络被完全摧毁。

巩天民是最后一个被带到河本末守和本庄繁面前的。

赵欣伯说："你知道为什么把你放在最后吗？"

巩天民说："早死晚死都是死，你休想撬开我的嘴，别浪费时间了，赶紧送我走！"

赵欣伯说："最后的可是压轴的！我们其实早就掌握了你们这个团伙的罪证，只是你小子诡计多端，我们一直不能确定你的身份，今天你自投罗网了，我们怎么会轻易放过你。"

河本末守说："你就是巩天民吧，终于见到本尊了，我三生有幸。好几次从我们手里逃脱，不，好几次擦肩而过，你那漂亮的美娇娘和聪颖可爱的孩子们，也幸运躲过盘查，至今安然无恙。看来心善是大忌，上次就应该让你们团圆。你们一直到今天还没有集合在我面前，是冥冥之中自有安排，老天也希望你们家整整齐齐的，要走一起走！”

河本末守一摆手，赵欣伯把耳朵凑了上来，河本末守道：“我要亮明诚意，派你去接巩家人来和他团聚！”

河本末守转而对巩天民说：“以市长规格接待巩桑一家人，可谓用心良苦了，我充分尊重，你也不要让我失望！”

巩天民眼前发黑，双膝发软，像吃了黄连，嘴里发苦。他是银行家，对数字敏感，他最会算账，现在也不例外，绝望之中，他要用一道算术题来安慰自己最后一次，用一家六口的命换回八君子的安全，值了，赚了。

巩天民说：“狗日的，别折腾了，只要让天下人知道你们侵略东北的真相，我挫骨扬灰也甘之如饴！”

河本末守脸色一如既往的红润，并没有因为巩天民的“大放厥词”而懊恼，他说：“这笔账，你算得不对，是不是侵略，东北的明天会不会比中国人统治时期更好，你说了不算，国联说了也不算，只有我们说了才算，东北犹如一只活蹦乱跳的兔子，撞死在我们身上，应该是红烧还是烧烤，我们自己决定，轮不到别人插手，所以，这件事的结局怎么会非黑即红，还有第三种可能。别愚钝了，你再执迷不悟，就是阻止东北进步，满洲国人民会把你当罪人的！历史的车轮不会因为你这个小角色而停转。”

巩天民说：“每个民族都不需要没有根的进步，吃得更好，穿得更暖固然是世代理想，可遁入异族人为我们规划的精神框架和生活模式，可怜可恨，当一个温顺的奴隶怎能成为东北人民的追求，就像孩子天生爱自己的父母，流浪的人终其一生都在寻找真正的家，这无需解释，答案只有一个，谁也改变不了。我坚持我的观点，就没有白活一场。我早该死了，从生到死的这一路上，那么多人当了我的垫脚石，我也该当好别人的垫脚石，也许这块石头不能帮助别人到达彼岸和顶峰，但只要迈出一步，就是胜利，总得有人率先迈出这一步的！”

河本末守说：“你说得有道理，但我恰恰不喜欢讲道理。”

巩天民说：“你对自己的定位很准确，禽兽当然无法理解人的情感逻辑和命运逻辑。”

河本末守努力克制，尽量表现得淡定，但他不想再忍得如此辛苦，他不知道巩天民还能说出什么虎狼之词，赶紧对赵欣伯说：“别愣着了，抓紧去！”

赵欣伯立刻出门，招呼一群伪警紧急集合。他知道呼泽生插翅难逃，但还是担心节外生枝，于是火急火燎地冲出去，刚到大门口，迎头撞上了吴晓非，两人都栽倒了。当时吴晓非是来和赵欣培说明情况的，她想通了，不能再过没羞没臊的日子，只要赵欣伯同意别纠缠她，她就可以六根清净地带着父母兄弟回乡过田园生活。但赵欣伯不这么认为，依照他以往的经验，每次打骂吴晓非后，吴晓非就会越乖巧，力度越狠，效果越明显，这次也不能例外，吴晓非一定是来摇尾乞怜、大献殷勤的。

吴晓非抓住了赵欣伯的胳膊，把他拉到门卫室里，赵欣伯踢了她一脚，像踢一条丧家犬，他说：“起开，我有重要的事！”

吴晓非说：“你就听我说一句，就一句。”

赵欣伯说：“你的话，哪怕一句，也是车轱辘话，我太了解你了！快滚，别耽误我抓人。”

吴晓非语气低沉：“我不是来求原谅的，我也不必得到你的原谅了。”

赵欣伯眉飞色舞：“呦嗬，长能耐了？换路数了？你到底想干什么？”

吴晓非说：“我想回娘家了。”

直到这个时候，赵欣伯还以为吴晓非是在试探他，想激起他的怜悯，说道：“真是让我耳目一新，只听说过我赶人走，没听说过别人将我的军。”

吴晓非“扑通”跪在地上，说：“您就准了吧。”

赵欣伯说：“你再啰唆，被河本大佐发现了，小心让你给巩天民一家人陪绑，一块上路！”

吴晓非一激灵，问道：“巩天民？那不是方柳的好大哥吗，他怎么了？”

吴晓非这么一问，把赵欣伯惊了一下，觉察到自己犯了个低级错误，抓要犯这么大的事，哪怕是亲娘也不应该透露，他连忙把吴晓非从地上提溜起来，摁在墙上，捂住她的嘴。他朝内院看了一眼，确认没人往里探头探脑，这才稳住心神。他对吴晓非说：“少问！还有，你那点烂事在我眼里不值一提，你只要不炝茬儿跟我对着干，我自会对你百依百顺，要星星不给月亮。老老实实给我待着，别作。等我完成公务回来，我们再重新培养感情，只要把我伺候舒坦了，你还是我的心肝宝贝，和以往无异！”兽性大发之后的赵欣伯恢复他八面玲珑的技能，在这个十万火急的哏节上还能堆出一脸饱含性饥渴的笑，临走不忘捏了一把吴晓非浑圆的屁股。

第四十一章

我要握住这一闪而过的时光，好好看一眼我那一直模糊不清的脸庞。

赵欣伯钻进汽车里，车尾跟着一群荷枪实弹、一路小跑的伪警，他们很快消失在黄昏里了，身后留下一簇簇黑灰的雾霭，吴晓非头一次看清楚那雾霭的轮廓，她想，那并非只是汽车尾气，或许还佐证着一句没有科学依据的话，坏蛋真会冒烟。

太阳已经落下去了，西边残存着几束若隐若现的光，像有人往篝火堆里添了几锹土，或者即将熬干了油的灯，火苗被压下去了。那时候吴晓非站在伪政府大门的台阶下，两旁的石狮子蒙上了傍晚肃穆的色彩，看起来更威严，它们好像注视着她，让她不由得挺直了佝偻的背。她想，做一个堂堂正正的人，要从挺直腰杆开始，就像那两尊石狮子，虽然摆的位置很尴尬，是在伪政府的门口，但它们未曾改变自己历来的属性，它们并没有恫吓她，而是鼓舞了她。

大门里有人走出来，越看越眼熟，仔细辨认，有点像方柳，可那人距离她几步之遥时，她才认出来那是大院里新招的保健医生，也是同一所医学院毕业的学妹。她热情地向学妹打招呼，学妹没有正眼瞧她，自顾自地走去了。热脸贴了冷屁股，这搁在以前她非要活剥人家，这次她却破天荒地没有生气，因为当年方柳也是这么看她，那眼神和学妹如出一辙，那场景历历在目，方柳用永别的决绝方式告诉她，她沉迷于虚幻的美好中就应该被人如此对待。她想，可不嘛，面前的门楼正是她们第一次冲突的地方，当时就是在那里，她和方柳扭打在一起，引来了坂垣，酿成了一系列的恶果，方柳的死，和刺探情报有关，但她认为自己也有不可推卸责任。

想到方柳，自然想到了里面正关押着的巩天民，他们走的是同一路线，何以表达对方柳迟来的歉意，也许力所能及地帮助他就可以告慰她。吴晓非没有见到巩天民，已经对他产生了莫名的亲切感，她一定要见他一面，哪怕帮不上忙，至少可以送去温暖，并打听一下方柳埋在哪里，以后有机会，一定去祭奠她。带着这个目的，吴晓非迟迟未离开大院。

不到半个时辰，天黑下来的时候，赵欣伯不费吹灰之力把呼泽生和四个孩子全带回来了，和巩天民捆在一间房子里。

一直到凌晨，从那间屋子传出来的悲凄尖利的叫喊声不绝于耳，回荡于整个大院严管区。河本末守对巩天民和呼泽生施用了五花八门的酷刑，巩天民被烙铁烫出几十处伤，呼泽生被砸碎了半截手指、挑断了一根脚筋。而孩子们虽然身体上没有实质性的伤害，但河本末守派专人扳着他们的头，撑开他们的眼，让他们全程目睹发指行径。吴晓非从时强时弱、此起彼伏的哀鸣中能听出他们幼小心灵的反复重组与破碎。

吴晓非躲在暗处，并非局内人，已然冷汗淋漓。那时她的内心波澜起伏，以前对赵欣伯卖国求荣、鱼肉百姓的丑事，早有掌握，但出于生活所迫，不得不睁一只眼闭一只眼。但今天，在她决定离开赵欣伯的这一特殊时机里，巩天民一家的悲惨遭遇，恰巧让她亲眼所见、亲耳所听，强烈的感官冲击和心理刺激，让她震惊不已，三观尽碎，以前她对巩天民有所了解，知道他是个大仁大义的人物，在工商界和百姓中间有口皆碑。她虽然浸淫伪官员身边多年，但没有丧失基本的判断力，相反在大是大非面前还有独到看法，悔悟的迟，不代表永远不会觉醒，现在她彻底陷入了煎熬。

吴晓非潜伏在严管区里，无法离开，赵欣伯刚刚在严管区外围加派了人手，。她只要走出去，再进来就难了。此刻她也像被施以定身法术，一动不动，她在等待时机，她很清楚，如果她选择漠视，这里面再无第二个人关心巩天民一家的死活，一瞬间好像她的手里攥着六条人命。

破晓时分，河本末守骂骂咧咧地从严管区走出来，赵欣伯打着连串的哈欠跟在后面说："这一家子太轴了，再打下去很快就没命了，先缓一缓吧。"

河本末守说："再给他们一点时间，今天傍晚之前还不交代，用处也不大了，脑袋全割下来，挂到小西门城楼上去，最后这两天我也要震慑其他蠢蠢欲动的家伙，让他们一想到我，灵魂就战栗，还未出手，就得泄气。"

赵欣伯说："国联调查团还有两天就到了，这个时候还如此冒进，怕会落下话柄。"

河本末守说："坂垣倒是谨慎，却死在我前面了。你还活在他的阴影里不思悔改，我看你跟他的理念更合拍啊！"

这句话把赵欣伯吓得脸色煞白，心说，这些极为自负的人总把建议听成辱骂，可不能因为提建议把自己搭进去。于是他马上改换口吻，点头哈腰地把河本末守送出门去。河本末守走之前还特意嘱咐审讯室门口那位刚上勤的警卫要打起十二分的精神，一分钟眨眼不能超过三次，并且要交代下去，不管哪班岗哨出了岔子，一群警卫都要枪毙，赵欣伯也要承担连带责任。

赵欣伯目送河本末守去小憩了，自己还要顶着熊猫眼继续坚守岗位，心里憋屈但不敢说。巩天民和呼泽生只要一醒过来，他就安排新一轮的折磨，没有喘息的时间，除非行刑者打累了，巩天民一家人才有机会对话。

行刑者向赵欣伯报告，呼泽生和巩天民流血过多已经昏死过去了，要不要救一救？赵欣伯认为河本末守处死他们并不是真实意图，还想从他们身上挖到更有价值的信息，河本末守肯定还会再来，如果没到规定时间，巩天民和呼泽生就咽气了，河本末守少不了责难他。他安排医生进来给他们治伤，自己也好假寐一会儿，这个关头，吴晓非递上了一碗枸杞排骨辽参汤说：“别熬坏了，这是我特意做的，补气养血，滋阴壮阳，趁热喝了。”

前期河本末守在，他人长得小，消耗的能量也少，一夜没提吃东西的事情，赵欣伯吩咐手下备餐了，可河本末守瞪着通红的眼珠子只顾着和巩天民博弈，他不开口，赵欣伯哪敢张罗先吃，早就饥肠辘辘、口干舌燥，此时一见香气四溢的靓汤，像是酒足饭饱后看见倾国倾城的美人儿，哪有半点抵抗力。渴极了饿极了，就顾不得附加在肉身之上的社会属性，吃相不比猪狗好看，他把汤从吴晓非手里欻过来，也不怕烫，“嘶溜嘶溜”喝了个底朝天，抹了一把泛着油光的嘴唇，对吴晓非说：“谁都不好使，还是五姨太最上心、最体贴、最可人！”他一连用了三个“最”来证明昨天对吴晓非的态度只是偶然，绝非必然。

吴晓非十分配合他高涨的情绪，嗲嗲地说：“公务哪有忙完的时候，巩天民这样的人抓不完的，你就一直不睡觉？身体才是自己的！再说了，招供这种事，早晚都得招，何不早招，丢了半条命之后再招，实属脑袋不灵光，一点也不像我，老爷一伸手，我马上就软如面条了，人还是识相的好。”

赵欣伯思想上赞同吴晓非的观点，身体更诚实，困乏的撑不住了。吴晓非不提，他也早就在心里给自己打气了，安慰自己，不差这一会儿，管他河本还是山本，先睡再说。现在吴晓非提了，正巧顺着她的话下决心给自己放个假，他迫不及待地微眯起眼睛，在吴晓非的搀扶下往休息室走，路上还不忘夸赞：“我看上你哪一点？就是鬼机灵这一点，太会揣摩我的心意了，可比那些多年混迹官场，见风使舵、溜须拍马的谄媚之徒要体贴得多，高明得多！”

吴晓非说："这是骂是夸啊，我怎么能和那样的人相提并论！"

赵欣伯没有精力再回答她的问题，他像个醉鬼，瘫成烂泥，倒在了休息室的卧榻上。吴晓非见状，赶紧整理了一下仪容仪表，麻利地关紧休息室的门，重新出现在审讯室外围。她出来的时候，还带走了刚才那只汤碗，顺手丢尽了花坛茂盛的草木中间。原来那是她的作案工具，赵欣伯能睡得那么死，都是她在汤里放了迷药的缘故。目前来看，一切都在她的掌控之中，她放的剂量足够赵欣伯睡得不省人事，但又不危及他的生命。她还保有一颗良善和感恩之心，哪怕赵欣伯有罪，也不应该由她来裁决，他们夫妻一场，他有恩于她，救济了她的家人，满足过她的虚荣心，对她并不是一无是处，于情于理她都不能害他的性命。

也就是吴晓非作出抉择的同时，巩天民被医务人员注射了药物，让他脱离生命危险，保持在了半梦半醒的迷糊状态。医务人员走后，行刑者没有得到赵欣伯的命令也不敢私自上刑，一家六口得到片刻的安宁。

巩天民听见有嘶哑的声音好像从远处的夹缝中传来，断断续续、唯唯诺诺、毫无生气："爹，醒醒！你大声告诉我们，你还能保护我们！对不对？"但巩天民听得出来那是巩国路的声音

巩天民想睁开眼，可他的眼皮太沉重了，沉重得像审讯室那两扇沉重的铁栅栏门，从缝隙中透出一丝丝微弱光线。他欲抬起头，可头也不听使唤，每用一次力，脖子就会"咯嘣咯嘣"响个不停，犹如心脏承受不了负荷，就像铁链与枷锁在相互摩擦。

巩天民只得耷拉着头，闭着眼，从胸腔里硬挤出可怜的声音，像被扔进水洼的炮仗，沉闷不已："孩子们，对不起了，我把你们带到这个世界上来，没给你们快乐，却让你们屡次给我陪绑、挡枪，最可怜的就是你们了。我也不提多么冠冕堂皇的理由，我是他们黑名单榜首的人，背后涉及很多人，招不招供也无法保证你们的安全了。所以……所以来世我们再当一家人，我们去一个与世无争的地方，再让

我好好疼你们。”他的声音还不如巩国路明朗，好像来自地狱。

巩国路感到浑身发冷，他说：“你为什么不告诉我们你惹了鬼子头头，连我们都不相信啊？！”

巩天民说：“不希望你们提心吊胆！”

巩国路泪水连连，还不忘安慰他：“你不说，我们不知道你在干些什么，错怪了你，还要跟你说对不起呢！”

巩天民说：“我太自私了，你们憎恨我吧，大胆地唾弃我，我心里还能舒服些啊。”

孩子此起彼伏地大哭起来，那声音带给巩天民的苦楚，要比用刑还严重。那时候巩国格想要发挥一个大哥应该有的胆魄，让姊妹们停止哭泣，可他不过也是个孩子，见得多懂得多并不是好事，心里其实比他们更害怕，可还要强迫自己承担起大哥的责任，他对姊妹们说：“爹告诉过我们，不管遇到什么困难，都会有解决的那一天……”可说完这句话，他自己都不信，终究是率先崩溃了，哭得比别人还大声，含糊不清地道：“可……可我真是害怕啊，谁能想办法带我走，受不了了……”

呼泽生被吵醒了，那时候她笑中带泪，仍在给巩天民打掩护：“我们一家人，不看结局，就看现在吧。有多少亲人来不及说句话就分开了，我们至少在最后的时光还能聚在一起。”

巩国格喊道：“怎么说，我都不想死！”

呼泽生呵斥他：“不管你怎么想，都要记住鬼子是我们的敌人，要自始至终，表里如一！”

巩国格内心的秩序早被彻底打乱了，生平第一次顶撞呼泽生：“都要死了，谁还在乎我怎么说怎么做？！”

巩天民对呼泽生说：“泽生，别骂孩子了，我真的希望你们把矛头指向我，说出我所有的不堪，这个时候划清界限，也许有用，历史上不是没有这样的例子，死马当活马医吧，为了活下去，这么做天经地义。千万别为我担心，这不叫背叛，这能减轻我的负罪感。”

呼泽生说："你省点力气，如果我带着孩子们做那样的事，以前所有的教诲都说不通了。在将要离开自己孩子的最后时刻，争取做一个合格的母亲！"

他们的体力恢复了一些，说话的声音大起来，引起了警卫的不满，打开观察孔，骂道："闭嘴吧，临死还不消停，到了那边再聊，聊个痛快！"

审讯室里安静了，并不完全是因为警卫的训斥，而是巩国路奇迹般地挣脱开了绳子。当时捆绑他的人，见他年纪最小，浑身有气无力的，没把他当回事，绑得马马虎虎，没想到巩国路身体柔韧性好，趁无人注意，尝试解开绳子，没几下竟成功了。现在他自由了，给爹娘和哥哥姐姐统统解开了绳子。即便如此，他们也没想过要逃跑，只是为了活动一下酸痛难忍的身体，在警卫扫视过来的时候，重新恢复原来的模样。他们没想到巩国路此举，后来起了大作用。

还在潜伏的吴晓菲此刻愈发焦急，她学过医，了解人体的耐药性各不相同，万一赵欣伯的药劲儿未达到预想的效果，提前醒过来，她就再也没机会了，而且太阳落山之前还想不出解救巩天民的办法，她就会眼睁睁看着英雄一家命丧黄泉。既然下定决心离开了，临走也完成一次壮举，这是积德行善的好事，不求东北人民能记住他，良心上的谴责或许能减轻很多。老天安排她与巩天民一家在黑暗逼仄中相逢，却没有告诉她走出去的路径，让她观看了一幕悲剧，却没告诉她解读的法门。

吴晓菲在赵府彻底失势，但伪政府里的人还不明就里，昨天她进大院后，遇到的人态度没变，仍然把她当成第一太太，受尊重程度不亚于赵欣伯。吴晓菲壮着胆子接近审讯室门口的警卫，但出乎意料地碰了壁，警卫制止她接近。毕竟河本末守有言在先，谁也不敢掉以轻心。两个小时换一班警卫，吴晓菲和三名警卫套近乎，无一得逞。转机出现在第四名警卫前来换岗之后，这个刚来接岗的精瘦干练的小伙子名字叫赵松辉，吴晓菲对他印象深刻。或许是人选择性地留意美好的事物和人，吴晓非来大院遇见赵松辉的频率很高，他年方二十四五，虽然瘦，但五官端正、皮肤白皙，尤其是体型匀称，行走的衣服架子，同样的警卫服，方才那几个歪瓜裂枣的警卫穿在身上，犹如歪脖树上捆了几十道麻绳子，而赵松辉穿上就颇显气质了，能勾勒出赏心悦目的性感及美感，吴晓非总忍不住多看几眼，令她欣喜骄傲的是好几次她也发现赵松辉在盯着她看，虽然四目相对之后，或许是赵松辉忌惮赵欣伯，迅速挪开了，但女人特有的敏感，告诉吴晓非，此人的眼神十分火辣辣，当初赵欣伯在舞厅、酒会上看见她时也是这种眼神，而且她在靶场给赵欣伯递过弹夹，看见过那些射击的人面对目标时的眼神，和赵松辉看她的眼神如出一辙，以前她并不愿多想，因为赵松辉和赵欣伯沾亲带故，况且喜欢她这一款的男人不止赵松辉一个。可此时，赵松辉笔直地站在那里，吴晓非感觉机会就在眼前，过了这个村可就没这个店了。

第四十二章

我的枕头竟是我的胸膛，因为我的坟墓就在荒凉的山岗。

吴晓非深吸一口气，做了一番自我暗示，调动起情绪之后，三两步就从暗处蹿了出去，霍然出现在赵松辉眼前。赵松辉受过培训，具备职业素养，反应很快，下意识地拔出枪。当看清是吴晓非后，迅速把手放下来，慌乱地唤了一声“太太”。吴晓非风情万种，笑意盈盈，极力性感地走向他。赵松辉和吴晓非之间，地位悬殊，本就风马牛不相及，他倒是有过非分之想，但绝不可告人，要是让人知道一个穷小子惦记赵市长的五姨太，必死无疑。他做贼心虚，导致四肢僵硬，眼神飘忽不定。短短的一段路，辛辣老道的吴晓非已凭借多年混迹社交场的经验，看出赵松辉并不单纯。她想，大概率他把我当成梦中情人了，或许已经几次把她带进他的春梦里。

吴晓非继续往前走，赵松辉不得不作出反应：“太太请止步，这里关着重犯，赵市长有交代，一律人等不得靠近，除非有他的手谕。”

吴晓非俏皮地说：“谁奔着重犯来啊，要不是看见是你，我懒得进来。”

这算公然示好，是错觉还是幻听？梦想突然就照进现实了吗？赵松辉单身了二十几年，血气方刚，受不了这样的暗示，脸“腾”一下红了，磕磕巴巴地说：“您别开玩笑，我何德何能，怎敢奢望得到太太的关怀！”

吴晓非见过风浪，但自从跟了赵欣伯，不得不放弃一片森林。而就算她不收心，也没人敢和她凑近乎，关于忽然萌动的男女之事许久没有体验过了，经验只剩下了依稀的印象，现在其实她的心脏怦怦跳得厉害，但为达目的，两人之间必须要有一个主动，否则无法再进行下去，她必须把控局面：“别紧张，赵市长正在歇息，秘密授意我半个小时来查一次岗，临时交待的事还需要手谕？”

赵松辉说：“这个……这个确实没有先例，我不甚了解！”

吴晓非说：“你知道的，我家老赵疑心重，除了我谁也信不过。说实话，这属于赶鸭子上架，你们的事我掺和不明白，走个形式而已！这事我只告诉你一个人，你可别乱说。”吴晓非的瞎话编得圆，赵松辉难辨真假，他不可能去找赵欣伯考证，只得选择相信。在这个大院里，他谁也开罪不起，于是态度端正地接受吴晓非的检阅。

吴晓非趁热打铁：“当然查岗只是一方面，你和他们不一样，让我有和你对话的冲动……”

这话很露骨，赵松辉心神荡漾了，可他还要克制，这大院里的人，勾心斗角，互为敌手，真诚换不来真心，出了不少闹剧，他是见识过的，他不敢确定吴晓非是不是拿他逗闷子，这万一是个坑，他可不能往下跳，没有十成把握，他不敢接招。

吴晓非登上台阶，和赵松辉面对面站在一起，他比她高出一头，她仰着脸，目光炽热，眉眼传情。他不敢俯视，脖颈却能感受到她呼出的热气，痒得难受。他后退了一步，却被吴晓非拽了回来。

吴晓非问：“怕了？”

赵松辉说：“您是市长太太。”

吴晓非说：“我首先是女人！”她掏出手绢，摩挲了两下赵松辉的脸，让他酥麻不已。

吴晓非曾经堕落，但受过高等教育，是那个时代屈指可数的大学生，不论身处何种环境，还是有独到见地的，当然接下来那蕴含哲理的发言源自她曾经放荡的生活："东北亡了，这里已不是中国人的天下，我们换了生存方式，甚至连老祖宗都要被清理出记忆，还谈什么伦理纲常。命运不掌握在自己手里，爱恨无权宣泄，都在别人的操纵之中，一步步沦为没有感情的动物，冷漠、麻木、空虚，失去了底蕴，没有了个人风格，一门心思活给别人看，连最初想要什么、想到哪里，都忘记了。是不是很可怕呢？为什么不趁年轻，趁还有所剩无几的独立思考能力，珍惜所剩无几的冲动呢。"

不懂字面意思，可赵松辉听得懂吴晓非的语气，话音里带着无尽的不甘，也带着无穷的欲望，好像明天世界就要灭亡了，今天如果能再体验一把人间乐事，也能死而无憾。他还保有理智，不管吴晓非怎么煽情，他还是觉得他们之间的距离太过遥远，这条路也是一条不归路，没有足够的毅力断然难以走下去，他回道："太太饶了我吧，我没文化，不太懂。"

吴晓非说："没文化不影响当一个有种的男人，文化不能让软蛋变硬，文化祛除不了懦弱，文化解救不了胆怯的人！"

这话极具嘲讽意味，看得出赵松辉吃这一套，尤其是在觊觎的女人面前，他的好胜心被激发出来一部分，可还没有达到当场防线崩塌的程度，他觉得日子还长着，还有足够的时间来消化吴晓非的话以及她这个人，他说："你确实让人充满想象。"

此言一出，吴晓非意识到大鱼正在咬钩，不能急于收杆，要让他再扑腾一会儿，绝望与希望并存，欲望才能侵入肌理。她说："你下岗之前，我还会再来，但就剩下一次机会了，下次来之前，希望你什么都想明白了！"她把手绢甩给赵松辉，手绢展开了，飘然落在他肩膀上，就在快要滑下去的时候，他眼疾手快地抓在手里，就像他那时的心情，既害怕摊事，又担心失去，若即若离，难以自持。吴晓非下了台阶，回头一笑，无限妖娆，吊足了赵松辉的胃口。吴晓非身姿绰约地离开他的视线，躲在拐角的墙边偷看。赵松辉许久才从吴晓非的背影中回过神来，好像魂魄已经跟着吴晓非走了，幸好还有手绢在手，盖在鼻子上狠狠地嗅了一口，分不清是香气还是骚气，像喝了一杯陈年老酒，意乱情迷。

赵松辉度过了漫长的半小时，他看见天上的云彩在头顶上加速飘过去了，有的汇聚在一起，成为更壮观的景色，有的逐渐稀薄，化为乌有，像人们的青春一样，或绚丽多姿，丰富且充足，或转瞬即逝，连个值得回忆的片段都留不下。欲望的闸门一旦打开，再难闭合截流，他已坠入温柔乡里，逃不出吴晓非的掌心，所以他，用一个个案例警示自己，不能对日本人和伪政府抱任何幻想，时刻对其保持恨之入骨的状态，才能对得起自己这孤苦且很可能极其短暂的一生。比如他的一个警卫兄弟，因为给被关押的抗日人士带进去一包卷烟就被砍了头；之前还有一个仁兄，在对一位妇女行刑时不够卖力，就被河本末守定了个渎职罪关起来了，到现在还没出来，估计河本末守都忘了这件事，可没有人敢替他去说情，赵欣伯这样的人物，平时兴致来了也对他们兄弟长兄弟短的，可真遇到了事，躲得远远的，片叶不沾身，根本指望不上他什么。赵松辉之流都是提着头在伪政府混饭，安全得不到保障，说不清什么时候灾祸就降临到头上，再谨小慎微也抵不过命运的安排，倒不如找回本真，享受当下。他下定决心，等吴晓非再来时，她说什么就是什么，抓住这想都不敢想的艳遇。可快要下岗了，左等右等吴晓非就是不出现，那时候赵松辉心里跟猫挠似的，一度悔青了肠子，认为刚才说了太多拒绝人家的废话，装成什么坐怀不乱的柳下惠，引起反感了，打着灯笼也难找的机会被白白葬送了。

其实这正是吴晓非欲擒故纵的伎俩，她了解男人的心理，活学活用到了赵松辉身上。等到赵松辉捶胸顿足的时候，她才再次出现，很轻松就把饥渴难耐的赵松辉拉进审讯室旁边的房间。在那里吴晓非和赵松辉突破禁忌，解开束缚，展开了一场活色生香的“肉搏战”。赵松辉放飞自我，把积攒了二十多年的男人雄风彻底展示了一番，以气吞山河之势，让“作案”现场地动山摇。

当然不可忽略一个极其重要的细节，吴晓非在拉赵松辉进另一间屋子之前就和他拥吻上了，赵松辉忘乎所以之际，顺手把他腰里的钥匙摘下来，扔进了审讯室里。

刚才赵松辉和吴晓非的对话，巩天民一家人隐隐约约听到了，以为他们纯属打情骂俏，心里直犯恶心。巩天民心说，我亲媳妇在身边，却没有氛围让我们互诉衷肠，你们饱汉子不知饿汉子饥，光天化日偷人，真是世风日下。直到吴晓非把钥匙扔进来的刹那，巩天民才恍然大悟，吴晓非醉翁之意不在酒，她对赵松辉是否真的喜欢，是否早有勾搭的倾向，另当别论，总之今天她前期所有的铺垫都是为了救助他们一家。为了一个善举，而做出有违情感逻辑的举动，是有伤风化还是义薄云天，局外人不配作出评价。她扮演荡妇惟妙惟肖，而她舍己救人也是当仁不让。她是文化所解释不了的矛盾体，时隔多年，她常驻巩天民心间，从激烈碰撞到沉静怡然，不动声色，所带来的感动历久弥新，每每想起来总让他忍不住恸哭。

那时候看见了钥匙就看见了活下去的希望，体无完肤的巩天民拖家带口从审讯室里钻出来，站在严管区里还是傻了眼，四周高墙林立，外面戒备森严，要想翻墙出去，难如登天。他满院子寻找突破口，一无所获，还是巩国路机灵，个子最小，视角最刁钻，他率先发现了围墙西南角花坛后面的排水沟，那里应该可以通向墙外的下水道。虽然洞口窄的看起来似乎只能钻进去猫狗，但他们一一尝试之后竟然都成功了，在漆黑腥臭的下水道里，巩天民已在庆幸，生活的打击以及敌人的折磨让他们瘦骨嶙峋，没有多余的脂肪，而且衣不遮体，又减少了障碍，他暗想，但凡生活没压力，长得稍微富态一些的人，也很难钻出来。苦难就是财富，这话着实不假。

他们从一公里外的井口爬出来，家是肯定不能再回，银行说不定也已经被查封了，皇姑大酒楼更不用想了，他和八兄弟有约定，九个人中任何一人失联，必须不惜一切代价立即转移到第二据点小西门附近的一处废弃的合院。

当关东军和伪军警布满街道，四处搜捕巩天民一家，他们已经逃出搜查核心区。巩天民背着失血过多、奄奄一息的呼泽生，牵着四个孩子出现在合院的时候，所有人都惊呆了。他们以为再也见不到巩天民了，那里重兵把守，且没有一个自己人接应，他们六口人目标又大，根本不可能逃出来。他们进门之前，邵信普正在院门口放哨，看见他们还以为看见了鬼。壮着胆子摸了一把，确认是活着的巩天民，他赶紧把他们接进合院。

巩天民站在大家面前道：“我回来了，让大家担心了！”说完，他稳稳当当地把呼泽生放在床上，然后瘫倒在地，不省人事了。大家一拥而上，紧急行动起来，一边实施救治，一边哭得泪眼滂沱。而四个孩子并排坐在一起，冷静地看着忙碌的人群，已经忘记了怎么哭，这一天多来，早哭干了眼泪。刘仲宜此时也不再疯疯癫癫，他很清楚巩天民是为了制止他去送死而搭上自己的，如果巩天民不以身试险，就会由别人去蹚雷。此时，他把吃食都翻出来，堆到孩子们怀里，可孩子们一口也咽不下去，完全饿过劲儿了，尤其是巩国路硬塞下去一口馒头，却哇哇地吐了，把胆汁都吐出来了。看到他们红肿木然的眼睛，刘仲宜能想到他们经历了什么。他没见到亲爱的亚芳最后一面，他认为，或许孩子目睹父母被蹂躏的痛，和他那种难以言说的痛也不相上下吧。

刘仲宜对巩国路说：“你爹娘是好人，叔叔伯伯们医术高超，他们一定能逢凶化吉。”巩国路似是回过了神，朝在场的人磕头，接着四个孩子都跪下了，此起彼伏地磕着，拉也拉不起来。

合院里的场景扣人心弦，而伪政府严管区内更是惨不忍睹。吴晓非和赵松辉被绑在了巩天民和呼泽生绑过的地方，没穿衣服，有炭火炙烤着他们。那里面又多了两件刑具，一个是给吴晓非准备的木驴，一个是给赵松辉准备的刽子手，据说是全东北业界头一号。

赵欣伯从来没想过一市之长也戴了回绿帽子，还戴得这么正，肺都气炸了，他对赵松辉说：“瞎了我的眼，引狼入室。连我的人你也敢碰，真是饥不择食，胆大包天！”

赵松辉越出雷池的时候就料想到和吴晓非的事只是黄粱一梦，不触碰则已，触碰了便注定大限将至，可他无力回头。现在，他知道这一天早晚都会来，早来还省去了惶惶不可终日的环节。他以为赵欣伯会快刀斩乱麻，痛快地结束他狗血的一生。反正要死，把纯情进行到底是极其浪漫的行为，他要确认一件事，他问吴晓非："太太，你爱过我吗？"此言一出，赵欣伯大跌眼镜，连刽子手都忍不住笑出了声。

吴晓非却哭得梨花带雨，大声道："爱过，虽然是刚刚爱上的。我好不容易爱一次，却是以欺骗和谋害为开端的。"

赵松辉露出了惨烈的笑容，他说："别提了。什么时候爱都不晚，只要爱，什么时候死也无关紧要了。"

这一波明目张胆的对话于赵欣伯来说就是赤裸裸的挑衅，赤裸程度就像一丝不挂的两人。天大的耻辱，让赵欣伯无法再伪装成斯文败类，丢下"斯文"二字对赵松辉一通拳打脚踢。赵欣伯并非常人，在狠狠发泄的过程中竟逐渐趋于冷静，他理了理乱掉的中分头，看着五官往外冒血泡的赵松辉说："对不起，我失态了。我这人最讲规矩，从不滥杀无辜、殃及池鱼，我是有一说一、对症下药，你的问题出在命根子上，那么咱就只惩罚你的涉案部位。我很替你着想，怕你痛苦，还专门请来了最好的师傅，他从业生涯，砍下了几百个脑袋，那把刀可是家传的宝贝，本来不做它用，今天看来要为你破例了，名副其实的杀鸡用牛刀啊。"

赵欣伯本来想割下他的脑袋，直接送他走，可听了刚才他们那风骚至极的对话，似是被戳中了命门，心脏一阵阵收缩，他必须立即改换主意。把两人打了个半死，随即秘密扔进了乱葬岗，他们已完全丧失行动能力，那里人迹罕至，死亡是唯一结局，那里活跃着的鹰、狼、獾、熊、狗，会把他们的肉啃噬干净，只剩下一堆白骨。吴晓非想不到始终没有机会祭奠方柳，却以这种方式与之相会了。

第四十三章

其实离开也是归来，干枯的河床也是春潮淹没的大海。

吴晓非此番“作乱”被赵欣伯撞破并非必然。当她衣衫不整地从房间里走出来，看见审讯室里已没有人，意识到大功告成了，终于做成了一件漂亮事，那是顺应民意、积德行善的大好事。她本来有全身而退的机会，把巩天民逃跑的罪责完全嫁祸给赵松辉就万事大吉了，赵松辉属于伪警序列，严格意义上不算什么好人，她只要看淡刚才的动物本能，足够昧得住良心，赵松辉自然百口莫辩。以往吴晓非有在赵欣伯面前瞒天过海的经验，这次按照老套路再来一次，未尝不可。她深受赵欣伯“为官一任、祸害一方”做事风格的影响，用人时靠前，不用时一推三六五，不担任何责任，一天到晚琢磨如何损人利己，踩着别人的肩膀往上爬，效果当然明显，他当上了一市之长，她成了市长太太。可今天她没有那么干，她向赵松辉坦白了这件事情的起源，告诉他这一切并不始于爱，而是为了减轻心中的罪恶，并无意酿成新的惨剧。

赵松辉乍一听当然震惊，她并不奢求得到他的原谅，只希望他在赵欣伯醒来之前赶紧逃跑，那样的话，死无对证，赵欣伯只能哑巴吃黄连。然而赵松辉并不按照吴晓非给出的剧本演，用行动驳斥了吴晓非关于“软蛋、没种”的嘲讽，他刚刚真正做了一回男人，现在也要爷们儿到底，果断拒绝吴晓非的提议，死活要陪吴晓非一起迎接末日风暴。

吴晓非说："你为什么这么固执？"

赵松辉说："我不能让你一个人面对。"

吴晓非说："我欺骗了你，这样的人还有什么值得你留恋的？"

赵松辉说："每个人的感情都有其初始的方式，从坏到好，总比从好到坏要强得多。"

吴晓非说："只有一瞬间的好，也算好吗？"

赵松辉说："也是！而且万一巩天民被抓回来，纸包不住火，你一个人救惨了。"

吴晓非说："你太小瞧巩天民了，他招了供就可以救妻儿，即便那样他都不招，怎么可能出卖我们？！"

赵松辉看了看屋里的时钟说："就算你说的是对的，你不了解我们的制度，没到交接岗时间，我也走不出严管区啊。"

吴晓非看到了希望，期盼着到了时间他就能想通并走出去，可表针好像越走越慢，甚至近乎停滞。怕什么来什么，正心急如焚之际，赵欣伯忽然出现在他们面前，应该是听见了他们刚才的对话，一脸杀气腾腾，怒目而视。他好像在梦里都预测到出事了，早早就把残余的药效挥发了。现在，他气势汹汹走过来，看着审讯室空空如也，眼前这对男女纠缠不清、暧昧不已，顿时口眼歪斜，血管暴突，外貌特征像脑梗发作。

赵欣伯大喝："千算万算没算出来，你们敢在我眼皮子底下搞破鞋，我赵欣伯也有今天，这要是传出去，何以立威！"赵欣伯深层次的意思我当汉奸多年都没觉得丢人过，今天这事对我的名声的损害远超汉奸所能比。

吴晓非并没有和赵欣伯交流的意愿，反而抓住最后的时机和赵松辉说话，毕竟被抓了现行，接下来能说的话极其有限了："我不该拉你下水，我以为我会因此变成天使，没想到又当了一次魔鬼。"

赵松辉无怨无悔："你是魔鬼我当你的獠牙，你是天使我做你的翅膀！"

那时候，他们迎着赵欣伯惊诧的目光不管不顾地坐在台阶上，依偎在了一起。曾经陷入躁动的吴晓非此刻文静安然，她似乎从来没有那么美丽过，脸上有嫣然纯净的笑，代替了她的妩媚妖娆，夕阳照在他洁白的衣裙上，蝴蝶在翩翩飞舞，她侧着头，贴在赵松辉的肩膀上，容光焕发，像个就要回到天上的仙女在和情郎告别。

赵松辉和吴晓非被扔进乱葬岗后，副官对赵欣伯说："对于这样有辱门风的东西，早清理早安心。"

赵欣伯的话值得玩味："她死了吗？她背叛我是找到了新的活法，真正倒霉的是我啊，是我死在她手上了！"

一语成谶，话音刚落，河本末守就到了，狠抽了赵欣伯几个大嘴巴。放跑了要犯，他负有直接责任，鉴于国联调查团明天就要到了，不宜临阵换将，河本末守说："你好自为之，如果调查团在奉期间你再出一点儿纰漏，可别怪我不讲情面！"赵欣伯知耻而后勇，调查团期间非常卖力，没少滥杀无辜，这是后话。

与此同时，距离伪政府五六公里外的九君子聚集的合院里，大家竭尽全力抢救巩天民和呼泽生，巩天民脱离了生命危险，呼泽生还在昏迷中。巩天民撩起她的头发，深吻了她的额头，眼泪啪嗒啪嗒地掉下去。孩子们喊着娘，呼泽生没有任何反应，他们以为她已经死去了。

巩天民说："泽生，明天国联调查团就到了，明天就胜利了。你应该等到这一刻的到来，见证失而复得的东北，你受的委屈就一扫而光了。"

呼泽生的手动了动，重新耷拉下去，巩天民激动地哀求："她还有救，再救救她！"

刘仲明说："她还活着，她很坚强！但现在需要消炎药、生理盐水、氧气瓶等药品和医疗器械，我们手头上没有，如果天亮之前拿不到，她就……而且现在进哪家医院都要查良民证、通行证，风险太大了。不过我在盛京医院的办公室里有一个常备的箱子，里面物品齐全，我这就回去一趟……”说话间，刘仲明看着身体一侧的资料堆稍微迟疑了一下，这个细节大家都捕捉到了。一周以来，整理、编写以及翻译工作全部完成了，三百多件系统性的证据资料归类完毕，还剩最后几件资料需要打印、装订、校对，必须在今晚完成。编筐编篓，重在收口，这项收尾工作极其重要，以刘仲明为代表的留英高材生们在这其中的作用不可或缺。

巩天民挣扎着站起来：“我现在就去！”说着冲了出去，没跑几步，眼前一黑又倒在地上了。他翘起脑袋，看那股劲头，爬着也要去，可每爬一寸，身上被严重烫伤的部位就被摩擦一遍，身体如同撕裂了。大家连忙把他架到床铺上，制止他再折腾下去。

邵信普站出来：“这事必须我去办，你们各有各的收尾任务。我们夜以继日地努力，就是为了明天，别虎头蛇尾，顾此失彼。我的专业不对口，英文并不精通，不擅长整理资料，所以才一直负责外围事务。你们考验的是脑力和眼力，跑腿的活就不能再牵扯你们精力了。而且去盛京医院，中途正好经过我家，路线我最熟悉，闭着眼都能摸去。我还知道怎么抄近道，如何避开巡逻人员，不要再争了，舍我其谁！”

邵信普的理由无懈可击，大家抢不过，只得嘱咐他早去早回，务必注意安全。刘仲明把办公室钥匙交到他手上，送他出门，并悄声告诉他：“呼泽生送来时脑部就处于缺氧状态了，救过来的希望较为渺茫，即便有奇迹发生，大概率也会留下后遗症。如果你遭遇危险，就得立即选择放弃，逃命要紧，我们万万不能再损兵折将，要以大局为重，不可逞一时之勇。”邵信普满口答应，其实没听进去，他看见一家六口遭此折磨，人不人鬼不鬼，尤其是四个孩子茫然无助的眼睛让他心里阵阵抽搐，他不能愧对他们，下定决心，拿不回药品和医疗器材，他就不回来了。

邵信普消失在夜色里，朝着盛京医院急速进发，半路上他经过自己家门口，看见屋子里亮着灯，有人影晃动，且不止一个。难道高慧遇到危险了？他不能装作视而不见，戳破窗户纸朝里面望，发现是几个女人围坐一起，在制作条幅，条幅上是手绘的文字：“欢迎国联调查团”“还我东北”“自立自强”等。邵信普估计，她们是准备在调查团到来之后游行示威，营造声势，以力所能及的形式向日本人和伪政府“开炮”。邵信普对她们的行为并不意外，他和高慧早在九一八事变之前就是志同道合的革命夫妻，经常在一起探讨进步话题。现在高慧是策划者、组织者，她显得很亢奋，脸上有一层红晕，在几个妇女中间手舞足蹈地游走着，鼓动大家加班加点加油干。邵信普暂时安心，一个多月没见，他想对她说一声“我想你”，可他知道，开了口便难收住，给人一粒糖，过一会儿再要回来，倒不如不给。人命关天，他再次上路，一直到了盛京医院，也没遇见一个巡逻人员，他找到刘仲明的箱子出了医院，全都顺风顺水，他认为这是好兆头，预示着明天向调查团递送资料也不会有阻碍。可危险随之而来，他刚走上大道，情况出现逆转，他察觉到有人跟上来了。

其实在邵信普进医院前，河本末守带领巡逻人员在暗处已经盯上了他。虽然河本末守不清楚邵信普的真实身份，但今夜他亲自坐镇一线指挥，可见对情报人员的憎恨。他集合队伍出发就定了基调，这个时间段还敢出门晃荡的人一律抓起来，往深处挖一挖，说不定有重大收获。基于这层考虑，他带人不动声色地跟着邵信普。

邵信普不是吃素的，很快发现了异样，他加快脚步，与河本末守兜圈子，这一兜，耗时不少，转来转去又回到原点。河本末守急，邵信普更急，呼泽生还等着箱子里的东西活命，再磨蹭下去黄花菜都凉了。于是邵信普紧走几步，与河本末守等人拉开足够的距离，拐进一条巷子，在巷口布设了一枚手雷。河本末守跟过来之后踢中引线，触发手雷爆炸，被炸了一个大跟头，一名副官被碎弹片击中颈动脉，当场呜呼毙命。这下河本末守沉不住气了，下令活捉邵信普，扒皮抽筋。

邵信普以为刚才牵制了他们一下，可以利用这个空当脱身，可低估了河本末守的部署范围及人员数量。那时候，河本末守竟然一呼百应，鬼子兵和伪军警从民宅内、商铺里钻出来，从伪政府机关的楼顶上、城门楼子上跳下来，密密麻麻，无处不在，每个街道巷口都有人，邵信普似乎无路可退，在劫难逃。可他不能就此胆怯，相反更要鼓起勇气，他看见所处的巷子尽头有一个伪警正背对着他朝大街上探头探脑，他把准时机，拔出腰间的小刀，神不知鬼不觉地靠近他，一刀扎进了那人的后脖颈，令其顿失抵抗力。邵信普换上了伪警的衣服，大摇大摆冲出巷子，一路狂奔。他发现在这个黑暗的境地里越是小心翼翼，越无立锥之地；越是目中无人，越可以畅通无阻。

起初确实没人怀疑邵信普，都以为他是落单的或者直属部门直接落实上级指令的人。其实邵信普这种跑法、跑速很不符合常规，在其他同僚的印象中，伪警们是慵懒的，总是敷衍了事，有着雷声大雨点小、吆喝的欢干得少等显著特点，按月领饿不死撑不着的饷银而已，断然不会有像邵信普这样拼命的家伙，但他们没有动力盘问邵信普，大半夜的硬被拉出来上勤，本来就憋了一肚子气，哪还有兴致思考哪里不对，导致邵信普眼前的路一马平川、无遮无拦，顺利通过层层关卡，距离合院越来越近。

邵信普跑了一阵子，再次经过自己家大门口，家里的灯还亮着，那是温暖的色调，那里有他惦念的爱人，狭义来说他如此奋不顾身，归根结底都是为了灯光下那个让他朝思暮想的女人。他曾经试想过在日本人的殖民下，多少中国人颠沛流离，上没有条件赡养老人，下没有能力养育儿女，更别提实现人生理想或者找到情感的归宿，可是今天让他最意想不到的是，他甚至没有条件对高慧说出任意一句话，他或许开始怀念被高慧修理的场面，怀念那时候一起生活时对婚姻的失望，但即便有落差，那也是幸福的落差，即便是腻烦，那也是厮守中甜蜜的负担。

邵信普朝着回不去的家跑过来的时候，高慧和妇女们听见外面闹哄哄的，以为是她们被举报，有人来抓她们了，吓得赶紧把宣传品藏好。可半天也没见人来敲门，他们只是聚集在门外高声喧哗。高慧壮着胆子打开院门，看见外面盛况空前，人满为患，误以为是国联调查团提前到来了。她仔细听他们的对话才知道是在抓逃犯，为不惹上祸端，她准备马上关门，眼不见心不烦。正扭头回去时，不远处跑来一个伪警，看起来尤为熟悉，那体型和跑步的姿势以及五官的轮廓都像极了邵信普，而那个人也注意到了她，两人有一个简短的对视。高慧犯迷糊了，她想这不可能，丈夫不会跟伪警发生联系，更不可能看见了她却无动于衷。她满腹狐疑，多看了一会儿，邵信普很快跑到了近前，她的心提到了嗓子眼，当邵信普正对着她的时候，她认出了他确实是一别多日的丈夫，那身衣服可以骗人，可那对眉眼如假包换，她又惊又喜，不自觉已是泪流满面，正要招呼他停下来，邵信普的脸一刹那变得陌生，他凶神恶煞地狂叫了一嗓子："滚回去，再看挨枪子！"

这一嗓子，在黑夜的街道中过于响亮，在建筑物之间来飘来荡去，震得高慧连连后退，她开始怀疑自己真的看错了，"哐啷"关上门，背倚靠着门栓，手摸着胸口，好一阵缓不过来。她想，难道是熬花眼了？难道世间真的有长相一模一样的两个人？可那明明就是邵信普，为什么不敢相认，是有难言之隐吗？一连串疑问笼罩着高慧，等平静下来，她作出一个大胆的决定，她要趁那个人没跑远，找他确认清楚。自己的丈夫，她不关心，不会有人敦促她去关心。所以，她毅然重新打开大门，循着邵信普留下的尾迹追了出去。本来她一个关卡也过不了，可是现场的关东军和伪军警在邵信普跑过之后撤离了她家门口，朝着邵信普跑过去的方向涌去，她身后的大街上又空空荡荡了。

邵信普仍然保持着足够快的速度，他快要虚脱了，可耳畔好像传来兄弟们的呼喊和呼泽生昏迷中的呢喃，他在暗夜的每一道微光中，仿佛都能看见孩子们渴望的眼，那是他始终不放弃的精神动能，他在追逐自己，也在追逐时间。

如果一直那样跑下去，他很快就能脱险并完成任务，可事情没那么简单，当他距离合院只剩几百米时，河本末守出现了，他坐在汽车里沿着大道搜寻，刚开始邵信普淹没于混乱的人群中，并没有引起他的注意，车子越过邵信普身边，已开出去一段路了，他的脑海中却突然倒放了刚才的画面，他记起了那个箱子，一名伪警身上竟然背着那个天杀的箱子，那箱子正是嫌犯最显著的特征，他脑袋“嗡”的一下，突然命令司机倒车。

邵信普当然注意到了河本末守的动向，汽车尾灯一亮，他转身闪进了旁边的巷子，那条巷子仅供两人并排通行，汽车进不去。

河本末守大喊：“发现目标，那个背箱子的警察是假的，统统给我追！”

第四十四章

这一刻我不闭眼，所以我接住了所有凶猛的子弹。

邵信普彻底暴露了，他只要扔下箱子，没有了明显特征，还能搪塞一阵子，可那个箱子里装着呼泽生的命，他扔不得，只得左冲右突继续接近合院。

河本末守带人围拢上来，下达了开枪的命令，霎时黑夜被撕开了一道道口子，枪口喷射着火焰，子弹穿透黑幕，带着风声朝邵信普射来，邵信普侥幸躲过一轮又来一轮，弹头打在青砖上溅起一簇簇鲜亮的火花，像是有人在拿烧红的火棍不停地挥打墙体。邵信普左腿中了一枪，右肩也中了一枪，血泪如注。这个时候，他还怕打坏了箱子，把箱子抱在胸前，一瘸一拐地往前跑。他又拐进一条巷子，那里通往合院的南墙，但他不能进合院，如果冲进去了，他可以暂告安全，但河本末守必然会在这一片区域掘地三尺，所有人和资料就全毁了。

邵信普身受重伤，但逻辑未被打乱，他知道他不仅不能进入合院，还要把身后一众人等全引开，让他们弄不清他的真实目的地到底是哪里。但怎么引开，着实是个问题，这时候邵信普的脑回路比闪电还要快，稍加思索，他认为还要从箱子上做文章。于是他在合院南墙的角落里停下来，身体器官已不太听使唤了，他倚着墙，好让自己舒服些，他感觉眼前布满了红色，像是舞台拉上了大幕，他猜测是中枪的强烈震荡导致视网膜受损了，他凭着仅剩的视力，打开箱子，把里面的东西奋力扔进合院，然后背着空箱子继续跑。

这个办法很是奏效，河本末守等人果然只认箱子，他们很快再次发现邵信普的踪影，叫嚷着追上去。邵信普拖着残腿，用尽了毕生的力气，一直跑，跑到他认为即使河本末守扩大搜索范围也不会威胁到合院的位置，但他坚持不倒下，因为倒下了就失去了诱引的功能，他抱着树站在那里，像是在给河本末守一个信号，鲜明的信号，他好像在说："打我啊，打死我，大家就都圆满了！"

河本末守当然看见了邵信普，可是这次河本末守留了个心眼，既然你身中两枪，浑身是血，再无抵抗力，我就留你一口气，说不定能审问出有用的信息。邵信普不想死，他要赶尽杀绝，现在邵信普一心求死，他却不给邵信普这个机会了，他就是如此矛盾之人。然而邵信普不信命，他习惯反客为主，他作出一个举动，变成了不给河本末守机会，他把手伸向腰间的小刀，心说，你不动手，那我就自行了断。对峙的时候，每一个轻微的举动都是致命的，河本末守以为他在掏枪，不能再对其等闲视之，他知道这片土地上高手不少、怪事很多，煮熟的鸭子也不排除存在叨自己一口的可能性，于是率先打出了一枪，这一枪也是命令，他的手下们都开枪了。

乱枪齐射，邵信普连同他抱着的那棵树都剧烈摇晃起来，像是横插在风口的旗帜，被撕扯着，残破不堪，但并未化为乌有，相反更充斥于观者的眼球。枪声停下来以后，树叶还如下雪般纷纷扬扬地飘落，掩住他已经碎片化的遗体，像是给他盖上了一层棉布，那是这片土地上的植被也被赋予了情绪，哀伤不已，带给他的最后一丝慰藉。

河本末守还不放心，蹑手蹑脚地走过去，扒拉开叶子，试图掰开邵信普的手，拿走他紧紧攥着的箱子，可是三番五次也没有成功，邵信普的手钢铁般牢固。河本末守气急败坏地又补了一枪，打烂了他的手掌，这才拿开和邵信普一样被打成筛子的箱子，打开一看，里面却空空如也。河本末守百思不得其解，邵信普为什么背着个空箱子和他们死磕到底，逗得他们团团转，浪费了大半宿的时间。

河本末守脸上挂不住，几近抓狂，连邵信普的遗体也不放过，命人在邵信普脖子上系了一根绳子，另一头固定在汽车尾部的绞盘上。河本末守亲自坐进了驾驶位，发动了汽车，把油门轰得震天响，汽车拖着邵信普往回走，那时候邵信普像支蘸满了红色墨汁的毛笔，在大街上留下一道粗重鲜红的笔迹，那是他在书写自己的名字，一笔一画，堂堂正正。

合院里的人听见了枪声，巩天民在迷糊中惊醒，跳起来喊："救他，是邵信普！"

刘仲明赶紧捂住他的嘴，示意大家都不要出声，即使外面真是邵信普，也不能轻举妄动，听那密集的枪声，绝非小股力量，而是一支成规模的队伍，他们根本不是对手，这里有伤员有孩子，万万不可被一锅端了。况且那不一定是邵信普，自从河本末守被本庄繁重用，在城内搞血腥屠杀，半夜响枪是常有的事。刘仲明如此稳住大家，可连他自己都很难不联想到邵信普。

枪声消失得很快，但恐慌无处不在，尤其是孩子们，由于在伪政府大院受了惊吓，再经不起任何风吹草动，此刻像刚破壳而出的雏鸡，支撑不住虚弱的身体。外面没了动静，刘仲明走出房间，看见院子里的地上摆着他急需的一切，马上全明白了。其他人也陆续跟出来，瞬间明白真是邵信普来过，但扔下东西就跑了，至于为什么跑，不言而喻。过了一会儿，张韵泠代表大家出去打探情况，很快回来了，他确认了邵信普的死讯。那时候院子里弥漫着浓烈的哀伤，大家默默地把那些医疗器材和药物捡起来，抱在怀里，像是抱住了邵信普。一个人哭起来，所有人都哭起来，从饮泣转变为号啕大哭，但他们手上的动作不能停，给呼泽生吸氧、消毒、清创、挂瓶，哭得上气不接下气，还要尽量做到手不抖。

刘仲宜的状态很不稳定，而且他不懂医术，大家不让他插手，让他负责照顾好孩子们。其实他现在五脏俱焚，他也很需要有人照顾。

执行任务以来，他一直和邵信普搭档，给大家打掩护，搞后勤，深入矿区，全时接应，被特务追杀，山间历险，建立了生死情谊……往事似乎就在昨天，邵信普似乎仍在眼前，可是杜亚芳走了，他最好的兄弟也突然离开，他又受到一轮毫无征兆的暴击，此时的他亦真亦幻、头重脚轻。巩国路看出了他的悲伤难以抑制，悄无声息地走过来，伸出脏兮兮的小手，递上来一块煮土豆，这是他能想到的最好的慰问品。

刘仲宜低头抚摸着巩国路的小肩膀，红着眼眶说："我没事，我不难过，毕竟你娘有救了！"

巩国路仰着头问："那邵叔叔呢？"

刘仲宜说："邵叔叔的任务完成了，他先走了。"

巩国路问："他去哪儿了？他为什么不进来见见我们再走？"

刘仲宜眼里闪着光："他去替你娘赶走黑白无常，替我们去收服魑魅魍魉，替东北人民提前去看太平盛世、人间繁华了。"

巩国路停顿了一会儿问："邵叔叔是死了吗？"

刘仲宜急于辩解说："他怎么会死，他比任何人都更有生命力。"

巩国路问："那为什么我不哭了，你们却哭得厉害？你的眼泪都掉进我眼睛里了，冰凉。"

刘仲宜的鼻子更酸了："我们是高兴的，我们真高兴！"他悲伤到极致，要还要说出违心的话。

巩国路自信地说："下次再出去办事，算我一个行吗？我跑得快。"

刘仲宜还在网罗脑子里能用的美好词汇，来维护一个儿童脆弱的心灵，那时候，呼泽生苏醒了。巩天民从人群里钻出来，拽着四个孩子走到院子中间，让他们朝南磕头。

巩天民说："以后你们也是高慧阿姨的孩子，我和你娘不用你们管，但你们要给她养老送终，让她幸福快乐！"

巩国路说："我早把她当亲人了，前段时间来赖士凯要杀我们，要不是高慧阿姨来救我们，我们早没命了。"这件事巩天民头一次听说，像是有一把舀子搅动了大酱缸，心里的苦闷和酸楚一起涌上来，由内而外扩容了遍体的伤口。

在世界上的另一个角落，一定有一个承受着相同或者更大磨难的人，他们不是弃子，只是命运之光在某些时候选择性地遗忘。当伤痛累积，撼动壁垒，黑夜才会迎来破晓。当巩天民陷入再难逃离的梦魇，走出家门寻找丈夫的高慧正巧遇见了"凯旋归来"的河本末守的队伍。

高慧看见一大队人马折返回来，她赶紧藏在一个信筒的后面，努力在人群中搜索邵信普，然而人太多，她目不暇接，但她非常自信，只要丈夫在队伍中，她就一定不会错过，当年她在一众优秀的男子中选中了他，正是两人特有的默契使然。可是现在，她发现她的技能失灵了，那些人的面孔似乎都一样，没有特点，没有温度，好像是一个篆刻家篆刻出来的失败之作，丑陋且没有灵魂。她注意到那些人神态很轻松，应该是完成了任务，卸下了包袱，可以回家睡觉了。她听见有两个人骑着马走在最前头，在炫耀自己的枪法。

伪军甲说："我看得真真的，说打那小子左脸就不打右脸，我那一枪下去，半边脸都没了，脑袋瞬间变成了角瓜！"

伪军乙说："那算个啥，我说打他左蛋子就不打他右蛋子，百步穿杨，断子绝孙！"

伪军甲说："净他娘的吹牛，那么多条枪一起打，那小子被打成了蜂窝煤了，你咋证明哪一枪是你打的？"

伪军乙说："我想在前做在前，就是为了避免你们这群垃圾争功、嫉妒、耍赖。我养成了一个好习惯，每次出门前都会在我的子弹头上刷一层油漆，不信等会儿咱们翻找翻找！"

伪军甲说："不必了，信你还不成。你这个办法值得借鉴，免了事后扯皮，毕竟打中目标一枪有十块银元。谁跟钱过不去，必须留个心眼儿。”

他们的对话，伪军丙可听不下去了，兜头给他们浇了一盆冷水：“臭嘚瑟，河本大佐没挖出那小子的上线，岂会善罢甘休，接下来准没好日子过。”

他们的对话高慧听得清清楚楚，知道他们打死了人，还在想到底是什么重要人物值得他们如此大动干戈，正纳闷着，马队过去了，没多久，她看见一辆汽车紧随其后，车灯刺眼。汽车经过信筒，她看清楚了河本末守的脸，阴沉的可怕，随之她看见了车后拖着一个人，那人光着身子，衣服已经被地面磨没了，身体皱巴成一团，青石板路并不平整，他一直在没有节奏的颠簸，并左右摇摆着。有那么一瞬，他的脸对准了信筒后的高慧，他正如伪军甲所说，只剩下半边脸了，那只孤独的眼睛依然圆瞪着，好像在诉说什么。天空中回荡着他的最后一句话“滚回去，小心挨枪子！”他留给高慧的遗言竟然是骂人的话，却更表明着他对她的爱。此刻他看着她，眼睛里仿佛都是亏欠，好像在说，我用粗暴鲁莽的态度向你告别，你回想起来就没有那么难过了。

可高慧还是如五雷轰顶，虽然邵信普已面目全非，可她还是一眼就认出了那人就是自己的丈夫。她发了疯不顾一切地冲上去，想要触摸到她的爱人，尽管他已经死去了，可她刚下路基，就被人一枪托砸在头上，她平静地站了一会儿，随即倒下去，躺在了邵信普的鲜血中，和邵信普保持在一条直线上了。她眼睁睁地看着他沾在地上的血迹蔓延伸展开来，像一条长长的红飘带，在路灯下闪着光，她头上的血也慢慢渗出来，挂在脸上，像一枚鸡蛋正在裂缝，一道一道由细变粗。那满地的血冒着热气，腥味钻进她的鼻孔，那是邵信普的一部分，他化作了云烟。她要抓住什么，却都是徒劳，她沿着那条宽阔到令人心碎的血迹往前爬，被院子里冲出来的妇女们拽住，劝告她千万别自投罗网，会被当成共犯，一并处置，到时候车尾巴后面会挂上两个人的。你丈夫走了，你丈夫的事业还没有做完，梦想还没有实现。

高慧曾经踌躇满志，想要见证东北的解放，见证东北人民重获肉体与精神的自由，而这个时候，她才意识到自己率先跌入了无底的深渊，大脑一片空白，她大声哭喊，那声音却像来自地狱。等到嗓子再也发不出声音了，她就什么也做不了了，只能把脸埋在地上，吮吸那熟悉的气息。他们曾约定厮守到老，然而他从面前经过却都无法抓住。她的目光越来越朦胧，就像邵信普的身躯越来越小。

几名妇女用尽浑身解数也拖不走她，只好坐在路基上守着。街上渐渐安静下来，路灯也熄灭了，她的呜咽如同午夜的凉风，时紧时疏，和着时断时续的虫鸣，融入夜色，深入骨髓。她进入半梦半醒之间，沉重地闭上眼，那时候邵信普出现了，正沿着刚才离开的路朝她走过来，那条血迹刹那间变成了一条红毯，就像他们结婚时宴会大厅里铺设的一样气派，他们手挽着手走上去，接受亲朋好友的掌声和祝福。他穿着板正的中山装，英俊潇洒，她穿着大红的旗袍，华贵端庄，吊灯的光打在他们的脸上，灿烂光辉。他们彼此看见了对方眼中的深情，然后不顾众人艳羡的目光，紧紧拥抱在一起了。她的记忆定格在那场宴席上，停留在那一夜的激吻中，她久久不愿意醒来，是害怕那些美好的往事即刻消失不见，那些目睹他们刻骨铭心情感的人马上散场。月亮被乌云遮住了，雨水不请自来，天地被连接在一起，混沌一片，所有角落、所有的污浊皆被洗刷干净，包括邵信普的鲜血，成为雨水的一部分，哗哗地淌走了，街道干净如初，人也全无踪影。

合院里，因为药械补充到位，呼泽生得到救治，恢复了意识，但还要长期卧床，无法下地活动，并需要大量药物维持体征平稳，如果邵信普扔进来的药物用完后得不到及时补充的话，她的病情随时会恶化，好像邵信普延续了她有限的生命。巩天民最后带来的钱是有数的，合院里的其他生活物资也很匮乏了，什么时候能补充给养也是个未知数，如果再不开工，在这里耗下去，用不着鬼子来扫荡，他们自己就能困死自己。所以他们急切等待调查团到来，还东北一个朗朗乾坤，那样他们就能大摇大摆地走出去，呼吸自由的空气，享受胜利的成果。他们认为只要明天国联调查团一到，所有的问题将迎刃而解，调查团就是救世主，调查团是最后一根救命稻草，抓住机会则海晏河清，抓不住机会则万劫不复。

巩天民点燃一炷香，声泪俱下地说：“我们一定把证据递交给调查团，像你一样粉身碎骨浑不怕！”

第四十五章

下辈子不会再见，因为我们永远相拥在了这个春天。

经过一轮紧锣密鼓的工作之后，他们的收尾工作终于赶在天亮之前结束了，证据资料全部装订成册。张查理贡献出了夫人亲手为他缝制的蓝布袋，把资料装进去，用毛笔在封皮上写下“TRUTH”的英文。大家围坐一起，注视着一包用众人心血和几条人命换来的资料，像是注视着经历了难产才刚刚出世的孩子，那么的来之不易，不禁无语凝噎。这些资料是至暗时刻的微光，如同寒冰刺骨时的火把，照亮一个民族的存续、人民幸福与否以及这个春天的走向，他们小心翼翼地捧起它，像捧着可以号令天下的传国玉玺，肃穆地等待着黎明的到来。张查理审视了一会儿，却总觉得不满意，感觉还少点什么，嘟囔了一句：“毛笔字差点意思，传来传去会不会褪色呢？”说者无意，听者有心，那时候呼泽生轻声呼唤巩天民的名字。

巩天民立即关切问：“哪儿不舒服？”

呼泽生虚弱地说：“有没有针线？”

大家都呆住了，想不通她都这副惨相了为何还惦记着做针线活，可大家躲避不了她真诚的眼睛，还是忍不住给她想办法。他们中间一直没有女人，所有人翻遍了院子也满足不了她的需求，而李宝实灵机一动说：“用于手术缝合的针线倒是还剩下不少。”

呼泽生把手术用的针线捧在了手里，让巩天民把蓝布袋递过来。

巩天民这才明白她是要在布袋上刺绣，连忙制止道："你不能乱动，要遵医嘱！"

呼泽生说："既然邵信普让我多活一阵子，我就别当闲人，得像你们一样，每个人都在为取得真相而出一份力，我一个女人，做不了你们所做的工作，但也要尽我所能，减轻心里的负担。"说着，她又让巩国路把桌子上的红墨水递过来，给手术线染了色。

刘仲明感动不已，又不得不尽到"主治医师"的职责："你安心躺在那里，就是在出力了！"

但呼泽生还是坚持要给蓝布袋绣上一行鲜红的永不磨灭的文字，她一只手受伤严重，不能打弯，另一只手背还扎着静脉针，多动就会血管破裂而出血，她却咬着牙坚持穿针引线。八个大老爷们怔怔地看着她，都狠不下心来阻拦，好像虔诚让她拥有了堡垒，信仰本身就能抵挡一切。她侧着身子，在忽明忽暗的烛光下一针一线地把英文字母绣上去。每隔一会儿，她的身体会因为过度用力而快要抽搐，她不得不停下来缓和一阵，然后再重新开始，断断续续的，导致她的速度很慢，但她还是在天亮之前完成了刺绣。巩天民扶她躺好时，发现被子已经被她的汗水濡湿了。

呼泽生绣的字十分工整，让那包资料显得更精致更隆重，但巩天民轻抚着汗津津的脸色苍白的她心疼极了："该好好养伤的，受这个罪，图什么？"

呼泽生说："我知道我的伤病很严重，能活多久谁能预料，活着的时候还是多做一些事情吧，虽然痛苦，但这和生孩子一样，过程难以言说，分娩完成，就有成就感了。身处你们维护的美丽田野，我只是似锦繁花上的蜜蜂，看似在付出，其实仍然是在索取。"巩天民把她搂在怀里，不想再让她说话，因为她所说的每一句话都像一场风暴，排山倒海地涌过来，振聋发聩地洗礼了他。

张韵泠继续上街了，去打探国联调查团的动向，只要发现"救世主”一到，立即回来通知大家递交资料。天亮了，他没有回来，街面上平静如常，想象中热闹的场面没有出现，河本末守和赵欣伯也待在各自的老巢里休养生息，没有到火车站去迎接，那时候张韵泠还不着急，毕竟为时尚早。

可日上三竿了，日伪军警竟然还是按兵不动，丝毫看不出有要务在身的迹象。张韵泠来到火车站，看见那里并没有封闭、戒严，还有一些人五人六的乘客进进出出。而车站工作人员慵懒地打着哈欠，派驻到那里的伪军警甚至在岗亭里推起了牌九。这就奇怪了，前期那么风风火火、大动干戈地造势，为何到了哏节上却无动于衷了呢？张韵泠想不明白，他又经过关东军总部往伪政府的方向走，快到目的地的时候，总算有了不一样的发现，不过这个发现不能让他兴奋太久，内心不会掀起太大波澜，因为当他知道真相，只会痛苦不已。他看见了一个女人，孤零零地从对向走来，没有人敢靠近她，她独自站在大街中央，手里举着标语，声嘶力竭地喊着进步青年常喊的口号，声音尖利，带着满腔愤懑，让人听了头皮发麻。张韵泠心说谁这么大的胆子，敢一个人挑战怒怼日本人？以前那些进步青年至少是成群结队地走上街，法不责众，安全感还是有的，一个人的情况太少见了，尤其是在如此敏感的时期，多说一句话都会被河本末守和赵欣伯投入死牢，何况这样大张旗鼓地呼喊。

虽然这个女人极其英勇，名副其实的女中豪杰，让张韵泠无比敬佩，可她只是一个人。她的声音再大也是微弱的，她的目光再凛冽也是有限的。当张韵泠走近了再看，吓了一跳，认出来那个女人竟然是邵信普的爱人高慧，他想，她一定是无法承受丈夫惨死的打击，要向日本人“宣战”，一刻也等不了。国联调查团来不来，她都要公然与河本末守叫板。可惜，她没能一呼百应，颇费周章拉起来的妇女队伍，因为昨晚目睹邵信普的死亡而吓破了胆子，当初誓言发得震天响，现在全然熄火了，一个个灰溜溜地躲藏起来。高慧只得一个人站成一支队伍，那时候她高举着的标语，就像她的武器，就是她的盔甲，她无所畏惧，娇弱的身体里释放出摄人魂魄的能量。然而路人看见她，只是投来怜悯的目光，没有人领悟到她是在悲鸣、那悲鸣之中蕴含着伟大。

高慧已经暴露在危险之中，张韵泠看见有三四辆关东军的偏三轮从街道的尽头开过来，但是如果现在跑，还来得及，他必须制止她这种白白送命的行为，他赶紧往高慧跟前跑，边跑边喊："嫂子，快走，有二鬼子！"

高慧看见了张韵泠，她朝他嫣然一笑，说："你别跟过来，如果我怕他们，我根本不会出来。"说着，她竟然调转方向朝抓她的人走去，一副视死如归的模样。

张韵泠紧跟在一旁说："嫂子，抓到就是死，这么死不值得！"

高慧说："怎么死才值得？"

张韵泠说："上赶着死，都不值得！"

高慧说："蚂蚁活着有意思吗？人如蝼蚁，凡事别看得太重！"

张韵泠说："只有它们了解它们活着的意义，你不了解！"

高慧说："我了解我活着的意义就够了，没有了邵信普，我生不如死！"

张韵泠说："他一定不想让你随他而去，他离开一定是为了让你不再重蹈覆辙！"

高慧的双眼中如同横亘着一片寂静的冰天雪地，她平和地说："可是他已经死了。"

张韵泠无疑反驳，他伸手去拉扯她，那时候伪政府大门口里也冲出来了一群人，都向他们的方向奔跑着，高慧对张韵泠说："你快走，你和我不一样，别连累了你！你是邵信普的战友兄弟，而我是他的爱人，你替他完成未尽事宜，我陪他双宿双栖了！"

高慧奔跑起来，洁白的衣裙在灰黑为主色调的街道上闪耀无比，她的长发飘散开来，又恢复了当姑娘时的模样，那是邵信普第一次见她时她的装束与精神状态。她要用这种形式的回归，去祭奠她凄婉的离开。那时候，她把手上的标语举得更高了，那如同她的翅膀，腾起于空中，她像春天的蝴蝶，飞向哪里，哪里就会草长莺飞。

张韵泠根本留不住她，她迎着敌人面无惧色，而张韵泠只是躲避了一位白发苍苍的老人，再扭头过来，就看见她已深陷包围圈了。她是一个轻舞飞扬的使者，她有她的速度和领域。伪军警却无法看见她的美好，只看见她来势凶猛，他们以为她是书中的女侠客，是民间的女壮士，身怀绝技，手眼通天，所以他们无比胆怯，其中的两个人慌忙举起了枪，手起枪落，子弹射穿她的心脏。而那两个开枪的人正是昨晚当着她的面炫耀枪法的伪军，他们有了再一次炫耀的条件。而她倒下去的最后时刻看清了他们越来越近的脸，竟然还很庆幸，庆幸自己也能以丈夫的姿态离开这里，这里无法善待他们，他们便也不再留恋。他们不能在厮守中共生，也无法并肩追索什么，却可以选择如何结束这一段征程，然后在他们专属的境地里永存，她能更直接更迅速地沿着丈夫离开的路径大步流星，他们见面的路程就无限缩短了。她不认为这是殉情，而是跨越阻隔的相会，因为那条迎风招展的标语倒下后飘落在她的身上，和覆盖住邵信普的三月的落叶一样，还带着初春浓烈的味道，拥有鲜艳而苍翠的颜色，附着在她的身上，和她一并去往没有争斗的静谧安然的故乡。

张韵泠听见伪军甲说：“这娘们儿性子真烈，幸好调查团临时改道，要是调查团来了碰见了她，我们这段时间就白忙活了，全得栽到她手里！”

张韵泠顿时明白过来，国联调查团爽约了，放了全东北的鸽子，不仅痛惜高慧，也为九君子日夜奔忙却不能第一时间发挥作用感到绝望。

他一路跑一路哭，本无心再打探什么，想到所有人都在眼巴巴等着他，不能就这么回去。临近中午的时候，他捏着仅剩的一块银元进了皇姑大酒楼的餐厅，点了最便宜的牛排，和一个正高谈阔论的外国人搭上了话，在他那里打听到更详细的关于国联调查团的动态。

日头偏西时他才失魂落魄地回到合院，面对众人期待的目光，他不敢让大家同时承受双重打击，隐瞒了高慧牺牲的消息，只陈述了另一个同样令人心悸的实情：“上月底李顿带着调查团就从法国勒哈弗尔港出发了，他们并没有直抵旋涡中心，而是最先去了日本，拜会了日本天皇裕仁以及首相犬养毅，还参拜了靖国神社。”

李宝实惊讶地道：“啊？跟日本人勾连上了？恶人先告状，一定会导致我们的被动，这很难不让我怀疑国联调查团的定位和出发点！”一语惊醒梦中人，李宝实所提到的观点是大家都不愿意提及的，调查团是他们能抓住的最后一根稻草，怎么能允许水中望月、雾里看花的情况发生，可他们又不得不陷入恐慌，毕竟多日以来为此付出所有，总算等到了收获的季节，不能因为一场风暴而眼看着果实打了水漂。

巩天民忧心忡忡地问：“那接下来呢？”

张韵泠说：“不过上个月底，他们已经飞抵南京，与蒋介石会面了，预计两周以后才会到达沈阳！”

这个消息太让人难以接受，于光元愤慨地说：“这么一来，让日本人有充足的时间偷梁换柱，更好地粉饰太平，等他们万事俱备了，还调查什么真相，全成假象了！”

巩天民有不同看法：“前几天的英文满报上有刊载，国联调查团成员由英、法、美、德、意中、日等国家的代表组成，成员之中，顾维钧是中方代表处处长，于能模为委员，他们当然会站在中国的立场上考虑问题，我们还是要相信国联调查团的大局意识。据我所知，李顿是英国人，近年来英国和日本素来不睦，这对于我们来说是绝对的利好。”

毕天民不无担忧地说：“调查团成员中有中国代表，也有日本代表，按照惯例，当事国代表人员的权利是受到制约的，发挥不了更大作用。我们要小心了，万一国联调查团无法保证公平，要好好想想我们该何去何从？”

魂不守舍、神神叨叨的刘仲宜这时候也插话道：“还以为他们是救世主，或许是高看他们了，救世主不会迟到！或许他们就是一个借出国公干来游玩的观光团，来瞧一瞧人间疾苦，感受来自东方的绝望，抒发一下不痛不痒的感慨，体现一把他们的高贵与不凡，体现他们的优越感以及道德的高度，他们很快就会回到各自的安乐窝，为充当过一次上帝角色而感到脸上有光，仅此而已！他们可以帮助我们加深对苦难的认知，但无法带领我们脱离苦海，因为我们只是棋盘已经被吃掉的棋子，至于摆放在哪里，谁在乎呢……”

刘仲宜还要说下去，他把握每一个机会发泄压抑紧张的情绪，大家本已见怪不怪了，巩天民却必须制止他了，因为他知道这番话看似偏激，其实正好戳中了大家的痛点。

张韵泠沮丧地说：“没娘的孩子，就别挑拣百家饭不好吃，谁能给口汤饭，谁就是贵人恩人，既然我们还能在他们身上看见曙光，首先还是选择信任吧。”

张韵泠的话令人难过，但巩天民不得不表示赞同，因为连他都对调查团此番操作表示质疑的话，大家的情绪将即刻跌入谷底，这些天来所有的努力都会变得毫无意义，尽管他也确实心里没底。他们与调查团之间还隔着许多难以想象的障碍，更别妄谈是甲方乙方的关系，他们之于调查团只是日属殖民地的子民，他们是依靠施舍的流浪者，他们是等待大衙门主持公道的原告而已，他们没有权利要求当权者何时提审、何时升堂、作何评判，他们唯有等待，等待落叶归于尘土，等待鲜花暗自绽放，等待生命觅得本源。天空失去色彩，那是浓雾还未消散，新的季节总会到来，新的一天总会拨云见日。

巩天民等人度日如年，他们经历着十分漫长的两周。那两周，河本末守和赵欣伯加紧了残害进步人士的步伐，加大了拉网式排查的力度，合院也暴露。他们几次转移据点，从合院迁到了商会，又从商会逃往志诚银行后院的防空洞，经理陈兆亦害怕受到牵连，承受不住压力，悄悄举报了他们，又因为巩天民等人始终没有全员待在一起，他知道这些人个个是能人，若非乱世也可手眼通天，实在搞不清他们中间将来谁会逆风翻盘，掌握主动权，所以不敢把坏事做绝，主动向巩天民透露了些风声，当然，他不会把责任揽到自己怀里，而是诬陷了另外一个清楚防空洞位置的职员，巩天民早已看透了人情冷暖，怎会读不懂他的潜在语言，自己筹建的银行如今也不能做主，苦叹之余来不及和小人计较，在河本末守和赵欣伯到来之前带着兄弟及家眷再次逃亡，这次他们无处可去，只得躲进了城西一处停产多日的砖窑里，这些原本可以锦衣玉食的人们却像过街老鼠般地生活着。

巩天民不认为河本末守和赵欣伯会找到这里来，他会像孩子们一样对砖窑上方的烟囱感兴趣，他看见烟囱上嵌着铁梯，可供人拾级而上，他想过，如果这个地方也被发现了，他们实在无处可去，他就从那个烟囱顶部跳下来。当然这只是想象，他坚信敌人找到这里之前，调查团一定会先到。

第四十六章

故事里的侠客才飞檐走壁，我却只能守住脚下这小小的阵地。

屡次与鬼子汉奸近在咫尺，与死亡擦身而过，一次次逃离，巩天民遗弃了很多东西，可那个蓝布袋，他自始至终一直揣在怀里。

最后一次转移，巩天民把呼泽生的药弄丢了一瓶，呼泽生不怪罪他，巩国路却爆发了，小小年纪的他第一次向巩天民大发雷霆。这在以前不会发生，父亲是他的偶像，他无条件选择信任，可这次为了母亲生命之源的遗失，他失望透顶。他认为父亲的爱掺有水分，他的耐受力达到了极限，这么多天来，只有付出没有回报，他们一家人已被折磨得人不人鬼不鬼，他看不见坚持下去的意义，他不知道大人们口口声声提到的调查团到底在哪里，有什么功效，所以他认为他们不过是一群为了出人头地而自私自利的人。如若不是，他们一家不会颠沛流离，遭受这么多本可以避免的磨难。

巩国路的坚强也有限度，他的内心失守了，他还小，不会表达心里的众多疑团，只能大声指责："你只顾着实现自己的价值，你是冷血动物，这个蓝布袋比我娘的命还重要吗？"

巩天民被儿子数落，没有感到意外，更多的是自责，但自责不代表接下来的言行会丧失原则，他解释："药丢了，还能想方设法再去找，可蓝布袋如果遗失了，短时间内复制不了，调查团随时会来，这是我们的希望，是东北同胞的希望。”

巩国路不依不饶：“我不管，我娘就是我的希望！她要是有个三长两短，还说什么大话，说得天花乱坠也都是废话！”

巩天民温和地说：“孩子，你说得对，你们也是我的希望！可话说回来，和那些为了这项事业而家破人亡、妻离子散的人相比，你们还在我眼前，我能看得见、摸得着、照料得到，何其幸运。不管国际调查团是个什么组织，能给东北带来什么福音和实惠，那些已经为此付出代价的人，功勋不可磨灭，即使到处都是虚空、虚伪、虚幻，可这份资料真实存在，是他们心血的凝结。我要保护好它，让它发挥作用，以此告慰他们，如果我做不到，那更属于自私啊。”

巩天民一席话并不能让儿子心服口服，他在儿子心目中的神坛上跌落，想重新树立起来，仅凭几句话是不可能的，因为当初孩子毫不保留地信任他，也不是单凭他的几句话就得以实现的。

巩天民还想再说些什么，却看见儿子愈发抵触，他想把儿子搂过来，儿子却伸出双臂推搡他，不过那推搡毫无力道，像是在挠痒痒，巩天民没有感受到什么阻力，儿子被他一顶，后退了好几步，跌倒了。巩天民快走几步上前扶他，巩国路发现自己一点也掌控不了别人还适得其反，不仅没能发泄出不满，还更加暴露出自己的弱小，给了父亲更大的活动空间，他恼羞成怒，想爬起来，岂料却只剩下抬抬头的力气了，他眼白一翻，晕了过去。巩天民以为他像别人家的孩子一样，受了委屈哭闹打滚、倒地不起，他抱他起来，却发现他是虚脱了，那是他又饿又困导致的

巩国路是队伍中的小可爱，受到了所有人的照顾，却还是吃不上饭，睡不好觉，正是长身体的时候，两眼昏花、四肢无力却成了常态。这次，他体内的能量不足以支撑他情绪失控一场。

四月的沈阳白天还能承受，夜晚温度极低，空旷漆黑的砖窑里四处透风，他们不敢生火，怕引起外人注意，每天又冻又饿，还要承受不期而至的惊吓，因为长期停工停产，砖窑内已成为各类动物嬉戏的

天下，耗子们组团吱吱作响，蝙蝠成群结队地扑棱翅膀，黑瞎子、黄皮子、臭獐子明目张胆地出没……巩家生活节俭朴素，但也没从来没有沦落到此等恶劣的环境中，巩国路好几次被吓得发出比那些丑陋瘆人的活物还难听的尖叫。

巩国路曾在深夜那伸手不见五指的砖窑里，被一群动物啃食骨头的声音所惊醒，他睁开眼能看见那些动物眼里的凶光，好像能吞噬人的鬼火，那时候他顿时尿了一裤裆，赶紧蒙上被子，而被子里也不是和谐世界，他甚至能听到跳蚤的歌声，他瑟瑟发抖地问巩天民："爹，为什么人活着这么不堪，却还要活着？连一只小小的虫子也可以捉弄我，而我却无计可施。我可以不上学、不要好吃的、不哭闹，能不能让我看见阳光？"

巩天民攥着他的小手，像是在赋予他力量，他说："等赶走了日本人，推翻了伪政府，东北就是一个真正的大家庭了，路不拾遗，夜不闭户，车水马龙，人潮汹涌，再不像现在处处藏污纳垢，百姓惶惶不可终日，我们想什么时候出门就什么时候出门，想唱什么歌儿就放声歌唱，昂首挺胸走路，旁若无人大笑，牛鬼蛇神没有了生存空间，这么想你就不会再感到害怕了。"

巩国路天真无邪地问："是真的吗？"

巩天民笃定地说："千真万确，那一天一定会到来！"

巩国路信以为真，他幸福地闭上了双眼，在梦里果然见到了父亲所描述的情境，那里他从来没有到过，仿佛书上的世外桃源。他徜徉在阳光与绿茵里，看见一群不知疲倦奔跑追逐的伙伴，他们都有心爱的玩具，都穿着干净漂亮的衣服，都有旺盛的活力，那冲在第一个的仿佛就是他自己。

而现在，巩国路躺在呼泽生旁边用干草临时搭成的简易床上，呼泽生看着他受罪，比自己受罪还要痛苦，可她无能无力。刘仲明给他注射了葡萄糖，他的脸蛋才重新有了血色。恢复知觉后的第一件事，还惦记着呼泽生的药，翻来覆去，焦躁不已。

经过一夜的休息，第二天巩国路好转了，他睁开眼看到所有人打点好了行装，以为又要转移了，习惯性地把挎包挎好，把母亲的担架搬过来，随时准备出发，动作熟练得令人心酸。

巩天民说："我们不搬家，我和叔叔们去市里打探消息，顺便把药品补齐，你和哥哥姐姐安心在家照顾娘。" 今天是个特殊的日子，距离张韵泠之前所探到的国联调查团到达的时限还剩下最后一天，河本末守和赵欣伯应该没有工夫再进行搜索扫荡，这次他们定会把精力投到迎接调查团的工作上了，所以巩天民认为此时进市区是个好时机。

巩国路听巩天民这么说，长舒一口气，但随即面色又凝重起来，父子相守在一起难免摩擦，可这个境况中的每一次分别，都有无尽的悲戚，一别两宽，宽的是道路，并不是心路，那时候巩国路幼小的心灵再次受到一顿锤锻，他意识到昨天对父亲的态度过分了，扭扭捏捏地对巩天民说："你不是故意把药弄丢的，我不该给你发脾气，你能原谅我吗？"

倔强如斯，巩天民以为临行前不会看到儿子的依恋，没想到儿子也学会了主动求和，在这个不仅仅只需要宁折不弯的现实社会里，孩子也拥有了此等情商，多少值得标榜，所以他裂开嘴笑了，却笑得很难看，因为那是掺杂着揪心、感动与释怀的笑，他问："你是男子汉吗？"

巩国路说："你的儿子，必须是！"

巩天民说："那我交给你一样东西，能保存好吗？"

巩国路像个小大人："你交给我的不管是什么东西，我在，东西就在！"

巩天民竟把蓝布袋塞进了他的挎包，郑重其事地说："我和叔叔们都有任务，进了市区分头行动，不能把这么珍贵的东西带在身上，风险太大，只能留在砖窑里，你负责看好它，千万别让飞禽走兽给咬了或者叼走了。"

巩国路拍拍他那个补丁摞补丁的挎包，骄傲地说：“从现在起，我有两个包了，一个代表着你的陪伴，一个代表了太平盛世的到来，我已经置身在里面了，我现在无敌了。”

巩天民百感交集，但上阵之前，怎能说丧气话，他强忍着不哭泣，赶紧扭过头去与巩国格说话，他将一把手枪交给国格：“万一有危险你就开枪！能不能做到？”

巩国格说：“能！”

巩天民说：“真是好样的！”

巩国格沉吟一会儿，不得不说：“能是能，可这玩意怎么使啊？”

巩天民顿时卡壳了，他刚才只是想到国格比国路成熟老练，枪交给他，最合适不过了，但忽略了孩子根本没摸过这铁家伙，现在要求他马上能上手，听起来太不负责任。那时候巩天民手把手地教了他一遍，但只是一遍而已，并不是他对儿子的领悟力十分自信，而是他别无选择，他必须揠苗助长，让儿子必须在这分别的时刻突然就长大成人。

给“童子军”分了工，巩天民亲吻了呼泽生，他可以给孩子画饼，但无法欺骗妻子，他做好了最坏的打算，又重复了他之前数次跟她说过的话：“泽生，如果我出门没回来，不要去找我。你们在这里耐心等着，会有人带你们离开这里。”每当这个时候，呼泽生都不知道说什么，她翻了个身，脸冲着墙，眼泪滑落。

八个人上路前，把巩天民妻儿留宿的窑洞封好，只留一个仅供一人进出的洞口，洞口外堆上砖坯，摆好“阵型”，遇有危险，只要踢一脚，砖坯会倒下来盖住出口，一定程度上可以掩人耳目。做完这些功课，他们立即出发了，病弱妇孺看着他们的背影出神，这些义无反顾的大男人们深一脚浅一脚地走出去，那似是永恒诀别的脚步也是无限回归的频率，那似是走向深渊的春天，也是追逐自由的起点，他们逐渐融入葱茏草木中，分布在不同的方位上，那漫山遍野的花朵似乎不再是为了供人欣赏，而是在用温柔的底色冲淡残酷的现实。那时候只有巩国路处于兴奋之中，生平第一次受领重要任务，他认为他不再只是个小男孩那么简单了，他也像父亲那些人一样有了神圣的使命，他的喜怒哀乐不只是个人的行为，他的一言一行都注入了勇敢的基因。但除了他，其他人都陷入了沉默。

砖窑里沉寂下来，呼泽生刚用完药，还昏睡着，两个女孩在学刺绣，小声交流，国格和国路在他们这间砖窑的入口处站岗放哨，一切很平静。国格听见好像有雨声，探出头来看，天空并不阴沉，搜寻、分析了一圈，才搞清楚是不远处丛林里的露水啪嗒啪嗒掉下来了。他认为干燥的时节已经过去，湿润的清晨迎来了万物生长。他灵机一动，眨巴着眼睛说："前几天下雨，这两天有雾，南边一片丛林，朽木不会少，你不知道，朽木可不是废物，浑身长着宝贝，反正闲着也是闲着，我去采点木耳和蘑菇来，给娘改善伙食。"

哥哥半信半疑地道："能有吗？要是有，大人们早去采了，我们还用忍饥挨饿？"

巩国路说："时机，时机懂吗？之前心情差，无暇思考，现在我缓过来了，聪明才智可得到发挥了，我说有，它就有！"

哥哥咽着口水，学着大人的口吻道："还得是我弟弟！注意安全，快去快回。"

巩国路指指丛林说："也就一里地，随时能回来，半点儿危险也没有！"

兄弟二人握了握手，冲对方点了点头，一副使命在肩的隆重感。巩国路用一根藤蔓把挎包捆结实，提着篮子钻进了丛林。

巩国格神气活现地站在砖窑口，他看见白山黑水、沃野千里、天空明媚、云卷云舒，丛林里鸟语花香，田野中草木苍翠，他已许久未见如此美好的大自然，没有享受如此不慌不忙的时光，那时候他以为等父亲回来了，他就能每天过这样的日子，没有恐惧，没有伤痛，没有怨恨，想着想着笑就浮上了脸庞。

巩国路在林子里根本没找到木耳和蘑菇的影子，倒是有许多不知名的动物钻来钻去，吓得他鬼哭狼嚎，不敢再逗留，呼呼往回跑，连滚带爬的，他想到这要是被哥哥看见了，脸都丢尽了。好在他很快爬上了一处土坡，理了理着装，掩饰着自己的狼狈相。他远远看见了砖窑，甚至看见了哥哥，于是放心不少，脚步放缓，那时候他的视野拓宽了，心里刚亮堂起来，岂料刹那间又被堵上了，因为他发现西边大道上有一支队伍正往砖窑的方向行进，领队骑着高头大马，看不清穿着和样貌，巩国路猜测是屯聚在郊区的土匪杂团，但再近一些他看清楚了，他们中间似乎有人举着日本旗。巩国路的心紧张到快要跳出来，那些人可比野兽可怕，他下意识地往丛林里躲，刚跑两步立即停下来，因为他想到砖窑里还有他的亲人，岂能一个人一走了之。看距离，鬼子应该还有一会儿才能到砖窑附近，他要赶紧去报信，一切还来得及，求生的本能让他弱小的身躯里瞬间迸发出强大的能量，他挥舞着胳膊，从土坡上冲下来，身后掀起一片尘烟，他全速进入哥哥的可视范围。

巩国路大喊："鬼子来了，鬼子来了，快启动预案！"

哥哥听明白了，马上进入"临战"状态，立于砖坯旁边，等弟弟到了之后，他会把砖坯踹倒，堵住洞口，然后再顺着大烟囱上的铁梯攀上烟囱顶端，计划万无一失。可惜事与愿违，巩国路快要到洞口的时候，脚下一软摔了一跤，把哥哥撞进了洞里，为不耽误时间，他和哥哥互换了角色，铆足劲力，飞起一脚，正中要点，砖坯轰然倒下去了，把洞口堵得严严实实，从外面看起来那就是一个自然坍掉的砖窑口，不引人注目。

巩国格在里面急得跳脚："傻蛋啊，那么高的烟囱你爬不上去！"

呼泽生也惊醒了，她拔掉针头，从床上爬下来，想要扒拉开砖坯，看见小儿子的身影。可是她太虚弱了，连一块砖坯也捏不起来。

呼泽生嘴唇打着哆嗦："我苦命的儿啊……"

巩国路胸有成竹地说："我能行！你们不要再发出动静，鬼子快到了！”说完，他冲向了大烟囱底部，挑选了与鬼子对向的一排铁梯，在他们的视觉死角中拾级而上，刚开始当然轻松，可爬着爬着他意识到这并非像以前爬树那么简单，平时看起来高度并不过分的烟囱，此时好像无限延长了，犹如一条天梯，望不到尽头，它的顶端似乎直插向九霄云外，终点要么在玉皇宫，要么在凌霄殿。巩国路脑袋里浮现出小人书上的神话世界，他则是故事里的主角，主角当然经历重重磨难，否则不可能羽化登仙、白日飞升，所以他还很乐观，尽管那一双纤细的如同竹竿的腿以极高的频率在抖，还左右打上了摆子。汗水被风干了，手臂麻木了，尤其是脚掌，每踩一下铁梯都像有刀刃在刺他，上刀山不过如此。他的血液也要被渐趋强烈的太阳蒸发掉了，他想他如果分身有数，一定能看见自己像一块正在干硬变红的腊肉香肠。他看不见终点在哪里，躯壳也正在抛弃他，若不是一息尚存，仅存的意志还在机械运行，他已彻底不能与身体抗衡，他只听见有很多人的尖笑声，有男有女，有老有小，那笑声里裹挟着几多嘲弄，他认为那声源来自邪恶的魔域，它们不仅会出现在漆黑的暗夜，也会在人们死命冲锋的路上跳将出来，于痛苦时刻加剧痛苦，它们的危害甚至大于真实的挫折，看不见摸不着比切肤之痛还刻骨铭心。

第四十七章

我替所有人相信那些不相信，就像我把命运连接了国运。

其实巩国路距离烟囱顶部只剩下二三十米，只是他不知道而已，仰脸也需要体力，那是他最欠缺的东西。这个时候哪怕抖落身上的虱子，他也会从思想上得到减负，所以他当然留意到了那个沉重的挎包，比他的脑袋还要重，比几块砖坯叠在一起还要重，如果扔了挎包，就卸下了累赘，他有把握顺利登顶，可他刚腾出手来摸到挎包带，就有一种巩天民和叔叔们的眼神扫过来的错觉，他突然意识到那里面装的不是蓝布袋，而是他们跳动的心脏，一碰就会呼之欲出。他信誓旦旦地说过会保护好蓝布袋，死也不会丢下。丢下了，就可以爬上去，不丢下，则只能挂在那里。然而就算停滞不前，他也不选择后退一步，他以为只要撑到鬼子过境，就大获全胜了。

那时候，太阳光把烟囱的影子印在大地上，小小的巩国路贴在铁梯上，看起来像无风时飘不动的旗子。

鬼子确实到了砖窑，带队的竟然是河本末守，他的嗅觉比狗鼻子都灵，他隐隐觉得这里暗藏玄机，他对副官说："明天李顿真的要到了，今天是最后一轮大规模排查，这种以前从未涉足过的地方，特别需要好好搜查，粗心不得。"

副官带着人马进入砖窑，里里外外地转悠了一阵子，没有发现异常。河本末守鬼使神差地走到有人的那间砖窑口，用雪白的手套摸了一下砖坯。砖坯倒塌下来,并没有堆得严丝合缝，呼泽生和孩子们还能透过缝隙，看见外面照进来铺满一地的光线一会儿千丝万缕，编织起一张大网，一会儿又被阴影分割开来，像是带着斑点的蝴蝶翅膀。呼泽生示意孩子们屏住呼吸，自己却难以控制对巩国路的担忧，呼吸急促,堪比哮喘发作。

好在河本末守没搜索到有用的线索，很快对这里失去了兴趣。他直起身，向他的那匹枣红色大马走去。他的马和他一样，一肚子鬼水，除了主人，谁也不尿，有时候甚至连河本末守也要给它三分薄面。这畜生连吃草的模样都很放肆，更可气的是它悠然自得地逛到了烟囱底下，河本末守打呼哨召唤它，它都没抬头。

河本末守不生气，还洋洋自得地说："我就喜欢这匹马的性格，乖巧的马可没有我的烈马骑着有征服感！"说着，他捋着烟囱映照在地上的影子朝战马走去，刚走几步，发现那道影子有凸出来的部分，好奇地抬头，发现确实依附着一块东西。烟囱太高，巩国路太小，且一动不动，他不敢确认那是个什么物体，就像一只趴在树枝上的知了，很容易被认作是树的疤痕。

河本末守站定，保持着对巩国路的"仰视"，而巩国路也发现了下面乌泱乌泱全是人，大脑一片空白。他斜眼盯着挎包，心想只要挎包还在身上，情况就不是最糟。

河本末守伸出手，副官体贴地递过来一架望远镜，他即将搁在眼眶上之时，旁边丛林里突然传来一声枪响，一颗子弹贴着河本末守的脸颊飞过去，刮走一块"脸子肉"，他顺势栽倒，晕头转向地爬起来时，血已经浸透了军服。所有人还在愣神，辨不清敌人的方位，对方却主动暴露自己，声若洪钟地喊："来啊！狗日的们！"

河本末守看见那个人开足马力在土坡上疾速奔跑，他下了土坡就可以暂离鬼子的视线，可是他没有，而是以一己之力挑衅众鬼子。鬼子们集体向他开枪，子弹跟着他成串的脚步一排排移动，打在高坡上，溅起的土好似一面壮观的瀑布。鬼子边打边追，那人像是一只与猎狗竞逐的矫健野兔。河本末守不是酒囊饭袋，他当然很快有所意会，那人的目的就是引诱他上钩，但他不清楚此人的来头，担心进了他的埋伏圈，不敢单枪匹马抗衡，所以只留下两个伪军在砖窑把守，带着其余的人策马狂追。距离，永远是基于某个坐标而被定义的，就像那个人跑得越远，却和丛林中他的伙伴们越近，将他们的心撕扯得越狠。此刻那人如同一个漩涡，虹吸着周围的一切洪水猛兽，狂潮退去，除了那个人，其他的生物就像暴晒在阳光下的枯枝败叶，渺小而没有生命力。

那个向河本末守开枪的人正是巩天民的兄弟刘仲宜，面对触目神伤的一幕，巩天民认为理所应当去做那个孤勇者，可刘仲宜成了他们中间的“漏网之鱼”，抢先一步。

在此之前他们结束行动，在约定地点汇合后集体回砖窑，今天的行动很顺利，并大有收获，他们得到确切消息，国联调查团离开南京后，仍然没有直接来沈阳的意思，而是周游了芜湖、九江、汉口、重庆、济南和天津，但好在这个“观光团”似的组织对破败的中国并不贪恋，不了解传统文化和历史背景，走到哪也只能是走马观花，所以他们两周之内足够去很多地方，据称明天一定会抵达沈阳。巩天民还摸清了李顿一行将下榻于日本人开设的大和旅馆，掌握到调查团近几天主要调研的区域，他们还在黑市上买到了呼泽生需要的药物，本来连日阴霾在心头一扫而光，心情豁然开朗，可刚要出丛林，就看见砖窑口全是人。

巩天民急火攻心，拔出枪，就要冲上去，刘仲明制止道：“你是团队主心骨，你要是死了，成功率必然骤减。整理翻译资料我在行，我完成了我的使命，现在可以急流勇退了，让我去引开他们！”

巩天民说：“谁都别插手！那是我的家人，是我的家事。”

刘仲明说：“他们既然在我们这个队伍里，就和我们的身份一样。”

巩天民说：“我不能再连累你们。”

刘仲明说：“资料递不出去的话，你连累的不仅仅是我们了！”

巩天民被大家摁在地上，他还在奋力挣扎：“你们说得都对，可哪有丈夫不救妻子，父亲不救孩子？人性大于一切客观场景，我想不了那么远，只能顾眼前，我是人不是神！”

刘仲明说：“日本人部署严密，明天我们很可能连接近调查团的机会都没有，那时就需要利用你在沈阳的影响力，想方设法敲开李顿的房门。如果你现在发生意外，我们后面的路越来越难走。接下来才是真正的考验，要以大局为重！”

刘仲明让大家控制好巩天民，而他在大家的注视下摘下眼镜，放进上衣口袋，脱下西装外套，准备轻装上阵，无畏冲锋。所有人的注意力都在他和巩天民身上，忽略了刘仲宜，他一直站在一旁，好似在看热闹。大家知道他精神不在状态，没人怪罪他，可只有他自己知道，他并不是不关心这紧张的局势，而是他在酝酿一场告别。世间有成千上万种下定决心了断或者离开的冲动，最难的当属向自己告别。

那时候刘仲宜不屑于卷入他们胶着的角力中，而是独自安静地走出丛林，傲立在丛林的边缘，像是归乡的游子在审视故土的旧貌新颜。他看向砖窑口的方向，却发现有人在烟囱下停留，突然记起来他们刚搬来这里时，巩国路也站在那里望着那根高大的烟囱出神，孩童对于天空的想象总是格外丰富，而烟囱无疑成为他们所能接触到的离天空最接近的载体。他马上意识到了危险，悲壮的神情浮上脸庞，但很快被微笑取代，他昂首挺胸举目眺望，目光无限辽远，那优雅姿态好像又回到了意气风发的少年，幸福的神态一如杜亚芳从未走远，或许是他看见了彼岸花开，那里莺啼燕语、风光旖旎，或许时常浮现在他眼前的麋鹿再一次出现了，他看见它的大眼睛柔情似水，一步三回头地走向挂满彩虹的空中秘境。他的目光跟着它在移动，它又温暖了他长久以来寂寥的世界，他会把每一次美妙的相遇都当成最后一次，所以当他的目光被河本末守等人打散，他的麋鹿也猝然不见，他把那些人看作是没有良知底线的卑鄙猎人，那些人让它惊慌失措，让它找不到回归自然的小路，那些人也扰乱了他一直努力构建的内心秩序，所以那一刻他迎来了爆发，像离弦的箭从丛林里冲出去了，没有人发现他的预兆。

河本末守的枣红马和以前欺负巩国路的秋田犬一样，在这个时候总能凸显出足够的恶意，这个牲畜一骑绝尘，把其它的马匹甩得老远，它好像猜得透刘仲宜的路线，带领河本末守逐渐缩小着距离。刘仲宜跑得再快，在那无遮无拦的旷野里，也注定逃不出河本末守的魔爪，他们很快进入彼此的射程范围，各自开了好几枪都没有打中，于是不再白费力气。河本末守的老毛病又犯了，他总觉得每个人的背后都有说不清道不明的秘密，用枪杀人太友好了，一不小心就会错过许多奇闻八卦，所以慢慢折磨，耗光刘仲宜的体力，才符合他的习惯。

枣红马追上了刘仲宜，刘仲宜的脑袋就在河本末守的马镫之下，与之晃动的频率都很一致。

河本末守差点丢掉半边脸，马上就能手刃“罪魁祸首”，此刻当然兴致勃勃，他大声道：“竟然和我并驾齐驱，真是长了一双好腿，跑吧！尽情地跑个够，一根筋的傻家伙。”

刘仲宜的枪里没有子弹了，他们的枪支和弹药都是有限的，他也从来没想到真的能派上用场，毕竟一直躲在暗处，一旦动用了枪弹，不死也难以收场了，所以此刻精疲力竭的他只剩下一双被动交替的脚板。

风沙迷眼，耳中也弥漫着山呼海啸，刘仲宜看不清方向在哪了，也听不清河本末守在说什么，当然他本就不知道去哪里，鬼子说什么更不重要，反正他已经给所有人赢得时间，至于自己还剩下多少时间，他不再关心，因为他觉得爱妻走的那一刻，他已经死亡了。他是无神论者，相信人死以后会忘记一切，所以他要把有限的时间留给挚爱的亚芳，他用只能自己听见的声音喃喃地道：“亚芳，我辜负你了，只剩下最后一点力气了，全都用来想你呀……”

枣红马识趣地跟着刘仲宜越来越迟缓的脚步降下速度，始终和刘仲宜保持在一个频率上，马儿跑得轻松又得意，刘仲宜却每一步都又笨又重。河本末守看见刘仲宜嘴唇在动，自作多情地接过话茬儿：“敢朝我开枪？这就像你跟枣红马赛跑一样，很不理智啊！”

估摸着已经追逐了七八公里，甚至能看见小西门城楼上的碉堡了，那时候刘仲宜实在跑不动了，脚步失去节奏，绊摔进草丛里，没有给自己留一点余地。

世事扑朔迷离，爱人虚无缥缈，可刘仲宜倒下的时候触感却尤为真实，他似乎与爱人相拥了。他的口鼻大张大合，面前的小草来回晃悠，但他知道小草根本不可能是欢乐，而是被沉重的喘息吹弯了腰。

在失去知觉前，刘仲宜仍念念有词，姑且是认为他在和杜亚芳作告别：“回吧，我离开丛林的时候，那里的蒲公英可以采摘了。我不能好好爱你，就把你交给这宁静的四季。如果雨雪来袭，你偶尔感到难过，托付云雀告诉我，我会变成一朵冰凌花，你一直笑着，我就永不凋落……”

河本末守下马测试刘仲宜的鼻息，竟然没有感受到一丝热气，身体也冰凉了。他们围猎的目标死去了，他应该高兴，可是他丢掉的半张脸鞭策他不能就此放弃，他跨上枣红马，踩过刘仲宜的身体，又调头回来再踩一遍，他来来回回重复着，像是在给新房子打地基，把那片草地都踏光了，裸露了一地沾染着血肉的土壤和石砾。

其他七个兄弟也没有耽误时间，在刘仲宜与河本末的部队斡旋之际，打死两个伪军，清理了砖坯，救出呼泽生和三个孩子，继续寻找下落不明的巩国路，他们高喊巩国路的名字，巩国路当然听见了，但此时的他连回答一声都做不到了，他已经再上面困了太久，手脚都淤血了，他甚至感觉不到身体的哪个部位已经腾空。

砖窑快找遍了，大家都急疯了，但还是母子连心，躺在担架上的呼泽生率先发现了巩国路，喊了一声：“儿啊！”撕心裂肺。

巩天民朝呼泽生手指的方向奔去，手脚并用攀爬，拼尽了全力，

李宝实紧随其后。可烟囱那么高，高过山峦、高出云彩，在这一刻攀爬它，就像在登顶珠峰，明明看得见目标，可就是到不了。巩天民看清楚了儿子耷拉的脑袋，知道他快撑不住了，还给他加油鼓劲：“你是男子汉，你是怎么答应我的，你说过你有信心。你才是未来，我们做的一切，就是为了让你这一代人不再像我们一样任人宰割、蹂躏……”但是他得不到回应，儿子仿佛睡着了，不像是在高空，倒像是在深渊。

一番搏命攀登之后，眼看快要够着巩国路了，巩天民隐约听见一声呻吟，然后是微弱的告白：“爹，我完成任务了。”

最遗憾不过的遗憾是明明触手可及，可下一秒却又远在天边了。

巩天民说：“坚持住，我们之间只差两米了！”

然而这句话刚说出口，巩国路就像被吹落枝头的枯叶或者像心脏骤停的飞鸟，飘摇下坠。巩天民伸手去抓，只抓到了一只鞋。巩国路就在他的眼前交错而下，有一瞬，他们父子俩面对面了，甚至相互间还有一个简短的眼神交流。巩天民没有看到儿子眼神里有绝望，相反还有一种解脱，似乎还有些许骄傲。也许他是在为没有辜负大家而骄傲，骄傲自己终于明白了什么是“舍生取义”这么恢弘的词汇。可是巩天民无从考证了，他再也没有机会像当年一样，怀抱着咿呀学语的儿子，探索关于他的一切。

巩国路的身体柔弱轻盈，导致他飞舞在空中犹如在母体里遨游，引力、磁力、压力统统不足挂齿，他落下地那么悄无声息。

巩天民没能抓住儿子，那时候他要随儿子一块跳下去了，因为他无暇考虑那些所谓的大道理以及严重后果，大家在丛林中对他苦口婆心地劝说也全然失效，现在他只是一个痛失爱子的父亲，他甚至没有愧疚和赎罪的想法，陪着儿子一起，只是一种本能。

痛苦从来都不可以排解，只能去承受，如果痛苦来源于一只蜇人的马蜂，最多只是让人的肿胀难以消弭，可如果痛苦是一把直插心脏的利刃，即使肉眼不见伤口，死亡也会随之而来。巩天民被紧随其后爬上来的李宝实死死抓住，用腰带绑在一起，他如果再执意跳，就会“拐带”李宝实一起丧命，涉及别人的生命安危了，他又必须强制清醒过来，硬生生来剖析自己的自然反应。

第四十八章

阳光即将普照四野，雨水正在浸润大地，繁花已然开在心间。

李宝实拖着巩天民飞快地滑到地面，巩天民连滚带爬地寻到巩国路的坠落之地，他趴在地上，想要把儿子从蟋蟀、蚂蚱乱蹦的杂草里抱出来，让他的遗体尽量体面一点，却看见他的脸有一半已经深扎进草里，身体以不符合逻辑的形状排列着，裸露在外的肌肤无处幸免，皆是一片淤青。

巩天民去摸他的小手，像摸到了一块正在融化的薄冰，手上的裂缝随着肌理和脉络一直往前延伸；巩天民摸他的脚，他的关节如同多米诺骨牌，顷刻间由下到上错裂开来。他本就弱不禁风，现在平铺在草丛里，微风吹拂，他连同他那套寒酸的衣裳，晃晃荡荡，“唰唰”作响。

巩天民再也不敢触碰他了，尤其是他那安详的侧脸，他不想让他的样貌再严重变形受损。他张开着双臂，似是在怀抱孩子，手中无实物，却做着有实物的动作，他像个演技拙劣的三流演员，难以收放自如，肢体刻板生硬。

突然巩国路的胸脯好像动了一下，巩天民以为他起死回生了，尽管他知道那是天方夜谭，但那是一个父亲对儿子永不消逝的渴望。那时候，巩天民看见他怀里紧紧抱着挎包，从那么高的地方摔下来，他都没有撒手，在生命最后一刻，那好像是他的降落伞或者护身符。可是现在，挎包的扣带断裂崩开，里面装着的蓝布袋顺势滑了出来，那团呼泽生绣上去的红字就像一团火焰，像巩国路挫裂破碎的眼球。

大人们围成一圈，肃立在他们的周边，那时候存在即是错误，一切都有伤大雅。微风也如飓风，像刮骨的刀片，他们都能听见心脏与心室摩擦碰撞的声音，“噌噌……噌噌”，犀利而狠毒。

不能相拥是人之常态，就像越是茁壮葱茏的草木越要独自生长，可眼泪总会与丰富的情感如影随形，而有时竟也会成为奢侈品，那时候巩天民已经哭不出来了。刘仲宜和河本末守正面交锋，想想就知道绝无生还可能，他还下落不明，现在巩国路又以俯冲的姿势离开这个世界，一天两条人命，都发生在即将胜利之前。

呼泽生从担架上滚了下来，匍匐着靠近儿子，她没哭也没闹，安静得让人窒息。她和儿子并排躺在一起，枯黄的脸在湛蓝如洗的天空下刹那间又沧桑了许多，她仿佛听见了婴儿时期的巩国路在她怀里的呢喃，她的表情和声调又恢复成为年轻时的状态，轻声细语地哄他稳定心神：“孩子，你看哟，那片云彩飘过来了，别管它会不会被风吹散，至少它现在停在那儿，那儿就是你一直想要到的童话城堡吧，那云彩和你一样，早晚会远走高飞，而我终有一天也得衰老，但是没想到这一天过早地到来了。可是娘不能哭，娘还要给你唱你小时候最爱听的歌谣……睡吧，睡吧，我亲爱的宝贝……”

呼泽生深情地唱着摇篮曲，她还是那个年轻貌美的母亲，他还是那个无忧无虑的孩子。所有人都被呼泽生拨动了心弦，沉浸在短暂的梦境里，幻想着她的悲伤会被稀释，她的歌声不会被打断，然而一曲未了，他们必须得离开这里了，大伙儿都清楚河本末守很快会杀个回马枪。巩天民学着儿子的样子把蓝布袋抱在怀里，生怕像抓不住儿子一样抓不住它，蓝布袋无比沉重，捂在胸口，能感受到万马奔腾、人潮人海的威力。那三百余件珍贵资料如同一条条鲜活的生命，而生命有多少重量，没人说得清楚，历经死难的人也只是懂了个皮毛。

巩国路的挎包里没有了蓝布袋，空空如也，就像他对这世界的回应是再无回应。那个单薄的挎包，此刻与巩国路衣服上的碎片一起，被风吹起来，像永远不会低下的头颅。巩天民伤心欲绝，但还是紧咬牙关用挎包盖住了巩国路的脸。当初他选择用挎包作为礼物，让没有安全感的巩国路不再阻止他出门，现在他又要用这个挎包遮住刺眼的光线，让他在另一个世界安息。此时巩天民才哇哇大哭不止，因为他突然明白挎包并不能成为图腾，而只是一种意象，真正具体的安慰，一定是他深爱的人和本应充满童趣的生活。

巩天民用一张破床单包裹了巩国路零散的遗体，背起他，一路痛哭着向下一个地点转移，进入又一个居无定所的阶段，至于这个阶段何时终止，或许是遥遥无期。

在漫无目的的逃亡路上，巩天民和大伙儿筹划来筹划去，最危险的地方也是最安全的地方，走得再远不过是为了回到从前，所以他们决定回到沈阳商会，那是他们下定决心走出虚拟的安乐窝的起点。兜兜转转又回去了，那里已经许久没有人敢涉足，蜘蛛网成片、老鼠成群、麻雀做窝，早已失去往日的生机，可是他们来了，总算有了点人气。

深夜，月光皎洁，巩天民等人和衣沐浴在银色的微光里，思绪穿过了透风的窗子，刚刚又经历一次生离死别的他们不可能睡得着，却仿佛都做着同一个梦，一会儿完整一会儿成为碎片，梦里他们听见了正义之旗哗啦啦作响，看见国联调查团努力多方奔走，全力促成调停，列强各国也积极干涉，东北迎来新希望，他们也免于灾祸，不再提心吊胆，各自回到擅长的领域建功立业……

梦醒时分，他们的梦想看似成功了一半，他们"朝思暮想"的国联调查团终于姗姗来迟。所有悲伤痛苦的情绪，在那一刻得到冲击和缓解。巩天民等人跟随欢迎队伍走上街头，一睹调查团成员的尊容。在大和旅馆门前，当他们看见李顿带着各国代表威风凛凛地落在沈阳地面上，忍不住欢呼雀跃。巩天民恨不能突破封锁，扑倒在李顿锃亮的皮鞋下，高呼几句“青天大老爷”！

可是也就这时候激动了一会儿，剩下时间他们都难以激动，因为调查团成员的周边遍布日伪军警，河本末守加派人手，对不明身份的人全方位封控堵截，调查团成员能见到的人都是他们安排好的人，无关人等半步无法靠近。如何将蓝布包递交李顿，成了天大的难题。原以为只要有足够的胆量，没有办不成的事，可是现在看来，胆量大小另当别论，关键是有没有施展的时间空间。

一连几天，巩天民全神贯注跟踪调查团，对他们的工作作风着实不敢恭维，他们行事不紧不慢，醉心吃喝玩乐，没看出来有为东北人民作主的苗头。倒是和日本军方和伪政府高层打得火热，对他们的安排基本不提异议。这让巩天民对他们的角色产生了质疑，分不清他们是日本人请来的演员，还是拥有国际姿态的主持公道的裁决者。

巩天民心急如焚，担心如果资料再递交不上去，或者等到调查团被日本人彻底腐蚀了再递到，就为时已晚了。再确凿的证据也抵不过人心被蒙蔽，就像欲加之罪何患无辞的古训一样，天秤失衡，他们就会选择性地看不见、听不见、想不到。

那时候巩天民想到了国联调查团的中方代表顾维钧，想通过他达成目的，不过很快意识到这个办法根本行不通，因为顾维钧来都没来，据知情人透露，他被李顿控制在了关内，禁止进入东北，美其名曰避嫌。来沈阳的代表中只有英、美、法。德、意五个国家的代表。中国人在中国的地盘上却没有出入的权利，国民政府高层人物都不能例外，何况劳苦大众。这如同当头一棒，让巩天民心里难受至极。

其实调查团并非一般人眼中的花瓶，他们既有基本遵循，同时也在下一盘大棋，那时巩天民并不知道，李顿此次来沈阳的目的并不单纯。对日本人的态度只是暂时的，毕竟在当下的东北，地道的东北人都没有发言权，何况高鼻梁、蓝眼睛、黄头发的西方来客，这块土地的实控者正是日本人，如果在他们的“地盘”上和他们把关系弄僵，就别想顺利开展工作，甚至别想活着离开东北，李顿是深谙这个道理的。不过放眼世界格局，英国与日本之间这些年向来不睦，李顿岂会真正对日本人听之任之，他违心迎合日本人的时候，也在通过各种小细节暗示东北民众要勇敢揭露真相，同时提醒日本军方和伪政府当权者不要过分造次，他完全有能力让日本人颜面扫地。

翌日，在南满铁路皇姑屯段调研时，李顿看见铁路一侧有围观的中国民众，看似随意地走上前去，与其中一个样貌老实巴交的年轻人攀谈，询问他对于九一八之后日本人占领东北的看法。

那小子一改唯唯诺诺的神态，面对不怒自威的李顿丝毫不怯场，唾沫星子飞溅：“我们举双手双脚欢迎日本人帮助我们维护东北秩序，自己家的事怎么肯让外人来插手，这听起来可笑，但中国人窝里横世界有名，中国军阀的残暴有目共睹，我何止有切肤之伤！”说着他撸起一条裤腿，里面竟然空空荡荡。

那小子指着残腿，一把鼻涕一把泪地道：“我这条腿就是因为交不上苛捐杂税被张学良的土匪兵打断的！像我这样的情况比比皆是。如果没有日本人，这里的垃圾事垃圾人会越来越多，不用谁动武，种族自动灭绝！”那小子义愤填膺、慷慨陈词，还嫌不够，又拉过身边的几个人，让他们也展示惨相，营造出个个生不如死的氛围。

那小子还趁热打铁，跪地抱腿地道：“您可要为受苦受难的贱民们做主啊。”

河本末守和赵欣伯在场，看了他们的表演，嘴都乐歪了，心说两块银元的功效果然非同凡响。他们以为李顿听了“民意”之后，会在今天的调查日记上记一笔，不承想李顿冷冷一笑，说出了那小子的名字、籍贯、甚至住所，连中国人热衷的生辰八字也了如指掌，最后他意味深长地道：“你们都知道的事我知道，你们不知道的事我也知道！”李顿这句话让河本末守一惊，毕竟连他都不清楚这个“临时演员”的详细信息，他只知道那小子的腿是两年前搞破鞋时被人堵在炕上打折的。

赵欣伯当时就提醒河本末守：“这个李顿问题太大了，断然不是简单的角色。”

河本末守不无担忧说：“别忘了，他才是殖民者的老师，印度被英国人攻占后，正是此人在那里担任要职，要论经验，或许只有本庄繁司令能和他一较高下。”巩天民侧面了解到这些细节，对李顿初步恢复信心。

商会里大家一筹莫展，巩天民说出了自己的想法：“李顿的情怀也肉眼可见，我们目标要精准，就在他身上找突破口。在座的除了张韵泠和我，都曾留学英国，了解英国人的风俗习惯和待人接物的方式，他们来到遥远的东方，和奸诈的日本人共处，戒备心严重，即便没有日本人阻挠，出于多种因素，也难说会重视我们的资料。有没有可能通过你们在英国的人脉，联系联系英国朋友，托人递交资料，我们接近不了李顿，英国人想必可以，如果可以实现，还能省去不少麻烦。”

大家绞尽脑汁之际，刘仲明站起来道：“何必舍近求远，盛京医院院长雍维林就是英国人，我和他私交甚好，直接找他就是了！”

这话振奋人心，大家击节叫好。趁着河本末守和赵欣伯精力都放在调查团身上，刘仲明即刻动身面见雍维林。两人沟通得很顺利，他爽快地答应了刘仲明的请求，当天就前往大和旅馆拜访李顿。然而去得快，回来得也快，他扎扎实实吃了一次闭门羹。因为雍维林对李顿的情况仅限于一般了解，对于李顿随从的提问根本答不上来，随从十分质疑他的身份，毕竟冒充英国人的人和李顿拉关系凑近乎的人已经不止他一个，所以他连随从这一关都未能通过，更别提直接和李顿对话了。

商会里，雍维林很沮丧，但随即想起一个人，他说：“我做不到，有个人可以。他是法库基督教教区的倪斐德牧师，我的好朋友。”

巩天民急切地问：“他和李顿熟识？”

雍维林笃定地说：“哪怕他们素不相识，倪斐德的身份也比我更合适。你要相信一个基督徒的虔诚，李顿不敢拒绝上帝的使者。”

巩天民热血奔涌：“虽然信仰不同，但我相信信仰的力量！”

雍维林说：“你们出不了奉天，我给倪斐德拍电报，让他专程来一趟。”

那一刻大家重新提神聚气，对雍维林院长不遗余力地支持感动不已。

雍维林说：“我只能帮你们这些了，我可以给你们提供游戏攻略，但不能陪你们一起过五关斩六将。”

倪斐德住在南满铁路线铁岭以西三十公里的乡下，来沈阳颇多坎坷，可三天以后，他还是出现在雍维林院长的家里。巩天民带着众人的嘱托，捧着签有九人真实姓名的资料和一封委托书敲开他的房门。

简短寒暄之后，倪斐德牧师展开委托书，逐字逐句地读出来：“国联调查团诸公，为东北亚和平稳定，解决中日纠纷，不辞跋涉万里之劳，特来中国东北，无任欢迎！由于明显原因，不克躬亲晋谒，深感谦怅！兹有沈阳爱国小组成员巩天民、刘仲明、刘仲宜、邵信普、张查理、毕天民、李宝实、于光元、张韵泠共九人，敬托倪斐德牧师代交小组亲自预备的证据汇编和事实说明各一件，请接收审阅。希望通过这些资料，对贵团了解中国东北实际情况有所助益。专此顺颂，勋祺。沈阳爱国小组敬呈！”

倪斐德盯着资料上的名字以及血手印，直入主题：“你们做好一切准备了吗？”

巩天民说：“准备好了！”

倪斐德说：“我是说此乃实名资料，这资料能不能起作用、起多大作用暂且不论，只要递交上去，你们一定会登上日本人的黑名单，你们做好准备了吗？”

巩天民说：“我们早已经是日本人的眼中钉，不差这一次公开宣战！”

倪斐德说：“敬佩！”

巩天民说：“我倒是担心您的安危，日本人毫无下限，如果知道是您递交的资料，您也很有可能惹祸上身，如果此时您有难言之隐，我们表示理解，绝无强迫之意。”

倪斐德说：“我在东北传教三十五年，很清楚日本人的所作所为，也遭遇过他们的空袭轰炸，差点丧命，我还给本庄繁写信抗议过。虽然我不该介入纷争，与教义相悖，但目睹生灵涂炭而坐视不管，更不符合耶稣的旨意。你们把这件事托我代办，我深感光荣，我若因此而死，我是为了一个伟大的事业而死的！”

巩天民顿时热泪盈眶。倪斐德给他一个坚定的眼神后，转身出门来到大街上，穿过军警筑起的一道道人墙，越过一个个据马和一条条铁丝网，径直朝大和旅馆走去了。

天擦黑的时候，倪斐德回来了，兴奋之情溢于言表，他告诉巩天民等人，资料已经成功递交，全体调查团用了整整半天的时间查阅，看完以后,大和旅馆里掌声雷动，犹如一场战役取得阶段性胜利。

当时李顿很激动，捧着蓝布袋如获至宝，他得意地回复倪斐德：“我们如果要总结出这么有说服力的调查报告可能至少需要半年的时间，国联不会给我们这个时间，日本人也没有耐心让我们在这里待太久。结合我们前期的调研，我确信我们已经得到了反映日本如何侵略东北的真实可靠的资料了！”

李顿的回答不出倪斐德所料，这也是他对这份资料的第一印象，他悬着的心放下来了。

倪斐德还告诉他们调查团对资料作出充分肯定，认为这份资料合规合据、内容详实、条目分类清晰、证据链条高度完整。同时，他分析调查团也在为处处受制约而收集不到有效人证物证而发愁，即便只是为了回去交差，国联也有严谨的审查程序，敷衍了事肯定难以过关，爱国小组的这份资料完美解决了这些问题。

倪斐德的反馈让大家欣喜若狂，他们以为调查团很快就能得出结论，侵略者马上就会受到国际联盟的制裁，国际社会的舆论不日则会潮水般涌来，那时候日本人顶不住压力，定会作出让步，东北不再姓

“满”，更不姓“日”，东北人民将迎来历史性跨越。

倪斐德临走前欲言又止，最终只是为大家祈祷：“上帝保佑，希望你们多保重，希望这是苦难结束的开端，你们的生活能尽快步入正轨。”巩天民等人千恩万谢相送倪斐德，一一深情拥抱。

倪斐德回了法库，国联调查团很快也离开了沈阳，飞往联合国欧洲总部日内瓦。巩天民等人终日等候着大洋彼岸传来石破天惊的消息。可是距离资料递交过去好几个月了，一切照旧，日本人依旧我行我素，伪政府继续为虎作伥。

唯一奇怪的是河本末守和赵欣伯没有再针对他们作出动作，不再大肆搜捕情报人员，好像他们被遗忘了。巩天民等人逐渐可以自由出入，甚至回到各自的工作领域，为身心疗伤，为生计奔波。巩天民当然不知道，不是河本末守大发慈悲了，而是他接到了上级指令，在调查团出具总结报告之前，对黑名单人员实施监控即可，严禁矛盾激化，以免敏感时期影响国联判断，在报告书上形成对己方不利的结论。

巩天民虽然可以进出银行办公，但他还是经常会发现可疑人员。他乐观地认为等李顿团队的报告书出炉了，这些人也将不复存在了，那时候他才会真正拥有自由。为使国联抓紧形成决议，巩天民认为不能不干等，还得火上浇油、趁热打铁，不断增加砝码，他以青年会的名义，积极发动东北大学、文会中学、文华中学的青年学生，分头给调查团写信揭露日本帝国主义侵略暴行，这些信件后来也成为调查团的证据之一。

转眼已入秋，一九三二年九月四日，距离“九一八”事变即将满一周年之际，《国际联盟报告书》终于正式撰写完成，在南京、东京、日内瓦同时发表，引发轩然大波。其结论中有这样的内容：“九一八事变不能认为是日本合法之自卫手段，满洲国的建立亦非出自东北人民的自由意愿，也不是民族自决。即一般中国人对‘满洲国政府’均不赞助。此所谓‘满洲国政府’者，在当地中国人心目中，只是日人工具而已。”报告中还提到，沈阳爱国小组提供的“TRUTH”以其实证性、系统性以及递交过程的规范性成为调查团起草《国联调查团报告书》的重要依据，为国际联盟对日本发动“九一八”事变和炮制伪满洲国的定性提供了有力支撑。

报告书发表后，在国联组织召开的特别大会上，以四十二票赞成，一票反对的压倒性优势通过，而投出唯一一张反对票的正是日本自己。日本恼羞成怒，当场宣布退出国际联盟。一时间，日本帝国主义武装侵略中国东北的强盗行径既成事实，他们受到了全世界舆论的猛烈谴责。

日本和国联正式撕破了脸，是好事也是坏事，因为那也是巩天民等人噩梦的开始。当晚，他们就被投进了大狱。那时候，沈阳反抗日本侵略的浪潮随着《国联调查团报告书》的传播而空前高涨，城市周边的义勇军风起云涌，被抓的人员数不胜数，监区内人满为患，但河本末守还是指派赵欣伯对巩天民等人实施了“特殊照顾”，给他们开了“小灶”，在经历了几轮惨绝人寰的折磨后，巩天民已是遍体鳞伤、奄奄一息，河本末守饶有兴致地提审了他。那时候巩天民胸前挂着一条白布，写着“反满抗日犯”，被一路拖行到河本末守面前。

黑漆漆的审讯室里，河本末守的脸愈发阴森，他笑嘻嘻地说：“想不到会是这种结果吧。你太不清醒了，以你的聪明才智应该想得到才对，即便我们接受国联的建议，马上就要撤出东北，也要先把你解决了再走啊。我这不是临死拉个垫背的，而是事了拂衣去。你们这些告密者必须享受到应得的待遇，我才能坦然面对接下来的道路，不然我怎能踏实！”

巩天民说：“我早想到会有这一天，而你一定想到恶人自有天收，你们失道寡助，早晚会沦为笑柄，我等着这一天，不会太远了。”

河本末守哈哈大笑，令人毛骨悚然，他说：“我不愿意跟太天真的人打交道。都是利益动物，谁会真心帮谁？弱国怎么会被看得起，只会被瓜分。李顿的报告书想必你也看了，他们让日本军队撤出东三

省，最终目的是由西方列强国来管理。你们有句俗话，送走一个阎罗王又来一个马张飞，东北的宿命就是如此，何况是你，你也只能认命！”

河本末守说得句句属实，让巩天民哑口无言，他痛苦地点点头又摇摇头，然后发出一声比河本末守更狂躁的笑，继而吐出一口鲜血，对河本末守说：“给我来个痛快的！”

河本末守说：“不急，告诉你个好消息，我刚刚晋升，准将军衔，过几天就到新京走马上任。临行前，我不会忘了你，让你也迎着黎明的曙光上路。”

于是，巩天民被扔进死牢，和六个兄弟关在一起，那时候他们看到了死亡之眼，看见了地狱张着血盆大口等着他们往里钻。

下半夜，他们听见有铁链子哗哗作响的声音，紧接着铁门吱嘎一声打开，有人进来了。恍惚中，巩天民认出是他当年的小兄弟林三武。为了瞒过值班室的日本兵，林三武用自行车内胎装满水，把白米团装进荷包，夜深人静的时候摸进死牢。

林三武对巩天民说：“我来救你出去。”

补充了几天来的第一口水分，巩天民有了一点儿精神，他感激地说：“兄弟，回去吧，我见不到赶走日本侵略者的那一天，你要好好生活下去，你一定能见得到！”

林三武说：“我都安排好了，我的兄弟就埋伏在外面，你们跟我走，我一定带你们冲出去。”

见巩天民疲惫地摇摇头，林三武拔高了调门：“必须跟我走，一年来我吃不下饭睡不好觉，背负着汉奸的骂名，盘踞在这里，就是为了多做一些好事，多让一些义士感受到温暖，在这间监狱里我善待所有的人，能为他们减轻痛苦，我就也没那么痛苦了。今天如果我救了你，最后一丝的罪恶感也就消解了。我求你让我救你，我求你！”

巩天民过不了心里坎，依然极力拒绝，他认为能活到顺利递交资料之后，已经是老天有眼，八辈子修来的福分，可林三武不管三七二十一背上了他，并招呼其他人跟着他早拟定好的路线往外冲，但刚出了二道门就被探照灯照见了，日本兵当即开枪，火力封锁严密，他无处可逃，除非重回监室，等着被包饺子。既然出来了，就没想过再回去，他把巩天民放在拐角处，顽强地和日本兵火拼，无奈身单力薄，身中数弹。

咽气前，巩天民听见林三武低沉地呐喊："娘，我不是叛徒！我好疼，身上疼，心里一点也不疼了。您在天有灵都看得见，儿不是叛徒，以前不是，以后更不是了。我有脸来见您老人家了，娘……"

巩天民等人把林三武抱回监室走廊，哭作一团。那些铁栏杆后面的人不明就里，但也无不动容，高喊着自由之口号，那时候最受禁锢的地方最激情澎湃。

林三武也壮烈离世了，似乎巩天民等人唯有等待死亡。可传奇的事情发生了，那一夜的凌晨，河本末守在寓所被暗杀，寓所内所有的文件资料、枪支弹药、金银财宝皆被洗劫一空，文件资料中当然也包括他一直爱不释手的黑名单以及准将任命通令。河本末守到死也不会想到他有当准将的命，但不过任期只有一天不到。后来据传杀死河本末守的是一直活跃在沈阳的共产党特派员。

不久后，新的沈阳防务长顶替河本末守走马上任，二人的风格不分伯仲，但主抓主控的重点截然不同，在河本末守眼里罪大恶极、必须千刀万剐的巩天民，在他的眼里不过是无数反抗者中的普通一员，所以放心地把河本末守时期关押的犯人全权交给赵欣伯处理。而赵欣伯在河本末守暗杀事件之后深受刺激，唯恐有朝一日步了他的后尘，再不敢招摇过市，完全像换了一个人，而且沈阳金融界排山倒海般的施压，让他不堪重负，接近崩溃，所以不敢对巩天民等人下手，一段时间以后，找了个理由，就坡下驴，让巩天民等人得以保释出狱了。

巩天民等人被放出来后，东北并没有因为《国联调查团报告书》而走出阴霾，而是一直延续了长达十四年被殖民、被奴役的悲惨历程，但报告书为中国人民抗日提供了世界舆论的支撑，在那期间，巩天民等人为正义而战，一刻也没有停止抗日救亡运动。

解放后，巩天民没机会再提起当年那些事那些人，直到六零年响应政府号召才让那个惊天动地的故事重见天日，可令人惋惜的是直到他撒手人寰，也无缘再见那份于已于子孙后代都意义深远的珍贵史料。尽管七十多年后，那份史料入选联合国《世界记忆名录》，一同入选的还有南京大屠杀档案，供世人铭记。

百二关河，江天一色，这里莺飞草长、美轮美奂，但那些当年的勇者已然不见了，他们的光辉他们自己却看不见，可是他们认为总会有人看得见。如今他们都已经驾鹤归西，那段往事早已落定在历史尘烟中，活跃在二十世纪三十年代辽沈大地上的青年才俊们，终究还是凋零了。而沈阳大街艳阳高照抑或者霓虹闪烁，在那熙熙攘攘的人群里，不会再有巩天民，也没有人长得像巩天民，可是在某一个瞬间，一定有某个人蓦然回眸，能清晰地看见正有无数个酷似巩天民的人大步流星地走过来。他们怀抱着同样款式的蓝布袋，行色匆匆，擦肩而过，那样的相同，又那样的大不同。四季轮回，风雪依旧，那些旧事也是新事，那些故人也是新人。

（全书完结 2022年5月31日于北京海淀）